FANTASY

Autor

Glen Cook, geboren 1944 in New York City, studierte an der Universität von Columbia, Missouri, bevor er freier Schriftsteller wurde. »Ansonsten bin ich völlig normal, mal abgesehen davon, daß ich meine Nachbarn gern mit der E-Gitarre terrorisiere.« Seine hochoriginelle und umwerfend komische Serie um die *Rätsel von Karenta* setzt neue Maßstäbe in der modernen Fantasy und wird komplett im Goldmann Verlag erscheinen.

Die Rätsel von Karenta

Band 1: Zentaurengelichter (24681)
Band 2: Fauler Zauber (24679)
Band 3: Tempelhyänen (24680)
Band 4: Geisterstunde (24712)
Band 5: Schattentänzer (24711)
Band 6: Heißes Eisen (24710)
Band 7: Spitze Buben (24723)

Weitere Bände in Vorbereitung.

FANTASY

GLEN COOK
SPITZE BUBEN
DIE RÄTSEL VON KARENTA

Aus dem Amerikanischen
von Wolfgang Thon

GOLDMANN

Die amerikanische Originalausgabe erschien 1994
unter dem Titel »Deadly Quicksilver Lies«
bei Roc Books, New York

Umwelthinweis:
Alle bedruckten Materialien dieses Taschenbuches
sind chlorfrei und umweltschonend.
Das Papier enthält Recycling-Anteile.

Der Goldmann Verlag
ist ein Unternehmen der Verlagsgruppe Bertelsmann

Deutsche Erstveröffentlichung 9/97
Copyright © der amerikanischen Originalausgabe 1994
by Glen Cook. All rights reserved.
Published in agreement with the author and Baror International,
Inc., Armonk, New York, U.S.A.
Copyright © der deutschsprachigen Ausgabe 1997
by Wilhelm Goldmann Verlag, München
Umschlaggestaltung: Design Team München
Umschlagillustration: Tim Hildebrandt
Satz: deutsch-türkischer fotosatz, Berlin
Druck: Elsnerdruck, Berlin
Verlagsnummer: 24723
VB · Redaktion: Jörn Ingwersen
Herstellung: Heidrun Nawrot
Made in Germany
ISBN 3-442-24723-3

1 3 5 7 9 10 8 6 4 2

1. Kapitel

Es gibt keine Gerechtigkeit. Dafür kann ich einstehen, verdammt noch mal. Da saß ich gemütlich in meinem Büro, Füße auf dem Tisch, einen Halben Weiders Export in der einen und Espinozas neuesten Schinken in der anderen Hand. Eleanor sah über meine Schulter und las mit. Sie verstand Espinoza besser als ich. Und ausnahmsweise hielt Dieser Gottverdammte Papagei einmal den Schnabel. Ich genoß diese Stille begeisterter als das Bier.

Irgendein Idiot hämmerte gegen meine Tür.

Das Klopfen hatte einen arroganten Unterton, was bedeutete: Es ist jemand, den ich nicht sehen will. »Dean! Sieh nach, wer das ist! Sag ihm, er soll verschwinden! Ich bin nicht in der Stadt, sondern in geheimer Mission für den König unterwegs. An meine Rückkehr ist erst in paar Jahren zu denken! Und ich würde auch nichts kaufen, wenn ich zu Hause wäre.«

Keiner rührte sich. Mein Koch-Haushälter-Faktotum war gar nicht da. Ich war der Gnade eines Möchtegern-Klienten und Dieses Gottverdammten Papageis ausgeliefert.

Dean war nach TemisVar gereist. Eine aus der Herde seiner reizlosen Nichten heiratete. Und Dean wollte dafür sorgen, daß der bekloppte Bräutigam nicht zur Besinnung kam, bevor es zu spät war.

Das unaufhörliche Klopfen ließ meine Tür erzittern. Ich hatte sie gerade erst eingebaut, weil meine alte Tür von einem Gauner zertrümmert worden war, der nicht hatte hören wollen. »Verdammter Blödmann!« fluchte ich. Zwischen dem Trommeln hörte ich Flüche und Drohungen. Meine Nachbarn regten sich auf. War mal was Neues.

Aus dem kleinen Zimmer zwischen meinem Büro und der Haustür drangen verschlafene, gedämpfte Geräusche. »Ich mach' ihn kalt, wenn er dieses sprechende Hühnchen weckt.« Ich warf Eleanor einen Blick zu. Sie hatte keinen Rat in petto, sondern hing einfach nur an der Wand, verblüfft von Espinoza.

»Ich werde wohl besser jemandem eine Kopfnuß geben, bevor ich es mit einem Bürgerkomitee zu tun kriege.« Oder schon wieder eine neue Tür einsetzen mußte. Türen sind nicht nur teuer, sie sind auch schwer zu beschaffen.

Ich nahm die Füße vom Schreibtisch, richtete mich zu meinen vollen einsfünfundachtzig auf und setzte mich in Bewegung. Der blöde Papagei plapperte. Ich warf einen Blick in sein Zimmer.

Der Minibussard redete bloß im Schlaf. Ausgezeichnet! Er war ein wirklich hübsches Monster. Er hatte einen gelben Hals, eine blaue Halskrause, einen rotgrünen Körper und Flügel. Seine Schwanzfedern waren so lang, daß ich sie vielleicht eines Tages versilbern konnte, wenn mir Gnome über den Weg liefen, die Schmuck für ihre Hüte brauchten. Trotzdem war er ein Monster. Irgendwann hatte irgendwer irgendwie diesen stinkschnäbligen Geier mit einem Fluch belegt und ihm das Vokabular eines Schauermanns angehext. Er war eine gefiederte Pest.

Und ein Geschenk meines Freundes Morpheus Ahrm. Was mir einiges über das Wesen der Freundschaft zu denken gab.

Dieser Gottverdammte Papagei – Mr. Big, wie sein einziger Freund Poller ihn nannte – rührte sich. Nichts wie weg, bevor er aufwachte.

In meiner Tür ist ein Guckloch. »Winger.« Ich stöhnte.

»Hätt' ich mir denken können!« Mein Glück und mein Harn haben vor allem eins gemeinsam: Beide gehen den Bach runter. Winger war ein Desaster auf zwei Beinen, das nach einem Plätzchen suchte, an dem es passieren konnte. Zudem ein sehr hartnäckiges Desaster. Ich wußte, daß sie so lange klopfen würde, bis sie hungrig wurde. Und sie sah nicht unterernährt aus.

Außerdem waren ihr die Nachbarn egal. Den Meinungen der anderen schenkte sie nicht mehr Beachtung als ein Mammut dem Dickicht, durch das es sich einen Weg bahnt.

Ich sperrte auf. Winger trat ein, ohne auf meine Aufforderung zu warten. Ich blieb stehen und wäre fast übergemangelt worden. Sie ist groß und schön, aber ihre Kerze brennt nicht sehr hell. »Ich muß mit dir reden, Garrett«, sagte sie. »Ich brauche Hilfe. Geschäftlich.«

Ich hätte es wissen müssen. Mist, ich hatte es gewußt! Aber mir war langweilig. Dean nervte nicht, weil er verreist war. Und der Tote Mann spielte seit Wochen Toter Mann. Meine einzige Gesellschaft war Der Gottverdammte Papagei. Meine Freunde wurden von ihren Freundinnen in Anspruch genommen, eine Heimsuchung, der ich seit einiger Zeit entgangen war. »Na gut. Ich weiß, daß es mir leid tun wird, aber gut. Ich hör' dir zu. Aber ich verspreche nichts.«

»Wie wär's mit einem Schluck, während wir plaudern?« Winger und schüchtern? Von wegen. Sie marschierte in die Küche. Bevor ich die Tür schloß, warf ich noch einen Blick in die Runde. Man konnte nie wissen, wer sich an Wingers lange Beine geheftet hatte. Sie besaß nicht genug Hirn, sich umzusehen. Ihre Überlebensstrategie baute auf Glück, nicht auf Überlegung.

»Halleluja! Heilige Titten! Garrett! Guck dir bloß diese Dinger an!«

Mist! Das hatte ich jetzt davon, daß ich die Tür zum kleinen Zimmer nicht geschlossen hatte.

Auf der Straße sah ich nur ein paar Leute, Viecher, Zwerge, Elfen und eine Schwadron Zentaureneinwanderer. Das Übliche.

Ich schloß die Tür, warf im Vorbeigehen auch die Tür des kleinen Wohnzimmers zu und ignorierte die kreischenden Beschwerden, daß ich ihn vernachlässigte. »Halt den Schnabel, Vogel. Es sei denn, du willst direkt in die Freßschüssel eines Rattenmannes vernachlässigt werden.«

Er kreischte vor Lachen. Es war der reine Hohn.

Er platzte vor Selbstsicherheit. Für Rattenmänner habe ich bekanntlich nichts übrig, aber trotzdem würde ich ihnen so etwas nicht antun.

Dann schrie er Zeter und Mordio. Es machte mir nichts aus. Winger kannte das schon.

»Bedien dich«, sagte ich, als ich die Küche betrat. Als hätte sie das nicht schon längst getan. Sie hatte sich sogar den größten Humpen, meinen Lieblingskrug, unter den Nagel gerissen.

»Prost, Großer«, sagte sie zwinkernd. Sie wußte, was sie tat, aber sie hatte nicht mal genug Anstand, auch nur ansatzweise Verlegenheit zu heucheln. »Auf dich und deinen Kumpel nebenan.«

»Ach ja? Willst du einen Papagei?« Ich zapfte mir eins und setzte mich an den Küchentisch.

»Diese Krähe im Clownskostüm? Was soll ich damit?« Sie pflanzte sich mir gegenüber hin, vor ganzen Bergen schmutzigen Geschirrs.

»Hol dir eine Augenklappe und steig ins Piratengeschäft ein.«

»Ich weiß nicht, ob ich mit einem Holzbein tanzen

kann. Dann heißt es immer: ›Kraul mich, Splitterchen‹, oder ›Ritze, ratze, Atze‹.«

»Was?«

»Dacht' ich mir. Du willst mir einen Schmalspurpapagei unterschieben.«

»Hä?«

»Das ist kein echter Seemannsvogel, Garrett. Diese Kreatur ist ein Stadtpiepmatz. Der kennt sich in Gossensprache besser aus als ich.«

»Dann bring ihm doch ein paar Shanties bei.«

»Jo ho ho. Ist Dean endlich abgekratzt?« Sie warf einen vielsagenden Blick auf das Geschirr.

»Er ist verreist. Eine seiner Nichten heiratet. Suchst du einen Teilzeitjob?«

Winger kannte einige von Deans Nichten, die allesamt dem Wort reizlos eine völlig neue Dimension verliehen. Trotzdem riß sie sich zusammen und überhörte meinen Wink mit dem Geschirr geflissentlich. »Ich war auch mal verheiratet.«

O Junge. Hoffentlich fing sie jetzt nicht mit der Leier an. Übrigens war sie immer noch verheiratet, aber solche legalen Bagatellen konnten sie nicht hindern. »Komm mir nicht rührselig, Winger.«

»Rührselig? Willst du mich verarschen? Nach dieser Erfahrung wirkt selbst die Hölle heimelig.«

Winger ist ein bißchen ungewöhnlich, wenn ich das so sagen darf. Sie ist sechsundzwanzig, so groß wie ich und gebaut wie der sprichwörtliche Kleiderschrank, doppeltürig, versteht sich. Außerdem finden manche, daß sie Verhaltensprobleme hat. Ich kann nur einfach nicht rausfinden, wo sie eigentlich wohnt.

»Du wolltest meine Hilfe«, erinnerte ich sie. Es war ein Versuch. Mein Fäßchen war schließlich kein Füllhorn. Vielleicht war sie ja so einsam, daß sie mir den elenden Papagei abnahm.

»Hm.« Sie kam erst zur Sache, nachdem sie eine zweite Füllung abgestaubt hatte. Die Menge sagte mir, wie es um sie stand.

»Du siehst spitze aus, Winger.« Selbst Winger hört das gern. »Anscheinend geht es dir gut.«

Sie dachte, ich meinte ihren Aufzug. Der war wie immer ausfallend auffallend. »Wo ich arbeite, wollen sie, daß man sich flott kleidet.«

Meine Miene blieb regungslos. »Ungewöhnlich« ist die mildeste und zurückhaltendste Form, mit der man Wingers Geschmack beschreiben kann. Ich will es mal so ausdrükken: Man könnte sie selbst in einer Massenversammlung nicht aus den Augen verlieren. Wenn sie mit Diesem Gottverdammten Papagei auf der Schulter herumspazierte, würde keiner den Vogel bemerken. »Diese Klamotten sind ziemlich dezent. Als du für diesen Freak Lubbock gearbeitet hast ...«

»Es liegt an der Gegend. Die Bewohner verlangen, daß man sich anpaßt.«

Meine Gesichtsmuskeln begannen zu schmerzen. Wenn man sich über Winger amüsierte, wenn sie es nicht amüsant fand, konnte das verheerende Wirkungen auf die Gesundheit haben, vor allem, wenn man so blöd war, einen Spruch über ihre Anpassungsfähigkeit vom Stapel zu lassen.

»Der Alte ist unterwegs, hm? Und was ist mit dem häßlichen Ding?« Sie meinte meinen Partner, den Toten Mann, der so genannt wurde, weil er keine Fußmärsche mehr unternahm, seit ihm jemand vor vierhundert Jahren ein Messer in den Wanst gerammt hatte. Der Ausdruck »häßliches Ding« paßt auch. Er ist kein Mensch, sondern ein Loghyr. Das erklärt, warum er so lange nach seiner Ermordung immer noch sein Unwesen treibt. Loghyre sind langsam und stur, vor allem, wenn es darum geht, den Weg allen Irdischens zu gehen. Natürlich würde er sagen, sie sind bedachtsam.

»Schläft. Es ist Wochen her, seit er mich das letzte Mal genervt hat. Das reinste Paradies.«

Winger schnaubte verächtlich und strich sich das blonde Haar aus dem Gesicht. »Wacht er leicht auf?«

»Vielleicht, wenn das Haus abbrennt. Hast du was zu verbergen?« Der Tote Mann kann wirklich gut Gedanken lesen.

»Nicht mehr als sonst auch. Ich habe eine lange Trockenperiode hinter mir. Soweit ich gehört habe, wirst du im Moment auch nicht gerade verwöhnt.«

Typisch Winger, zurückhaltend und prüde. Irgendwie kannte sie weder Romantik noch Abenteuer. »Ich dachte, du hättest ein wichtiges Geschäft zu besprechen.«

»Wichtig?«

»Du hast fast die Tür eingetreten. Und mit einem Gejohle und Getöse den blöden Papagei aufgeweckt.« Dieser nervige Rostbraten kreischte ohne Pause. »Ich dachte schon, dir wären Killerelfen auf den Fersen.«

»Unsinn. Würde ich mich dann beschweren? Nein, ich habe eine echte Pechsträhne. Außerdem wollte ich nur, daß du mir zuhörst.« Sie füllte ihren Humpen und vergaß auch mich nicht. Dann ging sie in mein Büro. »Wie du willst, Garrett. Dann eben erst das Geschäft.«

Sie blieb stehen und lauschte. D. G. Papagei war so richtig in Fahrt. Winger zuckte mit den Schultern und betrat mein Büro. Ich folgte ihr zügig. Wenn man nicht aufpaßt, verirren sich manchmal Dinge in Wingers Taschen.

Ich brachte mich auf meinem Stuhl hinter meinem Schreibtisch in Sicherheit. Eleanor deckte mir den Rücken.

Finster musterte Winger das Gemälde und warf dann einen Blick auf das Buch. »Espinoza? Ist das nicht ein bißchen hoch für dich?«

»Das ist ein echter Knaller.« Espinoza war mir tatsächlich zu hoch, jedenfalls zum größten Teil. Er erörterte gern Fragen, auf die niemand kam, der für seinen Lebensunterhalt arbeiten mußte.

Ich hatte eine Freundin in der Königlichen Bibliothek besucht. Mehr als das Buch war nicht dabei herausgesprungen.

»Philosophie soll spannend sein? Wie eine Hämorrhoide. Der Mann braucht dringend ein Hobby.«

»Hat er ja, die Philosophie. Seit wann kannst du lesen?«

»Tu bloß nicht so überrascht. Ich lerne. Irgendwas muß ich mit meinen unverdienten Gewinnen ja anfangen. Ich dachte, Lesen und Schreiben könnten sich möglicherweise eines Tages als nützlich erweisen. Aber hauptsächlich habe ich dabei gelernt, daß es einen nicht schlauer macht, was Leute angeht.«

Ich kenne einige ziemlich trübselige Akademiker, Menschen, die in einer anderen Welt leben. Aber ich kam nicht dazu, Winger zuzustimmen, weil sie mir das Wort abschnitt. »Genug gequatscht. Ich will folgendes: Eine alte Schachtel namens Maggie Jenn wird dich vermutlich besuchen. Ich weiß nicht, was sie vorhat, aber mein Boß zahlt eine Wagenladung Geld, um es rauszufinden. Dieses Jenn-Weibsbild kennt mich, also kann ich nicht in ihre Nähe kommen. Deshalb hab' ich mir gedacht, du könntest dich von ihr engagieren lassen und mir verraten, was sie vorhat, damit ich das meinem Boß stecken kann.«

Ein klassischer Winger-Fall.

»Maggie Jenn?«

»Jep.«

»Irgendwie kommt mir der Name bekannt vor. Wer ist sie?«

»Da fragst du mich zuviel. Irgendeine alte Schachtel aus der Oberstadt.«

»Oberstadt?« Ich lehnte mich zurück, ganz der gestreßte Geschäftsmann, der sich eine kleine Pause für ein nettes Gespräch mit einer Freundin gönnt. »Ich hab' schon einen Fall.«

»Was ist es diesmal? Eine streunende Donnerechse?« Sie lachte. Ihr Lachen klang wie das Schnattern von Wildgänsen, die zum Überwintern nach Süden fliegen. »Miau, Miau.«

Vor ein paar Tagen hatte mich ein altes Muttchen herumgekriegt, nach ihrer verschwundenen, heißgeliebten Miezekatze zu suchen. Ich verzichte auf die Einzelheiten. Es ist schon peinlich genug, daß ich sie kenne. »Hat sich das rumgesprochen?«

Winger legte ihre Quadratlatschen auf meinen Schreibtisch. »Bis ins letzte Loch.«

Dean steckte in der Scheiße. Ich hatte es mit keinem Sterbenswörtchen erwähnt.

»Die beste Garrett-Geschichte, die ich seit langem gehört habe. Tausend Taler für eine Katze? Komm schon!«

»Du weißt schon, wie die alten Damen mit ihren Katern sind.« Die Katze war eigentlich nicht das Problem gewesen. Die Schwierigkeiten hatten begonnen, als ich ein Vieh gefunden hatte, daß eine Doppelgängerin dieses imaginären roten Biests gewesen war. »Wer hätte angenommen, daß eine süße alte Lady jemanden zum Sündenbock bei einem Betrug machen wollte?«

Sie schüttelte sich vor Lachen. »Ich hätte Verdacht geschöpft, als sie sich weigerte, dir ihre Adresse zu nennen.«

Meine Rettung war nur der Kater gewesen, den ich gefunden hatte. Mir war alles klar geworden, als ich versuchte, ihn zu ihr nach Hause zu bringen.

Der Tote Mann hätte mir diese Peinlichkeiten ersparen können. Wenn er wach gewesen wäre.

Ein Teil meines Unbehagens bei dieser ganzen Geschichte machte die Gewißheit aus, daß er es mir für den Rest meines Lebens unter die Nase reiben würde. »Vergiß es. Da wir gerade über alte Damen reden, sag mir doch, was diese Maggie Jenn von mir will.«

»Ich vermute, sie wird dich bitten, jemanden umzulegen.«

»Wie bitte?« Das hatte ich nicht erwartet. »He! Du weißt doch genau ...«

2. Kapitel

Jemand anders versuchte sich an meiner Haustür. Dieser Jemand müßte eine Eisenfaust haben, die größer als ein Hammer war. »Das gefällt mir nicht«, knurrte ich, während ich aufstand. »Immer wenn die Leute im Dutzend an meine Tür klopfen ...«

Winger leerte ihren Humpen mit einem Zug. »Ich verschwinde.«

»Weck bloß den Toten Mann nicht.«

»Machst du Scherze?« Sie deutete an die Decke. »Ich bin da oben. Wenn du hier fertig bist, komm und hasch mich.«

Das hatte ich befürchtet.

Eine Freundschaft ohne Ketten und ohne Verpflichtungen weist so ihre eigenen Tücken auf.

In dem kleinen Zimmer war es ruhig geworden. Ich blieb stehen und lauschte. Keine einzige Obszönität verunglimpfte die kostbare Stille. D. G. Papagei schlief wieder.

Sollte ich dafür sorgen, daß es das letzte Schläfchen dieses Dschungelhuhns wurde? Und der erste des Langen Schlafes, der erste auf der längsten Reise, der ...

Bumm, Bumm, Bumm.

Ich spähte durch das Guckloch.

Das einzige, was ich sah, war eine kleine Rothaarige, die sich von mir wegdrehte und etwas außerhalb meines Blickfeldes anstarrte. Diese halbe Portion hatte einen solchen Trommelwirbel veranstaltet? Dann war sie kräftiger, als sie aussah. Ich machte auf. Sie starrte immer noch die Straße hinab. Vorsichtig beugte ich mich vor.

Ein Stück weiter die Maconado Street warfen halbstarke Elfen verrottete Früchte von den Simsen und Dachrinnen eines häßlichen, zweistöckigen Hauses. Eine Bande Gnomen, die auf der Straße darunter hergingen, duckte sich, fluchte und schüttelte drohend ihre Spazierstöcke. Alle waren alt, trugen das übliche, triste Grau und hatten Backenbärte. Keine Bärte, sondern Backenbärte, wie man sie auf alten Porträts von Generälen, Prinzen und Industriekapitänen sieht. Anscheinend sind alle Gnomen alt und altmodisch. Ich habe noch nie einen Jungen oder ein weibliches Exemplar gesehen.

Ein flinker Tattergreis sang einen ausdrucksvollen Kriegsgesang über Rabattraten und verschiedene Zukünfte und schleuderte einen zerbrochenen Pflasterstein so hart, daß er einen Elfen traf. Der schlug eine Purzelbaum rückwärts von einem Wasserspeier. Die Gnomen stolzierten herum, gestikulierten mit ihren Stöcken und sandten Dankgebete in den Himmel an den Erhabenen Aktienkursfestsetzer. Da breitete der Elfenbengel seine Flügel aus, erhob sich in die Lüfte und kreischte spöttisch vor Lachen.

»Vergebliche Liebesmüh«, erklärte ich der Rothaarigen. »Viel Lärm um Nichts. Das geht schon den ganzen Monat so. Bis jetzt ist niemandem auch nur ein Härchen gekrümmt worden. Vermutlich sterben sie alle vor Scham, wenn tatsächlich was passiert.« Gnome sind so. Sie haben nichts dagegen, viel Geld mit der Finanzierung von Kriegen zu verdienen, aber sie haben nicht den Nerv, sich das Gemetzel auch anzusehen.

Vor der Kreuzung Macunado Street und Zauberzeile sah ich eine Sänfte. Daneben stand etwas, das wie eine Kreuzung zwischen Mensch und Gorilla aussah. Seine Hände paßten zu demjenigen, der oder das eben die Haltbarkeit meiner Tür getestet hatte. »Ist er zahm?«

»Eisenfaust? Er ist ein ganz Süßer. Und so menschlich wie Sie.« Der Tonfall der Rothaarigen legte nahe, daß sie annahm, ihr Kumpel Eisenfaust sei möglicherweise unbeabsichtigt beleidigt worden.

»Kann ich Ihnen zu Diensten sein?« Junge, ganz gleich zu welchen Diensten. Eisenfaust war schon vergessen.

Zu Rothaarigen bin ich besonders nett, jedenfalls so lange, bis sie nicht mehr nett zu mir sind. Rot war immer schon meine Lieblingsfarbe, dicht gefolgt von Blond und Brünett.

Die Frau drehte sich zu mir um. »Mr. Garrett?« Ihre Stimme war dunkel, heiser und sexy.

»Stimmt.« Was für eine Überraschung. Sie war viel älter, als ich sie geschätzt hatte. Aber die Zeit hatte ihr nichts anhaben können. Sie war der umwerfende Beweis, daß der Alterungsprozeß edle Weine erzeugt. Bei vorsichtiger, zweiter Schätzung stufte ich sie auf über fünfunddreißig, aber unter vierzig ein. Ich selbst bin ein zartfühlender, unschuldiger Dreißiger und giere normalerweise den reiferen Jahrgängen nicht so deutlich hinterher.

»Sie starren mich an, Mr. Garrett. Ist das nicht etwas unhöflich?«

»Hä? Oh. Ja. 'tschuldigung.«

Der Gottverdammte Papagei fing an, im Schlaf zu reden. Irgendwas über Nekrophilie. Das brachte mich wieder auf den Boden der Tatsachen zurück. »Was kann ich für Sie tun, gnä' Frau?« Außer dem Naheliegendsten, falls Sie nach Freiwilligen suchen. Jawoll!

Ich war verwirrt. Ja, Weibchen dieser Gattung sind meine Spezialität, mein blinder Fleck, aber der reife Typ spricht mich gewöhnlich nicht an. Aber dieser hier brachte mich vollkommen hoch. Und sie wußte es.

Geschäftstüchtig, Garrett, sehr geschäftstüchtig.

»Gnädige Frau, Mr. Garrett? Ist mein Reifeprozeß schon so weit fortgeschritten?«

Ich stammelte, überschlug mich und stolperte über meine Zunge, bis sie blau angelaufen war. Endlich hatte sie Mitleid und lächelte. »Können wir vielleicht aus dem Wetter gehen?«

»Gern.« Ich trat zur Seite und hielt die Tür auf. Was stimmte mit dem Wetter nicht? Es hätte nicht schöner sein können. Nicht ein einziges Wölkchen trübte den Himmel, der so blau war, wie man selbst nie sein konnte.

Sie ging an mir vorbei. Dabei drückte sie sich nicht absichtlich gegen mich. Es blieb ihr nichts anderes übrig. Ich schloß die Augen. Ich biß die Zähne zusammen. Ich plapperte. »Mein Büro liegt hinter der zweiten Tür rechts. Ich kann Ihnen leider nur Bier oder Brandy anbieten. Mein Haushälter ist aushäusig.« Die Frau mußte eine Hexe sein. Oder ich war außer Übung. Scheiße.

»Brandy wäre wunderbar, Mr. Garrett.«

Natürlich. Erste Klasse. »Komm sofort. Fühlen Sie sich wie zu Hause.« Ich fegte in die Küche und durchwühlte alle Schränke, bis ich Brandy fand. Ein ziemlich trauriger Rest. Dean versteckt das Zeug überall, damit ich nicht weiß, wieviel er gekauft hat. Ich schenkte aus der Flasche zwei Gläser ein und hoffte, daß es guter Stoff war. Was wußte ich von Brandy? Mein Lieblingsnahrungsmittel ist Bier. Ich sauste ins Büro. Die scharfe Rothaarige hatte auf dem Kundensessel Quartier bezogen und musterte Eleanor. Unwillkürlich runzelte sie dabei die Stirn. »Bitte sehr.«

»Danke. Ein sehr interessantes Bild. Es zeigt eine Menge, wenn man lange genug hinsieht.«

Ich warf meiner Süßen einen Blick zu, während ich mich setzte. Sie war eine wunderschöne Blondine, die entsetzt vor etwas floh, das im Hintergrund des Gemäldes nur angedeutet war. Betrachtete man das Bild jedoch richtig, erzählte es einem die ganze, finstere Geschichte. Es lag Magie darin, obwohl vieles davon verschwunden war, seit ich den Mann erwischt hatte, der Eleanor umbrachte.

Ich erzählte die Geschichte. Meine Besucherin konnte gut zuhören. Ich schaffte es gerade noch zu verhindern, daß ich völlig in meinen Hormonen untertauchte. »Sie sollten sich vielleicht vorstellen, bevor wir weiterreden. Ich mochte es noch nie, eine Frau ›Hey, Süße‹ zu rufen.«

Ihr Lächeln weichte meinen Zahnschmelz auf. »Mein Name ist Maggie Jenn. Margat Jenn, genau gesagt. Aber man ruft mich immer nur Maggie.«

Aha, das Monster aus der Prophezeiung. Wingers alte Schachtel. Sie mußte wohl ihren Gehstock irgendwo liegengelassen haben. »Maggie klingt gar nicht nach einer Rothaarigen«, platzte ich heraus.

Ihr Lächeln wurde noch strahlender. Unglaublich! »So naiv sind Sie doch sicher nicht, Mr. Garrett.«

»Garrett reicht. Mr. Garrett war mein Großvater. Nein. Es ist mir nicht entgangen, daß manche Frauen sich über Nacht verwandeln.«

»Es ist nur eine Tönung, wirklich. Ein bißchen roter als

mein natürlicher Ton. Eine kleine Eitelkeit. Ein weiteres kleines Rückzugsgefecht in meinem Krieg gegen die Zeit.«

Ja. Das arme, alte, zahnlose, häßliche Weib. »Sieht aus, als hätten Sie sie in die Flucht geschlagen.«

»Sie sind süß.« Sie lächelte wieder, und es wurde verdammt heiß. Dann beugte sie sich vor ...

3. Kapitel

Maggie Jenn schnappte sich meine linke Hand und drückte sie. »Manche Frauen lieben es, so angeschaut zu werden, Garrett. Manchmal bekommen sie sogar Lust, zurückzusehen.« Sie kitzelte meine Handfläche. Ich unterdrückte mit Mühe ein Hecheln. Sie wickelte mich ein, aber es störte mich nicht. »Aber ich bin geschäftlich hier, und es ist wichtig, also kommen wir lieber zur Sache.« Sie zog ihre Hand zurück.

Ich drohte zu schmelzen, als ich auf Entzug kam.

Ich überstand den Entzug.

»Ich mag dieses Zimmer, Garrett. Es verrät mir eine Menge. Und bestätigt, was ich über Sie gehört habe.«

Ich wartete. Alle Klienten machen diese Phase durch. Wenn sie hier auftauchen, sind sie verzweifelt. Sonst würden sie gar nicht erst kommen. Aber sie reden um den heißen Brei herum, bis sie endlich zugeben, daß ihr Leben völlig aus den Fugen geraten ist. Die meisten schließen mit der Schilderung, wie sie mich ausgewählt haben. Maggie Jenn bildete da keine Ausnahme.

Einige ändern ihre Meinung, bevor sie zum Punkt kommen. Nicht so Maggie Jenn.

»Ich wußte nicht, daß ich so bekannt bin. Das macht mir

angst.« Offenbar war mein Name in der herrschenden Klasse ziemlich bekannt. Maggie gehörte zweifellos zu dieser Oberschicht, auch wenn sie nicht verraten hatte, woher sie kam. Ich sollte diese Hochglanznummer meiden. Es gefällt mir nicht, aufzufallen.

»Sie stehen auf jeder Spezialistenliste, Garrett. Wenn man eine Kutsche haben will, geht man zu Linden Holzhauer. Will man einzigartiges Geschirr, geht man zu Reichmann, Platt & Söhne. Will man die besten Schuhe, kauft man bei Tate. Braucht man einen Schnüffler, engagiert man Garrett.«

»Wo wir gerade vom Schnüffeln reden ...«

»Sie wollen, daß ich zur Sache komme.«

»Ich bin es gewohnt, daß sich die Leute auf ihre persönlichen Schwierigkeiten einschießen.«

Sie dachte einen Augenblick nach. »Kann ich verstehen. Es ist schwer. Gut. Zur Sache. Ich brauche Ihre Hilfe, um meine Tochter zu suchen.«

»Hä?« Damit erwischte sie mich kalt. Ich hatte gespannt darauf gewartet, daß sie mich bat, jemanden umzulegen, und daß sie nur den normalen Garrett-Service wollte.

»Ich möchte, daß Sie meine Tochter suchen. Sie ist seit sechs Tagen verschwunden. Ich mache mir Sorgen. Was ist los? Sie sehen mich so merkwürdig an.«

»So sehe ich immer aus, wenn ich an Arbeit denke.«

»Dieser Ruf eilt Ihnen auch voraus. Wieviel kostet es, Sie aus dem Haus zu bewegen?«

»Mehr Informationen. Und eine Einigung über das Honorar.« Ha, ich konnte stolz auf mich sein. Ich übernahm das Kommando, war geschäftstüchtig und bekam meine Schwäche in den Griff.

Wieso war ich denn bereit, diesen Fall praktisch unbesehen zu übernehmen?

Trotz meines Rufes und meiner früheren notorischen Faulheit hatte ich in letzter Zeit regelmäßig gearbeitet. Es waren immer nur kleine Jobs gewesen, aber so konnte ich wenigstens Dean, dem Toten Mann und Dem Gottverdammten Papagei aus dem Weg gehen. Erstere leiden unter der Verblendung, daß die Welt besser würde, wenn ich mich zu Tode schufte. Der Papagei nervt einfach nur.

»Sie heißt Justina, Garrett. Sie ist zwar erwachsen, aber noch nicht sehr lange. Und ich bewache sie nicht mehr auf Schritt und Tritt.«

»Eine Erwachsene? Wie alt waren Sie da? Zehn? ...«

»Mit Schmeichelei erreichen Sie bei mir alles, was Sie wollen. Ich war achtzehn. Vor drei Monaten ist sie achtzehn geworden. Sparen Sie sich die Mühe, es auszurechnen.«

»He, Sie sind ja ein richtiges Küken. Einundzwanzig plus ein paar Jahre Erfahrung. Sie brauchen noch nicht mit dem Zählen aufzuhören. Ich wette, daß eine Menge Leute Sie für Justinas Schwester halten.«

»Was sind Sie doch für ein Süßholzraspler.«

»Eigentlich bin ich nur ehrlich. Ich bin viel zu abgelenkt, um ...«

»Die Mädchen müssen verrückt nach Ihnen sein, Garrett.«

»Klar. Hören Sie nicht, wie sie auf den Straßen gingen und die Wände hochklettern, damit sie durchs Fenster in den ersten Stock kommen?« Da TunFaire nun mal TunFaire ist, hat mein Haus nur ein Fenster im Erdgeschoß, und zwar in der Küche. Es ist mit Eisenstangen geschützt.

Maggie Jenns Augen funkelten. »Ich bedaure langsam, daß ich Sie nicht früher kennengelernt habe, Garrett.« Diese Augen! Sie versprechen alles. Vielleicht bedauerte ich es ja auch schon.

Eine Rothaarige bringt mich eben immer dazu, durch jeden beliebigen Reifen zu springen.

»Zur Sache. Noch mal. Justina ist in schlechte Gesellschaft geraten. Nichts Konkretes, nein. Einfach nur Jugendliche, die ich nicht mag. Ich habe das Gefühl, daß sie etwas Übles vorhaben. Allerdings habe ich nichts gesehen, was das bestätigen könnte.«

An Eltern, die nach ihren ausgerissenen Kindern suchen, fällt eins auf. Sie mögen niemanden, den ihre Kinder mögen. Und ihr Kind ist immer deswegen weggelaufen, weil es in schlechte Gesellschaft geraten ist. Selbst wenn sie beteuern, sie wollten kein Urteil fällen, deuten sie doch an, daß diese Freunde nichts taugen. Und wenn es sich dabei bei diesen Freunden auch noch um solche vom anderen Geschlecht handelt, dann wehe ihnen!

»Ich nehme an, Sie wollen alles über sie erfahren, bevor Sie anfangen, richtig?«

Offenbar ging sie stillschweigend davon aus, daß ich für Mamma Jenn arbeiten würde. Mamma Jenn bekam anscheinend immer, was sie wollte. »Das wäre das beste. Ich kannte mal einen Mann in meiner Branche, der sich immer ganz in denjenigen hineinversetzt hat, den er jagte. Er hat alles ignoriert, bis auf den Charakter der Person, hinter der er her war. Er ist sogar fast zu diesem Kerl geworden. Natürlich hätte er sein Opfer manchmal schneller gefunden, wenn er auf den größeren Zusammenhang geachtet hätte.«

»Sie müssen mir bei Gelegenheit einmal von Ihren Fällen erzählen. Diese Seite der Wirklichkeit kenne ich kaum. Es muß aufregend sein. Ich schlage vor, Sie kommen zum Abendessen zu mir, sehen sich Justinas Zimmer und ihre Sachen an und stellten Ihre Fragen. Dann können Sie entscheiden, ob Sie den Fall übernehmen oder nicht.« Sie lächelte mich auf eine Art an, die ihre früheren Versuche null und nichtig machten. Sie war zuversichtlich. Ich wurde geröstet, getoastet, bestrichen und verspeist und genoß jede einzelne Sekunde.

»Zufällig habe ich heute abend Zeit«, sagte ich.

»Wunderbar.« Sie stand auf und zog fleischfarbene Handschuhe an, die ich vorher nicht bemerkt hatte. Dann betrachtete sie Eleanor und erschauerte. Eleanor hat manchmal diese Wirkung. »Zur fünften Stunde?« fragte Maggie.

»Ich komme. Aber Sie müssen mir noch sagen, wohin.«

Ihre Miene verfinsterte sich. Großer Fehler, Garrett. Ich hätte es wissen sollen, ohne daß man es mir sagen mußte. Unglücklicherweise wußte ich wenig über Maggie Jenn, und ich hatte nicht einmal geahnt, daß es sie verstimmen würde, wenn ich nicht wußte, wer sie war und wo sie wohnte.

Die Lady hatte Klasse. Sie fing sich sofort und zögerte nur einen winzigen Moment, bevor sie mir ihre Adresse nannte.

Plötzlich wurde ich sehr nervös.

Wir sprachen von der Oberstadt, und zwar ganz oben in der Oberstadt, wo die Mächtigsten und Reichsten der Mächtigen und Reichen residierten. So weit oben, wo die dünne Luft der beste Anzeiger für den Reichtum und die Macht ist. Die Straße zum Blauen Halbmond hätte für mich genausogut in der Milchstraße liegen können.

Maggie Jenn war eine Lady mit erstklassigen Beziehungen, aber ich kam immer noch nicht darauf, warum ich das Gefühl hatte, ihren Namen kennen zu müssen.

Meine Erinnerung sollte in einem äußerst unpassenden Moment einsetzen.

Ich begleitete die entzückende Lady zur Haustür. Die entzückende Lady warf mir weiterhin schmachtende und einladende Blicke zu. Ich fragte mich, ob wir heute abend das Thema »verlorene Tochter« auch nur streifen würden.

4. Kapitel

Fasziniert sah ich zu, wie Maggie Jenn hüftschwingend zu ihrer Sänfte schritt. Sie wußte, daß ich zusah. Und sie machte eine erstklassige Show draus.

Dieser abgebrochene Killerriese Eisenfaust beobachtete mich beim Zusehen. Ich konnte mich des Eindrucks nicht erwehren, daß er etwas gegen mich hatte.

»Du hörst wohl nie auf zu geifern, was?«

Erst jetzt fiel mir auf, daß ich mich tatsächlich hingesetzt hatte, um jeden Zentimeter von Maggie Jenns Abgang zu genießen. Ich riß meinen Blick los und überprüfte, welche meiner aufdringlichen Nachbarinnen sich herausnahm, mich mit ihrer kalten Mißbilligung zu überschütten. Doch statt dessen entdeckte ich eine sehr attraktive Brünette. Sie hatte sich aus der anderen Richtung herangeschlichen.

»Linda!« Meine Freundin aus der Königlichen Bibliothek, an die ich gedacht hatte, während ich statt ihrer Espinozas Buch umarmte. »Das ist die netteste Überraschung, die ich seit langem erlebt habe.« Ich richtete mich ein wenig auf, um auf gleicher Höhe mit ihr zu sein. »Ich bin froh, daß du deine Meinung geändert hast.« Linda war knapp einsfünfzig groß, hatte wunderschöne, braune, unschuldig blickende Augen und war die süßeste Bibliothekarin, die ich mir vorstellen konnte.

»Kusch, Junge. Wir sind hier in der Öffentlichkeit.«
»Dann komm in meinen Salon.«
»Wenn ich das mache, vergesse ich, warum ich herge-

kommen bin.« Sie setzte sich auf die Treppenstufen, preßte artig die Knöchel zusammen, zog die Knie unters Kinn, umschlang sie mit den Armen und warf mir einen Blick voll mädchenhafter Unschuld zu, der mich, wie sie genau wußte, in einen Liebeszombie verwandeln würde.

Heute war anscheinend Weltspieltag und ich das Weltspielzeug.

Aber damit komme ich klar. Ich bin für diese Rollen geboren.

Linda Luther war absolut nicht unschuldig, ganz gleich, welchen Eindruck man auf den ersten Blick davon haben konnte. Aber sie versuchte aus Leibeskräften, die Eisheilige zu spielen, die nach Meinung einiger Leute eine Bibliothekarin sein sollte. Sie versuchte es, aber es klappte nicht. Echtes Eis war ihr fremd. Ich stand einfach da, pflanzte mein gewinnendstes Grinsen auf und wartete zuversichtlich darauf, daß sie sich selbst in mein Haus und in mein Bett reden würde.

»Hör auf damit!«

»Womit?«

»Mich so anzusehen. Ich weiß genau, was du denkst ...«

»Ich kann nichts dagegen machen.«

»Siehst du, ich vergesse, weshalb ich hergekommen bin.«

Ich glaubte ihr keine Sekunde, aber ich bin ein guter Junge. Eine Zeitlang spiele ich einen Schabernack gern mit.

»Okay. Dann erzähl's mir.«

»Wie?«

»Was hat dich hergebracht, wenn nicht mein unwiderstehlicher Charme?«

»Ich brauche deine Hilfe. Beruflich.«

Warum ausgerechnet ich?

Ich konnte es nicht glauben. Bibliothekarinnen geraten

nicht in Situationen, in denen sie die Hilfe von Jungs wie mir brauchen, um sie aus der Klemme zu befreien. Jedenfalls nicht so süße kleine Zuckerpüppchen wie Linda Luther.

Ich ging langsam auf meine Tür zu. Linda war in Gedanken, stand auf und folgte mir. Dann war sie drinnen, und die Haustür war verschlossen und verriegelt. Ich versuchte, sie an dem kleinen Salon vorbeizuschmuggeln. Der Gottverdammte Papagei murmelte im Schlaf Obszönitäten. Die liebliche Linda beachtete es nicht. Ich erinnerte mich wieder, warum ich so scharf auf dieses Mädchen war. »Was beunruhigt dich so?«

Das war ihre große Chance, irgendwas Gescheites und Zweideutiges von sich zu geben, eine Gelegenheit, die sie normalerweise nicht hätte verstreichen lassen. Aber sie stöhnte nur. »Ich werde gefeuert. Ich weiß es ganz genau.«

»Das ist sehr unwahrscheinlich.« Also wirklich.

»Du verstehst es nicht. Ich habe ein Buch verloren, Garrett. Ein sehr seltenes Buch. Eins, das nicht ersetzt werden kann. Es ist vielleicht sogar gestohlen worden.«

Ich ging in mein Büro, und Linda folgte mir. Wo war meine Anziehungskraft, wenn ich sie am dringendsten brauche?

»Ich muß es zurückbekommen, bevor sie es rauskriegen«, fuhr Linda fort. »Es gibt keine Entschuldigung, daß mir so was passieren konnte.«

»Beruhige dich. Atme erst mal durch. Dann erzähl mir alles, von Anfang an. Ich habe schon einen Job, der mich eine Weile beschäftigen wird. Aber immerhin besteht die Chance, daß ich einen Vorschlag habe.«

Ich faßte sie bei den Schultern und führte sie zu meinem Klientenstuhl. Sie setzte sich.

»Erzähl von Anfang an«, erinnerte ich sie.

Aargh! Alle schönen Pläne waren für die Katz! Statt ihr trauriges Wehgejammer zu spinnen, stotterte und gestikulierte sie herum. Ihre ursprüngliche Sendung hatte sie völlig vergessen.

Oh-Oh.

Der Espinoza. Mitten auf meinem Schreibtisch.

Ich hatte nicht alle Formalitäten beachtet, als ich ihn mir geborgt hatte. Die Herren der Bibliothek vertrauen uns gewöhnlich Sterblichen sowieso keine Bücher an. Wir könnten ja darin auf Ideen stoßen.

Ich erwiderte etwas Fadenscheiniges, das in dem Aufruhr völlig unterging. Genausowenig gelang es mir, sie auf den Grund für ihr Kommen zurückzusteuern. »Wie konntest du mir das antun, Garrett? Ich stecke schon in der Klemme ... Wenn sie dieses Buch auch noch vermissen, bin ich tot. Wie konntest du nur?«

Na ja, dieses Wie war ziemlich einfach gewesen. Es war kein großes Buch, und der alte Grau Jacke am Eingang, ein Veteran, der Wache spielte, hatte gerade ein Nickerchen gehalten. Außerdem hatte er ein Holzbein.

Aus dem Mäulchen meiner lieblichen Linda ergoß sich ein gewaltiger Wortschall. Es war eine beeindruckende Vorstellung. Sie schnappte sich den Espinoza, als wäre das Buch ihr Erstgeborener, der von einem Zwerg mit vielsilbigem Namen und jähzornigem Wesen entführt zu werden drohte.

Wie sollte man gegen Panik argumentieren? Ich schaffte es nicht.

Plötzlich machte sich Linda aus dem Staub. Ich kam nicht schnell genug um den Schreibtisch herum. Sie quietschte bei jedem Schritt zur Haustür.

Lora! kreischte Der Gottverdammte Papagei. Was für ein großartiger Anlaß, die Hölle losbrechen zu lassen. Er machte sich sofort ans Werk.

Einen Moment später sah ich Linda nach, die die Macunado entlangrannte. Ihre Wut war ihrem Gang so deutlich anzusehen, daß ihr selbst die beiden zwei Meter vierzig langen Riesen aus dem Weg gingen.

Ihr Besuch war so kurz gewesen, daß ich noch einen letzten Blick auf Maggie Jenns Kutsche erhaschte, bevor sie ebenfalls im Verkehr verschwand. Eisenfaust warf mir als Abschied einen finsteren Blick zu.

Was für ein Tag! Was kam jetzt?

Eins war sicher. Es würden keine weiteren entzückenden Ladies zu mir kommen.

Genau der richtige Moment, sich anzuhören, was Eleanor von Maggie Jenn hielt.

5. Kapitel

Ich machte es mir hinter meinem Schreibtisch bequem und starrte Eleanor an. »Was hältst du von Maggie, Darling? Soll ich mal wieder Opportunist spielen? Und ihr den Hof machen, obwohl sie älter ist als ich?«

Eleanor sagt nicht viel, aber ich bin gut darin, ihr Worte in den Mund zu legen. »Ja, ich weiß. Ich bin auch dir hinterhergestiegen. Einem Geist.« Das muß man sich mal vorstellen. Fasziniert war ich bei ein paar tausend Gelegenheiten, aber hoffnungslos verliebt war ich nur zweimal, und das letzte Mal erst kürzlich in eine Frau, die gestorben war, als ich erst vier Jahre auf dem Buckel hatte. »Also, was heißt das schon, daß sie ein paar Jahre älter ist, he?«

Mir passieren immer solche miesen Geschichten. Vampire. Tote Götter, die versuchen, aufzuerstehen. Killerzombies. Serienmörder, die fröhlich weitermetzeln, nachdem man sie in die ewigen Jagdgründe geschickt hat. Warum sollte mir also eine Affäre mit einem weiblichen Geist verrückt vorkommen?

»Ja, ich weiß. Es wäre zynisch. Was? Na klar will sie mich benutzen. Das weiß ich. Aber es gibt sicher schlechtere Arten, benutzt zu werden.«

Plötzlich grölte jemand. »He, Garrett. Ich krieg' hier oben langsam graue Haare.«

Winger. Verdammt. Ich kann ja nicht an alles denken, oder? Langsam stand ich auf, immer noch in Gedanken. Maggie Jenn hatte mich verzaubert, daran bestand kein Zweifel. Ich hatte ihretwegen sogar fast meine Enttäuschung über Lindas Benehmen vergessen.

Winger saß auf der Treppe und erwartete mich. »Was hält dich denn auf, Garrett? Die alte Schachtel ist vor einer Viertelstunde verschwunden.« Über Lindas lärmenden Auftritt ging sie geflissentlich hinweg.

»Ich hab' nachgedacht.«

»Nicht ungefährlich für einen Kerl in deinem Zustand.«

»Hä?« Mir fiel keine schlagfertige Antwort ein. Zum etwa zehntausendsten Mal in meinem Leben. Die perfekte Erwiderung kam mir, wenn ich mich kurz vor Morgengrauen schlaflos in meinem Bett wälzte.

Winger schritt zum Zimmer des Toten Mannes und warf einen kurzen Blick hinein. Sein Zimmer nimmt das halbe Erdgeschoß in Beschlag. Ich sah über Wingers Schulter. Seine vierhundertfünfzig Pfund ruhten noch auf seinem Stuhl. Totenstill. Der elefantenartige Rüssel des Loghyr baumelte etwa dreißig Zentimeter weit über seiner Brust. Er war etwas eingestaubt, aber bis jetzt zeigte er noch keinen Ungezieferbefall. Es war sinnlos, vorher sauberzumachen. Vielleicht kam Dean ja inzwischen auch nach Hause und ersparte mir die ganze Mühe.

Winger ging rückwärts aus dem Zimmer und packte meinen Ellbogen. »Er ist weggetreten.« Das wußte sie, weil er nicht auf sie reagiert hatte. Für Frauen hat er nichts übrig, und für Winger schon gar nichts. Einmal hatte ich ihm damit gedroht, Dean rauszuschmeißen und Winger statt dessen einzustellen.

»Was hat sie gesagt?« fragte Winger, während wir nach oben gingen. »Wer ist das Opfer?«

»Das weißt du nicht?«

»Ich weiß es nicht genau. Ich weiß nur, daß man mir einen Haufen Gold zahlt, damit ich es rausfinde.«

Gold bedeutete Winger viel, und nicht nur ihr. Es ist für uns alle wichtig, ohne daß wir was dagegen tun könnten. Es ist schön, wenn es da ist, und macht Spaß, wenn man damit umgeht. Aber Winger behandelt es wie einen Schutzheiligen.

»Sie will, daß ich ihre Tochter suche. Das Mädchen ist seit sechs Tagen verschwunden.«

»Was? Verdammt. Ich war absolut sicher, daß es um einen Mord ging.«

»Warum?«

»Einfach nur so. Vermutlich habe ich einfach nur die Hinweise falsch interpretiert. Du sollst ihr Kind suchen? Übernimmst du den Job?«

»Ich denk' drüber nach. Erst mal muß ich sie besuchen und mir das Zimmer ihrer Tochter ansehen, bevor ich mich entscheide.«

»Aber du wirst den Job annehmen, richtig? Und dann gleich doppelt kassieren.«

»Eine faszinierende Idee. Nur habe ich bis jetzt noch keinen Heller von niemandem bekommen.«

»Du raffinierter Mistkerl. Denkst du darüber nach, die alte Schachtel flachzulegen, während du hier neben mir stehst und nur das eine in der Birne hast. Du bist echt ein Hurensohn.«

»Winger! Die Frau könnte meine Mutter sein.«

»Dann lügst entweder du oder deine Mutter, was euer Alter angeht.«

»Du behauptest doch die ganze Zeit, sie wäre eine alte Schachtel.«

»Was hat das damit zu tun? Mist, ich vergebe dir, Garrett. Wie gesagt, du bist hier. Und sie nicht.«

Sich mit Winger zu streiten ist genauso sinnvoll, wie gegen einen Wirbelsturm anzuspucken. Man hat keine guten Karten.

Ich schaffte es nur durch einen übermenschlichen Kraftakt, so zeitig von Winger loszukommen, daß ich noch pünktlich bei Maggie Jenn zum Dinner eintrudelte.

6. Kapitel

»Tata«, begrüßte ich den Toten Mann – allerdings leise, damit Der Gottverdammte Papagei es nicht hörte. »Ich habe den Tag mit einer wunderschönen Blondine verbracht. Und den Abend verbringe ich mit einer großartigen Rothaarigen.«

Er reagierte nicht. Wäre er wach gewesen, hätte er es mit Sicherheit getan. Für Winger hatte er einen besonderen Platz in seiner Mördergrube von einem Herzen reserviert. Meine Drohung, sie zu heiraten, hatte er fast geglaubt.

Ich lachte liebevoll, aber ohne zu verzeihen, und schlich auf Zehenspitzen zur Vordertür. Bevor er abgereist war, hatte Dean noch ein Schloß an der Tür installiert, als hätte ich nicht auch überlebt, bevor er zur Stelle war, um Riegel und Balken hinter mir vorzuschieben. Dean vertraute immer den falschen Dingen. Ein Schloß hält nur ehrliche Menschen auf. Unser wahrer Schutz ist der Tote Mann.

Loghyr sind vielseitig talentiert, tot oder lebendig.

Ich schlenderte davon und lächelte, ohne auf die Zänkereien um mich herum zu achten. Wir haben eine Menge Nichtmenschen in der Nachbarschaft. Die meisten sind rauhe Flüchtlinge aus dem Cantard, die sich nie scheuen, ihre Meinung zum Besten zu geben. Sie stritten sich ständig.

Schlimmer noch waren die Proto-Revolutionäre. Sie bevölkerten jeden Heuboden und jedes Schlafzimmer. Sie überfluteten die Tavernen, wo sie sich immer närrischer über immer weniger praktikable Dogmen stritten. Ich verstand, was sie umtrieb. Von der Krone hielt ich auch nicht viel. Aber ich wußte, daß keiner von uns, weder sie noch ich, fähig war, in die Fußstapfen des Königs zu treten.

Eine richtige Revolution würde die Dinge noch verschlechtern. Heutzutage waren sich keine zwei Revolutionäre über den karentinischen Staat einig. Also würde es ein gigantisches Gemetzel setzen, bevor ...

Außerdem hatte es schon mehrere Versuche einer Revolution gegeben. Aber so dilettantisch, daß kaum mehr Leute als die Angehörigen der Geheimpolizei davon wußten.

Ich ignorierte die bärtigen, schwarz gekleideten Agenten des Chaos an den Ecken, die sich paranoid umsahen, während sie sich über doktrinären Müll stritten. Die Krone war nicht besonders in Gefahr. Ich habe gute Beziehungen zur neuen Stadtpolizei, der Wache. Man sagt, daß die Hälfte der Revolutionäre in Wirklichkeit Spitzel sind.

Ich winkte Leuten zu und pfiff. Es war ein wundervoller Tag.

Leider war ich beruflich unterwegs. Obwohl ich vor mich

hinflötete, während ich zu einem Abendessen mit einer wunderschönen Frau unterwegs war, sah ich mich um. Und bemerkte den Kerl, der mir folgte.

Ich schlenderte umher. Ich trödelte. Ich versuchte herauszufinden, was dieser Clown im Schilde führte. Er war nicht besonders gut, also wog ich meine Möglichkeiten ab.

Am besten gefiel mir, den Spieß einfach umzudrehen. Ich konnte ihn abschütteln und ihm folgen, wenn er losging, Bericht zu erstatten.

Ich muß zugeben, daß ich leider Feinde habe. Im Verlauf meiner Arbeit verstimmte ich gelegentlich einige unerfreuliche Leute. Einige von ihnen wollen vielleicht eine alte Rechnung begleichen.

Ich kann keine schlechten Verlierer leiden.

Mein Freund Morpheus Ahrm ist ein professioneller Killer, der sich als vegetarischer Gourmet tarnt. Er behauptet, daß ich selbst schuld bin, wenn ich meine Verfolger lebendig zurücklasse.

Ich beschattete meinen Schatten, bis ich sicher war, daß ich mit ihm fertig werden würde. Dann beeilte ich mich, um rechtzeitig zu meiner Verabredung mit Maggie Jenn zu kommen.

7. Kapitel

Die Jenn-Residenz war ein Fünfzig-Zimmer-Schuppen am Rand des innersten Zirkels der Oberstadt. Kein einfacher Händler, ganz gleich wie reich oder mächtig, konnte den innersten Kreis jemals erreichen.

Seltsam. Maggie Jenn hatte gar nicht so aristokratisch auf mich gewirkt.

Der Name nagte immer noch an mir. Ich wußte immer noch nicht, warum ich glaubte, ihn kennen zu müssen.

Dieser Teil der Oberstadt bestand fast ausschließlich aus Stein, wo auch immer man hinsieht. Keine Höfe, keine Gärten, keine Bürgersteige, kein Grün, außer in sehr seltenen Balkonkästen im zweiten Stock. Keine Ziegelsteine. Rote und braune Ziegel waren was für den Plebs. Das konnte man vergessen. Hier wurden Steine aus Steinbrüchen anderer Länder benutzt, Steine, die Hunderte von Meilen transportiert worden waren.

Ich war noch nie hiergewesen und verlor folglich die Orientierung.

Es gab keine Zwischenräume zwischen den Gebäuden. Die Straße war so schmal, daß zwei Kutschen nicht aneinander vorbeipaßten, ohne daß eine fast an die Wand gedrückt wurde. Es war hier sauberer als in der restlichen Stadt, aber die grauen Steinpflaster und die Häuser schufen trotzdem eine trübe Atmosphäre. Zwischen den Häuserschluchten entlangzugehen war, wie auf dem Grund einer trostlosen Kalksteinschlucht dahinzuwandern.

Jenn wohnte mitten in einem unauffälligen Block. Der Eingang ähnelte eher einem besäulten Tor als einer heimeligen Haustür. Kein einziges Fenster führte zur Straße, sondern man sah sich einer glatten Steinwand gegenüber, die nicht einmal geschmückt war, sehr untypisch für die Oberstadt. Der Baustil der Hügelianer wetteifert normalerweise darum, den schlechten Geschmack ihrer Nachbarn in den Schatten zu stellen.

Irgendein cleverer Architekt muß einem ansonsten intelligenten Typen die Vorstellung untergejubelt haben, daß Reinheit das Symbol des Ruhms wäre. Zweifellos hatte ein Vermögen den Besitzer gewechselt, denn dieses asketische Aussehen war sicherlich kostspieliger als jedes steinerne Lebkuchenhäuschen.

Ich dagegen mag es gern billig. Mir reichen ein Haufen besonders häßlicher Wasserspeier und ein paar kleine Jungs, die von den Ecken der Dachrinnen runterpissen.

Der Klopfer war so vornehm, daß man ihn suchen mußte. Er bestand nicht aus Messing, sondern aus irgendeinem grauen Metall, vielleicht Zinn. Er brachte ein dezentes und schwaches *Tick Tick* hervor, das unmöglich jemand da drin hören konnte.

Die einfache Teakholztür schwang sofort auf, und ich stand einem Kerl gegenüber, der aussah, als hätten ihm böswillige Eltern irgendwann um die Jahrhundertwende den Namen Fürchtenicht angehängt. Er wirkte, als hätte er zahllose Dekaden damit zugebracht, sich dagegen zu wehren, dem Bild zu entsprechen, das ein solcher Name mit sich bringt. Er war lang, knochig und gebeugt. Seine Augen waren gerötet, er hatte weißes Haar, und seine Haut war leichenblaß wie die eines Dunkelelfen, eines Geisterbeschwörers. »Das wird also aus ihnen, wenn sie alt werden. Sie hängen die Schwarzen Schwerter an den Nagel und werden Butler.« Sein Adamsapfel sah aus, als würge er gerade an einer Pampelmuse. Er sagte kein Wort, sondern stand nur da wie ein Bussard, der darauf wartet, daß sein Imbiß abkühlt.

Er hatte die größten, knochigsten und buschigsten Augenbrauen, die ich je gesehen habe. Es waren die reinsten Dschungel.

Unheimlicher Bursche.

»Dr. Tod, nehme ich an?« Dr. Tod war eine Figur aus den herumreisenden Kasperltheatern. Fürchtenicht und der böse Doktor hatten einiges gemeinsam, nur war die Handpuppe etwa einsachtzig kleiner.

Einige Menschen haben einfach keinen Humor. Und hier stand ein Prachtexemplar dieser Gattung vor mir. Fürchtenicht lächelte nicht und zuckte nicht einmal mit einem der Wäldchen über seinen Augen. Aber er war der Sprache mächtig. Und zwar eines einigermaßen verständlichen Karentinisch. »Haben Sie einen Grund, dieses Haus heimzusuchen?«

»Klar.« Mir gefiel sein Ton nicht. Der Ton von Hügelianerlakaien gefiel mir nie. Ihr Näseln hat immer etwas Arrogant-Snobistisches. »Ich wollte nur rausfinden, ob ihr Jungs tatsächlich in der Sonne schrumpelt.« Ich saß bei unserem Spielchen am längeren Hebel, denn ich wurde erwartet, und man hatte ihm meine Beschreibung gegeben. Er hatte mich nämlich erkannt.

Im anderen Fall hätte er mir die Tür vor der Nase zugeschlagen und die Patrouillen verständigt, die die Reichen und Mächtigen vor solchen Würmern wie mich schützen. Dann wäre schon eine Legion hierher unterwegs, um mir eine saftige Abreibung zu verpassen.

Wenn ich so darüber nachdachte, mußte ich die Möglichkeit einräumen, daß sie durchaus trotzdem unterwegs sein könnten, falls Fürchtenicht einen Kumpel mit genausowenig Humor hatte. »Ich heiße Garrett«, verkündete ich. »Maggie Jenn hat mich zum Abendessen eingeladen.«

Der alte Knacker trat zurück. Er sagte kein Wort, aber es war deutlich, daß er im stillen die Weisheit seiner Herrschaft in Frage stellte. Ganz offenbar ließ er nur ungern Leute wie mich ins Haus. Nicht auszudenken, was sie alles aus meinen Taschen holen mußten, bevor sie mich gehen ließen. Noch schlimmer: Vielleicht schleppte ich ja Flöhe mit ein, die bald ihre Teppiche bevölkern würden.

Ich warf einen Blick zurück auf meinen Schatten. Der arme Kerl versuchte nach Kräften, so unverdächtig wie möglich zu wirken.

»Nette Tür«, erklärte ich, als ich sah, wie dick sie war. Sie maß bestimmt zehn Zentimeter. »Erwarten Sie den Schuldeneintreiber mit einem Rammbock?« Die Hügelianer könnten sich solche Probleme leisten. Mir würde nie jemand genug Gold borgen, daß ich in eine solche Bredouille käme.

»Folgen Sie mir.« Fürchtenicht drehte sich um.

»Es sollte heißen: ›Folgen Sie mir, Sir.‹« Warum entwickelte ich nur sofort eine Abneigung gegen den Kerl? »Ich bin der Gast und du der Handlanger.« Ich fing an, Revolutionen mit anderen Augen zu betrachten. Wenn ich mich mit Linda in der Königlichen Bibliothek treffe, stöbere ich auch ein bißchen in den Büchern herum. Einmal habe ich eins über Rebellionen in die Finger gekriegt. Anscheinend bekamen die Diener bei solchen Umstürzen ihr Fett weit mehr weg als ihre Herren, es sei denn, sie waren umsichtig genug, sich als Spitzel der Rebellen zu verdingen.

»Tatsächlich.«

»Oh. Es spricht. Geh er voran, Fürchtenicht.«

»Ich heiße Zeck, Sir.« Das ›Sir‹ klang sehr sarkastisch.

»Zeck?« Das war so schlimm wie Fürchtenicht. Fast.

»Ja, Sir. Folgen Sie mir. Die Herrin wartet nicht gern. Sir.«

»Dann geh voran. Die tausend Götter TunFaires mögen verhüten, daß wir den Zorn Ihrer Rothaarigkeit entflammen.«

Zeck würdigte mich keiner Reaktion. Er dachte wohl, ich hätte ein Verhaltensproblem. Womit er vollkommen richtig lag, wenn auch aus den falschen Gründen. Und ich schämte mich ein wenig. Er war vermutlich ein netter alter Herr mit einer ganzen Herde von Enkeln, der gezwungen war, über seine Pensionierung hinaus zu arbeiten, weil er undankbare Sprößlinge versorgen mußte, Leibesfrüchte irgendwelcher im Cantard gefallener Söhne.

Ich glaubte den Schmonzes nicht eine Sekunde.

Das Innere des Palastes hatte nicht die geringste Ähnlichkeit mit seinem Äußeren. Es war zwar inzwischen ziemlich angestaubt, mußte aber früher einmal der Wunschtraum eines Verlierers aus dem Hafenviertel gewesen sein, der sich für einen großen Potentaten hielt. Oder eines großen Potentaten mit dem scheußlichen Geschmack eines Spießers aus dem Hafenviertel. Es gab ein bißchen davon und ein wenig hiervon und ... es fehlten eigentlich nur noch ein paar verschleierte Bauchtänzerinnen.

Es war ein schauderhafter Ort, mit stillos zur Schau gestelltem Wohlstand. Kitsch überall, wo man hinsah, und zwar zuviel davon. Und es wurde noch mehr, je weiter wir uns dem Mittelpunkt der Höhle näherten. Wir schienen von Zone zu Zone zu geraten, und jede wetteiferte mit der vorherigen um den Wanderpokal für schlechten Geschmack.

»Wow!« Ich konnte mich nicht länger beherrschen. »Das ist das I-Tüpfelchen.« Es war ein Schirmständer aus einem Mammutfuß. »Davon gibt es nicht viele.«

Zeck sah mich verschlagen von der Seite an und interpretierte meine Miene beim Anblick dieses eher bodenständigen Designerprunkstücks richtig. Sein steinerner Gesichtsausdruck löste sich einen Moment, und er stimmte mir zu. In diesem Augenblick schlossen wir einen sehr wackligen Waffenstillstand.

Der zweifellos nicht länger halten würde wie Karentas letzter Waffenstillstand mit Venageta, also höchstens sechseinhalb Stunden.

»Manchmal können wir die Vergangenheit nicht abschütteln, Sir.«

»Also war Maggie Jenn Großwildjägerin?«

Vorbei war's mit der Waffenruhe. Einfach so. Verdrossen schlurfte er voran. Wahrscheinlich, weil ich mit meiner Bemerkung zugegeben hatte, daß ich nicht die leiseste Ahnung hatte, was Maggie Jenn eigentlich war.

Wieso nahm eigentlich jeder an, daß ich wissen müßte, was sie war? Einschließlich meiner eigenen Wenigkeit. Mein berüchtigtes Erinnerungsvermögen entsprach heute vollendet seinem Ruf.

Zeck drängte mich in das bisher schlimmste Zimmer. »Madame wird gleich zu Ihnen kommen.« Ich sah mich um, hielt mir die Augen zu, und fragte mich langsam, ob Madame vielleicht gar eine »Madame« war. Dieser Raum war eindeutig in Puff-Modern eingerichtet, vermutlich von denselben schnuckeligen Knaben, welche die Ausstaffierung der Superklasse-Bordells im Tenderloin verbrochen haben.

Ich wollte eine Frage stellen.

Fürchtenicht hatte sich verdünnisiert.

Fast hätte ich ihn angefleht zurückzukommen. »Zeck, bitte, bring mir eine Augenbinde!« Mir fiel keine andere Möglichkeit ein, wie ich diesen Anschlag auf meine Sehnerven anders überstehen sollte.

8. Kapitel

Es machte mich fertig. Ich stand herum, als hätte ich gerade einer Medusa tief in die Augen geschaut. Soviel Rot hatte ich noch nie gesehen. Alles war vom rötesten Rot, überwältigend rot. Die überall verstreuten kleinen goldfarbenen Blättchen verstärkten den Eindruck nur noch.

»Garrett.«

Maggie Jenn. Ich wagte nicht, mich umzudrehen, weil ich befürchtete, daß auch sie Scharlachrot und ein Lippenrouge tragen würde, mit dem sie aussah wie ein Vampir, der sich zum Dinner umgezogen hat.

»Leben Sie noch?«

»Ich bin nur fasziniert.« Ich wedelte schwach mit der Hand. »Das hier ist überwältigend.«

»Es macht einen fertig, nicht? Aber Theo gefiel es, Gott weiß warum. Dieses Haus war ein Geschenk von Theo, also habe ich diesen Teil so gelassen, wie er es mochte.«

Nun drehte ich mich doch um. Nein, sie trug kein Rot. Sondern ein schickes hellbraunes Gewand mit weißer Spitze und einer albernen Milchmädchenkappe auf dem Kopf. Außerdem trug sie ein mächtig amüsiertes Lächeln zur Schau, das verriet, wie sie sich auf meine Kosten amüsierte. Allerdings ließ es mir die Möglichkeit, bei dem Spaß mitzulachen. »Mir fehlt was: die Pointe.«

Ihr Lächeln erlosch. »Was wissen Sie über mich?«

»Nicht viel. Ihren Namen. Daß Sie die erotischste Frau sind, der ich seit einer Ewigkeit begegnet bin. Verschiedene offensichtliche Charakteristika. Daß Sie in einer vornehmen Gegend wohnen. Und das wär' soweit alles.«

Sie schüttelte den Kopf, daß die roten Locken nur so flogen. »Berühmtheit ist auch keinen Pfifferling mehr wert. Kommen Sie mit. Hier bleiben wir nicht. Sie würden erblinden.«

Wie angenehm, daß mir jemand die klugen Sprüche abnahm. Er ersparte mir die Mühe, sie mir auszudenken, und den Ärger, meine Gastgeberin damit zu verstimmen.

Sie führte mich durch verschiedene bemerkenswerte

Räume, die alle nicht bedeutsam genug waren, sie zu erwähnen. Plötzlich standen wir unvermittelt wieder in der wirklichen Welt. Ein Eßzimmer, in dem für zwei gedeckt war. »Wie eine Nacht auf dem Elfberg«, sagte ich leise.

Sie hatte ein ausgezeichnetes Gehör. »So habe ich mich auch immer gefühlt. Diese Zimmerfluchten können einen einschüchtern. Machen Sie nur, setzen Sie sich.«

Ich wählte den Stuhl, der ihrem gegenüberstand. An dem Tisch hätten ohne weiteres zwei Dutzend Personen Platz gefunden. »Ist das hier ein Liebesnest?«

»Es ist das kleinste Eßzimmer, das ich habe.« Sie lächelte unmerklich.

»Sie und Theo?«

Sie seufzte. »Wie schnell die Schande versickert. Nur noch die Familie erinnert sich daran. Aber das ist auch ganz gut so. Sie sind für alle anderen mit verbittert. Theo ist Teodoric, Prinz von Kamark. Er wurde Teodoric IV. und hielt sich ein ganzes Jahr.«

»Der König?« Die Glocken läuteten. Endlich. »Allmählich dämmert es mir.«

»Wunderbar. Dann kann ich mir einen Haufen weiterer Erklärungen schenken.«

»Ich weiß nicht viel. Das alles war während meiner Dienstzeit bei den Marines. Im Cantard haben wir den Skandalen am Hof wenig Beachtung geschenkt.«

»Keiner wußte, wer König war, und es scherte sich auch niemand darum. Das habe ich gehört.« Maggie Jenn lächelte strahlend. »Vermutlich interessieren Sie sich noch immer nicht für Skandale des Königshauses.«

»Sie haben wenig Einfluß auf mein Leben.«

»Es wird Ihre Arbeit für mich genausowenig beeinträchtigen, ob Sie den ganzen Schmutz kennen oder nicht.«

Eine Frau trat ein. Wie Zeck mußte auch sie zur Zeit der

Erbsünde geboren worden sein. Sie war winzig und hatte die Größe eines Kindes, das ins Teenageralter kommt. Und sie trug einen Zwicker. Maggie Jenn sorgte anscheinend gut für ihre Angestellten. Brillen sind verdammt teuer. Die alte Frau blieb stehen und verschränkte die Hände vor sich. Sie bewegte sich nicht und sprach kein Wort.

»Wir beginnen, wenn Sie soweit sind, Laura.«

Die alte Frau neigte den Kopf und verschwand.

»Ich werde Ihnen trotzdem etwas erzählen, um Ihre berüchtigte Neugier zu befriedigen. Damit Sie das tun können, wofür Sie bezahlt werden, statt in meiner Vergangenheit herumzustochern.«

Ich knurrte.

Laura und Zeck brachten den ersten Gang, eine Suppe. Mir lief das Wasser im Mund zusammen. Ich hatte mich schon zu lange von meinem eigenen Fraß ernährt.

Was das Kochen anging, vermißte ich Dean wirklich.

»Ich war die Geliebte des Königs, Garrett.«

»Ich erinnere mich.« Ja. Seinerzeit war es der Skandal schlechthin. Der Prinz hatte sich so heftig in eine Bürgerliche verliebt, daß er sie in die Oberstadt holte. Seine Frau war nicht besonders begeistert gewesen. Der gute alte Theo hatte sich nicht mal die Mühe gemacht, Diskretion zu heucheln. Er war verliebt, und es scherte ihn einen Dreck, ob die ganze Welt es erfuhr. Ein bedenkliches Verhalten für einen Mann, der König werden sollte.

Es deutete auf Charakterfehler hin.

Was sich auch als richtig erwies. König Teodoric IV. entpuppte sich als arroganter, engstirniger, selbstverliebter Narr, der innerhalb eines Jahres vom Thron gestoßen wurde.

Wir tolerieren die Macken unserer Könige nicht besonders. Das heißt, unsere Hoheiten und unser Adel sind nicht tolerant. Ansonsten würde niemand auf die Idee kommen, einen König umzulegen. Dieses Hobby bleibt sozusagen in der Familie. Selbst unsere ausgeflipptesten Revoluzzer schlagen nie vor, die Könige auszulöschen.

»Und was ist mit seiner Tochter?«

»Sie ist nicht von Theo.«

Ich schlürfte meine Suppe. Es war Fleischbrühe mit Knoblauch, in die jemand mal kurz eine Hühnerkeule gehalten hatte. Ich mochte sie. Die leere Schüssel verschwand, und eine kleine Vorspeise tauchte auf. Ich sagte kein Wort. Vielleicht redete Maggie ja, um das Schweigen zu brechen.

»Ich habe einige dumme Fehler gemacht, Garrett. Meine Tochter war das Ergebnis einer abgekarteten Ehe.«

Meine Vorspeise duftete nach Hühnerleber, Speck und einem riesigen Nußschinken. »Schmeckt großartig.«

»Ich war erst sechzehn. Mein Vater verheiratete mich mit einem Tier, das besessen nach Jungfrauen war und dessen Töchter meine Mütter hätten sein können. Es war gut fürs Geschäft. Da mir nie jemand erklärt hatte, wie man verhütet, wurde ich schwanger. Mein Gatte bekam einen Anfall. Ich sollte nicht werfen, sondern sein Bett wärmen und ihm sagen, daß er darin der Größte war. Und als ich eine Tochter bekam, flippte er fast aus. Noch eine Tochter. Er hatte keine Söhne. Seiner Meinung nach handelte es sich um eine weibliche Verschwörung. Wir wollten ihn fertigmachen. Ich hatte nie den Mut, ihm ins Gesicht zu sagen, was ihn erwartete, wenn wir Frauen ihm wirklich gaben, was er verdiente. Aber er bekam es trotzdem zu spüren.« Sie lächelte bösartig, und einen Moment kam eine finstere Maggie zum Vorschein.

Sie kostete ihr Essen und ließ mir Raum für eine Bemerkung. Ich nickte bloß und kaute weiter.

»Der alte Mistkerl hat mich trotzdem weiter mißbraucht, ganz gleich, was er von mir hielt. Seine Töchter hatten Mitleid und zeigten mir, was ich wissen mußte. Sie haßten ihn noch mehr als ich. Ich ließ mir Zeit. Dann wurde mein Vater von Räubern getötet, die zwölf Kupfermünzen und ein Paar billige Stiefel erbeuteten, die schon über ein Jahr alt waren.«

»Typisch TunFaire.«

Sie nickte. So war TunFaire wirklich.

»Ihr Vater war tot«, drängte ich sie sanft.

»Also hatte ich keinen Grund mehr, meinem Ehemann weiter zu Diensten zu sein.«

»Sie sind weggelaufen.«

»Nachdem ich ihn im Schlaf überrascht und mit einem Schürhaken die Scheiße aus ihm herausgeprügelt habe.«

»Ich werde es beherzigen.«

»Gute Idee.« Ihre Augen funkelten übermütig. Maggie Jenn gefiel mir. Jeder, der so etwas durchgestanden hat und dann noch einen Funken Übermut behalten hatte ...

Es war ein interessantes Essen. Ich erfuhr alles darüber, wie sie Theo kennengelernt hatte, ohne daß sie auch nur ein Sterbenswörtchen darüber verloren hätte, was sie zwischen ihrer Scheidung per pedes und dieser ersten explosiven Begegnung mit dem zukünftigen König getan hatte. Man würde so etwas Häßliches wie dieses Schlarlachrote Zimmer nicht in Ehren halten, wenn man die betreffende Person nicht gemocht hätte.

»Dieses Haus ist ein Gefängnis«, sagte sie etwas sentimental.

»Immerhin hatten Sie Freigang, damit Sie mich aufsuchen konnten.« Vielleicht ließ man sie ja die Freiheit nur schnuppern.

»Nicht *so* ein Gefängnis.«

Ich aß schweigend, bis die Stille sie zum Reden brachte. Metaphern sind nicht unbedingt mein Spezialgebiet.

»Ich kann jederzeit gehen, Garrett. Man hat mich sogar dazu aufgefordert. Mehr als einmal. Aber wenn ich es tue, verliere ich alles. Es gehört nicht wirklich mir. Ich darf es nur benutzen.« Sie beschrieb einen Kreis mit der Hand. »Solange ich es nicht im Stich lasse.«

»Verstehe.« Ja. Sie war Gefangene der Umstände. Sie hing hier fest. Immerhin war sie eine ledige, alleinerziehende Mutter. Sie kannte die Armut und wußte, daß Reichtum besser war. Armut war auch eine Art Knast. »Ich glaube, ich fange an, Sie zu mögen, Maggie Jenn.«

Sie hob eine Augenbraue. Was für eine liebenswerte Fertigkeit! Nur wenig Menschen haben genügend angeborenes Talent dafür. Und nur die Besten unter uns beherrschen den »Brauen-Blick-Trick«.

»Ich mag nicht viele meiner Klienten.«

»Vermutlich geraten liebenswerte Personen nicht in Situationen, in denen sie die Hilfe von jemandem wie Ihnen benötigen.«

»Jedenfalls nicht oft, da muß ich Ihnen zustimmen.«

9. Kapitel

So, wie sich die Dinge anließen, gewann ich immer mehr die Überzeugung, daß eine gewisse Eventualität von dem Augenblick vorherbestimmt war, an dem ich die Tür öffnete. Ich bin nicht der Typ, der sofort zur Sache kommt, aber ich wehre mich auch nicht allzu heftig gegen die Launen des Schicksals. Vor allem kämpfe ich gegen ein ganz bestimmtes Schicksal nicht an.

Das Dinner war zu Ende. Ich war unruhig. Maggie Jenn hatte mir diese Blicke zugeworfen. Blicke, die das Gehirn eines Bischofs in Gelee verwandeln und einen Heiligen der Enthaltsamkeit dazu gebracht hätten, dreimal hintereinander in diesen klaren Quellen unterzugehen. Ihre Spielchen hätten die Gedanken eines Fundamentalistenpredigers in Gefilde der Phantasie abgleiten lassen, die so weit entfernt waren, daß eine Rückkehr nicht möglich war, ohne etwas vollkommen Dummes zu tun.

Ich war so gefesselt, daß ich nicht mal wußte, ob ich mich schon vollgesabbert hatte.

Wir hatten uns während des Dinners geneckt. Sie war geistreich, wirklich schlagfertig. Ich hätte mir am liebsten das nächste Jagdhorn greifen und das große *Halali* blasen mögen!

Sie saß da, betrachtete mich abschätzend und versuchte wohl herauszufinden, ob ich noch medium oder schon durch war.

Ich riß mich heroisch zusammen und versuchte, mich zu konzentrieren. »Können Sie mir eins verraten, Maggie Jenn?« Meine Stimme hätte den Oberboß vor Neid erblassen lassen, so heiser und rauh klang sie. »Wer hätte Grund, sich für Ihre Angelegenheiten zu interessieren?«

Sie erwiderte nichts, sondern wandte wieder den Brauen-Blick-Trick an. Das hatte sie wohl nicht erwartet. Sie spielte auf Zeit.

»Versuchen Sie nicht, mich reinzulegen, Weib. So einfach kommen Sie um eine Antwort nicht herum.«

Sie lachte kehlig, übertrieb die natürliche Heiserkeit ihrer Stimme und rekelte sich ein wenig, nur um mir zu zeigen, daß sie mich zappeln lassen konnte, wie es ihr gefiel. Ich spielte kurz mit dem Gedanken, aufzuspringen und mich damit abzulenken, daß ich mir die Bilder an den Wänden ansah. Aber nach einem kurzen Blick nach unten stellte ich fest, daß es sehr ungemütlich und ausgesprochen peinlich werden würde, wenn ich aufstand. Also drehte ich mich auf meinem Stuhl herum und tat, als betrachtete ich die Faune und Cherubs, die die Decke zierten.

»Was meinen Sie damit, daß sich Leute für meine Angelegenheiten interessieren könnten?«

Ich dachte kurz nach, bevor ich meinen Trumpf ausspielte. »Erst möchte ich ein paar Dinge klarstellen. Hat jemand gewußt, daß Sie zu mir kommen?« Natürlich hatte es jemand gewußt. Sonst wäre Else Winger gar nicht bei mir aufgetaucht. Aber ich wollte Maggies Sicht der Dinge hören.

»Es war kein Geheimnis, falls Sie darauf anspielen. Ich habe mich umgehört, nachdem ich zu dem Schluß gekommen war, daß ich einen Mann Ihrer Sorte brauchte.«

Aha. Und was *war* ein Mann meiner Sorte?

Dieses Phänomen kam mir nicht zum ersten Mal unter. Manchmal werden die bösen Buben nervös, wenn sie mitbekommen, daß meine Klienten Hilfe suchen. »Gut, dann der zweite Schritt. Wen könnte es stören, wenn Sie nach Ihrer Tochter suchen?«

»Niemanden.« Sie wurde mißtrauisch.

»Genau. Es wäre tatsächlich naheliegend, daß es niemanden stört. Es sei denn, es wären Leute, die Ihnen helfen möchten.«

»Sie jagen mir Angst ein, Garrett.«

Sie wirkte aber ganz und gar nicht so. »Ist vielleicht gar keine schlechte Idee, ein bißchen Angst zu haben. Wissen Sie, ich habe Sie erwartet.«

»Wie bitte?« Jetzt war sie wirklich besorgt. Es gefiel ihr überhaupt nicht.

»Kurz bevor Sie aufgetaucht sind, kam eine Freundin aus

meiner Zunft vorbei, um mir Ihre Ankunft anzukündigen.«
Zu behaupten, daß Winger und ich in derselben Sparte arbeiten, war vielleicht ein bißchen übertrieben. Winger hat in jeder Sparte ihre Finger, die verspricht, ein bißchen Gold in Wingers Taschen zu füllen, und zwar am liebsten schnell und leicht. »Er dachte, Sie wollten einen von der Platte putzen lassen. Deshalb hat er mich gewarnt.« Bin ich nicht ein cleveres Bürschchen? Selbst ein toter Loghyr käme nicht auf die Idee, Winger mit einem Mann zu verwechseln.

»Ein Mord? Ich?« Sie kannte den Jargon. Und sie gewann schnell ihr Gleichgewicht zurück.

»Er war sich absolut sicher.« Ich dagegen nicht mehr so sehr. Winger nahm gern Abkürzungen. Die große, langsame, liebenswürdige, dämliche, listige, selbstgerechte Winger. Sie hegte die felsenfeste Überzeugung, daß sie jeden, den sie nicht um den Finger wickeln konnte, mit dem guten, altmodischen Tritt in den Arsch becircen konnte. Sie blieb eben das große, trampelige Landei mit entsprechend schlicht gestrickten Verhaltensweisen – falls man sie so nahm, wie sie gern genommen werden wollte.

Ich würde ein ernstes Wörtchen mit Winger reden müssen, was Maggie Jenn anging. Wenn ich sie auftrieb. Doch das sollte nicht allzuschwer sein. Der große Gimpel dürfte bald von allein auftauchen. Und zwar noch, bevor ich damit rechnete.

»Dann ist mir jemand hierher gefolgt«, erklärte ich.

»Was? Wer? Wo?«

»Da bin ich überfragt. Ich erwähne das nur, damit Ihnen klar wird, daß jemand da draußen Interesse zeigt.«

Maggie schüttelte den Kopf. Es war ein schöner Kopf. Und ich drohte schon wieder die Konzentration zu verlieren. Ich riß mich zusammen und beschrieb den Ganoven, der mich verfolgt hatte.

Maggie lächelte anzüglich. »Garrett ... Denken Sie denn nie an was anderes?«

»Sehr oft.« Im Augenblick zum Beispiel dachte ich an einen kleinen Wettkampf, wer von uns beiden schneller laufen konnte.

»Garrett!«

»Sie haben damit angefangen.«

Anders als viele Frauen leugnete sie ihre Komplizenschaft nicht. »Schon, aber ...«

»Versetzen Sie sich doch mal in meine Lage. Stellen Sie sich vor, Sie wären ein heißblütiger junger Mann, der plötzlich allein mit Ihnen hier ist.«

»Mit Schmeichelei erreichen Sie alles.« Sie kicherte. Oh-oh. Das wurde unangenehm. »Sie tischen mir eine ganz schöne Portion Scheiße auf, oder?«

Jetzt durfte ich kichern und versetzte mich wieder in meine Lage. Ich vermutete, die Dinge würden sich auch entwickeln, wie sie sollten, wenn Maggie auf ihrem Platz blieb. Doch nach einer höchst peinlichen Pilgerreise zu ihrem Stuhl kamen eben diese Dinge plötzlich zu einem unvermittelten Halt. Widerwillig, jedenfalls kam es mir so vor, wand sie sich aus meinen Armen. »Wir können uns nicht weiter so benehmen, wenn Sie mich kaufen wollen, damit Ich ihre Tochter suche.«

»Sie haben recht. Das hier ist eine geschäftliche Vereinbarung. Wir dürfen uns nicht von Hormonen lenken lassen.«

Ich hätte sogar zugelassen, daß die Hormone ausflippten, aber ich sagte etwas ganz anderes. »Schluß mit dem Gesäusel. Das kaufe ich Ihnen sowieso nicht ab. Ich halte mich an Logik und Fakten. Dafür bin ich bekannt. Garrett, der sachliche Schnüffler. Vielleicht rücken Sie einfach ein paar Tatsachen raus, statt Ihre Energie damit zu verschwenden, mir diese heißen Blicke zuzuwerfen?«

»Seien Sie nicht so grob, Garrett. Es fällt mir genauso schwer wie Ihnen.«

10. Kapitel

Endlich kamen wir zu der Suite, die Maggies Tochter Smaragd gehörte. »Smaragd?« Hatte ich richtig gehört? »Was ist mit Justina?« Smaragd. Hätte ich mir denken können. Was ist nur aus all den entzückenden Patricias und Bettys und Lillemors geworden?

»Ich habe ihr den Namen Justina gegeben. Smaragd hat sie sich selbst ausgesucht, also sehen Sie mich nicht so an.«

»Wie sehe ich Sie denn an?«

»Als fänden Sie mich zum Kotzen. Sie hat ihn sich selbst ausgesucht. Mit vierzehn. Alle nennen sie so, deshalb benutze ich den Namen manchmal selbst.«

»Gut. Smaragd. Sie besteht darauf.« Natürlich. Das wurde aus Patricia und Betty und Lillemor. Sie nennen sich Amber und Brandi und Farah. »Vielleicht hat sie wieder zu Justina zurückgefunden. Wenn's ernst wird, suchen sie alle nach ihren Wurzeln. Gibt es noch was, was ich über die Suite wissen sollte, bevor ich anfange, sie auf den Kopf zu stellen?«

»Was meinen Sie?«

»Könnte ich auf etwas stoßen, für das Sie sich vorher entschuldigen wollen?«

Wundersamerweise kapierte sie sofort. »Möglich. Da ich das Zimmer allerdings nie betrete, habe ich noch keine Ahnung, was es sein könnte.« Herausfordernd sah sie mich an. »Suchen Sie Streit?«

»Nein.« Obwohl ich instinktiv vielleicht nicht wollte, daß sie mir zusah. »Um auf den Namen zurückzukommen:

Ich würde hierbei gern Schritt für Schritt vorgehen und alles hören, was Sie mir sagen können, bevor ich nach Dingen suche, von denen ich nichts weiß.«

Wieder warf sie mir diesen gewissen Blick zu. Zu Recht. Ich war etwas gereizt. Hatte ich eine derartig starke Abneigung gegen meine Arbeit entwickelt? Oder lag es daran, daß ich wußte, sie würde lügen, die Wahrheit verdrehen und alles tun, damit die Wirklichkeit ihrer eigenen Sicht entsprach? Alle machen das, sogar, wenn keine Hoffnung besteht, damit durchzukommen. Menschen. Manchmal kommt man wirklich ins Grübeln.

»Sie wurde nach ihrer Großmutter Justina genannt.«

Ich verstand ihren Tonfall. Jedes Kind würde es ablehnen, nach irgendeinem alten Greis benannt zu werden, den oder die sie niemals kennengelernt hatte. Der Name ist ihnen völlig schnurzpiepegal. Meine Mutter hat dieses Spielchen auch mit mir und meinem Bruder gespielt. Ich weiß nicht, warum es ihr so wichtig war. »Gab es dafür einen besonderen Grund?«

»Der Name wird seit ewigen Zeiten in der Familie benutzt. Und Großmama wäre gekränkt gewesen, wenn ...«

Das Übliche. Ich habe es nie begreifen können. Man verurteilt ein Kind zu lebenslangem Elend, weil man jemand anderem auf die Zehen tritt, wenn man es nicht tut. Herzlichen Glückwunsch, ein dreimal schallendes: Pfui! Wer leidet da wohl länger drunter?

Smaragds Suite betrat man durch einen kleinen Salon, in dem ein kleiner Schreibtisch mit einem passenden Stuhl aus hellem Holz standen. Auf dem Tisch thronte eine Öllampe. Es gab noch einen Stuhl, eine Kiste mit einem Kissen darauf und ein zierliches Regal. Das Zimmer war makellos sauber und weit spartanischer, als es sich in meiner Beschreibung anhört. Es wirkte nicht sehr vielversprechend.

Ich hasse es, wenn Leute nur aus Langeweile saubermachen. »Ist Ihre Tochter vorher jemals abgehauen?«

Maggie zögerte. »Nein.«

»Warum das Zögern?«

»Ich mußte überlegen. Ihr Vater hat sie entführt, als sie vier war. Ein paar Freunde hatten ihn davon überzeugt, daß ein Kind ohne Mutter besser dran ist.«

»Könnte er so was jetzt noch mal versuchen?«

»Unwahrscheinlich. Er ist seit acht Jahren tot.«

»Dann stehen die Chancen gut, daß er es nicht war.« Es war ein ungeschriebenes Gesetz, daß Tote sich nicht in Sorgerechtsstreitigkeiten einmischten.

»Hat sie einen Freund?«

»Ein Mädchen aus der Oberstadt?«

»Gerade die Mädchen aus der Oberstadt. Wie viele hat sie?«

»Was?«

»Glauben Sie es oder nicht, Mädchen vom Hügel können sich viel leichter rumtreiben als die Bürgerlichen.« Ich nannte ihr einige Beispiele aus einem meiner Fälle, in denen eine Herde Oberstadtmädels sogar im Tenderloin gearbeitet hatten; aus Spaß an der Freude.

Das verblüffte Maggie Jenn. Sie hatte also einen blinden Fleck, war unfähig zu glauben, daß ihr Baby auch nur im geringsten von dem Bild abweichen könnte, das sie von ihr hatte. Ihr war noch nicht in den Sinn gekommen, daß Smaragd vielleicht weggelaufen war und sich das Herz brechen ließ. Sie verstand einfach nicht, daß Leute manchmal verrückte Dinge aus Gründen tun, die nichts mit bloßem Überleben zu tun haben. Herumhuren nur aus Jux und Tollerei war ihr zu fern, als daß sie es auf der Rechnung gehabt hätte.

Nur die Klassen zwischen ganz oben und ganz unten glauben nicht an Herumhuren.

»Sie sind nicht in der Oberstadt aufgewachsen.«

»Das gebe ich gern zu, Garrett.«

Ich hatte den Verdacht, daß meine hübsche Maggie Jenn sich in der Lücke zwischen Ehemann und Kronprinz vielleicht ganz schön für ihren Lebensunterhalt hatte strecken müssen. Oder auch rekeln. Aber darüber mußte ich nichts wissen. Jedenfalls noch nicht. Vielleicht später, falls ich den Eindruck gewann, daß ihre Vergangenheit von Bedeutung war. »Setzen Sie sich und erzählen Sie mir von Smaragd, während ich arbeite.«

Dann fing ich mit der Wühlerei an.

11. Kapitel

»Meines Wissens hat sie keinen Freund«, sagte Maggie. »Unsere Lebensumstände erlauben es nicht, viele Leute kennenzulernen. Wir sind sozial nicht akzeptabel und bilden eine eigene Klasse.«

Eine hochkarätige Klasse, denn Maggie Jenn und ihre Tochter waren nicht die einzigen Mitglieder. Die Schwesternschaft der Konkubinen ist recht zahlreich. Und in dieser luftigen Höhe wird von einem Mann erwartet, daß er eine Geliebte hat. Das beweist seine Männlichkeit. Zwei sind gar noch besser als eine.

»Hat sie denn keine Freundinnen?«

»Nicht viele. Vielleicht ein paar Mädchen, mit denen sie aufgewachsen ist. Oder Schulkameradinnen. In diesem Alter sind Kinder ausgesprochen standesbewußt. Ich bezweifle, daß jemand sie zu nah an sich hätte herankommen lassen.«

»Wie sieht sie aus?«

»Wie ich, nur zwanzig Jahre Abnutzungserscheinungen weniger. Und hören Sie auf, so blöd zu grinsen.«

»Ich dachte gerade, wenn ich nach Ihrem zwanzig Jahre jüngeren Ebenbild suche, muß ich nach einer Schönheit Ausschau halten, die gerade den Windeln entwachsen ist.«

»Vergessen Sie nicht: Ich will, daß Sie mein Baby finden, nicht, daß Sie ...«

»Schon gut, klar. Sicher. Gab es irgendeinen ungewöhnlichen Streit zwischen Ihnen und ihr, bevor sie verschwunden ist?«

»Wie?«

»Haben Sie sich gestritten? Ist sie rausgestürmt und hat gedroht, die nächsten zehntausend Jahre nicht wiederzukommen?«

»Nein.« Sie lachte leise. »Solche Auftritte habe ich *meiner* Mutter geliefert. Wahrscheinlich hat sie deshalb keinen Mucks gesagt, als mein Vater mich verschachert hat. Nein. Smaragd nicht. Sie ist anders, Garrett. Ihr war nie irgend etwas wichtig genug, daß sie darum gekämpft hätte. Ich war wirklich keine aufdringliche Mutter, ich schwöre es bei einem Gott Ihrer Wahl. Es reichte ihr, einfach klarzukommen. Ich glaube, sie hielt das Leben für einen Fluß und sich selbst für Treibholz.«

»Möglicherweise habe ich vor lauter Aufregung ja etwas nicht mitgekriegt. Oder ich erinnere mich an Dinge, die nie passiert sind. Ich könnte schwören, Sie hätten mir davon vorgejammert, daß Smaragd in schlechte Gesellschaft geraten ist.«

Maggie drehte und wand sich. Ihr war unbehaglich. Aber sie verlor dabei nichts von ihrer Faszination. Ich stellte mir vor, wie sie zu Theos Zeiten gewesen sein mußte, und konnte über die Möglichkeiten nur staunen.

Schließlich hörte sie mit dem Geziere auf. »Ich hab' ein

bißchen geflunkert«, gab sie zu. »Ich hörte von Ihren Verbindungen zu den Schwestern der Verdammnis und dachte, Sie würden auf ein Mädchen in der Klemme reagieren.«
Die Racheengel oder Schwestern der Verdammnis sind eine Straßengang. Die Mädchen wurden alle schwer mißbraucht, bevor sie dorthin geflohen sind.

»Ich hatte eine Beziehung zu einer der Schwestern. Die nicht mehr auf der Straße ist.«

»Tut mir leid. Ich bin wohl zu weit gegangen.«

»Was?«

»Offensichtlich habe ich irgendwelche zarten Gefühle verletzt.«

»Ach so. Richtig. Maya war ein besonders hübsches Kind. Ich hab' diese Geschichte versaut, weil ich sie nicht ernst genug genommen habe. Ich hab' eine Freundin verloren, weil ich nicht zuhören wollte.«

»Tut mir leid. Ich wollte nur einen Anhaltspunkt finden.«

»Hat sich Smaragd regelmäßig mit jemandem getroffen?« Das Geschäftliche würde meine Erinnerungen vertreiben. Maya war nicht meine große Liebe gewesen, aber trotzdem stellte sie etwas ganz Besonderes dar. Und sowohl Dean als auch der Tote Mann hatten sie gemocht. Wir hatten uns zwar nicht direkt getrennt, aber sie ließ sich einfach nicht mehr sehen. Unsere gemeinsamen Freunde predigten mir ausnahmslos, daß sie erst wieder auftauchen würde, wenn ich etwas erwachsener geworden war.

Das ist nicht gerade förderlich fürs Ego, schon gar nicht, wenn man bedenkt, daß dieses Mädchen erst achtzehn war.

Smaragds Schreibtisch hatte jede Menge Fächer und Schubladen. Ich durchsuchte sie, während ich mich mit ihrer Mutter unterhielt. Viel fand ich nicht, denn die meisten waren leer.

»Sie hat zwar Bekannte, aber es fällt ihr nicht leicht, Freundschaften zu schließen.«

Das entsprach nicht der Geschichte, die sie noch vor ein paar Minuten erzählt hatte. Vermutlich hatten Smaragds Schwierigkeiten nichts mir ihrer sozialen Stellung zu tun. Es klang eher so, als habe sie sich im Schatten ihrer Mutter verloren. »Ich kann ihre Spur aber nur über Freunde aufnehmen. Ich brauche Namen und die dazugehörigen Adressen.«

Sie nickte. »Selbstverständlich.« Geräuschvoll öffnete ich eine Schublade und drehte mich um. Ich mußte mich aufs Geschäft konzentrieren. Diese Frau war eine Hexe. Dann riskierte ich einen Blick. Wollte ich wirklich jemanden aufspüren, der wahrscheinlich gar nicht gefunden werden wollte?

Ha! Da war etwas! Ein silberner Anhänger. »Was ist das?« Es war eine rhetorische Frage. Ich wußte genau, was da an einer Kette von meinem Finger baumelte. Es war ein Amulett, ein silbernes Pentagramm auf einem dunklen Hintergrund. Im Zentrum des Sterns befand sich ein Ziegenkopf. Die eigentlich interessante Frage war: Was machte dieses Ding dort, wo ich es gefunden hatte?

Maggie nahm es an sich und musterte es ausgiebig, während ich auf eine Reaktion wartete. Aber ich konnte keine feststellen. »Woher das wohl kommen mag?«

»Beschäftigt sich Smaragd mit Okkultismus?«

»Nicht daß ich wüßte. Aber man weiß nie alles über die eigenen Kinder.«

Ich knurrte und setzte meine Suche fort. Maggie plapperte wie die sprichwörtliche Elster, meistens über ihre Tochter. Doch es waren hauptsächlich Erinnerungen, weniger brauchbare Tatsachen. Ich hörte abwesend zu.

Der Schreibtisch gab nichts mehr her, also nahm ich mir die Regale vor. Einige Bücher auf den Borden veranschaulichten, wieviel Reichtum Maggie zu verlieren hatte. Ein Buch abzuschreiben dauert sehr lange, und es ist so ziemlich der kostspieligste Zeitvertreib, den man einem Kind schenken kann.

Als ich das dritte Buch in die Hand nahm, knurrte ich wieder. Es war ein kleines Büchlein mit einem abgenutzten Ledereinband, in dessen Mitte eine Ziegenkopf prangte. Das Leder war schlecht gegerbt. Die Seiten waren kaum noch zu entziffern. Es mußte uralt sein.

Erst dachte ich, es wäre nicht in zeitgenössischer Karenta geschrieben.

Das sind diese Scheißdinger doch nie, oder? Keiner würde sie ernst nehmen, wenn jeder Schnüffler sich eins schnappen und einfach so die Geheimnisse aus grauer Vorzeit entziffern könnte.

»Sehen Sie sich das mal an.« Ich warf Maggie das Buch zu und beobachtete sie aus den Augenwinkeln, während ich weitersuchte.

»Das wird immer seltsamer, Mr. Garrett. Mein Baby steckt voller Überraschungen.«

»Kann man wohl sagen.« Vielleicht. Dieser ganze Besuch steckte voller Überraschungen. Einschließlich dieser dicken Zaunpfähle, die mich mit der Nase auf Zauberei der dämonischen Sorte stießen.

Schlaf- und Badezimmer enthielten noch mehr okkulte Schätze.

»Ist Smaragd eigentlich sehr ordentlich?« fragte ich viel später. Das würde zu keinem der Teenager passen, die ich kannte.

»Es geht. Warum?«

Das verriet ich ihr nicht. Mittlerweile war ich ganz Ermittler. Und wir Spitzenklasse-Schnüffler erklären unsere Fragen niemals, vor allem dann nicht, wenn unsere Auftraggeber, Gesetzeshüter oder sonst jemand sich danach erkundigen, Leute, die uns vor dem Gröbsten bewahren könnten. Aber dennoch war Smaragds Suite viel zu aufgeräumt. Fast schon zwanghaft ordentlich. Es sei denn, es lebte niemand hier. Diese ganze Wohnung glich einem Bühnenbild. Und ich fragte mich, ob sie nicht genau das war, darüber hinaus sorgfältig mit Spuren gespickt.

Also los, Garrett, ermunterte ich mich, zieh ruhig weiter Schlüsse. Spuren bleiben auch dann Spuren, wenn sie künstlich oder falsch sind.

Und ich war nicht einmal sicher. Ich hatte nichts weiter als unzusammenhängende Hinweise auf Hexerei, was meine neue Auftraggeberin offenbar wenig zu verblüffen, entsetzen, beunruhigen oder anderweitig aufzuregen schien.

Vielleicht zäumte ich den Gaul ja vom falschen Ende her auf.

Jemand tippte mir auf die Schulter. »Hallo, jemand zu Hause?«

»Hä?«

»Sie sind einfach erstarrt und waren plötzlich geistesabwesend.«

»Das passiert manchmal, wenn ich nachdenke und gleichzeitig versuche, etwas anderes zu tun.«

Sie gab wieder ihren Brauen-Blick-Trick zum Besten, und ich verblüffte sie, indem ich mit meinem eigenen Trick konterte. »Für den Anfang reicht es. Geben Sie mir diese Namensliste. Sobald wir das Finanzielle geregelt haben.«

Das lief wie geschmiert, bis ich auf Zahlung der Hälfte meines Honorars bestand. »Es ist eine unabänderliche Regel, Maggie, aufgrund der menschlichen Fehlbarkeit. Zu viele Leute haben versucht, mich aufs Kreuz zu legen, nachdem sie bekommen hatten, was sie wollten.« Aber das war nicht der einzige Grund, aus dem ich darauf bestand.

Je weniger ein Klient sich wehrt, desto verzweifelter ist er.

Meine hübsche Maggie Jenn wehrte sich entschieden zu lange. »Ich werde Eisenfaust mit der Liste zu Ihnen schicken, sobald ich dazu komme, sie zu schreiben«, lenkte sie schließlich gereizt ein.

Die Aussicht, Eisenfaust bald wiederzusehen, begeisterte mich. Vielleicht konnte ich ihm ja als Trinkgeld diesen geschwätzigen Papagei in die Pranken drücken.

12. Kapitel

Eine Straße von Maggies Haus entfernt drückte ich mich in die Schatten und dachte nach.

Wie die meisten anderen Menschen auch, begeistert es mich nicht im geringsten, wenn man mich verarscht. Aber die Leute versuchen es immer wieder. Das ist Berufsrisiko. Ich habe mich daran gewöhnt und erwarte es sogar. Aber es gefällt mir trotzdem nicht.

Der Fall hier stank zum Himmel. Man benutzte mich. Und nicht mal besonders subtil. Es sei denn, meine süße Maggie war weit weniger welterfahren, als ich annahm. Wie sonst konnte sie darauf spekulieren, daß ich ihr alles abkaufte?

Sicher, mir hatte das Einstellungsgespräch gefallen. So weit, so gut.

Doch jetzt würde ich genau das tun, was sie nicht wollte: Nachforschungen über Maggie Jenn anstellen. Im Interesse meiner eigenen Sicherheit. In meinem Job heißt es: Was du nicht weißt, kann dich genauso kaltmachen wie das, was du weißt. Erst wenn ich wußte, wo ich wirklich stand, konnte ich mich um Smaragd kümmern.

Es war noch früh am Abend. Ich konnte einige Kontakte aktivieren und ein paar Schritte auf dem Pfad der Erleuchtung tun. Und zwar sobald ich Maggies Vorschuß zu Hause verstaut hatte. Nur ein Narr schleppt so einen Ballast länger mit sich herum als nötig. TunFaire wimmelt vor Ganoven, die aus hundert Metern Entfernung das Kleingeld in den Hosentaschen der Passanten zählen können.

Es gab für mich keine plausiblere Erklärung der letzten Ereignisse als die von Maggie Jenn gelieferte. Trotzdem, da war noch Winger. Ich schüttelte den Kopf. Das beeindruckte die Spinnweben darin überhaupt nicht. Wie immer. Das ist im Dienstleistungsangebot inbegriffen. Gehört alles zu meinem angeborenen Charme.

Ich drehte mich nach meinem Schatten um. Von ihm war nichts zu sehen. Vielleicht hatte er es satt gehabt und war nach Hause gegangen. Oder der Sicherheitsdienst hier in der Oberstadt hatte ihm was Nettes geflüstert à la: »Mach dich vom Acker, solange du noch zwei gesunde Beine hast, auf denen du nach Hause laufen kannst.« Oder sein Job war erledigt, nachdem er herausgefunden hatte, wohin ich gegangen war.

Ich ging weiter. Dieses ganze Nachdenken bereitete mir nur Muskelkater.

Nur gut, daß ich im Training war. Ich hatte genug Mumm, um einem unerfreulichen Plauderstündchen mit den Schergen des Sicherheitsdienstes zu entgehen. Denen schien es egal zu sein, ob es einen berechtigten Grund für meine Anwesenheit gab. Zweifellos hatte Fürchtenicht sie gerufen, in der vergeblichen Hoffnung, daß sie meine Manieren verbessern könnten.

Ich lief Zickzack und in Kreisen und wandte alle Tricks an, die ich kannte, konnte jedoch keinen Schatten erspähen.

Also ging ich nach Hause, verstaute Maggies Vorschuß in meinem Haussafe, zapfte mir eine Maß und zog mich mit dem Humpen auf einen ausgiebigen Plausch mit Eleanor zurück. Die schien sich Sorgen um meinen Seelenzustand zu machen.

Ich konnte ihr nicht widersprechen. »Ich werde tatsächlich flexibler, wenn es um Geld geht«, flüsterte ich, weil ich Diesen Gottverdammten Papagei nicht wecken wollte. Ich war sogar auf Zehenspitzen in den kleinen Salon geschlichen und hatte seine Futterschale gefüllt.

Wenn ich ihn häufiger fütterte, entwickelte er eine bessere Meinung von mir. Möglicherweise.

»Na und? Wenn es Gauner sind, verdienen sie es, ausgenommen zu werden. Und wenn es keine Gauner sind, biete ich ihnen auch was für ihr Geld.«

Mehr oder weniger, jedenfalls. Manchmal liefere ich nicht unbedingt das, was mein Klient im Sinn hat. Seit einem dieser Fälle lebt Eleanor bei mir.

Es hat eine Weile gedauert, bis ich der Vorstellung entwachsen war, einem Mann, dessen Geld ich nahm, auch die gewünschten Resultate liefern zu müssen. Ich mußte erst alt und urteilsfähig werden. Heutzutage liefere ich den Leuten das, was sie verdienen.

Was gelegentlich sehr gemischte Ergebnisse hervorbringt. Trotzdem bekomme ich weit mehr Angebote, als mir lieb ist. Aber viele gute Jobs gehen mir durch die Lappen, weil einige Leute mir lieber aus dem Weg gehen. Bei denen handelt es sich vor allem um Menschen, die andere mit Papier und Tinte statt mit vorgehaltener Klinge berauben. Anwälte und Schlauberger. Von denen habe ich die Nase gestrichen voll.

Eigentlich vermeide ich Arbeit, wo ich nur kann. Meiner Überzeugung nach sollte niemand mehr arbeiten, als nötig tut, um zurechtzukommen. Klar, ich würde mir auch gern meinen eigenen Harem und einen Fünfzig-Zimmer-Palast leisten, aber wenn ich mich ins Zeug legte, um das Geld zusammenzukratzen, müßte ich anschließend genauso hart arbeiten, um es zu behalten. Infolgedessen bekäme ich nie die Chance, es zu genießen.

Nach ein paar Bieren kam ich plötzlich auf eine ganz neue Idee. »Ich denke, ich schau' mal in der Grotte der Freuden vorbei und plaudere ein bißchen mit den Jungs.«

Sie schnitt eine Grimasse.

»Ich will nur rausfinden, was man so über Maggie Jenn redet.«

Eleanor glaubte mir kein Wort.

Es wurde Zeit, mir eine neue Freundin zu suchen.

13. Kapitel

Morpheus Ahrm ändert sich nie, ganz im Gegensatz zu seinem Viertel. Früher einmal war es eine wirklich schlimme Gegend. Wenn man nicht aufpaßte, wurde man wegen ein paar Heller für eine Schüssel Suppe umgelegt. Aus Gründen, die mit Morpheus' intoleranter Haltung Zänkereien gegenüber zu tun hat, sowie damit, daß er oftmals als Schlichter bei Streitigkeiten in der Unterwelt zu Hilfe gerufen wird, hat sich das Viertel fein herausgemacht und ist fast anständig geworden. Jetzt nennt man es die Pufferzone. Wer lieber im Dunkeln arbeitet, trifft sich hier und tätigt seine Geschäfte, ohne all die Unannehmlichkeiten, Peinlichkeiten und Enttäuschungen in Kauf nehmen zu müssen, mit denen man unter den Vertretern des Faustrechts in anderen Vierteln rechnen muß.

Jede Stadt braucht eine ruhige Zone, in der man in Ruhe seine Geschäfte abwickeln kann.

»Wow!« brüllte der Kerl, der mir aus der Tür von Morpheus' Laden entgegengesegelt kam. Ich duckte mich. Der Bursche rannte in die Luft und landete mitten auf der Straße. Er unternahm einen beherzten Versuch, auf den Füßen zu bleiben, und schaffte das auch ganz beachtlich, bis ihm ein Wassertrog in die Quere kam. Es gab eine nette Fontäne aus schlammig-grünem Wasser.

Ein anderer Kerl flog aus der Tür und ruderte mit Armen und Beinen. Er heulte und drehte sich um sich selbst. Einer von Morpheus' Schlägern.

Sehr merkwürdig. Normalerweise schubsen Morpheus' Leute die Störenfriede herum, nicht umgekehrt. Sie lassen sich nicht aufs Kreuz legen.

Der jammernde Kellner hüpfte wie ein Kieselstein über die Straße und krachte gegen den Kerl, der versuchte, nicht in der Tränke zu ersaufen. Meiner Meinung nach war es sowieso ein gravierender Fehler, diese Dinger überall aufzustellen. Pferdetröge ziehen Pferde an. Und TunFaire wird schon von genug Übeln heimgesucht.

Auf Händen und Knien krabbelte ich zur Tür und lugte hinein. Was ich sah, war das reinste Pandämonium.

Ein Gebirge von einem Schwarzen Mann räumte gerade nach Herzenslust die Bude auf. Er überragte meine einsachtzig um einen guten Meter und mußte sich bücken, damit er sich nicht den Schädel an der Decke spaltete. Dabei knurrte und brüllte er und warf mit lebendem sowie totem Inventar um sich. Die beiden, die zufällig durch die Tür entfleucht waren, konnten sich glücklich schätzen. Sie hatten es hinter sich. Diejenigen jedoch, die aus eigener Kraft entkommen wollten, wurden geschnappt und wieder zum Spielen zurückgeholt.

Am Fuß der Wände stapelten sich die Opfer. Die Augen des Lulatschs glühten, und kein bloßer Sterblicher konnte ihn beruhigen. Einige sehr erfahrene Sterbliche hatten es versucht, vergeblich. Sie ruhten unter den Ausfällen.

Ich kannte den Berserker. Er hieß Lou Latsch und war einer meiner besten Freunde. Von Beruf war er Hufschmied und Besitzer eines Mietstalls, ein frommer Mann, der so freundlich war wie kaum ein anderer. Er hätte lieber einen Umweg in Kauf genommen, als eine Kakerlake plattzutreten. Ich habe selbst erlebt, wie er um eine Motte weinte, die von einer Kutsche überfahren worden war. Wie wir alle, hat auch er seine Zeit im Cantard abgedient, aber bestimmt hatte er selbst dort niemandem Gewalt angetan.

Ich spielte kurz mit dem Gedanken, beruhigend auf ihn einzureden, ließ es aber mit der Überlegung bewenden. Wir waren gute Freunde, aber unter dem bedauernswerten Haufen am Fuß der Wände befanden sich auch einige andere gute Freunde von ihm. Alle mochten Lou Latsch.

Und während meiner fünf Jahre bei den Königlichen Marines hatte ich alles über Helden erfahren, was man wissen mußte.

Es war völlig unmöglich, daß Lou Latsch so wütend werden konnte.

Morpheus Ahrm beobachtete die ganze Sache höchstpersönlich stinksauer von der Treppe zu seinem Büro aus. Morpheus ist ein dunkler, gutaussehender Typ, obwohl er sich für meinen Geschmack etwas zu schnieke herausputzt. Was er trug, wirkte wie auf den Leib geschneidert. Bei mir dagegen wirkt alles nach zehn Minuten, als hätte ich darin geschlafen.

Morpheus war so genervt, daß er sich dazu hinreißen ließ, die Hände zu ringen.

Wahrscheinlich würde ich mich auch aufregen, wenn jemand meine Bude auseinandernahm. Die Freudenhöhle hatte zwar als Scheinfirma angefangen, Morpheus arbeitete in Wirklichkeit als Meuchelmörder und Knochenbrecher, aber mit Ahrm war sie gewachsen.

Eine untersetzte, schlanke Gestalt schlich durch die Menge und sprang Lou Latsch auf den Rücken. Der große Bursche brüllte auf und wirbelte herum. Aber er konnte seinen Reiter nicht abschütteln. Es handelte sich um Poller, Morpheus' Neffen. Seine Mutter hatte ihn seinem Onkel aufs Auge gedrückt, weil sie nicht mehr mit ihm fertig wurde.

Eine Weile hielt Poller sich einfach nur fest. Doch als er sich seiner Position sicher war, ließ er mit einer Hand los und fummelte an seinem Gürtel herum. Lou Latsch drehte sich weiter um sich selbst. Er brauchte etwas länger, bis er begriff, daß alles Drehen und Herumgeschlage und Gebrüll ihm nicht die Bürde von seinem Rücken nehmen konnte.

Er hielt inne und orientierte sich an irgendwelchen Sternen, die nur er sehen konnte. Offenbar rieten sie ihm, rückwärts zu laufen und Poller an die Wand zu quetschen.

Poller dagegen hegte ganz andere Pläne.

Er wollte in den Augen seines Onkels zum Helden mutieren.

Nicht, daß der Junge blöd war: Er litt nur unter dem elfentypischen Größenwahn.

Als er die Hand wieder hob, hielt er einen schwarzen, ledernen Totschläger darin und versuchte, ihn Lou Latsch über den Schädel zu ziehen. Nicht schwer zu erraten, wer dabei nicht mitspielte.

Der Totschläger zeigte dennoch, wie sehr man Lou Latsch schätzte. Der Bursche hatte ganz offenbar vor, die ganze Welt zu Klump zu schlagen, aber trotzdem wollte ihn niemand so dringend daran hindern, daß er es in Kauf genommen hätte, ihn zu töten. Alle in der Freudenhöhle wollten ihn nur unter Kontrolle bekommen. Das entspricht wahrhaftig nicht gerade dem normalen Verhalten in Tun-Faire. Ein Leben ist hier mit Abstand die billigste Handelsware.

Morpheus reagierte, als er merkte, was der Junge vorhatte. Er lief nicht und schien es auch nicht besonders eilig zu haben, aber sein Timing war perfekt. Er kam in dem Moment an, als Poller seinen ersten Schlag gelandet hatte, und einen Augenblick, nachdem Lou Latsch seinen Lauf gegen die nächste Wand startete. Er stellte dem großen Kerl ein Bein.

Kawumm!

Lou Latsch landete rücklings auf dem Boden. Poller ließ ihn gerade noch rechtzeitig los, um nicht als Sandwichbelag zu enden. Er hatte echt Schwein. Statt zerquetscht zu werden und sich ein paar Knochen zu brechen, verlor er einfach nur das Bewußtsein.

Nicht so Lou Latsch. Mein alter Kumpel versuchte aufzustehen. Morpheus schlug ihn ein paarmal. Er war so schnell, daß man die Bewegungen kaum sah. Es gefiel Lou Latsch nicht. Er kam zu dem Schluß, daß er diesen Totschläger von sich pflücken und nachsehen sollte, wer ihn da piesackte. Morpheus hämmerte erneut mehrmals auf ihn ein, und zwar an allen Stellen, an denen Schläge normalerweise Wirkung erzielen.

Schließlich und endlich hörte Lou Latsch auf, zu kämpfen. Nachdem sich ein Dutzend Männer auf ihn geworfen hatten.

14. Kapitel

Morpheus blickte schweratmend auf Lou Latsch hinunter. Ich betrat den Gastraum. »Glückwunsch«, flötete ich. »Du hast ihn geschafft.«

Morpheus musterte mich mit glasigen Augen, erkannte mich zunächst nicht und jammerte dann: »Mist! Du! Du hast mir gerade noch gefehlt!«

Ich wirbelte herum, weil ich rausfinden wollte, wer meinen besten Freund so entsetzte. Dem Kerl würde ich es geben! Aber er war zu schnell für mich. Hinter mir stand niemand.

Ich setzte meine verletzte Miene auf, die ich in der Freudenhöhle immer gut üben kann. Morpheus' Jungs nehmen mich regelmäßig mit ihrer Abneigung hoch. Natürlich spiele ich mit.

Ich stellte einen Tisch auf, schnappte mir einen Stuhl und machte es mir gemütlich. Dabei beäugte ich Lou Latsch. »Was ist passiert? Diesen Burschen muß man völlig stoned machen, bevor er auch nur nach einer Fliege schlägt.«

Morpheus holte mehrmals tief Luft, stellte sich einen Stuhl hin und setzte sich zu mir. »Hervorragende Frage, Garrett.« Lou Latsch rührte sich nicht. Im Gegenteil: Die Geräusche, die der Fleischberg ausstieß, hörten sich verdächtig nach Schnarchen an.

Morpheus Ahrm ist für einen erwachsenen Mann recht klein, aber er ist auch kein reinrassiger Mensch. Unter seinen Vorfahren befanden sich Dunkelelfen. Und er achtet sehr genau darauf, daß ihm sein menschliches Blut nicht in die Quere kommt.

Vielleicht liegt es ja an der Art der Mischung. Morpheus ist ein Sammelsurium von Widersprüchen, vor allem, was seinen Beruf angeht, der das krasse Gegenteil von seinem Hobby ist. Sein Körnerfressertempel ist zu einem Schlupfwinkel für die Hälfte aller Gauner in TunFaire geworden. Schon wieder ein Widerspruch: Die Hälfte seiner Kunden sind Schwerverbrecher, und die andere Hälfte entspricht genau den Gimpeln, von denen man erwartet, daß sie in einer solchen Kaschemme herumgammeln und an Knollen höchst zweifelhafter Herkunft nagen.

»Das hat der Junge gut gemacht«, stellte Morpheus fest und warf Poller einen Blick zu. Sein richtiger Name war Narzisio, doch den benutzte nur seine Mutter.

»Sehr gut«, pflichtete ich ihm bei. »Er hat mehr Mut als Verstand.«

»Das ist in unserer Familie erblich.«

»Was ist eigentlich passiert?«

Morpheus runzelte die Stirn, und statt mir zu antworten, erschreckte er alle Leute, als er brüllte: »Eiweiß! Schieb deinen heidnischen Hintern hierher!«

Mich überraschte sein Ton ebenfalls. Morpheus pöbelt sein Personal nur selten an. Er betrachtet sich gern als Gentlemangauner. Gentlemangauner sind aalglatt, als hätte man sie in Schweineschmalz gewälzt. Aber Gauner bleibt Gauner, und Morpheus ist einer der schlimmsten, weil er immer davonkommt. Ich sollte ihn auf den Boden der Realität zurückholen. Aber ich tu's nicht, weil er mein Freund ist.

Ein Schläger schlurfte aus der Küche heran. Er trug die Kleidung eines Kochs, aber seine vernarbte Visage zeigte die Spuren seines eigentlichen Berufs. Er war alt und sah so blöd aus wie ein Baumstumpf, aber er klärte endlich eine uralte Frage: Was wird aus harten Jungs, wenn sie lange genug leben, um alt zu werden? Sie werden Kellner. Allerdings konnte ich mir nicht vorstellen, wie dieser Blödmann es geschafft hatte, zu überleben und hierherzukommen. Er sah aus wie ein Kerl, der schon eine Riesenportion Glück brauchte, nur um den nächsten Tag zu überstehen.

Vielleicht lieben die Götter ja die geistig Armen.

Morpheus krümmte einladend den Finger.

Eiweiß schlurfte auf uns zu, wobei er immer wieder zu Lou Latsch schielte. Der kam langsam wieder zum Vorschein, als die Jungs von ihm herunterkrabbelten und darangingen, ihren Kumpeln zu helfen, ihre Knochen zu sortieren.

»Schöne Scheiße, was?« fragte Morpheus liebenswürdig.

»Ja, Boß. Eine Riesenschweinerei.«

»Kannst du dir vorstellen, warum ich auf die Idee komme, daß es deine Schuld sein könnte? Kannst du dir vorstellen, was mir eingefallen ist, als mein Freund hier mich fragte, was passiert ist?«

Hören denn die Wunder niemals auf? Noch nie zuvor hatte er mich »Freund« genannt.

»Wahrscheinlich, weil ich eine Schwäche dafür habe, Schabernack zu treiben«, murmelte Eiweiß.

Morpheus knurrte. »Und? Ist das einer deiner Scherze?« Lou Latsch schlief jetzt friedlich wie ein Baby, aber ihm würde alles wehtun, wenn er aufwachte. »Dieser große Witz da?« Morpheus' Stimme klang scharf. Die Straße schimmerte durch. Er war wütend, und Eiweiß versteinerte vor Angst.

»Was hast du gemacht?« wollte Morpheus wissen.

»Engelkraut in seinen Salat gemischt?« Eiweiß ließ seine Antwort wie eine Frage klingen, wie ein Kind, das eine neue Taktik ausprobiert, nachdem man es beim Lügen ertappt hat.

»Wieviel?«

Das war eine exzellente Frage. Engelkraut hat seinen

Namen nicht daher, weil es das Hirn ins Paradies schießt, sondern weil es einen zum Teufel jagt, wenn man nicht aufpaßt. Es unter den Salat zu geben, war eine hervorragende Methode, jemanden zu vergiften. Die Blätter sehen aus wie Spinat, der etwas bläulich angelaufen ist.

»Etwa ein halbes Dutzend Blätter.« Eiweiß sah überall hin, nur nicht in Morpheus' Augen.

»Ein halbes Dutzend. Das reicht, um ein Mammut umzubringen.«

»Aber es ist doch riesig, Chef. Ein Berg von einem Mann. Ich dachte, es würde ...«

»Da haben wir das Problem.« Morpheus senkte die Stimme zu einer Lautstärke, die verriet, daß er eine Mordslaune hatte. Eiweiß fing an zu zittern. »Ich habe dir beim Einstellungsgespräch gesagt, daß ich nicht will, daß du denkst«, fuhr Morpheus fort. »Du solltest Gemüse putzen. Zieh Leine.«

»Chef, sieh mal, ich kann ...«

»Du bist gefeuert, Eiweiß. Verzieh dich. Durch die Tür. Auf eigenen Füßen oder mit den Stiefeln voran. Das liegt ganz an dir.«

Eiweiß schluckte. »Ehm ... Ja.« Er schlich zur Tür.

»Er nimmt deinen Kochanzug mit«, stellte ich fest.

»Laß ihn«, erwiderte Morpheus. »Ich will jetzt keine Szene.«

Ich bedachte ihn mit meinem berühmten Brauen-Blick-Trick.

»Ich hasse es, Leute zu feuern, Garrett.«

Ich verwöhnte ihn noch mal mit meinem Brauen-Blick-Trick und erweiterte ihn um ein ungläubiges Glotzen. Das sollte der gefürchtetste Killer der Stadt sein? Machte er sich über mich lustig?

Er zupfte ein unsichtbares Stäubchen von seiner makellosen Kleidung. »Ich mache das nur, weil man es tun muß, wenn man in dem Geschäft erfolgreich sein will. Außerdem schulde ich ihm acht Tage Lohn.« Bevor ich etwas sagen konnte, sah er mir direkt in die Augen. »Was willst du diesmal, Garrett?«

»Wie wäre es mit einem Teller dieser schwarzen Pilze, Erbsenschoten und dem anderen Zeug auf Wildreis?« Ich legte ein paar Münzen auf den Tisch.

Morpheus musterte mich ungläubig, aber interessiert. Er strich meine Münzen ein und untersuchte sie, als vermutete er, sie wären gefälscht. »Du willst essen? Hier? Und sogar dafür bezahlen?« Er biß mit seinen scharfen Zähnen auf eine Münze, der klassische Härtetest.

»Ich will nicht soweit gehen, eine bevorzugte Behandlung zu erwarten, aber das Zeitalter der Wunder scheint angebrochen. Du hast mich bekehrt. Ich bin ein Wiedergeborener. Nie wieder werde ich etwas anderes als Sumpfknollen, Baumrinde und Hirse zu mir nehmen.«

15. Kapitel

Morpheus stieß mit dem Zeh gegen Lou Latschs Finger. »Er lebt noch, aber ich könnte dir nicht erklären, warum.« Er kam zurück an meinen Tisch, wo ich dieses Pilzgericht verdrückte. Es enthielt mehr Knoblauch als Pilze. »Willst du dir damit die Mädchen vom Leib halten?«

»Dafür brauche ich kein Knoblauch. Diese Begabung ist mir angeboren.«

Er war nicht in der Stimmung für Plänkeleien. Würde mir wohl nicht anders gehen, wenn man meine Wohnung eben demoliert hätte. »Was hast du jetzt wieder am Hals, Garrett? Was brauchst du?«

»Ich untersuche die Kapriolen einer Vermißten.« Kapriolen. Dieses Wort liebe ich. Bei der Geschichte ließ ich nur die Episoden aus, die ein Gentleman verschweigt. »Ich will alles erfahren, was du über Maggie Jenn weißt. Irgendwie habe ich das Gefühl, von ihr verscheißert worden zu sein.«

»Irgend jemand veralbert dich da tatsächlich. Ich kann mir nicht vorstellen, daß du die echte Maggie Jenn gesehen hast.«

»Hä?«

»Du bist ja wieder äußerst geistreich heute. Vermutlich hat man dich wegen deiner Blödheit ausgesucht.«

»Vielen Dank. Wie wär's, wenn du diesem Plan einen Knüppel zwischen die Beine wirfst, indem du ein Licht in der Finsternis entzündest?«

»Das wäre nicht richtig. Nicht ganz. Daß du über die Abenteuer der königlichen Familie nicht auf dem laufenden bist, könnte etwas damit zu tun haben, aber ...«

»Schon gut. Ich weiß nicht, was du weißt, Morpheus. Deshalb bin ich hier.«

»Es ist nicht auszuschließen, daß du den Nachmittag mit der Geliebten eines Königs verbracht hast, aber ich würde sagen, es ist mehr als unwahrscheinlich. Maggie Jenn lebt in ihrem freiwilligen Exil auf der Insel Paise, seit ihr Theo für immer abgedankt hat. Von einer Tochter habe ich nie etwas gehört. Allerdings hätte man so etwas auch nicht an die große Glocke gehängt. Andererseits klingt deine Beschreibung des Hauses in der Oberstadt genau wie der Hühnerstall, in dem Teodoric sein Flittchen untergebracht hatte. Merkwürdig.«

Was für eine Untertreibung! »Ich komm nicht mehr mit, Morpheus. Das alles ergibt keinen Sinn.«

»Nur, weil dir der Schlüssel fehlt.«

»Ich habe keinen Schlüssel, kein Schloß, nicht mal eine verdammte Tür! Jemand verschaukelt mich? Das glaub' ich nur zu gern. Es passiert immer wieder. Aber die Frau hat mich bezahlt, um nach ihrer Tochter zu suchen.«

»Wie gut?« Sollte dieses Lächeln eigentlich eine Grimasse sein?

»Sagen wir angemessen. Genug, daß ich davon ausgehen kann, daß sie auch etwas dafür erwartet. Selbst die Crème der Oberstadt wirft ihr Gold nicht zum Fenster hinaus.«

»Da hast du recht.«

»Wenn Maggie Jenn zurückgekommen wäre«, sinnierte ich laut, »was würde sie dann tun?«

»Sie hatte keinen Grund, wiederzukommen. Sie hat da draußen wie eine Königin Hof gehalten. Hier erwartet sie nichts als Ärger.« Morpheus betrachtete Lou Latsch. »Schade, daß du nicht früher hergekommen bist. Er ist über das Königshaus gut auf dem laufenden.«

»Er wird eine Woche lang ausschließlich über seine Kopfschmerzen jammern.«

»Hast du es denn so eilig?«

»Vielleicht nicht. Es ist nicht gefährlich, nur ein Rätsel. Maggie schien es auch nicht eilig zu haben. Sie wirkte nur etwas besorgt.«

»Hast du der Frau die Geschichte abgekauft?«

Ich nehme niemals einem Klienten seine Geschichte auf Treu und Glauben ab. Irgendein Naturgesetz zwingt sie dazu, mich teilweise anzulügen. »Vielleicht. Es kam mir vor, als hätte sie die Wahrheit gesagt, um etwas anderes zu erreichen.«

»Ich strecke ein paar Fühler aus. In der Zwischenzeit solltest du Winger auf die Zähne fühlen.«

»Das ist mir auch schon aufgegangen.« Aber es gefiel mir

nicht sonderlich zu versuchen, etwas aus Winger herauszubekommen. »Keine besonders anregende Vorstellung.«

Morpheus lachte leise. »Sie ist ein ziemlicher Brocken. Der Trick ist, sie glauben zu machen, das, was du willst, wäre ihre Idee.«

»Großartig. Und wie?«

»Nur unter größten Schwierigkeiten.«

»Den Rat könnte mir auch mein Papagei geben, und dabei hätte ich auch noch das Geld für dieses Fischfutter gespart.«

»Wie ich höre, ist Dean unterwegs, und der Tote Mann schläft. Da du so schwer auf Gesellschaft aus bist, wollte ich nur, daß du dich wie zu Hause fühlst. Siehst du, da versucht man mal, ein Kumpel zu sein ...« Er schenkte mir sein diabolisches Dunkelelf-Lächeln.

»Wenn du ein Kumpel sein willst, find was über Maggie Jenn heraus.«

Sein Grinsen verschwand. »Und ich wollte wirklich ein Kumpel sein.« Er schüttelte den Kopf.

Er würde sich umhören, weil er glaubte, daß er mir was schuldete. Womit er recht hatte. Ich kassiere Gefallen ein wie ein Kredithai seine Zinsen.

»Mein Bett ruft«, sinnierte ich laut. »Es war ein harter Tag.«

Morpheus knurrte. Sein Neffe trat an unseren Tisch. Da niemand ihm riet, seine großen Ohren irgendwo anders zu parken, stellte er einen Stuhl auf und setzte sich rittlings darauf. Um uns herum schlichen Morpheus' Leute, jammerten über Schmerzen und Blessuren und bauten alles wieder auf. »Wie geht es Mr. Big, Mr. Garrett?«

Ich fluche ausgiebig.

Morpheus mußte mir Diesen Gottverdammten Papagei geschickt haben, als er in einer Eiweiß-Stimmung war. Es war so untypisch für ihn, daß ich den Verdacht hegte, Paddel und Beißer mußten ihre Finger mit im Spiel haben. Der Vogel sollte angeblich einen ausgeprägten Haß auf Katzen und die Gewohnheit haben, sie unerwartet aus der Luft anzugreifen. Ich nahm das Geschenk an, weil Dean die Gewohnheit hatte, räudige, samtpfotige Streuner zu sammeln.

Poller sah mich angewidert an. Er war das einzige Lebewesen auf der Welt, das Zuneigung zu diesem großmäuligen Dschungelhuhn empfand. Wenn das keine wahre Liebe war! Der Tote Mann hatte auch eine Verwendung für das Vieh. Wohin ich auch ging, er schickte mir Mr. Big hinterher, damit der mich nervte.

Ich hatte versucht, das Biest zu verschenken. Aber ich fand niemanden, der es mir abnahm. Ich bot ihm jede Chance wegzufliegen. Es flüchtete nicht. Ich war fast soweit, heldenhafte Maßnahmen zu ergreifen. »Poller, wenn dir Mr. Big so am Herzen liegt, warum holst du ihn dir dann nicht einfach ab? Er braucht ein Heim, wo er wirklich geschätzt wird.«

»Den Teufel wirst du tun«, mischte sich Morpheus verächtlich ein. »Das ist allein dein Vogel, Garrett.«

Ich runzelte die Stirn, als mir klar wurde, daß ich auf verlorenem Posten stand.

Ahrm zeigte mir wieder seine scharfen, spitzen Zähne. »Ich habe gehört, manche Papageien leben hundert Jahre.«

»Einige, vielleicht. In der freien Wildbahn.« Ich konnte Mr. Big für wohltätige Zwecke spenden. Zum Beispiel einem hungrigen Rattenmann. »Ich verschwinde, mein Freund.«

Morpheus lachte nur.

16. Kapitel

Draußen war es dunkel. Das nützte nicht viel. Genausowenig hilfreich war, daß ich sie nicht kommen sah. Aber ich lieferte ihnen trotzdem einen Kampf, der sich gewaschen hatte. Ich verbeulte ein paar Köpfe mit meinem bleibeschwerten Totschläger aus Eichenholz, den ich immer mitnehme, wenn ich ausgehe. Und einen der Burschen warf ich durch das einzige Glasfenster in der Straße. Aber so richtig kam ich nicht in Schwung, und einen Trick konnte ich auch nicht aus dem Ärmel ziehen.

Irgend jemand ließ mir ein Haus auf den Kopf fallen. Ich glaube, es war ein Haus. Es muß ein Haus gewesen sein. Kein einfacher Mensch kann so hart zuschlagen. Die Lichter gingen aus, noch während ich dabei war herauszufinden, wer und warum.

Normalerweise wache ich nur langsam wieder auf, wenn man mir einen über die Rübe gegeben hat. Diesmal war es anders. Eben war ich noch im Reich der Träume, im nächsten Augenblick wurde ich mit dem Gesicht nach unten in irgendwas Feuchtes gewickelt, über das Pflaster geschleppt, dessen Steine nur Zentimeter unter meiner Nase vorbeiglitten. Sie schleppten mich zu viert, und aus mir tropfte irgendwas Rotes. Ich konnte mich nicht daran erinnern, Wein getrunken zu haben. Und außerdem plagten mich die schlimmsten Kopfschmerzen seit dem Urknall.

Direkt neben meiner Nase schritten zwei hinreißende weibliche Beine. Sie waren zum Anbeißen nah. Ich hätte sie zu gerne ausgiebig gewürdigt. Unter anderen Umständen hätte ich mir Stunden Zeit gelassen, sie zu genießen. Aber man muß die Dinge in der richtigen Perspektive sehen.

Es lief nicht besonders gut. So was gehört nicht gerade zu meinem normalen Tagesablauf. Ich versuchte, die Schmerzen für einen Moment zu unterdrücken, damit ich einen klaren Gedanken fassen konnte.

Aha. Sie hatten mich in eine feuchte Decke eingewickelt. Nicht, daß ich jemandem seinen Spaß verderben wollte, aber ich war nicht besonders glücklich. Ich brüllte und wand mich und zappelte und schrie. Niemand war sonderlich beeindruckt. Ich schielte nach der Besitzerin dieser hinreißenden Beine. Der Rest war ebenso phantastisch. Ich hätte mich auf der Stelle verlieben können. Aber das hier war weder der richtige Ort noch der richtige Zeitpunkt. Vor einem Kaminfeuer, auf einem Bärenfell möglicherweise, sie und ich allein, mit einer Flasche TunFaire Gold, ja dann ...

Die Jungs gefielen mir nicht. Es waren nicht die Brunos, mit denen ich früher zu tun gehabt hatte. Das waren normale Nichtsnutze gewesen, die man für einen Drink kaufen konnte. Diese Clowns hier trugen schmutzige, zerrissene Uniformen.

Was meine Laune nicht die Spur besserte ...

Sie waren uneinsichtig und wollten meine Fragen nicht beantworten. Keiner zeigte überhaupt irgendeine Reaktion, bis auf Miss Beinchen. Und sie wirkte einfach traurig. Ich brüllte und zappelte weiter, während sie mich über einen langen Flur schleppten.

Ein langer Korridor? Kam mir der Geruch nicht bekannt vor?

Alle blieben stehen, nur ich machte weiter und brüllte aus Leibeskräften. Jetzt war mir wirklich ernst, denn ich wußte, wo ich war. Das hier war die Klapsmühle des Aderlaß-Spitals, die Psychiatrische Abteilung des Kaiserlichen Wohlfahrts-Krankenhauses.

Das Reich ist längst untergegangen, aber seine Einrichtungen und die kaiserliche Familie gibt es noch. Letztere hoffen darauf, daß man sie zurückruft. Sie unterstützen das Spital, das den Ärmsten der Armen hilft.

Das Irrenhaus ist kein empfehlenswerter Ort. Wenn man jemanden hier reinsteckt, kann er für immer verschwinden. Dabei spielte es keine Rolle, ob er aus Versehen eingeliefert wurde.

»He! Laßt mich runter! Was soll das? Was mache ich hier? Seh' ich aus, als wäre ich verrückt?«

Das war eindeutig die falsche Frage. Ich sah bestimmt aus wie ein erstklassig unterbelichtetes Exemplar. Wie die Dinge liefen, nahmen sie wohl an, daß sie mich nicht in ihrer Gewalt hätten, wenn ich nicht hierhergehörte.

O Mann, das hier entpuppte sich als der widerwärtigste Streich, der mir jemals gespielt worden war.

Eine Tür flog auf. Sie bestand aus Eichenholz und Eisen und war ungefähr zwanzig Zentimeter dick. Dahinter lauerte mein Bestimmungsort.

Einer meiner Wärter bellte einen Befehl. Jemand huschte fort. Die Jungs warfen mich durch die Tür, ohne Rücksicht auf die Fassung zu nehmen. Ich machte eine Bauchlandung. Beinchen sah mich bedauernd an. Die Tür fiel zu, bevor ich sie überzeugen konnte, daß es sich um einen verheerenden Irrtum handelte.

Ich rappelte mich auf, rollte mich herum, stolperte zur Tür und verschwendete meine Energie, indem ich dagegenhämmerte. Dann bot ich das ganze Spektrum des mir für solche Situationen zur Verfügung stehenden Vokabulars auf, aber ohne den Schwung, den ich vielleicht ohne diese höllischen Kopfschmerzen gehabt hätte. Man zieht es durch, selbst wenn es Zeitverschwendung ist. Das Ritual muß eingehalten werden.

Plötzlich hörte ich hinter mir Geräusche und fuhr herum. Mindestens ein Dutzend Männer starrten mich an. Ich warf einen kurzen Blick an ihnen vorbei in den Hintergrund der Station. Dort gab es noch einen ganzen Haufen mehr Männer. Einige wunderten sich über den Neuankömmling, und andere musterten meine Kleidung. Ganz offensichtlich war seit Jahren keine Kleidung ausgegeben worden. Und seit Erfindung des Feuers schien auch niemand ein warmes Bad genommen zu haben. Hier befand sich die Quelle des Odeurs, der mir schon im Korridor in die Nase gestiegen war. Ein kurzer Blick überzeugte mich davon, daß das Empfangskomitee komplett auf die Station gehörte. Man konnte es in ihren Augen sehen.

Ich hämmerte und brüllte weiter. Aber der Service verbesserte sich nicht im geringsten.

Wenigstens hatten sie mich nicht auf die Station mit den Gewalttätigen gesperrt. Möglicherweise bekam ich doch noch eine Chance.

Ein alter Mann schlurfte auf mich zu. Er wog höchstens noch fünfzig Pfund. »Wie geht's? Ich bin Efeu.«

»Mir ging's bis vor fünf Minuten noch großartig, Efeu.«

»Wie geht's? Ich bin Efeu.«

»Mehr hat er nicht drauf, Atze.«

Klar. Ich lerne schnell. Efeu sah mich nicht einmal an. »Klaro.«

Ein Brocken von fast drei Metern glotzte mich an. »Achte einfach nicht auf Efeu, Atze. Er ist nicht richtig im Kopf.«

Nein, wirklich? »Wie geht's? Ich bin Efeu.«

Das hier war die Spitze des Eisbergs. Der einfache Teil. Mir war klar, daß es noch schlimmer kommen mußte.

Nach einer kurzen Denkpause schrie einer den großen Burschen an: »Hast du soviel Grund zum schlau daherquatschen, Knallkopf?«

»Ach ja? Was weißt du denn? Ich gehöre hier nicht hin. Jemand hat mich betäubt oder was. Als ich aufwachte, war ich hier.«

O Junge. Ein Leidensgenosse, dem es genauso schlecht ging wir mir. Er tat mir mächtig leid, bis irgend jemand schrie: »Quaddel daddel. Quaddeldaddeldu!« Oder so ähnlich.

Der Lange sprang hoch, bückte sich, machte gurgelnde Geräusche und fegte heulend wie ein wildgewordener Gorilla durch die Station. Seine Schreie hätten einer Banshee einen kalten Schauer über den Rücken rieseln lassen.

»Wie geht's? Ich bin Efeu.«

Der Lärm, den der große Kerl veranstaltete, steckte einen anderen Kerl an. Er schrie ebenfalls. Die Sorte kannte ich. Ich hatte sie auf den Inseln gehört. Ein Typ, der mit einer üblen Wunde in den Eingeweiden im Niemandsland zwischen den Fronten lag, hatte genauso geschrien und gefleht, daß jemand ihn umbrachte. Nach einer Weile hätten ihm Soldaten von beiden Seiten nur zu gern den Gefallen getan. Aber keiner war dumm genug, hinauszugehen und der anderen Seite ein Ziel für einen Schuß aus dem Hinterhalt zu bieten. Also lagen wir alle nur da und hörten den Schreien zu, knirschten mit den Zähnen und dankten unseren jeweiligen Göttern, daß nicht wir da lagen.

Ich sah wieder auf die Tür. Vielleicht konnte ich mich ja durchkauen.

Oder vielleicht ... Man hatte mir die Taschen nicht geleert. Sie mußten es sehr eilig gehabt haben, mich einzuliefern. Eine Bande echt beknackter Brunos.

Patienten defilierten an mir vorbei, um mir ihre Aufwartung zu machen. Die meisten standen mit einem Bein in der Wirklichkeit. Manche waren scheu wie Mäuse. Ein Blick genügte, und sie flüchteten. Wieder andere ... Einige waren hier vielleicht so fehl am Platz wie ich, nur daß sie in die Station mit den gemeingefährlichen Fällen gehörten.

Ich wünschte, sie würden mich in Ruhe lassen.

Jeder Zweifel an der Ungesetzlichkeit meiner Einlieferung verschwand, als ich feststellte, daß sie meine Taschen tatsächlich nicht geleert hatten. Wäre es bei meiner Einlieferung mit rechten Dingen zugegangen, wäre all dies verschwunden und nie wieder aufgetaucht.

Das ermutigte mich. Jedenfalls ein winziges bißchen.

Die Einrichtung selbst munterte einen nicht besonders auf. Die Station war etwa dreißig Meter breit, hundert Meter lang und zwei Stockwerke hoch. Es gab endlose Reihen von Strohlagern, aber längst nicht genug für alle.

Die Decke war hoch, etwa sieben Meter über uns. An der Wand gegenüber der Eingangstür gab es Fenster. Sie waren weit oben und viel zu klein, als daß ein Mann sich hätte hindurchzwängen können, selbst wenn es ihm gelungen wäre, die Stangen durchzusägen. Vermutlich spendeten sie am Tage Licht. Im Moment kam das dämmrige Licht durch weit oben angebrachte Fenster an der Seite der Tür, durch die das Krankenhauspersonal die Insassen der Station beobachten konnte.

»Wie geht's? Ich bin Efeu.«

»Mir geht's gut, Efeu. Was hältst du davon, wenn du und ich dieser Kloake den Rücken kehren?«

Efeu sah mich direkt an, zuckte zusammen und humpelte eilig davon.

»Hat zufällig irgend jemand Lust, auszubrechen?«

17. Kapitel

Mein Vorschlag löste eine unterwältigende Reaktion aus. Vermutlich konnte man die eine Hälfte der Patienten nicht von ihrem Los befreien, und die andere Hälfte hielt mich ganz offensichtlich für verrückt. Na? Aber sicher doch!

Der Lange, der mich über Efeus Beschränktheit ins Bild gesetzt hatte, riß sich zusammen und kam zu mir. »Hier kommt man nicht raus, Schlaumeier. Sonst wär' die Hälfte der Jungs längst verschwunden.«

Ich sah mich noch einmal um. Die Aussichten wurden immer mieser. »Füttern sie uns?«

Der Lange grinste. Es war das Lächeln von alten Kämpen, wenn sich ihnen die Chance bietet, ein Greenhorn vorzuführen. »Zweimal täglich, ob du hungrig bist oder nicht. Durch das Gitter da drüben.«

Ich sah hin und zuckte mit den Schultern. »Das Gitter« war ausbruchsicher. »Wenn die Lage so beschissen ist, lege ich mich lieber kurz aufs Ohr, bevor ich mir ernsthaft Sorgen mache.« Ich suchte nach einem freien Strohlager, um in Ruhe nachzudenken. Vor allem darüber, aus welchem Grund ich in diese Klemme geraten war.

Ich hätte schreien mögen, genauso laut, wie es einige dieser menschlichen Wracks taten, die mit mir hier festsaßen.

»Für ein Bett mußt du dich hinten anstellen«, erklärte der Lange. »Wenn du dich mit jemandem anfreundest, teilt er vielleicht sein Lager mit dir. Andernfalls mußt du warten, bis genug gestorben sind, damit eins für dich frei wird.« Seine lässige Art signalisierte mir, daß dies eins der wichtigsten ungeschriebenen Gesetze der Station war. Verblüffend. Eigentlich hätte man erwarten können, daß es hier nur ums nackte Überleben ging.

»Genau die Art Absteige, die ich liebe.« Ich machte es mir in der Nähe der Tür bequem. War offenbar keine besonders beliebte Wohngegend. Es gab reichlich Ellbogenfreiheit. Dann tat ich, als schliefe ich ein.

Auf der Station lagen keine Kadaver herum, und es gab auch keinen Leichengestank. Was nahelegte, daß die Angestellten die Toten rasch entfernten. Konnte ich mir das nicht in einem kühnen, einzigartigen und wahrhaft neuen Schwindel zunutze machen?

Der Gedanke an einen Aufstand war eine nähere Überlegung wert. Aber besonders erfolgversprechend erschien er mir nicht. Wäre ich Irrenhauswärter, würde ich die Leute so lange hungern lassen, bis der ganze Aufruhr an Kalorienmangel einging.

»Wie geht's? Ich bin Efeu.«

Ich wollte Efeu nicht zum Narren halten, sondern dachte darüber nach, ihn aus diesem Rattenloch zu holen.

Das brachte mich auf eine Idee. Wie wäre es mit einer Variation von einem Aufstand? Ich machte mich auf die Suche nach dem Langen. Er hockte an der gegenüberliegenden Wand. Nachdem ich meine Kehrseite auf den Holzboden gepflanzt hatte, knurrte ich: »Ich hab' genug Splitter im Arsch.«

»Laß dir doch 'nen Stuhl bringen.«

Was für ein Klugscheißer! »Wieso ist es so ruhig?«

»Vielleicht aufgrund der Scheiß-Tatsache, daß es mitten in der Scheiß-Nacht ist.« Er war sehr eloquent.

»Gibt es hier nur einen Schreihals?« Wenn wir ihn nicht mitzählten. Im Augenblick brüllte niemand. »Ich hab' gehört, hier gäb's eine Menge Schreihälse. Meistens Kerle, die nicht damit klarkommen, was sie im Cantard erlebt haben.«

Seine Miene verfinsterte sich. »Ja. Es gibt 'n paar. Sie

wurden unter Drogen gesetzt, wenn's zu schlimm wird. Zum Beispiel, wenn sie sich gegenseitig aufhetzen.«

Interessant. »Gibt es eine Möglichkeit, einen von ihnen jetzt aufzuhetzen?«

Er musterte mich aufmerksam. »Was hast du vor, Schlauberger?« Anscheinend war er der Meinung, ich sollte besser einen verdammt guten Grund für eine solche Nummer haben.

»Ich hab' vor, hier zu verschwinden.«

»Das schaffst du nie.«

»Vielleicht nicht. Aber sie haben mir die Taschen nicht geleert, bevor sie mich hier reingeworfen haben. Ist dir das einen Versuch wert?«

Darüber mußte er nachdenken, und er runzelte die Stirn, bis sie aussah wie ein Waschbrett. »Jep. Und ob! Ich hab' da draußen was zu erledigen. Wenn du diese verdammte Tür aufkriegst, bin ich dabei.«

»Glaubst du, daß ein paar von den anderen Jungs mitmachen?«

»Wenn die Wände umfallen, gehen viele. Aber ich weiß nicht, wie viele mithelfen, sie umzustürzen.«

»Kannst du vielleicht einen zum Schreien bringen, als ersten Schritt, sozusagen?«

»Klar.« Er stand auf, schlenderte ans andere Ende der Station, plauderte dort eine Minute mit einem Kerl und kam dann zurück. Viele der Insassen verfolgten ihn mit ihren Blicken. Der Mann, mit dem er geredet hatte, fing nach einer Minute an zu schreien. Es überlief mich eiskalt. Er war eine dieser verlorenen Seelen.

»Reicht das?« fragte der Lange.

»Perfekt. Und jetzt versuch, ein paar Typen zusammenzutrommeln, die mithelfen.«

Er machte sich auf die Socken.

Ich fing mit meiner Nummer an. »Halt die Klappe dahinten! Ich will schlafen!«

Der Kerl hörte nicht auf zu schreien. Ich hatte schon befürchtet, daß er es tun könnte. Verstohlen warf ich einen Blick zu den Beobachtungsfenstern hinauf. Irgend jemand war da oben, aber der Lärm interessierte ihn nicht. Waren sie so abgestumpft? Ich mußte unbedingt gesehen werden.

Ich brüllte den Schreihals an. Jemand schrie mich an, und ich beschimpfte ihn. Irgendein Genie fauchte uns beide gleichzeitig an, als wenn uns das zum Schweigen bringen könnte. Der Lärm nahm zu. Wir benahmen uns wie eine Affenbande. Einige Männer setzten sich in Bewegung und schlurften einfach nur ziellos umher.

Schließlich erregte der wachsende Lärm die Aufmerksamkeit des Wachhabenden. Er sah herunter, schien aber nicht sonderlich besorgt zu sein.

Ich schrie lauter als der Schreihals und drohte ihm Übles an, wenn er nicht endlich den Mund hielt.

»Wie geht's? Ich bin Efeu.«

»Pack deine Klamotten zusammen, Efeu. Wir verpissen uns aus diesem Kuckucksnest.«

Der Lange kam zurück. »Ich hab' ein Dutzend aufgetrieben, Schlaumeier. Willst du mehr?«

»Das reicht. Jetzt sollten alle die Tür meiden. Da wird's eklig, wenn sie reinkommen.« Hoffte ich jedenfalls. Vorausgesetzt, ich hatte nicht aufs völlig falsche Pferd gesetzt.

»Sie werden damit rechnen, daß wir was aushecken, Schlauberger. Die sehen nur blöd aus.«

»Das spielt keine Rolle. Hauptsache, die Tür geht auf.«

Er schnaubte verächtlich. Offenbar dachte er, an mir sei Hopfen und Malz verloren.

Ich schrie weiter die Schreihälse an.

Mittlerweile standen mehrere Personen am Beobachtungsfenster, einschließlich Fräulein Zauberbein.

Ich lachte. Das lief wie geschmiert. Keine Frau würde im Aderlaß-Spital arbeiten, wenn sie nicht ein gigantisches weiches Herz hatte. Ich brüllte, hüpfte über Strohmatratzen und fing an, den lautesten Schreihals zu würgen.

Der Lange war nach wenigen Schritten bei mir und tat, als wollte er mich runterziehen. Ich gab ihm schnell weitere Instruktionen, und weg war er. Der Junge war kein schlechter Schauspieler.

Ich dagegen war sogar oscarverdächtig, so legte ich mich ins Zeug. Zu meiner Überraschung versuchte keiner der anderen Patienten, mich aufzuhalten.

Mein Opfer würgte ich nur soviel, daß er ohnmächtig wurde.

Dann fegte ich in eine andere Ecke des Raumes und strangulierte den nächsten Brüllaffen.

Schon bald flogen überall Typen durch den Raum. Die Mehrheit der Insassen beteiligten sich an dem neuen Spiel. Es war trotzdem nicht direkt ein Aufstand. Es gab kaum echte Brutalität. Aber der Höllenlärm war nicht gespielt.

Ich sah, wie die Frau mit den Männern stritt. Sie wollte einschreiten. Die anderen nicht.

Hervorragend.

Ein kleiner Koboldmischling, etwa ein Meter groß, rollte sich neben der Tür zu einem Ball zusammen.

Oben gewann offenbar die Barmherzigkeit den Kampf gegen den gesunden Menschenverstand.

Ich trieb die Show weiter. Dabei wurden zwar Leute verletzt, aber ich war – gelinde gesagt – keineswegs in barmherziger Stimmung. Machte ich weiter auf netter Schwiegersohn, würde ich niemals hier herauskommen. Und wenn ich nicht rauskam, würde ich nie die Chance bekommen, den Clowns den Schädel einzuschlagen, die mich hier reingebracht hatten.

Schon wieder der Lange. Er schubste mich ein bißchen herum. »Sie kommen«, sagte ich. »Und es ist nicht nötig, bei mir so engagiert zu sein.«

Irgendwie wirkte er spöttisch, und ich konnte mir nicht vorstellen, was ihn so amüsierte.

18. Kapitel

Ich warf einen Blick zur Tür und warnte den Langen: »Immer locker bleiben. Wir müssen sie nicht mehr überzeugen.« An der Tür hockte nur der kleine Mischling. Es würde ihm leid tun, daß er sich freiwillig gemeldet hatte. »Wie viele kommen?«

Der Lange zuckte mit den Schultern. »Das hängt davon ab, wie ernst sie es nehmen. Mindestens acht oder zehn. Paß lieber auf.« Er stellte mir ein Bein, und ich brachte ihn zum Straucheln. Wir rollten uns auf dem Boden umher und knufften uns. Er amüsierte sich königlich. »Ihre Therapie ist es, die Störenfriede windelweich zu treten.«

»Hab' mir doch gedacht, daß dies zum Programm gehört. He, ich blute nicht mehr. Jetzt bin ich zu allem bereit.« Auf die Nummer mit den Tritten war ich nicht sonderlich scharf, aber bei einem solchen Spiel muß man etwas riskieren. Ich hoffte nur, daß die Sache gut lief, und ich es nicht mit irgendwelchen Stiefeln zu tun bekam.

Man muß an seinen Sieg glauben.

Und ich mußte gewinnen. Keiner wußte, wo ich war. Es konnte Wochen dauern, bis mich jemand vermißte, jetzt, wo Dean nicht in der Stadt war und der Tote Mann schlief.

Und danach konnte es noch weitere Wochen dauern, bis sich jemand auf meine Spur setzte. Falls sich überhaupt jemand die Mühe machte.

Ich hatte keine Wochen Zeit. Mir war schon die Zeit zuviel, die ich bereits drin verschwendet hatte. Der Tote Mann würde sich bestimmt totlachen und mir raten, aus dieser Erfahrung zu lernen. Solche Tips gibt er immer, wenn ich einen Scheißtag erwischt habe.

Gelang es mir nicht auszubrechen, würde das der beschissenste aller beschissenen Tage in einer langen Reihe von beschissenen Tagen werden.

Die Frau blieb an dem Beobachtungsfenster stehen. Ich heulte wieder wie von Sinnen, schubste Leute herum und würgte andere Schreihälse.

Was mich aber im Innersten traf, war, daß fast die Hälfte der Jungs auf der Station sich nicht an dem Aufruhr beteiligte. Die meisten von ihnen öffneten nicht mal die Augen. Sie lagen einfach nur gleichgültig da.

Mann, das war unheimlich. So konnte ich in zwanzig Jahren sein, wenn ich diese Sache hier vermasselte.

Diese Furcht verlieh mir die Inspiration, die ich brauchte, um weiter zu heulen und Schaum vor den Mund zu behalten. Ich versuchte, wirres Zeug zu reden. Fiel mir ziemlich leicht. Das war eine kleine Versicherung, wenn ich eines Tages zu alt war, um meinen Job machen zu können. Ein rühriger Quatschkopf kann bald seine eigene Kirche gründen.

Die Tür ging auf.

Wunder über Wunder, Mirakel über Mirakel, sie öffneten tatsächlich die Tür.

Sie ging nach außen auf, und Aufseher stürmten herein. Sie wußten, daß da irgendwas nicht stimmte, und waren gerüstet. Sie trugen Keulen und kleine Schilde und sahen alle aus, als seien sie vier Meter groß. Sie bildeten einen engen Kreis, bevor sie vorrückten.

Vor ein paar Monaten hatte ich in einem schwachen Moment und nach Verzehr eines kleineren Ozeans von Bier einem drittklassigen Zauberer etwas abgekauft. Er nannte sich selbst Gottfried, hieß aber eigentlich Milten. Man sollte niemals den Fähigkeiten eines Zauberers namens Milten trauen – das hatte ich am eigenen Leib erfahren müssen, als ich versuchte, einen seiner Zauber anzuwenden. Er gab zwar Garantie auf sein Zeug, war aber nicht da, um sie einzulösen.

In meinen Taschen befanden sich diverse kleine Fläschchen, die letzten aus dem Kauf. Laut Gottfried sollten sie das ideale Werkzeug sein, mit unliebsamen Menschenmengen fertig zu werden. Ob sie funktionierten, wußte ich nicht, weil ich sie bisher noch nicht ausprobiert hatte. Ich erinnerte mich nicht einmal genau an Gottfrieds Instruktion. An diesem Abend war ich wirklich ziemlich betrunken gewesen.

Immerhin hatte ich so noch einen sehr guten Grund, hier rauszukommen: Ich mußte Gottfried finden und ihm eine Kundenbeschwerde überbringen.

Wenn ich mich richtig erinnerte, mußte ich eine Flasche gegen eine harte Fläche werfen und zurücktreten.

Ich warf. Meine Flasche segelte an den Jungs vorbei, prallte von der Wand ab und sprang mitten zwischen die Wärter. Sie latschten alle drüber, aber sie zerbrach nicht.

Mein ganz persönlicher Schutzengel schob wieder Dienst. Ich verfluchte ihn und versuchte es noch mal.

Die zweite Flasche zerbrach. Grauer Nebel stieg von der Wand auf und umhüllte die Wärter. Sie fingen an zu fluchen. Die Verwünschungen verwandelten sich schnell in Geheul.

Inzwischen glitt mein kleiner Mischlingsfreiwilliger zwischen Tür und Rahmen, damit sie nicht geschlossen werden konnte. Sein Job war, richtig eklig zu werden, falls die Wärter sie zumachen wollten.

Diejenigen, die sich auf der Station befanden, verloren jedes Interesse daran, die Insassen zur Ruhe zu bringen. Sie hatten alle Hände voll damit zu tun, sich zu kratzen und zu reiben und zu schreien.

Vielleicht war Gottfried ja doch kein vollkommener Schwindler.

Ich schnappte kurz Luft und stürmte los. Es beschämte mich, einen so schmutzigen Trick angewendet zu haben. Fast jedenfalls. Zurücknehmen wollte ich ihn auch nicht. Wenn ich lange mit Efeu und den Jungs zusammenblieb, sang ich bald im selben Chor.

Der Nebel machte mir nicht viel aus. Es juckte ein bißchen. Aber ich hatte mörderische Kopfschmerzen und am ganzen Körper Prellungen. Dagegen war das Jucken banal.

Im Korridor brüllte jemand. Sie hatten eine Wache an der Tür zurückgelassen. Er war sauer auf meinen Mischlings-Türstopper.

Dem ging es nicht so gut. Der Nebel sank zu Boden, und der Kobold hatte mehr abbekommen als die Wärter.

Trotzdem erfüllte er seinen Auftrag.

Ich stieß so heftig gegen die Tür, daß ich mir fast die Schulter ausrenkte. Verdammt, tat das weh! Und dabei gab diese verdammte Tür nur soweit nach, daß ich mich über den jammernden Mischling durch den Spalt quetschen konnte.

»Überraschung!« Ich schlug den Wächter draußen vor der Tür an den Kopf. Ein ganzer Haufen von Patienten stürmte hinter mir her. Es waren alle, die ein Hühnchen mit einem besonderen Wärter in der Station zu rupfen hatten.

Natürlich bescherte mir die Glücksfee genau in diesem Augenblick einen weiteren Haufen Aufseher. Ich spielte wieder Banshee und stürmte vor. Junge, würde ich heiser sein, wenn dieses Gebrüll endlich vorbei war.

Diese Wärter waren größer und gemeiner als die erste Welle. Es waren acht. Was das Schlachtenglück zu meinen Gunsten wendete, weil ich wütend genug war, um ein ganzes Bataillon Weißkittel auszulöschen. »Nehmt es nicht persönlich, Jungs.« In dem Augenblick entdeckte ich zwei von den Clowns, die mich in dieser nassen Decke verschleppt hatten. »Ich nehm' es zurück!«

Anfangs bekam ich nicht viel Hilfe. Das Überraschungsmoment reichte für ein paar Wächter, aber dann kamen die übrigen in Schwung. Sie spielten ein Spiel, in dem ich der Würfel war. Meine Gefährten waren schon zu oft verprügelt worden. Sie hielten sich zurück, bis mein Drei-Meter-Mann mitmischte.

»Umpff!« Ich brach einem mit der Stirn die Knöchel. »Hat ganz schön lange gedauert.«

Dann wurde es eine erstklassige Schlägerei. Fäuste und Füße und Körper flogen durch die Luft. Ich schrammte mir die Knöchel bis zum Ellbogen auf, während ich Kinne und Kiefer traktierte. Mein eigenes Kinn und mein Kiefer wurden ebenfalls reich verziert. Und meine Nase entging nur knapp einer Transplantation auf meine hintere Kopfhälfte.

All diese Hiebe waren genau die richtige Kontraindikation für meine Kopfschmerzen.

Ich war dankbar für mein erstklassiges Gebiß, als ich meine Zähne in Leute versenkte, denen meine Gesundheit nicht besonders am Herzen lag.

Als schließlich alle Fetzen geflogen waren und der Staub sich allmählich senkte, standen nur noch der Lange und ich. Und ich brauchte dabei die Hilfe einer Wand.

Ich stolperte zu einer Tür am Ende des Flurs, hinter den besiegten Wärtern. Sie war verschlossen. Und sie sah genauso massiv aus wie die Tür zur Station. Alles für die Katz. Ich wechselte einen vielsagenden Blick mit dem Langen. Er grinste. »Hab' ich dir doch gesagt.« Er wischte sich das Blut vom Gesicht und grinste noch breiter. »Aber sie werden einiges zu tun haben, den Dreck wegzumachen. Wir haben fast die ganze Nachtschicht hier.«

»Fein. Wir sind einen Schritt weitergekommen. Komm, wir schleppen diese Wärter auf die Station.« Vielleicht konnten wir sie als Geiseln benutzen.

Plötzlich hatten wir eine Menge Helfer. Die Jungs wurden mutig und schlugen kräftig Beulen in jede Wärterbirne, die sich zu erheben drohte.

Ich überprüfte das andere Ende des Korridors. Noch eine Eichentür vor der Gruft. War klar. »Das ist wohl wirklich nicht mein Tag.« Es hatte zwar vorher gute Augenblicke gegeben, aber die negativen Seiten überwogen allmählich die positiven. »Will jemand einen Tip abgeben, wie lange es dauert, bis sie sich wieder auf uns stürzen?«

Der Lange zuckte mit den Schultern. Jetzt, da die Aktion vorbei war, schien er rasch das Interesse zu verlieren.

Ich zauberte zwei kleine Taschenmesser herbei, die man mir nicht abgenommen hatte. Mir schoß durch den Kopf, daß diese Vorfälle sicher eine Untersuchung nach sich ziehen würden. Wie konnten Messer und Zauberei und was weiß ich nicht noch alles in Besitz von Insassen gelangen? Als hätte es jemals einen Zweifel daran gegeben, daß jeder Insasse, der genügend Gold blitzen ließ, sich alles kaufen konnte, was er wollte.

Aber eine Untersuchung bedeutete möglicherweise Hoffnung. Wenn sie ernsthaft betrieben wurde, war meine Zeugenaussage erforderlich. Das bedeutete: Ich konnte mit dem Finger auf die Personen zeigen, die Bestechungsgeld annahmen, um fälschlicherweise Helden wie mich hier einzuliefern. Oh-oh! Es gab sicher Bösewichte, die sich genau ausrechnen konnten, welche Unannehmlichkeiten meine Zeugenaussagen ihren Karrieren bereiten würden. Und sie würden gewiß Schritte unternehmen, sicherzugehen, daß es einen Mangel an aussagebereiten Zeugen gab.

Ich reichte dem Langen ein Messer. »Schnitz mir ein paar Kienspäne aus irgendeinem Holz. Mit einem netten Feuerchen können wir uns vielleicht den Weg durch diese Türen brennen.«

Er grinste, aber ich vermißte den flammenden Eifer, den er vorher gezeigt hatte. Der Junge baute schnell ab.

Aber die Aussicht auf Brandstiftung begeisterte dafür ein paar andere. Wir machten uns an die Arbeit, rissen das Stroh aus den Matratzen und schnitzten an der Stationstür herum.

Dann erlitt ich einen erneuten Denkanfall, wenn auch etwas spät. Eigentlich untypisch für den Helden in einer Abenteuergeschichte. Ich beanspruchte die Rolle des Genies auch nur, weil kein anderer vor mir auf die naheliegendste Idee kam. Die Jungs aus den Abenteuergeschichten hätten es von Anfang an so geplant. Es ist ein uralter Trick.

Die Wärter des Aderlaß-Spitals trugen Uniformen, auch wenn sie schmutzig waren.

Ich entzündete meine Feuerchen an beiden Enden des Korridors, und Efeu schürte sie. Sein Vokabular war zwar nicht besser geworden, aber er wirkte lebhafter. Er mochte es heiß. Er paßte sogar auf, als ich ihm befahl, viel Roßhaar zu benutzen. »Wir brauchen jede Menge Qualm.« Die Matratzen waren mit Roßhaar gestopft.

Efeu grinste übers ganze Gesicht. Er war ein sehr zufriedener Kretin.

Jetzt mußten die Leute draußen etwas unternehmen. Sie konnten nicht warten, bis unsere Feuerchen richtig brannten. Es wirkte schon so, als würden sie sich eher durch den Boden fressen als die Türen verbrennen.

Als der Rauch dicht genug war, schnappte ich mir einen Wärter, der meine Größe hatte, und tauschte mit ihm Klamotten. Er machte ein gutes Geschäft.

Meine Kumpel hielten mit. Rasch gab es Streit über die verfügbaren Uniformen. Ich sorgte dafür, daß Efeu und der Lange jeder eine Uniform bekamen. Dem kleinen Mischling, der aufopferungsvoll die Tür bewacht hatte, wollte ich auch eine verpassen, aber der ertrank schon in einem Hemd.

Interessant. Jetzt, wo es aussah, als hätten wir eine Chance, bekam ich plötzlich jede Menge Helfer.

Der Qualm wurde fast zu dicht, bis jemand auf der anderen Seite zu dem Schluß kam, daß es Zeit zum Handeln war.

19. Kapitel

Sie warfen so ziemlich alles in die Schlacht, was noch atmete und aufrecht gehen konnte, und stürmten durch beide Türen gleichzeitig, hinter Wassereimern, die sie auf die Flammen warfen. Erst konzentrierten sie sich mit aller Macht auf die Feuer, bis diese gelöscht waren. Dann prügelten sie auf jeden ein, der sich in Armeslänge befand. Als sie in die Station kamen, zogen sie ihre ohnmächtigen Kameraden heraus.

Eine Zeitlang war es wirklich aufregend und der Ausgang ungewiß.

Der Qualm setzte mir mehr zu, als ich erwartet hatte. Nachdem man mich weggeschleift hatte, wollte ich stiftengehen. Leider mußte ich feststellen, daß meine Beine ihren Dienst verweigerten.

»Nicht. Sie sind noch nicht soweit.«

Ich schaffte es, nicht aufzublicken und mich damit zu verraten. Neben mir verhielten sich meine Kumpane genauso. Was für ein eingespieltes Team!

Ihnen ging es besser als zwölf anderen, die im Flur verteilt wurden. Die meisten kamen aus der Station. Der Rest war in der letzten Invasion untergegangen.

Die Sprecherin war eine Frau. Niemand anders als Miss Beinchen. »Atmen Sie möglichst den Rauch aus, bevor Sie irgend etwas anderes tun«, fügte sie hinzu.

Ich hustete, machte Geräusche und verbarg weiterhin mein Gesicht. Sie ging weiter. Anscheinend wollte sie sich um jemanden kümmern, der sich rührte. Ein weiblicher Arzt? Wie das? So was hatte ich zwar noch nie gehört, aber warum nicht?

Ich rollte zurück, bis ich mit dem Rücken an eine Wand stieß, lehnte mich daran und hob den Kopf, um eine Fluchtroute auszubaldowern. Aber ich sah doppelt, als ich durch die Tränen in meinen Augen etwas erkannte. Ich kam langsam auf die Beine und stützte mich an der Wand ab, bis ich stehen konnte, ohne meine Hände zu Hilfe zu nehmen.

Meine vorgesehene Fluchtroute löste sich nicht in Luft auf, während ich Atem holte. Also stieß ich mich von der Wand ab und stolperte los. Vor mir winkte in der Ferne eine Tür zum Treppenhaus; sie war eine Ewigkeit entfernt, etwa sieben Meter. Dahinter schien die Hölle los zu sein, als würden sich im Treppenhaus Donnerechsen paaren. Aber ich achtete nicht auf den Krach. Dafür hatte ich nicht genug freie Hirnkapazität. Was ich noch hatte, war vollauf mit einem einzigen Gedanken beschäftigt: raus.

Ich schlurfte weiter und schaffte es gerade noch, nicht hinzufallen. Da mischte sich schon wieder die Königin aller erstklassigen Beinchen ein. »Was machen Sie denn da? Ich habe Ihnen doch gesagt ... Oh.«

Ich schenkte ihr mein charmantestes Lächeln. »Oh-oh.«

»Ach du meine Güte!«

»He, immer langsam. Ich bin ein ganz normaler Bursche.«

Vielleicht konnte sie ja wegen des Lärms aus dem Treppenhaus nichts hören. Möglicherweise lag es auch an dem Aufruhr im Korridor und auf der Station. Auf jeden Fall kam meine Botschaft nicht an. Sie schrie und kreischte, als glaubte sie, von irgendeinem Verrückten oder so was entführt zu werden.

Ich packte ihr Handgelenk, hauptsächlich, damit ich nicht umkippte. Sie war blond, und ich erinnerte mich schwach, daß dies eine meiner diversen Lieblingshaarfarben war, hatte aber nicht genug Mumm, es ihr zu sagen. Zwar blutete ich längst nicht mehr, aber meinem Kopf ging es trotzdem nicht besser. Der Rauch war mir auch nicht gut bekommen.

»Halt die Klappe«, fuhr ich sie an. »Wir gehen spazieren, Schwester. Ich will niemandem weh tun, aber das ist nicht meine oberste Priorität. Kapiert? Wenn du weiter jammerst ...«

Sie verstummte, sah mich mit ihren wunderschönen blauen Augen an und nickte hastig.

»An der Tür lasse ich dich laufen. Vielleicht. Wenn du brav bist und ich keinen Ärger mehr kriege.« Flotte Rhetorik, Garrett. Deine Herkunft schlägt durch.

Wenigstens kam ich jetzt aus dem Qualm heraus und war

fast bereit, darauf zu wetten, daß sie brav war. Eine Figur wie ihre war verdammt heiß ... Nein, vergiß es. Keine Hitze, kein Feuer. Wo es brennt, ist Rauch nicht weit, und von Rauch hatte ich für den Rest meines Lebens die Nase und die Lungen voll.

Ich stützte mich auf die Dame, als wäre sie mein Liebchen. »Ich brauche deine Hilfe.« Ich bin verdorben bis ins Mark. Aber das würde unsere einzige Verabredung bleiben.

Sie nickte wieder.

Und dann stellte sie mir ein Bein, das kleine Miststück.

Im selben Augenblick platzte meine Freundin Winger durch die Tür zum Treppenhaus und scheuchte zerrupfte Sanitäter vor sich her. »Verflucht, Garrett! Ich riskier' hier meinen Arsch, um deinen zu retten, und was passiert? Du versuchst diese Schnecke vor aller Augen zu bumsen!« Sie packte mich am Schlafittchen und riß mich von meiner neuesten Eroberung herunter, die sich mit mir zusammen flachgelegt hatte. Winger stellte mich auf die Füße und verprügelte dann den untersetzten, struppigen Wärter weiter, der offenbar hatte protestieren wollen, weil sie mich so unprofessionell behandelte. Zwischen den Schlägen knurrte sie: »Du solltest deine Prioritäten überdenken, Garrett.«

Es war sinnlos, ihr zu erklären, wer hier wen flachgelegt hatte. Winger kann man nichts erklären. Sie schafft sich ihre eigenen Wirklichkeiten.

Während sie weiter mit dem haarigen Wärter herumalberte, stellte ich der Ärztin eine entscheidende Frage: »Was macht ein so hübsches Kind wie Sie an einem Ort wie diesem?«

Sie wollte es mir nicht verraten, nicht mal, nachdem ich mich dafür entschuldigt hatte, daß ich sie so grob anfassen mußte.

»Alle Wetter, Garrett, mach mal Pause«, fauchte Winger mich an. »Und schwing deinen Hintern hier raus.«

Ich folgte ihr, blieb mir auch nichts anderes übrig, weil sie mich packte und mit sich zerrte. Im Vorbeigehen klemmte ich mir Dr. Blondie unter den Arm. Ab ging's die Treppe hinunter, wobei wir sorgsam über den ein oder anderen stöhnenden Wärter stiegen. Winger hatte sich ihren Weg wie eine Naturkatastrophe gebahnt. »Hoffentlich habe ich Ihnen nicht allzu viele Ungelegenheiten gemacht«, stotterte ich. »Leider kann ich nicht noch etwas länger bleiben, weil irgend jemand da draußen mich lieber hier drin sieht, damit ich ihm nicht auf die Füße trete.« Ich setzte meine grimmige Miene auf. »Wenn ich den zu fassen kriege, sorge ich dafür, daß er Ihnen eine großzügige Spende gibt. Groß genug, um die Schäden zu ersetzen.«

Winger rollte mit den Augen. Sie ging nicht langsamer und ließ mich auch nicht los.

Die Hohepriesterin der Beine sagte: »Sie meinen es ernst, nicht wahr?«

»So ernst wie immer, wenn er geil ist«, brummelte Winger.

Meine neue Freundin und ich ignorierten sie. »Allerdings«, erklärte ich. »Ich bin ein Sachensucher. Erst heute morgen hat eine Dame aus der Oberstadt mich gebeten, ihre Tochter zu suchen. Kaum fange ich damit an, als sich schon eine Bande von Rüpeln auf mich stürzt. Als ich wieder aufwache, sehe ich Sie. Ich dachte, ich wäre gestorben und in einem dieser Nachleben auferstanden, wo es Engel gibt. Nur tat mein Kopf dafür zu weh.«

»Und dafür habe ich Kopf und Kragen riskiert«, knurrte Winger. »Dein Kopf wird bald noch viel stärker wehtun. Wenn ich mit dir fertig bin, nämlich.«

Die Ärztin sah mich an, als würde sie mir wirklich

gern glauben. »Er trägt immer ziemlich dick auf, nicht wahr?« Die Frage galt Winger.

»Mit einem richtigen Rechen«, erklärte Winger und flüchtete sich in ihre kulturlosen Bauernsprüche.

»Sollten Sie Lust haben, mich zu sehen, gehen Sie einfach die Macunado hinauf. Hinter der Zauberzeile fragen Sie nach dem Haus, in dem der Tote Mann wohnt.«

Die Lady schenkte mir ein schwaches Lächeln. »Vielleicht mach' ich es wirklich. Möglicherweise. Um zu sehen, was passiert.«

»Ein Feuerwerk, soviel ist mal sicher.«

»Spar dich lieber für die Ehe auf, Kleine«, schlug Winger vor. »Falls überhaupt noch was übrig ist.«

Das Lächeln der Lady erlosch.

Man kann nicht alles kriegen. Vor allem dann nicht, wenn man Freunde hat, die darauf aus sind, einem in die Suppe zu spucken.

Wir standen auf der Straße vor dem Aderlaß-Spital. Ich versuchte, schnellstens in der Dunkelheit zu verschwinden. Es war sicher besser, unterwegs zu sein, bevor ein rachsüchtiger Wärter auftauchte.

Nachdem ich ein paar Schritte gegangen war, bemerkte Winger: »Das war die ekelhafteste Show, die ich je gesehen habe, Garrett. Hörst du denn nie auf?«

»Wir müssen hier weg.« Ich sah über meine Schulter zum Spital. Allein der Anblick versetzte mich schon in Panik. Das war knapp gewesen. »Wir sollten verschwinden, bevor sie jemanden hinterherschicken.«

»Glaubst du denn wirklich, daß sie nicht wissen, wo sie suchen müssen? Du hast dieser Tussi doch deine Adresse auf einem Silbertablett serviert.«

»He, du redest von der Liebe meines Lebens. Sie wird

mich nicht verraten.« Ich kreuzte heimlich die Finger hinterm Rücken.

Winger wechselte die Taktik. »Warum sollten sie sich überhaupt darum kümmern? Ernsthaft!«

Im Moment würden sie es wahrscheinlich wirklich nicht tun. Alles, was sie jetzt unternahmen, würde nur mehr Aufmerksamkeit erregen, was ihnen unmöglich recht sein konnte.

Ich zuckte mit den Schultern. Das ist immer ein nützlicher, unverbindlicher Kniff.

20. Kapitel

Ich wartete, bis wir einen ordentlichen Abstand zum Aderlaß-Spital hatten, nur für den Fall, daß die Krankenhausbande auf die Idee kam, mich zu verfolgen. Dann packte ich entschlossen Wingers Hand.

»He! Was soll das, Garrett?«

»Wir beide werden uns jetzt hier wie ein Liebespärchen auf die Stufen setzen, und du wirst mir was Nettes ins Ohr flüstern, zum Beispiel, was hier vorgeht. Kapiert?«

»Nein.«

Ich drückte fester zu.

»Autsch! Da verstehe einer diesen Kerl! Keine Dankbarkeit! Ich rette seinen Arsch ...«

»Für mich sah es aus, als hätte ich ihn gerade sehr erfolgreich selbst in Sicherheit gebracht. Hock dich hin!«

Winger gehorchte, maulte aber weiter. Ich ließ sie nicht los. Hätte ich es getan, hätte ich keine Antworten mehr bekommen.

»Spuck's aus, Winger.«

»Was?« Sie kann sich in das dümmste Landei verwandeln, das je ein Huhn gelegt hat.

»Ich kenn' dich. Tu nicht so blöd, das ist Zeitverschwendung. Erzähl mir was über Maggie Jenn und ihre verschwundene Tochter und wie es kommt, daß ich angegriffen, zusammengeschlagen und in die Klapsmühle abgeschoben worden bin, kaum daß ich diesen Job angenommen hab'? Die Kerle hatten es eilig, daß sie mir nicht mal die Taschen ausgeräumt haben! Die ganze Zeit da drinnen habe ich mich gefragt, wie so was passieren konnte, wo doch nur meine alte Freundin Winger wußte, was ich vorhatte. Und jetzt frage ich mich, woher meine alte Freundin Winger wußte, daß ich Hilfe brauchte, damit ich aus dem Aderlaß-Spital entkommen konnte? Das ist es, was ich von dir wissen möchte.«

»Ach so, so was.« Sie dachte nach, offenbar, um an einer ihrer Geschichten zu basteln.

»Komm schon, Winger, versuch's mal mit der Wahrheit. Wär' mal was anderes.«

Sie warf mir einen wingermäßig bösen Blick zu. »Ich hab' für einen Kerl namens Hacker Hackebeil gearbeitet ...«

»Hacker Hackebeil? Was ist das denn für ein Name? Hör auf! Erzähl mir nicht, daß es wirklich einen Typen gibt, der so heißt.«

»Wer erzählt hier die Geschichte? Du oder ich? Wenn du hier sitzen und deinem eigenen Gequatsche zuhören willst, bitte, gern, von mir aus. Aber erwarte nicht, daß ich daneben sitzen bleibe und es mir auch gebe. Ich weiß genau, wie abgedroschen du wirst, wenn du aufs hohe Roß steigst.«

»Ich? Abgedroschen?«

»Wie irgend so ein Revanchisten-Prediger in voller Fahrt.«

»Das trifft mich jetzt aber tief.«

»Schön wär's ja.«

»Alles Gefasel, Winger. Du arbeitest also für einen Typ mit einem Namen, den nicht mal ein Zwerg akzeptieren würde.«

»Ja.« Sie warf mir noch einen bösen Blick zu und spielte anscheinend mit dem Gedanken, bockig zu werden.« Jedenfalls hab' ich für ihn gearbeitet, ob dir sein Name gefällt oder nicht. Ich sollte Maggie Jenn beobachten. Weil er befürchtet hat, daß sie ihn umbringen würde.«

»Warum?«

»Das hat er nicht gesagt, und ich hab' nicht gefragt. Bei seiner normalerweise miesen Laune fand ich es keine gute Idee, ihn zu nerven.«

»Hast du nicht mal eine Vermutung?«

»Was willst du, Garrett? Ich kriege drei Taler am Tag, damit ich mich um meine eigenen Angelegenheiten kümmere und meinen Job erledige. Andernfalls hätte man mir vielleicht die Kniescheiben zertrümmert.«

So steuerten wir geradewegs in einen saftigen Streit über moralische Verpflichtungen. Wie schon mindestens fünfzigmal zuvor. Für Winger besteht die einzige Verpflichtung darin, sich den Rücken freizuhalten.

Sie versuchte, mich abzulenken.

»Wahrscheinlich ist es tatsächlich egal, Winger. Mach weiter. Erklär mir, wie du hierhergekommen bist.«

»Das ist einfach. Ich bin ein Riesentrottel. Und hab' dich für einen Kumpel gehalten. Für jemanden, der ein so übles Schicksal nicht verdient hatte.«

»Wieso habe ich nur den Eindruck, daß hier ein paar Einzelheiten fehlen? Was meinst du: Kannst du die Lücken auffüllen?«

»Du kannst eine echte Nervensäge sein, Garrett. Weißt du, was ich meine?«

»Ich habe so was läuten hören.« Ich wartete und hielt sie weiter fest.

»Einverstanden, schon gut. Also, ich hab' für diesen Hakkebeil gearbeitet. Meistens mußte ich diese Jenn-Tussi beobachten, aber manchmal hatte er auch andere Aufträge für mich. Es war ein regulärer Job, Garrett. Erstklassige Bezahlung und immer was zu tun. Erst heute abend hab' ich rausgefunden, was dahintersteckt. Hackebeil hat mich in die vorderste Frontlinie gestellt. Die Leute haben mich beobachtet, während er und seine eklige Bande im Schatten werkelten.«

Ich knurrte, empfand aber keinerlei Mitgefühl. Es fällt mir schwer, jemanden zu bedauern, der nicht lernen will. Winger hatte sich schon früher benutzen lassen. Sie war groß, sah gut aus und war eine Frau. Und weil sie eine Frau war, nahm kaum jemand sie ernst. Dieser Hacker Hackebeil hielt sie wohl einfach nur für einen nützlichen Freak, obwohl er offenbar selbst ein Freak sein mußte.

»Ich weiß, Garrett, schon klar. Du hast so was schon mal gehört. Wahrscheinlich wird das hier auch nicht das letzte Mal gewesen sein. Manchmal zahlt es sich ja auch aus.«

Damit meinte sie, wenn es ihr gelang, diejenigen, die sie benutzten, übers Ohr zu hauen, indem sie die naive Landpomeranze spielte und heimlich die Silberlöffel einsackte.

Ich gewährte ihr eine Kostprobe meines sagenhaften Brauen-Blick-Tricks.

»Schon gut, ich weiß. Aber ich muß ja auch irgendwie von etwas leben, während ich an meinem Ruf bastele.«

»Anzunehmen.« Sie war von der fixen Idee besessen, einen miesen Ruf zu brauchen.

»Danke für deine leidenschaftliche Unterstützung. Wenigstens habe ich es ja begriffen, bevor ich nicht mehr aussteigen konnte.«

»Bist du es denn?«

»Ausgestiegen? Worauf du einen lassen kannst. Siehst du, dieser Hackebeil hat mir gesagt: Ja, Winger, großartige Idee, Maggie Jenn jemanden in den Pelz zu setzen. Jemand anderen, falls sie mich erkannt hatte. Aber als ich ihm verriet, daß du dieser Jemand wärst, hat er eine Grimasse geschnitten, als hätte er Hämorrhoiden an einer unbequemen Stelle. Allein der Gedanke an dich schien ihm Schmerzen zu bereiten. Er hat mich so schnell rausgeschickt, daß ich mißtrauisch wurde. Ich bin zu einer Stelle geschlichen, von der aus ich ihn belauschen konnte.«

Vermutlich war das eine von Wingers Hauptbeschäftigungen gewesen. »Von Hackebeil habe ich nie gehört. Wieso ist er so sauer auf mich?«

Sie spuckte auf die Erde. »Woher, zum Teufel, soll ich das wissen? Du hast einen Ruf als besonders aufrechter Einfaltspinsel! Vielleicht liegt es daran!«

»Meinst du?« Winger versuchte schon wieder, Haken zu schlagen. »Also hast du dich schlau gemacht. Schwer zu glauben. Normalerweise bedarf es ...«

»Ich bin nicht so blöd, wie du glaubst, Garrett.« Bis jetzt hatte sie sich allerdings geweigert, dafür auch nur den geringsten Beweis anzutreten. »Was Hackebeil vorhatte? Er ließ seine Brunos kommen. Nicht seine normalen Busenfreunde, sondern einfach nur irgendwelche Schläger von der Straße. Er hat ihnen erzählt, es gäbe ein großes Problem: nämlich dich, und er hat sie gebeten, es für ihn aus dem Weg zu räumen. Er wollte wissen, ob sie dich nicht in die Klapsmühle vom Aderlaß-Spital stecken könnten. Die Brunos haben gegackert und waren begeistert. Sie rissen Witze darüber, daß sie es vorher schon mit anderen Typen gemacht hätten, die Hackebeil nicht leiden konnte. Er muß da drinnen Leute auf seiner Gehaltsliste haben. Irgendwie hat er Beziehungen zum Spital, vermutlich durch dein blondes Miststück, dem du hinterhergegeiert hast, als ich dich retten wollte.«

»Ja, wahrscheinlich.« Ich glaubte es genausowenig wie Winger selbst.

»Jedenfalls habe ich eine Weile gebraucht, bis ich mich unbeobachtet wegstehlen konnte. Danach bin ich geradewegs zum Spital gelaufen.«

Ich konnte mir vorstellen, warum sie so lange gebraucht hatte, unbemerkt wegzuschleichen. Als sicher war, daß sie bei Hackebeil kündigen wollte, hatte sie alles Wertvolle einsammeln wollen, daß sie tragen konnte. Dann mußte sie es in ihre Schatzkammer bringen, wo auch immer die sich befinden mochte. Vielleicht hatte sie anschließend versucht, unbemerkt noch eine Ladung einzusacken, bevor sie endlich zu meiner Hilfe »eilte«.

Sie wußte ja, daß ich derweil nicht weglaufen würde.

Das große Riesenmiststück.

»Also bist du mit Pauken und Trompeten zu meiner Rettung angerauscht und mußtest dann feststellen, daß ich mit List und Intelligenz meine Freilassung schon selbst in die Wege geleitet hatte.«

»Du hast dich wacker geschlagen«, gestand sie zu. »Aber du wärst nie rausgekommen, wenn ich nicht all die Jungs erledigt hätte, über die du im Treppenhaus gestiegen bist.«

Was Winger auch sonst sein mochte, sie war definitiv eine Frau. Ich ließ ihr das letzte Wort.

»Kannst meine Kralle loslassen«, bemerkte sie. »Mehr kannste nich aus mir rausquetschen.«

»Ach, tatsächlich?« Wieso wurde dann ihr ländlicher Akzent immer stärker? Sie versuchte, sich zu verstellen. »Dabei habe ich gerade gedacht, es wäre nützlich zu erfahren, woher Maggie Jenn dich kennt. Genauso neugierig bin ich übrigens auch auf deinen Kumpel Hacker Hackebeil. Da ich von ihm noch nie gehört habe, erspart es mir vermutlich viel Zeit, wenn du mir verrätst, wo er wohnt, ob er ein Mensch ist oder was sonst, ob er mit der Gilde oder wem zu tun hat, eben all das übliche Zeug. Ich bin sozusagen detailbesessen, Winger, Liebling.«

Winger ist der klassische Typ, der auf den Wagen springt und die Mulis antreibt, ohne vorher nachzusehen, ob sie auch angespannt sind. Sie hält sich nicht lange damit auf, Pläne zu schmieden oder Konsequenzen zu bedenken. Weder Vergangenheit noch Zukunft bedeuten ihr etwas. Nicht etwa, weil sie dumm oder idiotisch wäre, nein, sie ist einfach so.

»Du bist wirklich ein ausgemachter Quälgeist, Garrett.«
»Das auch. Ich hör' es immer wieder. Vor allem von dir. Du wirst mir noch einen Komplex einreden.«
»Dir doch nicht. Um einen Komplex zu bekommen, muß man einfühlsam sein. Du bist so einfühlsam wie ein stinkiger alter Stiefel. Hacker Hackebeil dagegen, der ist wirklich sensibel.« Sie grinste.

»Willst du mir jetzt was erzählen oder einfach nur dasitzen und Grimassen schneiden wie eine Kröte auf einem Kuhfladen?«

Das amüsierte sie. »Wie gesagt, Garrett, Hacker Hackebeil ist ein Typ, der Ohrringe trägt.«

»Es gibt eine Menge Typen, die Ohrringe tragen. Deshalb müssen es noch lange keine Homos sein. Es könnte sich auch um wilde Piraten handeln.«

»Ach ja? Außerdem trägt er gern Perücken und legt Make-up auf und stolziert in Frauenkleidern herum. Ich habe sogar gehört, daß er im Tenderloin gearbeitet hatte, ohne daß die Freier wußten, was für eine einzigartige Erfahrung sie gemacht hatten.«

»So was soll's geben.« Im Sündenpfuhl von TunFaire gibt es alles. Ich fand es nicht besonders dramatisch, bis auf die Tatsache, daß Hackebeil vielleicht etwas sehr leichtsinnig mit seinen Geheimnissen umging. Wenn man zu bekannt wird, bekommt man schnell mehr Ärger, als man verkraften kann. Und Ärger herauszufordern, ist schlicht blöd.

»Ist er ein Mensch?« wollte ich wissen.

»Ja.«

»Und er versteckt seine Ticks nicht?«

»Jedenfalls nicht zu Hause. Ich habe allerdings nie gesehen, daß er auf der Straße kleine Jungs gejagt hätte. Warum?«

»Es klingt nicht, als wäre er vorsichtig genug. Hast du eine Ahnung, was Schwule in der Armee durchmachen müssen? Du würdest es nicht glauben. Es ist die reinste Hölle. Die Quintessenz ist jedenfalls, daß jeder, der es nicht sorgfältig verbirgt, nicht lange übersteht. Der Cantard ist der falsche Ort, sich als Angehöriger einer ungeliebten Minderheit zu outen.«

»Ich glaube nicht, daß Hacker gedient hat, Garrett.«

»Ach, ihr duzt euch?«

»Er läßt sich von allen Hacker nennen.«

»Ein richtiger kleiner Demokrat, ja?«

»Allerdings.«

»Schön. Also: Wenn er menschlich und männlich ist, dann muß er irgendwo gedient haben. Sie lassen keine Ausnahmen zu.«

»Vielleicht war er ja ein Drückeberger.«

»Sie hören nie auf, diese Kerle zu hetzen.« Das tun sie wirklich nicht. Niemals. Wenn es um die Wehrpflicht geht, gibt es keine Ausnahmen, das muß man unseren Herren lassen. In diesem Bereich gibt es keine Bevorzugung. Im

Gegenteil, was das betrifft, zahlen die da oben sogar mehr als den Preis. Sie marschieren vornweg.

Winger war wirklich sehr geschickt darin, mich von einem Ziel abzulenken. Sie hatte sich zwar von diesem kleinen Prinzchen Hackebeil getrennt, wollte aber nichts über ihn verraten. Das heißt, sie witterte da noch eine Chance.

Winger wittert immer irgendwo eine Chance.

»Laß uns wieder zum Thema kommen. Welche Verbindung gibt es zwischen Hackebeil und Maggie Jenn? Wenn er eine Tunte ist, warum interessiert er sich dann überhaupt für sie?«

»Ich glaube, sie ist seine Schwester.«

»Na und?«

»Vielleicht auch seine Kusine. Auf jeden Fall sind sie irgendwie verwandt. Und sie hat was, das er haben will. Irgendwas, von dem er glaubt, es gehöre ihm.«

»Und deshalb will sie ihn töten?« Die Angelegenheit wurde von Minute zu Minute merkwürdiger.

Ich hasse Familienfehden. Sie sind das Schlimmste, was es gibt. Man gerät dabei in Niemandsland – ohne Landkarte. Was auch immer man tut, es ist falsch. »Was hat er vor, Winger?«

»Ich weiß es nicht.« Jetzt spielte sie mir die Leidgeprüfte vor, wie sich Leute verhalten, wenn Kinder sie mit zu vielen Fragen löchern. »Ich hab' für den Kerl nur gearbeitet, nicht mit ihm gevögelt. Und ich war auch nicht seine Privatsekretärin, genausowenig wie seine Partnerin. Tagebuch hab' ich auch nicht für ihn geführt. Ich hab' nur sein Geld genommen und getan, was er befiehlt. Dann bin ich gekommen, um deinen Arsch zu retten, weil ich mich dafür verantwortlich fühlte, dich in so eine Malaise gebracht zu haben.«

»Dafür warst du auch verantwortlich. Du hast mich

verarscht. Ich war ahnungslos, weil du es für dich behalten hast. Und da ich dich kenne, nehme ich an, daß du immer noch ein Spiel mit mir treibst.«

Ich hatte von Winger die Nase voll. Das war auch eines ihrer Talente: Sie konnte einen so wütend machen, bis man sie sich vom Hals schaffte. Dann blieb man zurück, dachte, daß man sie vertrieben hatte und bekam ein schlechtes Gewissen, weil man sie so schlecht behandelte.

»Was hast du jetzt vor?« wollte sie wissen. Ich hatte ihre Hand losgelassen.

»Ich werd' ein paar Bierchen kippen und mich danach aufs Ohr legen. Wenn ich mich aus diesem Clownkostüm gepellt und entlaust habe.«

»Lust auf Gesellschaft?«

Typisch Winger.

»Nicht heute nacht. Ich will einfach nur schlafen.«

»Gut. Wie du willst.« Sie verschwand, bevor ich auf ihr selbstzufriedenes Lächeln reagieren konnte. Erst dann wurde mir klar, daß sie gegangen war, ohne mir auch nur die kleinste nützliche Information gegeben zu haben. Zum Beispiel, wo ich diesen verdammten, entzückenden Hacker Hackebeil finden konnte.

21. Kapitel

»Ich möchte nur ein bißchen schlafen.« Das sind meine berühmtesten Worte, wenn ich an einem Fall arbeite. Ich würde wahrscheinlich den Rest des Monats noch drei Stunden Schlaf bekommen.

Die Götter spielten mit mir – kein Bruno legte sich mit mir an. Natürlich blieb ich wach liegen und wartete darauf, daß jemand an meine Tür klopfte. Irgend jemand da oben oder da unten oder da draußen, eine anderweitig nutzlose Gottheit verdiente sich seinen Ruf, indem er mich auf höchst raffinierte Weise quälte. Wenn er weitermachte, wurde er vielleicht zum Oberaufseher der himmlischen Totengräber befördert.

Also gelang es mir nicht, mich auszuruhen, obwohl ich die Gelegenheit dazu hatte. Ich blieb gereizt wach, latschte durchs Haus und verfluchte Dean. Wieso mußte er auch ausgerechnet jetzt verreisen? Es gab niemanden sonst, den ich hätte runterputzen können.

Die wahre Ausdehnung meines Genies dämmerte mir erst, als ich dabei war, ein schauderhaftes Frühstück aus ekelhaften Pfannkuchen zuzubereiten. Ich hatte vergessen, Winger nach dem Kerl zu fragen, der mir zu Maggie Jenn gefolgt war.

Jemand klopfte an die Tür. Was sollte das denn? Immerhin war es fast eine zivilisierte Zeit.

Das Klopfen war so leise, daß ich es fast überhört hätte. Ich knurrte ein bißchen herum, wendete den Pfannkuchen und ging nach vorn.

Der Blick durch das Guckloch hielt eine Überraschung für mich parat. Eilig riß ich die Tür auf, damit die Ausstrahlung der blonden Schönheit mich wärmte. »Hab' nicht erwartet, Sie wiederzusehen, Doc.« Ich warf einen prüfenden Blick auf die Straße, falls die Kleine nur die Speerspitze einer ganzen Bande von blutrünstigen Aderlaß-Wärtern bildete, die keinen Spaß verstanden. Ich sah niemanden, aber das bedeutete nichts. Die Macunado war so bevölkert, daß man ohne Schwierigkeiten das ganze Krankenhauspersonal dort hätte verstecken können.

»Sie haben mich doch eingeladen.« Sie sah aus, als wäre sie direkt von der Arbeit hergekommen, nach einer Doppelschicht Aufräumungsarbeiten. »Sie haben bei der Vorstellung ja fast gesabbert.« Ihr sarkastischer Unterton widersprach ihrem strahlenden Lächeln. »Hat Ihre große Freundin Sie in Eiswasser getunkt?«

»Ich hab' nur nicht erwartet, Sie wiederzusehen. Für die Schweinerei, die ich angerichtet habe, möchte ich mich wirklich entschuldigen. Aber ich werde nun mal zum Berserker, wenn mich jemand mit einem schmutzigen Trick in die Klapsmühle bringen will.«

Sie schmollte. »Könnten Sie nicht einen weniger abwertenden Ausdruck benutzen?«

»Tut mir leid. Ich werd's versuchen.« Ich munterte mich damit auf, mir ins Gedächtnis zu rufen, was ein paar Leute über meinen Beruf gesagt hatten. Das meiste davon war wenig schmeichelhaft gewesen.

Sie entspannte sich. »Wegen dieser schmutzigen Tricks bin ich hier. Was riecht da so merkwürdig?«

Ich fuhr herum. Rauchschwaden drangen aus der Küche. Ich schrie kurz auf und fegte durch den Flur. Meine Lady folgte in würdevollerer Geschwindigkeit.

Als ich die schwarzen Pfannkuchen in die Spüle warf, schickten sie Rauchsignale zum Himmel, die weithin meine Fähigkeiten als Küchenchef bezeugten. Mist, ich war so unfähig, daß ich fast in Morpheus' Küche anfangen konnte. Da war ja eine Stelle frei. »Damit kann ich wohl das Dach decken«, brummte ich.

»Dafür sind sie zu brüchig.«

»Heutzutage hält sich jeder für einen Komiker. Haben Sie schon gefrühstückt?«

»Nein. Aber ...«

»Schnappen Sie sich eine Schürze, Mädchen. Und helfen Sie mir. Ein bißchen Essen wird uns beiden guttun. Weswegen sind Sie eigentlich hier?«

Sie griff sich eine Schürze. Ein verblüffendes Kind. »Es hat mir nicht gefallen, was Sie gestern abend gesagt haben, und ich wollte es überprüfen. Es gab keine Unterlagen über Ihre Einweisung, aber als ich die Wärter gefragt habe, die Sie eingeliefert hatten, versicherten sie mir, die Wache hätte Sie angeschleppt, und die Papiere wären in Ordnung.«

Ich knurrte und wendete eine neue Generation Pfannkuchen.

»Es war einfach nachzuprüfen. Ein hoher Offizier der Wache ist ein alter Freund meiner Familie. Oberst Wart Block.«

Mir blieb fast die Spucke weg. »Oberst Block? Man hat ihn zum Oberst gemacht?«

»Er spricht in den höchsten Tönen von Ihnen, Mr. Garrett.«

»Kann ich mir denken.«

»Er hat mir versichert, daß Sie nicht von seinen Leuten ins Aderlaß-Spital eingewiesen wurden, obwohl er sich wünschte, selbst auf diese Idee gekommen zu sein.«

»Typisch Block. Niedlich wie eine Schlangengrube.«

»Und er hält auch beruflich große Stücke auf Sie. Aber er hat mich in allen anderen Belangen vor Ihnen gewarnt.« Sie konnte ihrem Tonfall sogar ein unterschwelliges Lachen mitgeben.

»Mögen Sie Speck?«

»Braten Sie ihn erst jetzt? Sie sollten mit dem Speck anfangen. Er braucht länger.«

»Ich koche immer eins zur Zeit. So verbrennt wenigstens immer nur eins.«

»Wie entzückend.«

»Dämpft die Kosten.«

Wir kochten zusammen und aßen zusammen, und ich würdigte ausgiebig den Anblick. Der Schönen schien es nicht unangenehm zu sein.

»Ich werde das nicht tolerieren«, sagte sie beim Abwaschen. »Ich werde diese Korruption nicht dulden.«

Ich trat zurück und betrachtete sie mit ganz anderen Augen. »Sie haben da gerade erst angefangen, nicht wahr? Es gibt kaum einen korrupteren Ort als das Aderlaß-Spital.«

»Ja, ich bin neu. Und ich finde eben heraus, wie verrottet dieses Krankenhaus ist. Jeden Tag passiert was anderes. Dieses hier war bisher das Schlimmste. Sie hätten Ihr ganzes Leben fälschlicherweise eingesperrt bleiben können.«

»Allerdings. Und ich war nicht der einzige. Gehören Sie zu den Idealisten und Reformern?« TunFaire wird zur Zeit von ihnen überschwemmt.

»Sie brauchen es nicht so zu betonen, als wäre ich verrückt.«

»Entschuldigen Sie. Aber die meisten Möchtegern-Utopisten sind wirklichkeitsfremd. Sie kommen aus wohlhabenden Familien und haben nicht die geringste Ahnung, wie das Leben für die Leute läuft, die auf das Aderlaß-Spital angewiesen sind. Sie können sich auch nicht vorstellen, wie das Leben für die Menschen ist, die im Aderlaß-Spital arbeiten müssen. Für die gehören die Annahme von Bestechungsgeldern und der Schwarzverkauf von gespendeten Medikamenten zum Job. Sie würden es nicht verstehen, wenn Sie deswegen Ärger machen. Es sei denn, sie rechneten sich aus, daß Sie ihre Position verbessern, indem Sie die Spitze absägen.«

Sie warf mir einen angewiderten Blick zu. »Genau das hat mir gestern jemand unterstellt.«

»Sehen Sie. Ich wette, Sie sind in die Luft gegangen. Und sind auf taube Ohren gestoßen. Jetzt hält Sie da jeder für verrückt. Vielleicht fragen sich sogar die besser plazierten Jungs an den lukrativeren Stellen, ob Sie nicht sogar gefährlich verrückt sind. Sie machen sich ohnehin schon Sorgen wegen der neuen Wache, die den Bösewichtern ziemlich derb auf die Zehen tritt. Es dauert eine Weile, bis man Reformer korrumpiert hat.«

Sie setzte sich mit einer frischen Tasse Tee mit Honig und Minze an den Tisch und betrachtete mich. »Wart meinte, man könnte Ihnen trauen.«

»Wie nett von ihm. Ich wünschte, ich könnte dasselbe von ihm sagen.«

Sie runzelte die Stirn. »Der entscheidende Punkt ist: Ich bin schon in Gefahr. Vor ein paar Tagen sind medizinische Vorräte im Wert von mehreren tausend Talern verschwunden. Ich habe sofort zwei freie Wärterstellen mit Männern besetzt, die ich persönlich kenne, Männern, denen ich trauen kann.«

»Verstehe.« Angesichts ihrer Beziehung zur Wache sollte das wohl heißen: mit Blocks Leuten. Für ihn arbeitete auch ein Typ namens Daumen Schrauber. Er leitete die Geheimpolizei. Schrauber war richtig fies.

Sollte er anfangen, sich für das Aderlaß-Spital zu interessieren, würden Köpfe rollen und einige Ärsche ihr blaues Wunder erleben. Schrauber ließ sich nicht von bürokratischen Hemmschuhen und gesetzlichen Feinheiten aufhalten. Er würde reingehen und das Unrecht wieder richten.

»Sie sollten vorsichtig sein«, empfahl ich ihr. »Wenn die auf die Idee kommen, daß Sie Spione eingeschleust haben, vergessen sie vielleicht ihre Manieren.«

Sie nippte an ihrem Tee und beobachtete mich. Mir war unbehaglich. Natürlich habe ich nichts dagegen, wenn eine wunderschöne Frau mich mustert. Ich bin das geborene Sexobjekt. Aber diese wunderschöne Frau hatte eindeutig etwas weit weniger Angenehmes im Sinn. »Ich bin nicht so naiv, wie Sie glauben, Garrett.«

»Gut. Das erspart Ihnen eine Menge Schmerz.«

»Haben Sie eine Ahnung, wer Sie eingeliefert hat?«

»Nein. Ich habe geschlafen. Aber ich hab' gehört, daß der Prinz, der dafür gezahlt hat, auf den Namen Hackebeil hört.«

»Hackebeil? Hacker Hackebeil?«

»Kennen Sie ihn?«

»Er ist einer der Treuhänder des Krankenhauses. Eingesetzt von der kaiserlichen Familie.« Sie musterte mich weiter. »Wie gesagt, ich bin nicht so naiv, wie Sie vielleicht annehmen. Damit meine ich: Mir ist bewußt, daß ich mich in Gefahr befinden könnte.«

Könnte? So hätte ich es nicht ausgedrückt. »Also?«

»Also sollte ich mir vielleicht jemanden besorgen, der auf mich aufpaßt, bis sich der Staub gelegt hat.«

»Klingt wie eine gute Idee.«

»Sind Sie dabei?«

Ich war dabei, aber nicht bei diesem Spiel. »Sie wollen einen Leibwächter?«

»Wart sagt, Sie lassen sich nicht kaufen.«

»Vielleicht nicht. Aber es gibt ein Problem.«

»Was für eins?« Sie klang verärgert.

»Ich bin kein Leibwächter. Tut mir leid. Außerdem habe ich schon einen Klienten. Und diese Verpflichtung kann ich nicht einfach mißachten, so gern ich es auch tun würde. Außerdem dürften Ihre Leute ziemlich sauer sein. Ich würde es vorziehen, mich erst mal dort nicht sehen zu lassen.«

Sie sah aus, als würde sie gleich sauer werden. »Was schlagen Sie dann vor?« Sie versuchte nicht mal, mich umzustimmen. Was meine Gefühle verletzte. Vielleicht hätte sie sich ja um Kopf und Kragen geredet.

Aber sie war einfach zu sachlich.

Maggie Jenn hätte mit allen Mitteln versucht, mich umzustimmen.

»Ein Freund von mir, Eierkopf Zarth, könnte den Job erledigen. Oder ein paar andere Jungs, die ich kenne. Das Problem ist nur, daß die besten Kerle genau danach aussehen, was sie sind.« Dann küßte mich die Muse. »Meine Freundin von neulich sucht auch einen Job.«

Mein Gast strahlte, und sie schob all die möglichen Einwände beiseite, die sie gehabt hätte, wenn Winger ein Mann gewesen wäre. »Kann sie den Job übernehmen?«

»Besser als ich. Sie hat kein Gewissen.«

»Ist sie vertrauenswürdig?«

»Sie sollten Sie nicht in Versuchung führen, sonst ist das Familiensilber futsch. Aber sie bringt ihren Job zu Ende.«

»Ist sie hart?«

»Sie frißt Stachelschweine zum Frühstück. Ohne sie vorher zu schälen. Und lassen Sie sich auf keinen Wettkampf mit ihr ein, wer die Härtere ist. Sie weiß nicht, wann sie aufhören muß.«

Sie lächelte. »Das Gefühl kenne ich. Wenn man mit der Familientradition bricht, ist die Versuchung groß, allen Jungs zu zeigen, daß man es besser kann als sie. Einverstanden. Klingt gut. Ich werde mit ihr reden. Wie kann ich sie erreichen?«

Winger aufzutreiben ist nicht einfach. Sie mag es so. Es gibt Leute, die sie nicht auf den Fersen haben will.

Ich erklärte ihr, wie ich gewöhnlich Winger aufspürte. Sie dankte mir für das Frühstück, für den Tip und meine Hilfe und ging zur Tür. Ich war immer noch überwältigt. Bevor ich mich berappeln konnte, hatte sie die Tür schon aufgemacht. »He! Warten Sie einen Moment! Sie haben sich ja nicht mal vorgestellt!«

Sie schnitt eine Grimasse. »Schatz. Schatz Blaine.« Sie lachte über meine verdutzte Miene, schlüpfte hinaus und schloß die Tür hinter sich.

21. Kapitel

Am Tag wirkte die Freudenhöhle trostlos. Seit kurzem öffnet Morpheus den Laden rund um die Uhr, getrieben von dem merkwürdigen Impuls, daß alle ein Recht auf Hirse und Unkraut hätten. Das machte mir Sorgen. Der Laden könnte Pferde anlocken.

Ich hockte mich an die Bar. »Brat mir ein Steak, Beißer, blutig, wenn's geht. Und sag Morpheus, daß ich da bin.«

Beißer grunzte, kratzte sich im Schritt, zog die Hose hoch und dachte nach, bevor er irgendwas unternahm. Dabei fragte er sich laut, warum ich annahm, Morpheus Ahrm würde auch nur einen Rattenarsch darum geben, ob ein Typ wie ich die Grotte der Freuden verpestete oder die Hölle verseuchte, wo ich eigentlich hingehörte.

»Du solltest eine Benimmschule für junge Damen und der oberen Zucht eröffnen, Beißer.«

»Scheiße. Isses etwa nich so?«

Ich machte es mir an einem Tisch bequem. Das Steak kam, bevor Morpheus erschien. Es war dick, roh und vom Filet. Einer Aubergine. Ich würgte es hinunter, indem ich die Luft anhielt und die Augen schloß. Wenn ich es weder sehen noch riechen mußte, war es gar nicht so schlecht.

Beißers Kumpel Paddel trottete aus der Küche. Sein fetter, behaarter Bauch quoll unter dem Hemd hervor. Dann blieb er stehen und schneuzte sich an der Schürze die Nase. Um seinen Hals hing ein Schlüssel an einem Stück Schnur. »Was stellst du denn dar?« fragte ich ihn. »Einen, der davongekommen ist? Dem sie die Schlinge nicht eng genug gezogen haben?«

»Ich bin der neue Weinkellner, Garrett.« Meine schlimmsten Befürchtungen bestätigten sich. Nicht nur durch mein Gehör, sondern auch durch den Geruchssinn. Paddels Atem verriet, daß er seine Jahrgänge ausgiebig geprüft hatte. »Morpheus sagt, wir soll'n besseres Publikum anziehn.«

Zur Zeit hätte man das schaffen können, indem man einfach ein Dutzend entlassene Strafgefangene reingeholt hätte. »Du bist genau der Richtige für den Job, Paddel.«

»Scheiße. Isses etwa nich so?«

Die Jungs hatten denselben Sprachlehrer.

»Willst d'n Schluck Wein, Garrett? Wir ha'm zum Beispiel 'ne kleine, muntere, glückliche Erzeugerabfüllung, die vielleicht nich so fein is wie ein Kröveler Nacktarsch, aber ...«

»Paddel!«

»Jau?«

»Wein ist verdorbener Traubensaft. Auch wenn man es Wein nennt, es bleibt gegorener Traubensaft. Mir ist es egal, ob man ihn spröde oder fruchtig oder was auch immer nennt. Du kannst diesen Weinkennersermon bis zum Jüngsten Tag halten, das kann die entscheidende Tatsache trotzdem nicht ändern. Verdammt, sieh dir doch das Zeug an, während es sich in Goldenen Oktober oder was auch immer verwandelt: Es ist bedeckt von Moder und Mulch. Eigentlich kommt dabei nur Alkohol raus, den sich auch Penner und Rattenmänner leisten können.«

Paddel zwinkerte und flüsterte: »Da hassu recht. Wenn die Götter gewollt hätt'n, daß ech'e Männer das Sseug trinken, dann hätt'n se kein Bier nich erfunn'en.«

»Was hast du vor? Willst du Morpheus dazu bringen, Bier auszuschenken, indem du ihm auf die Nase bindest, es wäre Rahm von Gerstensuppe?«

Während unserer kleinen Unterhaltung war Morpheus eingetrudelt. »Mit Wein nimmt der clevere Gastwirt die

Leute aus, die mit erhobener Nase daherkommen«, erklärte er.

»Wie kommt es, daß du diese Art Klientel in deinen Laden locken willst?« erkundigte ich mich.

»Umsatz.« Morpheus setzte sich in den Stuhl mir gegenüber. »Einfaches, schlichtes, bares Geld. Wenn man es bekommen will, muß man eine Möglichkeit finden, es denen aus der Tasche zu ziehen, die es haben. Unsere momentane Klientel hat eindeutig keins. Jedenfalls sehr häufig. Aber ich hab' festgestellt, daß wir allmählich Abenteurer anziehen. Also hab' ich Schritte ergriffen, uns zu dem angesagten Laden in TunFaire zu machen.«

»Warum?«

Er sah mich merkwürdig an.

»Muß ich dir erst Fangfragen stellen, Morpheus? Wenn sie zu hart für dich sind, schrei einfach.«

»Sieh dich doch um. Da hast du deine Antwort.«

Das tat ich auch. Ich sah Beißer und Paddel und ein paar Typen, die sich vor dem Wetter hierher geflüchtet hatten. »Nicht besonders appetitlich.« Ich meinte Beißer und Paddel.

»Es ist der alte Teufel Zeit, Garrett. Wir alle sind ein Pfund schwerer geworden und haben einen Gang heruntergeschaltet. Es wird Zeit, sich den Realitäten zu stellen.«

»Das betrifft vielleicht Beißer und Paddel.« Morpheus hatte kein Gramm Fett am Körper. Ich aktivierte meinen berühmten Brauen-Blick-Trick, eine meiner liebenswürdigsten Fähigkeiten.

Er verstand mich richtig. »Man kann auch zwischen den Ohren langsamer werden. Und diese Gewandtheit im Kopf verlieren.« Er betrachtete mich, als sollte ausgerechnet ich das wissen.

»Oder man fängt an zu denken wie ein Rindvieh, weil

man nichts weiter als Viehfutter frißt.« Ich blickte vielsagend auf die Reste meines Auberginenfilets. Es hatte nicht einmal annähernd meine sowieso nicht sonderlich hochgeschraubten Erwartungen erfüllt.

Morpheus grinste. »Wir lernen gerade einen neuen Koch an.«

»Mit mir als Testesser?«

»Wer wäre besser geeignet, was, Paddel? Garrett können wir nicht enttäuschen. Er war schon enttäuscht, als er zur Tür reingekommen ist. Er meckert und mault, ganz gleich, was wir ihm vorsetzen.«

»Du hättest mich vergiften können«, knurrte ich.

»Wenn es deine Veranlagung verbessert hätte.«

»Tolle Idee!« Paddel war begeistert. »Warum fällt mir sowas nie ein?«

»Weil du nichts hast, womit dir was einfallen könnte. Selbst wenn sich zufällig mal ein Gedanke in diesen Hohlkörper verirren sollte, würde er keinen Weg hinaus finden«, knurrte ich, aber Paddel ließ sich nicht aufhalten.

»Yo! Beißer! Is noch was vom Rattengift da? Sag Wickins, er soll Garrett ein besonderes Überraschungsdessert à la Chefkoch bringen.«

Ich knurrte, damit die beiden wußten, was ich von einem solch niederen Humor hielt. »Ich brauche die Gnade deiner Weisheit«, teilte ich Morpheus mit.

»Willst du dich wegen einer deiner Tussis an meiner Schulter ausheulen?«

»Kein schlechter Gedanke. Das hab' ich noch nie probiert. Vielleicht wäre ein bißchen mitfühlender Zauber ...«

»Erwarte bloß kein Mitleid von mir.«

»Ich will dir zuhören. Du sollst nicht mir zuhören.«

»Hat es was mit Maggie Jenn zu tun?«

»Ja. Sagt dir der Name Hacker Hackebeil was?«

Morpheus sah Paddel an, und ein Schatten huschte über sein Gesicht. Paddel tauschte einen vielsagenden Blick mit Beißer aus. Dann taten sie so, als warteten sie aufs Vögelchen. »Willst du damit sagen, daß der Regenmacher wieder im Lande ist?«

»Der Regenmacher?«

»Den einzigen Hacker Hackebeil, den ich kenne, nannte man den ›Regenmacher‹. Er war ein Hehler. Einer von den ganz Großen. Wie bist du auf diesen Namen gekommen?«

»Von Winger. Angeblich hat sie für ihn gearbeitet.«

»Diese Frau ist nicht unbedingt eine deiner verläßlichsten Zeuginnen.«

»Das brauchst du mir nicht zu sagen. Aber sie hatte eine interessante Geschichte auf Lager, wie dieser Kerl sie dazu benutzt hat, sich über Maggie Jenns Schritte zu informieren. Winger meint, Hackebeil sei Maggies Bruder. Oder irgendein anderer naher Verwandter.«

Erneut warf Morpheus Paddel einen Blick zu und versank dann ins Grübeln. »Davon habe ich noch nie was gehört«, erklärte er schließlich. Sein Kichern klang kein bißchen amüsiert. »Es kann nicht stimmen, aber es würde eine Menge erklären. Vielleicht sogar, warum sie selbst wieder in der Stadt ist.«

»Du wechselst deine Position?«

»Hä?«

»Sagtest du nicht, daß sie im Exil wäre? Was meinst du nun eigentlich?«

»Na gut. Hacker Hackebeil, alias der ›Regenmacher‹, war vor ein paar Jahren ein sehr berüchtigter Hehler.«

»Wie kann man ein bekannter Hehler sein? Entweder ist man berühmt oder Hehler, aber nicht beides gleichzeitig.«

»Berühmt nur unter uns, die wir die Dienste von Hehlern benutzen, im Groß- oder Einzelhandel, als Lieferanten oder Abnehmer. Der Regenmacher operierte im großen Stil. Es gab Gerüchte, daß er sogar einige dicke Dinger selbst inszeniert hatte, aufgrund von Beziehungen, durch die er die nötigen Informationen bekam. Er hat verschiedene Villen in der Oberstadt ausgenommen. Damals waren noch nicht so viele Wächter unterwegs. Seine Überfälle waren mit der Grund, aus dem die Hügelianer diese Patrouillen ins Leben gerufen haben.«

»Hat das alles mit Maggie Jenn zu tun?«

»Vielleicht. Mir ist gerade aufgegangen, daß der Regenmacher genau zu der Zeit auf der Höhe seines Schaffens war, als Maggie Jenn ihre berüchtigte Affäre hatte. Vor allem in den Monaten, in denen Teodoric sie überall mit rumschleppte und darauf schiß, was irgend jemand dazu sagte.«

»Du mußt zugeben, daß niemand sie für einen Spion gehalten hätte.«

»Ganz genau. Ihr sozialer Faux pas bot schon Grund genug, sie zu hassen.«

»Das ist alles sehr interessant, aber wie ich es sehe, hat das nichts mit dem Job zu tun, für den ich bezahlt werde.« Obwohl ich da vielleicht falsch lag. Hackebeil hatte mich sicher nicht in die Klapsmühle schleppen lassen, weil meine Socken nicht zu meinem Hemd paßten. Irgendwie war ich eine Bedrohung. »Du behauptest nach wie vor, daß Maggie Jenn keine Tochter hat?«

»Ich hab' gesagt: Ich *weiß* von keiner. Dazu stehe ich auch. Aber mittlerweile beschleicht mich so die Ahnung, daß es einiges gibt, was ich von Maggie Jenn nicht weiß.«

»Hast du was auf der Straße läuten hören?«

»Es ist noch zu früh, Garrett. TunFaire ist eine große Stadt. Und wenn der Regenmacher seine Finger im Spiel hat, werden die Leute, die sich an ihn erinnern, vielleicht nicht so gern reden.«

»Klar.« Eine Großstadt. Und irgendwo darin war ein Mädchen verschwunden.

In TunFaire gibt es ganze Herden vermißter Mädchen. Und es werden jeden Tag mehr. Dieses hier war nur zufällig ein Mädchen, nach dem jemand suchte.

Ich machte mich wieder auf die Socken.

»Garrett.«

Den Ton kannte ich und blieb stehen. Jetzt würde der wahre Morpheus hinter seinen Masken sprechen. »Was gibt es?«

»Sei vorsichtig mit dem Regenmacher. Er ist verrückt. Gefährlich verrückt.«

Ich lehnte mich an den Türrahmen und dachte nach. »In diesem Fall tummeln sich einige wirklich seltsame Leute, Morpheus.«

»Inwiefern?«

»Sie haben alle zwei Gesichter. Die Maggie Jenn, die ich kennengelernt hab' und von der Winger mir erzählt hat, ähnelt überhaupt nicht der, die du beschrieben hast. Der Hacker Hackebeil, für den Winger arbeitete, und derjenige, den du beschreibst, haben nichts mit dem Hacker Hackebeil gemein, den ich aus einer anderen Quelle kenne. Letzterer Hackebeil ist einer der Direktoren des Aderlaß-Spitals. Und hängt irgendwie mit der kaiserlichen Familie zusammen.«

»Das ist mir auch neu. Na und?«

Genau, na und? Mir kam der Gedanke, daß Schatz' Schwierigkeiten mit Diebstahl und Korruption vielleicht von ganz oben ausgingen.

Aus irgendeinem Grund kann ich mich nicht an das Denken gewöhnen, welches es braucht, wenn man von solcher Art Gaunerei umgeben ist. Es ist einfach nicht vernünftig, die Armen und Hilflosen zu bestehlen, obwohl ich sicher war, daß Morpheus mit einem Stirnrunzeln und Kopfschütteln alles in die richtige Perspektive bringen könnte. Man bestiehlt die Armen und Hilflosen, weil die sich nicht wehren können. Und weil es niemanden interessiert. Aber man muß eine Menge stehlen, wenn man damit viel Geld verdienen will.

Aus diesem Grund, und nur aus diesem Grund, bevorzugen die meisten Diebe wohlhabendere Opfer.

23. Kapitel

Das beste, was ich tun konnte, war, nach Hause zu gehen und es mir mit ein bis zwei Bierchen gemütlich zu machen, während ich darüber nachdachte, wie ich meinen Job am besten erledigen konnte. Hacker Hackebeil war nur eine Randfigur. Um den konnte ich mich noch kümmern, wenn ich das verschwundene Töchterchen aufgestöbert hatte. Immerhin war ich dem Clown was schuldig. Aber Smaragd ging vor.

Bei dem Gedanken an Schuldenbegleich fiel mir ein, daß seine Leute aus dem Aderlaß-Spital ihm mittlerweile von meiner brillanten Flucht berichtet haben müßten. Es war vielleicht ganz ratsam, wenn ich mir den Rücken freihielt.

Wenn man sich in die richtige Stimmung bringen will, passiert mit Sicherheit was. Es sprach alles für Paranoia. Natürlich mußte mich das Schicksal reinreiten.

»Wie geht's? Ich bin Efeu.«

Ich schrie auf und sprang so hoch, daß ich den Tauben auf die Köpfe spucken konnte. Auf dem Weg nach unten hätte ich bequem einen Salto schlagen können, aber ich war zu sehr damit beschäftigt, erstickte Geräusche von mir zu geben. Ich landete und ... Tatsächlich, bei allen Göttern, da stand mein alter Kumpel Efeu vor mir.

Und nicht nur Efeu. Hinter der alten Plaudertasche türmte sich glücklich grinsend der Lange, der mir bei dem Ausbruch geholfen hatte.

»Ihr habt es also geschafft, was? Großartig.« Ich versuchte, an ihnen vorbeizugehen. Das mißlang. »Wie viele haben es sonst noch geschafft? Habt ihr eine Ahnung?« Ich war nur höflich. Das ist angebracht, wenn man es mit unberechenbaren und möglicherweise gefährlichen Irren zu tun hat. Verdammt, man sollte jedem gegenüber höflich sein, den man nicht kennt. Grobheiten kann man sich nur Freunden gegenüber leisten, von denen man weiß, daß sie einen nicht gleich in Stücke schneiden. Deshalb hat irgend so ein Überlebenskünstler die Manieren erfunden.

Der grinsende Kretin grinste noch breiter. »Fast alle sind abgehauen, Garrett. Ich glaub', fast die ganze Station.«

»Wie konnte das passieren?« Ich hatte gedacht, die Angestellten hätten die Lage unter Kontrolle bekommen, als ich stiftengegangen war.

»Einige von den Jungs in Uniform haben beschlossen, es denen heimzuzahlen, nachdem sie keinen Rauch mehr in den Lungen hatten. Und dann sind einige von denen in der Station völlig ausgeflippt.«

»Ein Glück, daß sie vorher nicht verrückt geworden sind.« Aber sie waren jetzt übergeschnappt und liefen frei herum. Ich versuchte erneut, mich dünnezumachen. Der Lange hatte irgendwie besonderes Geschick darin, mir den Weg zu verstellen.

Ich hatte nicht überhört, daß er meinen Namen kannte, obwohl ich mich in der Klapsmühle nicht vorgestellt hatte. »Wie seid ihr denn hierhergekommen?« Was hatten sie in der Macunado verloren, zwei Blocks von meinem Haus entfernt? Ein derartig gewaltiger Zufall, der höchstens alle drei Schaltjahre passieren konnte. Und dieses Jahr war kein Schaltjahr.

Der Lange wurde rot. »Wir haben rumgeschnüffelt, um einen Weg nach draußen zu finden, und haben gehört, wie du mit Dr. Schätzchen geredet hast. Wir waren so lange auf der Straße und wußten nicht, wo wir hingehen sollten. Ich habe Efeu gefragt, aber der hatte auch keine Vorschläge.«

Efeus Miene hellte sich bei der Erwähnung seines Namens auf. Er stellte sich kurz vor, falls er es versäumt haben sollte, und fuhr dann fort, das Pflaster zu begutachten. Er wirkte eher verwirrt als verängstigt, aber ich glaubte nicht, daß er lange brauchte, bis er freiwillig zurückging. Vermutlich traf das auf einige der Männer zu.

»Also habt ihr mich gesucht.«

Der Lange nickte wie ein verschüchtertes Kind. »Du machst den Eindruck, als wüßtest du, wo's langgeht.«

Ich verfluchte mich selbst. Was war ich für ein Idiot! »Also gut. Ich habe euch da reingeritten, also bin ich auch irgendwie verantwortlich. Kommt mit! Ich koch' euch was, nehme euch heute abend auf und helfe euch vielleicht dabei, ein paar Dinge in die Wege zu leiten.«

Ja, doch, ich weiß. Die Chancen standen gut, daß sie alt und grau wurden, bevor ich sie wieder los war. Aber ich hatte einen Trumpf im Ärmel. Der Tote Mann läßt sich weder von Manieren noch einem überentwickelten Sinn für soziale Gefälligkeiten behindern. Seine Gastfreundschaft wird nie über Gebühr beansprucht.

Vielleicht sollte ich ihn ein bißchen anpieken. Etwas Hilfe käme mir gerade recht.

Ich bat meine Gäste ins Haus. Der Lange war nervös wie ein Kind, das sich auf unbekanntem Terrain bewegt. Efeu war neugierig wie eine Katze. Natürlich mußte Der Gottverdammte Papagei Zeter und Mordio schreien, als wir an dem kleinen Zimmer vorbeigingen. Efeu trat ein, während ich versuchte, ein Problem zu lösen. »Hast du eigentlich einen Namen? Ich weiß nicht, wie ich dich nennen soll.«

Der Gottverdammte Papagei verfluchte Efeu, weil er ihm kein Futter brachte.

Dean fehlte mir aus noch einem anderen Grund. Er hatte sich um den Papagei gekümmert, bevor er verschwunden war. Daran hatte ich mich noch nicht gewöhnt.

Das Vieh zog alle Register. »Hilfe! Vergewaltigung! Rette mich! O bitte, Meister, zwingt mich nicht wieder dazu!« Es gelang dem Biest, wie ein vorpubertärer Teenager zu klingen. Er war der einzige Papagei in Gefangenschaft, der mehr als vier Worte sprechen konnte, und irgend so ein Witzbold mußte ihm ausgerechnet das beibringen. Eins war klar: Wenn die Nachbarn jemals dieses Geschrei hören sollten, würde ich dem Lynchmob nicht mehr erklären können, daß ein Papagei für das Gekeife verantwortlich war. Der Vogel würde nicht mal Piep sagen, bis ich am höchsten Ast baumelte.

Inzwischen stand der Lange herum und glotzte nachdenklich vor sich hin, während er versuchte, sich an seinen Namen zu erinnern. Offenbar war es eine außerordentlich anstrengende Geistesübung. Es schien eine Ewigkeit her zu sein, daß er mir im Aderlaß-Spital geholfen hatte. Ein Glück, daß ich nicht die ganze Zeit mit ihm zu tun hatte. Bestimmt wäre ich selbst übergeschnappt.

Efeu schloß die Tür des kleinen Wohnzimmers. Der Gottverdammte Papagei fing sofort an zu zetern. Efeu grinste über beide Backen. Mir dämmerte es. Jetzt wußte ich, was ich mit diesem Vogel anstellen würde. Er konnte der Gefährte eines gepeinigten Burschen werden, der dringend einen Freund brauchte.

Der gepeinigte Bursche schlurfte den Weg entlang, während sein Spießgeselle immer noch dastand und über die entscheidende Frage nachdachte.

»He! Ja!« Seine Miene hellte sich auf. »Schmeichler.« Er strahlte geradezu. »Genau. Das isses. Schmeichler.« Sein Grinsen ließ sogar Efeus Lächeln verblassen.

»Schmeichler?« Was war das denn für ein Name? Sicher ein Spitzname, obwohl der Lange nicht gerade wie ein Schmeichler auf mich wirkte.

Efeu steckte seinen Rüssel in mein Büro und erstarrte. Dann stieß er einen erschreckten Schrei aus. Der erste Durchbruch in seinem Sechs-Wort-Muster. Der Richtung nach zu urteilen, in die er sah, mußte er einen Blick auf Eleanor geworfen haben. Dieses Bild hat für Menschen, die mit dem Wahnsinn auf Du und Du stehen, einige Aussagekraft.

Schmeichler spreizte sein Gefieder, stolz darüber, daß ihm wieder eingefallen war, wie er hieß.

»Kommt mit in die Küche, Jungs. Wir genehmigen uns ein Bier und einen kleinen Imbiß.« Vermutlich hatten sie seit ihrer Flucht aus dem Krankenhaus nichts gegessen. Freiheit hat auch ihre Schattenseiten.

Schmeichler nickte und grinste. Efeu ignorierte mich. Er schlurfte über den Flur und betrat das Zimmer des Toten Mannes. Der Schock, der ihn dort erwartete, war noch schrecklicher als das Entsetzen in den Schatten hinter Eleanor. Der Tote Mann ist weder ein Pelzknäuel noch niedlich oder kuschelig. Und man verliebt sich auch nicht auf den ersten Blick in ihn, weil er so süß ist.

Ich holte Efeu raus und schleifte ihn in die Küche. Wir setzten uns an den Tisch und aßen kalten Braten, Gepökeltes, Käse und Senf, der einem die Tränen in die Augen trieb. Entsprechend waren die Mengen Bier, die wir in uns hineinschütteten. Als Schmeichler und Efeu langsamer wurden, so daß sie zwischen den Bissen auch Luft holen konnten, stellte ich ihnen eine Frage: »Könnt ihr Jungs auch irgendwas?«

»Hä?« Das war Schmeichler. Efeu goß sich einen weiteren Humpen Bier hinter die Binde. Es war sein fünfter. Er wirkte etwas aufmerksamer, ähnelte mehr einem Menschen. Allmählich wurde mir die Natur seines Wahns klar: Er war ein Säufer.

»Was habt ihr gemacht, bevor man euch da reingesteckt hat?«

Schmeichler begann ein neues Zwiegespräch mit seiner Erinnerung.

Und ich fragte mich, wie er wohl vor seinem Abenteuer in der Klapse klargekommen war.

Efeu leerte seinen Humpen und machte sich auf den Weg zum Kühlschacht. Ich packte ihn am Handgelenk. Es war nicht sehr schwierig, ihn wieder auf seinen Platz zu drücken. »Wir wollen es nicht übertreiben, Efeu.«

Er starrte eine geschlagene Minute auf seinen Teller und schob sich dann ein Stück Fleisch in den Mund. Er kaute lange, und nachdem er es heruntergeschluckt hatte, erschreckte er mich mit mehreren ganzen Sätzen. »Man kann nicht vergessen zu essen, Garrett. Das ist das einzige, woran man sich festklammern kann. Man kann nicht vergessen zu essen.«

Ich starrte ihn an, genau wie Schmeichler. Dann heulte Schmeichler auf: »Verdammt, verdammt, verdammt, Garrett! Er redet. Was haben wir gemacht? Ich hab' ihn noch nie sprechen hören!«

Dieser Vorfall schien Schmeichlers Intellekt in Gang gesetzt zu haben. Er ließ einen Wortschwall auf Efeu los und versuchte, ihn auszuhorchen. Aber Efeu wollte nicht ausgehorcht werden. Er starrte auf seinen Teller und stocherte in seinem Essen herum. Nur ein einziges Mal sah er auf. Und da warf er einen sehnsüchtigen Blick auf den Kühlschacht. Das Objekt seiner Begierde, mein Fäßchen, lag dort ganz allein und einsam.

»Also?«

Schmeichler sah mich an. »Hä?«

»Ich hab' dich gefragt, was du draußen gemacht hast, bevor sie dich eingeliefert haben.«

»Wieso willst du das denn wissen?« Das Feuer des Genies brennt bei ihm nicht lange.

Ich mußte mich beeilen, bevor er wieder abbaute. »Weil ich dann, wenn ich erfahre, was du tust, vielleicht jemanden finde, der dich dafür bezahlt.« In TunFaire gibt es keinen Mangel an Arbeit, sei sie nun rechtschaffen oder nicht. Das liegt an all den jungen Männern, die ihre Zeit im Cantard ableisten oder dort ihr Leben lassen.

»Meistens arbeite ich als Leibwächter. Als ich damit angefangen hab', war ich ziemlich gut in dem Job. Aber ich vermute, ich hab' mir unten im Süden was eingefangen. Danach jedenfalls fing das mit den Aussetzern an. Ich machte Fehler. Einmal hab' ich einen richtig guten Job vermasselt, den ich hauptsächlich wegen meiner Größe bekommen hatte. Der nächste, den ich angenommen hab', war nicht ganz so gut, und den hab' ich auch versiebt. Auf ging's zum nächsten, aber die Aussetzer wurden immer schlimmer und schlimmer. Manchmal konnte ich mich an nichts erinnern. An gar nichts. Nur hab' ich allmählich das Gefühl gekriegt, daß ich in dieser Zeit Dinge tat, die nicht richtig waren. Vielleicht sogar echt schlimme Sachen, aber was auch immer es gewesen sein mochte, niemand hat mich dabei erwischt. Ich bin nämlich immer zu Hause im Bett aufgewacht. Doch ab und zu hatte ich überall Beulen und

Prellungen. Dann wiederum war ich genau zur richtigen Zeit am richtigen Ort und hab' meinen Job absolut perfekt erledigt. Ich weiß weder was noch wie es passiert ist. Eines Tages bin ich da aufgewacht, wo du mich gefunden hast. Ich weiß weder, wie lange ich da war, noch was ich gemacht hab', daß ich eingeliefert worden bin.«

Ich hatte ihn bei einem dieser Ausfälle erlebt. Vielleicht war der ja harmlos gewesen, im Gegensatz zu anderen, in denen er zum Berserker wurde.

Aber dann wäre er ja wohl in der Station für Gewalttätige gelandet. Oder?

»Was hast du in der Armee gemacht?«

»Nichts, Mann. Ich war kein Schütze Arsch, Mann.«

Ich kannte den Tonfall und das Feuer in seinem Blick. »Warst du ein Marine?«

»Absolutemente. Erstes Bataillon. Flottenmarine.«

Ich war beeindruckt. Das hieß was, jedenfalls für einen Marine. Schmeichler hatte der Elite der Elite angehört. Wie kam es dann, daß er zehn Jahre später den Haushälter im Idiotenzirkus spielte? Der Mann mußte härter sein als Rohleder.

Andererseits: Wie viele harte Jungs brechen zusammen, wenn man ihnen zur richtigen Zeit den richtigen Schubs gibt?

»Und du?« wollte Schmeichler wissen.

»Aufklärungseinheit.«

»He! Klasse!« Er hielt mir die Hand hin, damit ich einschlug. Eine alberne Angewohnheit aus dem Corps.

Man hatte uns vorgewarnt, daß wir immer Marines bleiben würden.

»Wenn du dich zusammenreißen kannst, könnte ich dich vielleicht für einen Job einsetzen, an dem ich gerade dran bin.«

Er runzelte die Stirn. »Was arbeitest du denn? Außer irgendwelche Läden aufzumischen, als wolltest du die ganze Welt in eine einzige Wirtshausschlägerei verwandeln.«

Ich erklärte es ihm. Zweimal. Er begriff es nicht, bis ich sagte: »Es ist eine Art Söldnerjob. Nur daß ich Sachen für Leute suche oder herausfinde, die ihre Angelegenheiten nicht allein geregelt kriegen.«

Er runzelte immer noch die Stirn, hatte aber das Wesentliche verstanden. Schwierigkeiten hatte er nur damit, daß ich herumstolperte wie der sprichwörtliche Edle Ritter.

Also drückte ich das mit Worten aus, die er verstehen konnte. »Die meisten meiner Klienten sind stinkreich. Läuft alles glatt, kann ich ihnen eine Menge Gold abknöpfen.«

Selbst Efeu strahlte bei diesem Wort. Aber er sah dabei weiter auf den Kühlschacht, als befände sich dort die Pforte zum Himmel.

Ich stand auf, grub eine Flasche Wein aus, die schon seit Jahren dort lagerte, und stellte sie vor Efeus Nase. Schmeichler und mir zapfte ich noch ein Bier, danach setzte ich mich wieder hin. Efeu machte sich über die Flasche her. Nachdem er einen großen Schluck genommen hatte, fragte ich ihn: »Was ist mit dir, Efeu? Was hast du im Krieg gemacht?«

Er gab sich alle Mühe, wirklich. Aber seine Zunge wollte nicht richtig. Aus seinem Mund drangen nur unverständliche Laute. Ich schlug ihm vor, noch einen Schluck aus der Pulle zu nehmen und sich zu entspannen. Das funktionierte. Einigermaßen jedenfalls.

»Also?« drängte ich ihn sanft. In meinem Hinterkopf hörte ich eine tadelnde Stimme, weil ich mich mit zwei Vollidioten vollaufen ließ, statt eine vermißte Tochter zu suchen. »Was hast du da unten gemacht?«

»Fernaufklärer. Beritten.«

»Ausgezeichnet«, murmelte Schmeichler. Zivilisten hätten das nicht verstanden.

Ich nickte aufmunternd und versuchte, meine Überraschung zu verbergen. Efeu sah gar nicht danach aus. Aber viele Jungs sehen nicht danach aus. Und oft sind es die Angehörigen von Eliteeinheiten, die gut genug sind zu überleben. Sie wissen, wie man auf sich aufpaßt.

»War es schlimm?«

Efeu nickte. Jede andere Antwort wäre auch eine Lüge gewesen. Die Kämpfe waren hart, brutal, endlos und unausweichlich. Gnade war ein Fremdwort. Jetzt schien der Krieg gewonnen, Jahre nach unserer Dienstzeit, aber die Kämpfe gingen in abgeschwächter Form weiter. Karentas Soldaten verfolgten hartnäckige Venageti und versuchten gleichzeitig, die aufkeimende Republik zu unterdrücken, die Glanz Großmond ausgerufen hatte.

»Blöde Frage«, stellte Schmeichler fest.

»Ich weiß. Aber ab und zu trifft man auf Typen, die behaupten, es hätte ihnen dort gefallen.«

»Dann muß das ein Etappenhase gewesen sein, oder ein Lügner. Oder er war verrückt. Einer von der Sorte, für die es nichts anderes mehr gibt.«

»Bei den meisten liegst du damit richtig.«

»Jetzt i... ist ja g... genug. P... Platz f... für sie d... da, w... wo w...wir w... weg sind«, bemerkte Efeu leise.

Dem konnte ich auch nur zustimmen.

»Erzähl uns mehr von deinem Job«, forderte Schmeichler mich auf. »Woran arbeitest du jetzt? Die Sache muß ja so heiß gewesen sein, daß dich jemand deswegen aus dem Weg geräumt und ins Aderlaß-Spital gesteckt hat.«

»Da bin ich mir nicht mehr so sicher.« Es gab keinen Grund, nicht alle Einzelheiten mitzuteilen. Bis ich Hacker Hackebeil erwähnte.

»Warte, warte, Sekunde mal. Moment. Hackebeil? Wie in: Der Regenmacher mit dem Hackebeil?«

»So nennt man ihn manchmal, warum?«

»Das war mein letzter Job. Ich hab' für das schwule Arschloch den Laufburschen gespielt.«

»Und?« Ich spürte einen kleinen Stich.

»Und ich erinnere mich nicht mehr, was ich gemacht hab', bevor ich in der Klapsmühle zu mir gekommen bin, aber ich bin verdammt sicher, daß der Regenmacher mich reingebracht hat. Vielleicht, weil ich ihm 'ne Abfuhr erteilt hab'.«

»Interessant. Wieso bist du dir so sicher?« Schließlich war ihm gerade erst sein Name eingefallen.

»Da wir jetzt davon reden, erinnere ich mich an zwei Male, bei denen ich selbst mitgeholfen hab', Kerle in die Irrenanstalt einzuliefern. Kerle, die der Regenmacher nicht umbringen wollte, weil sie nicht wichtig genug waren, auf die er aber aus was für Gründen auch immer sauer war. Er pflegte zu sagen, daß jeder, der verrückt genug war, ihm Ärger zu machen, reif für die Klapse wäre.«

Ich hob die Hand. »Wow!« Wenn er erst mal in Schwung kam, quatschte er einem ein Ohr ab. »Ich habe das Gefühl, ich sollte mich mal mit Mr. Hackebeil unterhalten.«

Schmeichler wurde blaß. Ganz offensichtlich stieß meine Idee nicht auf allgemeine Begeisterung.

24. Kapitel

Mein Gewissen drängte mich, etwas zu unternehmen, um meinen Vertrag mit Maggie Jenn zu erfüllen. Und was? Nun, der Abgang ihrer Tochter war mit jeder Menge mystischer Dingsbumse gepflastert, angeblich Überraschungen für Mama, und Zeichen dafür, daß die brave Smaragd mit der guten, alten Schwarzen Magie zu tun hatte.

Es hatte soviel Hokuspokus so offensichtlich herumgelegen, daß man den Eindruck gewinnen konnte, dort müsse sich irgendwo ein Nest befinden. Dann wiederum stellte sich die Frage, wer und warum (vermutlich sollte ich da tiefer bohren), und dann wiederum fragte ich mich, ob die Auffälligkeit der Beweise nicht dagegen sprach, daß jemand sie absichtlich verteilt hatte. Konnte wirklich jemand so dumm sein anzunehmen, irgendwer würde ihm das abkaufen?

Natürlich. Viele Gauner in TunFaire haben wenig Hirn.

Ich beschloß, den Schildern zu folgen, ob sie nun richtig oder falsch sein mochten. Sollten Sie falsch sein, würde mir derjenige, der sie aufgestellt hatte, eine nette Geschichte erzählen können.

Ich durfte den Hexenzaubergesichtspunkt nicht außer acht lassen. Meine Mitbürger kaufen einem alles ab, wenn der Verkäufer es versteht, eine gute Show zu liefern. In TunFaire tummeln sich tausend Sekten. Viele davon stützen sich auf die dunkle Seite der Macht. Viele arbeiten mit Hexerei und Dämonenverehrung. Manchmal amüsieren sich verwöhnte, reiche Gören damit.

Vielleicht hätte ich nach dem Zustand von Smaragds Tugend fragen sollen. Aber bei dem Gespräch war mir das noch nicht wichtig vorgekommen. Laut Auskunft ihrer Mutter war sie gesund und weitgehend normal. Es gab keinen Grund dafür, daß sie in ihrem Alter noch an Jungfräulichkeit litt. Die meisten Jugendlichen kurieren das aus, bevor sie ihre Akne losgeworden sind.

Wenn man Informationen über etwas sucht, empfiehlt es sich, einen Fachmann festzunageln. Klar, die Straße ist eine reiche Quelle für Informationen, aber da draußen muß man manchmal Regentropfen aus einem Wolkenbruch sortieren. Das bedeutet überflüssige Mühe, wenn man jemanden kennt, der mit den interessanten Regentropfen sozusagen auf Du und Du steht.

Die Leute nannten sie Schönchen, solange ich zurückdenken kann. Warum, weiß ich nicht. Sie ist zwar größtenteils menschlich, aber es fließt so viel Zwergenblut in ihr, daß sie ein sehr langes Leben hat. Sie war schon eine mürrische, alte Frau, als ich noch ein Kind war. Und bestimmt hatte die Zeit ihre Laune nicht verbessert.

Ihr winziger Laden lag in meinem alten Viertel in einer Gasse, die dunkel war und so widerlich stank, daß selbst obdachlose Rattenmänner sie gemieden hätten, wenn dort nicht der Laden von Schönchen gelegen hätte.

Die Gasse war noch schlimmer, als ich mich erinnerte. Der Müll stand höher, der Schlamm war rutschiger und der Gestank war intensiver. Der Grund dafür war einfach. Jeden Tag wird die Lage schlimmer als am Tag zuvor. TunFaire bricht langsam auseinander. Es versinkt in seinem Abfall. Und keiner schert sich einen Deut darum.

Na ja, einige vielleicht. Aber es sind nicht genug. Es gibt genauso viele Splittergruppen wie Rezepte, aber jede Gruppe kümmert sich hauptsächlich darum, Häretiker und Abtrünnige zu entsorgen, was wesentlich einfacher ist, als den Zustand der Stadt zu verbessern.

Ich und mich beschweren? Das Chaos ist gut fürs Geschäft. Wenn ich es nur über mich brächte, Gesetzlosigkeit als Boom zu betrachten.

Kein Wunder, daß meine Freunde mich nicht verstehen. Ich verstehe mich ja selbst nicht.

In der Gasse suchten tatsächlich Rattenmänner Schutz. Sie war so unbedeutend, daß sie nicht mal einen Namen trug. Ich stieg über einen Rattenmann und seine Bettgenossin, eine Weinflasche, und betrat Schönchens Geschäft.

Eine Glocke bimmelte. Mochte die Gasse finster gewesen sein, die Klitsche hier war noch viel düsterer. Behutsam schloß ich die Tür und wartete, bis meine Augen sich an die Dunkelheit gewöhnten. Ich bewegte mich nicht schnell, und atmete nicht zu tief, aus Angst, etwas umzuwerfen.

Ich erinnerte mich wieder.

»Verdammt noch eins! Es ist das Garrett-Balg! Dachte, du hättest schon vor Jahren die Augen für immer geschlossen. Als sie dich in den Krieg geschickt haben.«

»Freut mich auch, dich wiederzusehen, Schönchen.« Hoppla! Das war ein großer Fehler. Sie haßte diesen Namen. Aber offenbar war sie heute in großzügiger Stimmung. Sie reagierte nicht. »Siehst gut aus. Danke für deine Anteilnahme. Ich hab' meine fünf Jahre abgerissen und es nach Hause geschafft.«

»Bist du sicher, daß du nicht gekniffen hast? Die Garrett-Männer kehren nie zurück.«

Das versetzte mir einen Stich. Weder mein Bruder noch mein Vater, noch mein Großvater waren heimgekehrt. Es wirkte fast wie ein Naturgesetz: War dein Name Garrett, hing dir das glorreiche Privileg an, für Krone und Vaterland den Arsch zuzukneifen zu dürfen. »Ich hab' dem Schicksal ein Schnippchen geschlagen, Tilly.« Schönchens wirklicher Name war Tilly Nooks. »Vermutlich hat das alte Gesetz der Serie jetzt die Venageti am Arsch.«

»Oder du bist gerissener als die anderen Garrett-Männer.«

Ich hatte schon vorher solch gefühlvolle Andeutungen gehört. Tilly sprach sie nur offen aus. Sie schleppte einen Groll mit sich herum. Mein Großvater Garrett, der lange vor meiner Zeit die Löffel abgab, hatte sie für eine jüngere Frau abserviert.

Ihre Verbitterung hatte Tilly aber nie daran gehindert, uns Kinder wie ihre eigenen Enkel zu behandeln. Selbst jetzt konnte ich ihre Gerte noch auf meiner Kehrseite spüren.

Schönchen betrat den Laden durch die Tür, die mit Glasperlenstricken verhängt war. Sie trug eine Lampe, die nur nach einer Seite Licht spendete. Sie brachte sie mir zuliebe mit. Ihre Zwergenaugen hatten keine Probleme mit der Dunkelheit.

»Du hast dich kein bißchen verändert, Tilly.« Das war keine Schmeichelei. Sie sah genauso aus, wie ich sie in Erinnerung hatte.

»Spar dir den Mist. Ich sehe aus, als hätte man mich tausendmal hart geritten und naß in die Box gestellt.«

Das war unbestreitbar richtig.

Sie sah aus wie eine Frau, die siebzig sehr harte Jahre überstanden hatte. Sie hatte weißes, dünnes Haar, und selbst in diesem spärlichen Licht schimmerte ihre Kopfhaut durch. Ihre Haut schlotterte um sie, als hätte sie in einer Woche die Hälfte ihres Körpergewichts abgenommen. Sie war bleich und von großen und kleinen Altersflecken überzogen. Tilly bewegte sich langsam, aber zielstrebig. Das Gehen bereitete ihr offensichtlich Schmerzen, jedoch sie schien sich den Altersgebrechen nicht beugen zu wollen. Ich erinnerte mich daran, daß sie hauptsächlich darüber redete. Doch obwohl sie sich beklagte, ließ sie es nicht langsamer angehen. Sie hatte breite Hüften, und ihr Körper fügte sich unbarmherzig der Schwerkraft. Hätte man mich dazu aufgefordert, hätte ich darauf getippt, daß sie mindestens einem Dutzend Kinder das Leben geschenkt hatte, aber ich hatte nie von einem Sprößling gehört oder einen zu Gesicht bekommen.

Sie musterte mich eindringlich und versuchte zu lächeln.

Ihr waren nur ein paar Zähne geblieben. Aber ihre Augen funkelten. Der Verstand dahinter war scharf und wendig wie eh und je. Dann verwandelte sich das Lächeln in eine zynische und mißtrauische Grimasse. »Also, was verdanken wir die Ehre, nach all den Jahren?«

Die andere Hälfte des »wir« war die diebischste Hauskatze, die jemals gelebt hat. Wie Schönchen war auch sie uralt. Auch schon damals war sie alt und diebisch und müde gewesen. Dabei blickte sie mich an, als erinnere sie sich ebenfalls.

Man konnte Schönchen nichts vormachen. Sie merkt es immer sofort. Das hatte ich gelernt, noch bevor ich sechs war. »Geschäfte.«

»Ich hab' von den Geschäften gehört, die du betreibst.«

Also war die Überraschung, mich zu sehen, nur gespielt? »Klingt, als würdest du es mißbilligen.«

»So wie du es angehst, machst du dich zum Narren. Du wirst damit nicht glücklich.«

»Könnte stimmen.«

»Setz dich.« Stöhnend setzte sie sich in den Lotussitz. Daß sie es beherrschte, hatte mich als Kind fasziniert. Und es erstaunte mich jetzt noch. »Was hast du hier zu schaffen?« Die Katze sprang ihr in den Schoß. Ich versuchte mich an den Namen des Viehs zu erinnern, vergeblich. Hoffentlich kam diese Frage nicht zur Sprache.

»Hexenkram, vielleicht. Ich suche nach einem verschwundenen Mädchen. Der einzige Hinweis, den ich habe, ist ein Anzeichen für Hexerei in ihrer Suite.«

Schönchen knurrte. Überflüssig zu fragen, warum ich damit zu ihr gekommen war. Sie war eine der größten Lieferanten von Hexenzubehör: Hühnerlippen, Krötenhaare und Froschzähne. »Hat sie es zurückgelassen?«

»Offenbar.« Schönchen lieferte die besten Rohstoffe, obwohl ich nie begriffen hatte, wie sie das bewerkstelligte. Sie verließ nie ihr Haus, um Vorräte anzuschaffen, und ich kannte niemanden, der das Zeug im Großhandel vertrieb. Man munkelte, Schönchen wäre trotz ihrer bescheidenen Lebensweise reich. Das leuchtete mir ein. Sie belieferte den Zauberhandel schon seit Generationen. Sie mußte Kisten voll Gold irgendwo versteckt haben.

»Kann mir nicht vorstellen, daß eine Hexe so was tun würde.«

»Ich auch nicht.« Gelegentlich mißachteten Banditen die Lehren der Geschichte und versuchten, Schönchen auszurauben. Keiner hatte damit Erfolg. Und der Mißerfolg war für gewöhnlich sehr schmerzhaft. Schönchen mußte selbst eine ziemlich fähige Hexe sein.

Das hatte sie allerdings niemals zugegeben. Sie behauptet nie, irgendwelche besonderen Kräfte zu besitzen. Das machen auch nur Schwindler. Die Tatsache, daß sie im Umgang mit den Haien der Branche alt und grau geworden ist, spricht für sich selbst.

Ich erzählte ihr meine Geschichte und ließ dabei nichts aus, weil das sinnlos gewesen wäre. Sie war eine sehr gute Zuhörerin.

»Der Regenmacher ist darin verwickelt?« Ihr ganzes Gesicht legte sich in Falten, als sie die Stirn runzelte. »Das gefällt mir nicht.«

»Aha?« Ich wartete.

»Wir haben ihn eine Weile nicht zu Gesicht bekommen. Schon damals war er nicht sehr beliebt.«

»Aha?« Schönchen plaudert gern. Wenn sie Lücken im Gespräch füllen kann, dann rückt sie vielleicht mit etwas Nützlichem heraus. Oder sie ergreift die Gelegenheit, mich über ihre Gebrechen und Zipperlein aufzuklären. »Die Leute sagen mir immer wieder, daß er mies ist, aber sie wollen mir nie so recht erklären, warum eigentlich. Es ist schwer, vor jemandem Angst zu haben, wenn man sich fünf Jahre lang mit den besten Männern der Venageti gemessen hat und noch schwerer, wenn man sich mit Leuten wie Kain Kontamin herumschlägt.« Kain ist der Boß der Bosse in TunFaire, Kopf des organisierten Verbrechens, der Gilde.

»Kain benutzt Folter und Mord und die Androhung von Gewalt als Werkzeug. Der Regenmacher verletzt die Menschen aus Spaß. Ich vermute, daß er eifrigst darauf bedacht ist, nicht aufzufallen. Sonst würde er nicht die Leute ins Aderlaß-Spital stecken. Wir haben Stücke von ihnen in der ganzen Stadt verstreut gefunden.« Sie fuhr fort, ein Porträt von Hackebeil als Sadisten zu zeichnen, womit ich eine weitere Ansicht von ihm bekam.

Langsam beschlich mich eine böse Ahnung, was ein Treffen mit dem Kerl anging. Aber ich mußte es hinter mich bringen, wenn auch nur, um ihm klarzumachen, daß man keinen Kerl in die Klapsmühle steckt, nur weil man ihn nicht mag.

Schönchen plapperte weiter, erzählte mir Tatsachen, Verrücktheiten, Gerüchte und Spekulationen. Sie wußte eine ganze Menge über Hackebeil, von früher. Von dem jetzigen konnte sie mir leider nichts erzählen.

»Gut«, unterbrach ich sie schließlich und stoppte die Flut von Informationen. »Wie sieht es mit heutigen Hexereisekten aus? Dieses Schwarze-Magie-Zeug, das gelangweilten Kindern gefallen könnte. Tut sich da was?«

Schönchen schwieg lange. Ich fragte mich schon, ob ich eine Grenze überschritten hatte. Doch schließlich sprach sie. »Könnte sein.«

»Könnte sein?« Ich konnte mir nicht vorstellen, daß sie nicht alles darüber wußte. »Ich verstehe nicht.«

»Ich habe kein Monopol auf Hexenzubehör. Es gibt noch

andere Verkäufer. Zwar reichen sie weder in Qualität noch in der Auswahl an mich heran, aber es gibt andere. Seit einiger Zeit sind neue Anbieter auf dem Markt aufgetaucht. Die meisten kümmern sich um den nichtmenschlichen Markt. Die Leute, mit denen du reden willst, sind Kupfer & Feld. Sie stellen keine Fragen, wie ich es tun würde, und ihre Kundschaft besteht vorwiegend aus deinen reichen Leuten.«

»Ich mag es, wenn du fluchst.«

»Was? Zieh keine voreiligen Schlüsse über Leute aus der Schicht, in der du sie findest, mein Junge. Es gibt Genies in den Slums und welche auf dem Hügel.«

»Ich verstehe nicht, was du mir sagen willst.«

»Du warst nie besonders helle.«

»Mir ist es einfach lieber, wenn die Leute die Dinge geradeheraus sagen. Dann gibt es wenigstens keine Mißverständnisse.«

»Na gut. Ich habe keine Ahnung, wonach du suchst, aber ich habe den starken Verdacht, daß eine ganze Gruppe vermögender Leute von einigen wirklich üblen Dämonenanbetern ausgenutzt werden. Mit Kupfer & Feld kannst du anfangen. Sie verkaufen alles an jeden, der genug Geld hat.«

»Mehr wollte ich nicht. Einen Anfang. Erinnerst du dich an Maggie Jenn?«

»Ich erinnere mich an den Skandal.«

»Was für eine Frau war sie? Könnte sie etwas mit dem Regenmacher zu tun haben?«

»Was für eine Frau sie war? Denkst du, wir wären befreundet gewesen?«

»Ich denke, daß du eine Meinung dazu hast.« Wenn nicht, wäre es das erste Mal.

»Es gab tausend Geschichten. Vermutlich steckte in allen ein Körnchen Wahrheit. Ja, sie hatte etwas mit ihm zu tun.

Was dem guten Teodoric reichlich Kopfzerbrechen bereitet hat. Einmal ließ er sich sogar zu der Drohung hinreißen, den Regenmacher umzubringen. Das hat den Kerl genug eingeschüchtert, daß er die Stadt verließ. Ich habe gehört, daß Teodoric Verfolgungspläne geschmiedet hätte, als er selbst über die Klinge sprang.«

»Gibt es da eine Verbindung?«

»Es war Zufall. Jeder König macht sich einen ganzen Haufen Feinde. Der Regenmacher ließ sich nicht mehr in der Stadt sehen, nachdem Teodoric gestorben war. Er behauptete, er hätte andere Gründe dafür. Es gab Gerüchte, daß er die Gildegauner gegen sich aufgebracht hätte. Ich frage mich, aus welchem Grund er wieder zurückgekommen ist.«

Sie hatte die Mitglieder der Gilde erwähnt. Vielleicht hatte das etwas mit Kains inoffizieller Pensionierung zu tun. Es hatten bereits einige Männer versucht, die Situation auszunutzen, aber Kains Tochter spielte das Spiel genauso unbarmherzig wie ihr Vater. Sie würde den Regenmacher eiskalt observieren, wenn er einen falschen Zug machte.

Auf der anderen Seite der Waagschale hatten wir die neue Wache, die nur zu gern einen berühmten Gauner in die Finger bekommen würde, wenn sie jemanden finden konnte, der keine Beziehungen hatte. Der Regenmacher würde da vielleicht genau passen.

Ich ging zum Ausgang. »Kupfer & Feld?« Ich fürchtete schon, daß sie sich zum Abschied küssen lassen wollte.

»Das habe ich gesagt. Und du komm öfter als alle zwölf Jahre vorbei, hast du gehört?«

»Das werde ich«, versprach ich. Ich meinte es wirklich ernst, wie immer, wenn ich dieses Versprechen gebe.

Natürlich glaubte sie mir nicht. Es war ansteckend, so daß ich anfing, an mir selbst zu zweifeln.

25. Kapitel

Ich habe einige Dummheiten in meinem Leben begangen. Zum Beispiel die, daß ich vergaß, Schönchen zu fragen, wo Kupfer & Feld ihren Handel betrieben. Es fiel mir ein, als ich schon drei Blocks weiter war. Ich hetzte zurück und bekam, was ich verdiente.

Der Laden war verschwunden. Sogar die Gasse war futsch. Ich war baff. Von sowas hört man manchmal, aber man rechnet nicht damit.

Nach dieser Enttäuschung schlenderte ich zur nächstgelegenen Stelle, wo ich jemanden kannte und fragte, ob jemand von Kupfer & Feld gehört hätte. Es ist ein Gesetz: Jemand, den man kennt, kennt jemanden, der die Person oder den Ort kennt, zu dem man will.

So kam ich hin. Ein Barkeeper, den ich kannte, Languste, hatte von einem Kunden etwas über Kupfer & Feld gehört. Also teilten sich Shrimpi und ich ein paar Bierchen auf meine Kosten und dann machte ich mich auf den Weg. Der Laden von Kupfer & Feld lag in der Weststadt.

Er war geschlossen. Auf mein Klopfen antwortete niemand. Der Laden war gemietet. Kupfer & Feld waren so teuer und anmaßend, daß sie es sich nicht leisten konnten, nicht über ihrem Geschäft zu wohnen.

Dieser Teil der Weststadt ist stinkvornehm. Die Läden hier bedienen ausschließlich vermögende Klientel, die nicht weiß, wohin mit ihrem Geld. Nicht die Leute, die ich mag. Außerdem verstehe ich diese Typen auch nicht, weder die Käufer noch die Verkäufer.

Ich schielte nach bewaffneten Patrouillen. Es mußte welche geben, sonst wären die Läden verrammelt. Ob die Gilde auch hier ihre Finger im Spiel hatte? Einige der Läden hatten Glasschaufenster. Das bedeutete: Sie genossen hochrangigen Schutz.

Kupfer & Felds Laden sah aus wie einer, der Oberschichtdilettanten mit Zubehör für Schwarze Magie versorgte, zu unverschämten Preisen. Kupfer & Feld oder wer auch immer den Einkauf tätigte, besorgte sich vermutlich das Zubehör von Schönchen, verdreifachte den Einkaufspreis und verdreifachte dann noch einmal den Verkaufspreis. Vermutlich schlugen sie bei besonders gut betuchten Käufern nochmal das Dreifache drauf. Die Leute, die hier einkauften, gehörten vermutlich zu der Sorte Mensch, denen einer abgeht, wenn sie ihren Freunden erzählten, wieviel sie für die Sachen bezahlt hatten.

Ich fühlte, wie meine Vorurteile in den Drang umschlugen, Glas zu zerschlagen, und machte mich vom Acker.

Ich hatte nichts vor und verspürte nicht die geringste Neigung, in ein Zuhause zurückzukehren, in dem mich als Gesellschaft ein psychotischer Papagei und zwei durchgeknallte Jungs erwarteten. Hoffentlich war der großmäulige Mistvogel verhungert.

Vielleicht war es eine gute Idee, Lou Latsch einen Besuch abzustatten und nachzusehen, wie es ihm ging. Mittlerweile konnte er wieder zu sich gekommen sein.

26. Kapitel

Na so was! Lou Latsch sah überhaupt nicht mitgenommen aus. »Wie kann das angehen?« fuhr ich ihn an. »Hast du einen Zwilling?«

»Garrett!« Er stürmte mit ausgebreiteten Armen aus seinem schattigen Stall. Mit einer Mistgabel war er der Hauptbeschäftigung eines Mietstallbesitzers nachgegangen und wirkte kein bißchen steif oder gereizt. Er umarmte mich kräftig und hob mich hoch. Wie immer zeigte er auch diesmal seine Freude, wenn ich ihn besuchte, obwohl es schon sehr lange her war, daß ich sein Geschäft gerettet hatte.

»Sachte, Mann, immer ruhig. Ich bin empfindlich – im Gegensatz zu jemand anderem.« Meine Verletzungen taten noch immer sehr weh.

»Hast du von meinem Mißgeschick gehört?«

»Gehört? Ich war dabei. Wenn ich bedenke, was sie alles unternommen haben, um dich ruhig zu stellen, wundert es mich, daß du noch laufen kannst.«

»Es tut ein bißchen weh. Aber jemand muß sich ja um die Viecher kümmern.«

»Laß doch die Jungs von der Gerberei kommen.« Pferde und ich kommen nicht miteinander klar. Niemand nimmt mich ernst, aber ich weiß genau, daß die ganze Spezies sich verschworen hat, mich fertigzumachen. Den Augenblick, in dem niemand hinsieht, während ich ihnen den Rücken zukehre, werden diese verdammten Körnerfresser nutzen.

»Garrett! Sag nicht sowas Grausames!«

»Du denkst immer nur das Beste von jedem.« Sie haben Lou Latsch reingelegt. Sie stehen in ihren Boxen, schnauben und nehmen Maß für mein Leichentuch, während er sie in Schutz nimmt. Er liebt diese Monster tatsächlich und nimmt an, daß ich ihn nur auf den Arm nehme und schlechte Witze reiße.

Irgendwann wird er es begreifen. Aber dann ist es zu spät.

»Hast du viel zu tun?«

Er deutete auf den Misthaufen. »Man muß das Heu reinstreuen und den Dünger rausholen. Die Gäule nehmen sich keinen freien Tag.«

»Das nenne ich dringende Arbeit. Hast du Zeit für ein paar Biere? Auf Kosten deines alten Kumpels? Der Haufen wird dir schon nicht weglaufen.«

»Nicht, wenn ich ihn nicht bewege.« Er runzelte die Stirn. »Du gibst einen aus? Das muß ja ein Riesengefallen sein.«

»Was?«

»Du mußt etwas wirklich Großes von mir wollen. Du hast noch nie angeboten, mir einen auszugeben.«

Ich seufzte. »Falsch.« Diese Schlacht schlug ich schon seit Jahren. Alle meine Freunde behaupten, daß ich nur vorbeikomme, wenn ich etwas von ihnen will. Es war noch gar nicht lange her, daß ich Lou Latsch ein Essen und soviel Bier, wie er trinken konnte, ausgegeben hatte, damit er mich einem Kutschbauer vorstellte. »Aber ich will nicht streiten.« Ich würde es ihm zeigen. »Kommst du mit?«

Die Schwierigkeit mit Lou Latschs Größe ist, daß er nicht einfach nur ein einziges Bier trinken kann. Ein Bier ist nur wie der Tropfen auf dem heißen Stein. Wenn der Mann sich wirklich betrinken will, muß man einen ganzen Bierwagen bestellen.

Er suchte die Kneipe aus. Es war eine kleine, dunkle, schäbige Kaschemme mit einem Gastraum, eingerichtet in Früh-Karentinischem Sperrmüll. Dort kannten alle Lou Latsch und sagten Hallo. Es dauerte eine Weile, bis wir uns endlich unterhalten konnten. Und selbst dann wurden wir ständig von Neuankömmlingen unterbrochen.

Inzwischen aßen wir etwas. Und tranken. Auf meine Rechnung. Meine Geldbörse schrie gequält auf.

Obwohl die Kneipe winzig war, bekam man hier ein sehr gutes Dunkelbier, das angeblich an Ort und Stelle gebraut wurde. Und in der Küche hatte jemand das Kommando, der ganz offensichtlich mehr als nur flüchtige Kenntnisse von der Kochkunst besaß. Ich verzehrte genießerisch eine Bratenscheibe nach der anderen. Sie mußten sich nicht einmal hinter Deans besten Leistungen verstecken.

Die Preise blieben dabei im Rahmen, jedenfalls für die Kunden, die nicht den Verzehr eines ganzen Ein-Mann-Regiments bezahlen mußten. »Wieso wimmelt es hier nicht von Gästen?« erkundigte ich mich.

Lou Latsch bedachte mich mit einem seiner offenen, nachdenklichen Blicke. »Vorurteile, Garrett.«

»Wie bitte?« Es war mal wieder Probezeit. Lou Latsch, der früher mal Priester werden wollte, muß sich immer wieder versichern, daß ich wirklich mehr gut als schlecht bin.

Ich war vorgewarnt. Sicher würde er mir gleich erzählen, daß der Laden von Rattenmännern geführt wurde, die ich noch weniger leiden kann als Pferde, aus zugegebenermaßen noch dünneren Gründen. Deshalb war ich angenehm überrascht, als er mir den Grund nannte. »Das Restaurant wird von Zentauren geführt. Es sind Flüchtlinge aus dem Cantard.«

»Woher sonst?« Nur durch eine heroische Kraftanstrengung gelang es mir, eine ernste Miene zu behalten. »Ich kann verstehen, daß sie Schwierigkeiten haben, sich einen Kundenstamm aufzubauen.« Zentauren sind nicht sehr beliebt. Lange haben sie Karentas Streitkräften als Hilfstruppen im Cantard gedient. Doch als der Söldnerführer Glanz Großmond übergelaufen ist und die Freie Republik Cantard ausgerufen hat, schlossen sich ihm sämtliche Zentaurenstämme an. Es war durchaus denkbar, daß auch diese Familie bis vor kurzem noch gegen Karenta gekämpft hatte. Und als dort unten alles auseinanderbrach: Wohin sind sie geflüchtet? Geradewegs in die Städte Karentas, dessen Soldaten sie tags zuvor noch getötet hatten.

Ich verstand nicht, warum sie überhaupt eingelassen wurden. Sicher, in unserer Volkswirtschaft gab es genügend freie Stellen, da alle jungen Männer Soldaten waren. Aber auch diese jungen Männer würden einmal nach Hause kommen. Venageta ist aus dem Cantard vertrieben worden. Glanz Großmond wurde zerschmettert. Jedenfalls gewissermassen.

Zentauren. Verfluchte Scheiße!

Diese Überlegungen behielt ich für mich und wechselte das Thema. Statt dessen erzählte ich Lou Latsch, was ich für Maggie Jenn erledigen sollte. Dabei ließ ich nicht einmal peinliche Abenteuer wie meine unbeabsichtigte Stippvisite im Aderlaß-Spital aus. Lou Latsch war nicht Winger. Er würde es nicht in der ganzen Stadt herumerzählen. Er lächelte freundlich und verzichtete darauf, eine Bemerkung über meinen geistigen Zustand zu machen. Deshalb mag ich den Kerl so. Von meinen anderen Freunden hätte keiner der Versuchung widerstanden.

»Was brauchst du von mir?« wollte er wissen.

»Brauchen? Nichts.«

»Du bist vorbeigekommen, hast mich hierher geschleppt, mich abgefüttert und mit Bier satt versorgt, Garrett. Also ist klar, daß du was willst.«

»Dieses Geschwafel war mal lustig, Lou Latsch. Vor tausend Jahren vielleicht. Wenn du mich aus Spaß piesacken willst, mach nur, damit kann ich leben. Jedenfalls eine Weile. Aber langsam hat der Witz einen Bart. Ich wünschte, ihr Jungs würdet euch allmählich mal was anderes ausdenken.«

»Meinst du das ernst?«

Ich blieb eiskalt. »Worauf du wetten kannst.« Schließlich hatte ich schon bekommen, was ich brauchte: ein unkritisches Ohr und eine kurze Abwechslung in meiner Einsamkeit.

»Du merkst es einfach nicht«, murmelte Lou Latsch. Lauter fuhr er fort: »In dem Fall kann ich vielleicht helfen.«

»Hä?«

»Ich weiß etwas über die Hexenszene. Ich habe Klienten aus dieser Branche.«

Das überraschte mich. Sein Glaube, eine Art Ableger der Orthodoxen, hielt nicht viel von Hexerei. Was eigentlich unverständlich ist, wenn man bedenkt, wie groß die Rolle ist, die Hexerei und Dämonismus in dieser Stadt spielen. Aber ich hegte den Verdacht, daß Religion ohnehin nicht dafür da ist, Sinn zu machen. Wäre es so, würde keiner dran glauben.

»Na gut. Dann belästige ich dich damit. Sind neue Hexenanbeter aufgetaucht?«

»Natürlich. In einer Stadt dieser Größe bilden sich ständig neue Kulte, und andere fallen dafür auseinander. Und da die menschliche Natur nun mal ist, wie sie ist, werden immer Egos verletzt und ...«

»Verstehe. Hast du von einem ganz Besonderen gehört? Der junge Frauen rekrutiert?«

»Nein.«

»Mist. Na gut, soviel dazu. Dann erzähl mir was über Maggie Jenn. Morpheus meint, du wärst gut informiert über die Skandälchen unserer Blaublüter.«

»Sag du mir erst, was du schon weißt.«

Ich faßte den Stand der Dinge kurz zusammen.

»Mit viel mehr kann ich da auch nicht dienen. Allerdings hat sie tatsächlich eine Tochter. Ich dachte, das Mädchen wäre gestorben, aber offenbar stimmt das nicht. Niemand kann das beweisen, aber Maggie Jenn ist wohl eine Edelnutte gewesen, bevor Teodoric sie aufgelesen hat. Natürlich hat sie unter einem anderen Namen gearbeitet. Morpheus irrt sich, was ihr Exil angeht. Sie hält sich zwar tatsächlich die meiste Zeit auf der Insel Paise auf, aber nur aus Lust und Laune. Jedes Jahr verbringt sie einen Monat in ihrem Palast in der Oberstadt. Wenn sie ihn nicht nutzt, verliert sie ihn. Wenn sie hier ist, geht sie mit gesenktem Kopf durch die Stadt. Sie will wohl nicht, daß ihre Feinde zu unruhig werden.«

Ich nickte und winkte nach mehr von diesem hervorragenden Hausgebräu. Ich hatte schon genug intus, daß es mir in den Ohren brummte, aber dieser Supermann Lou Latsch zeigte nicht die geringste Reaktion.

»Hacker Hackebeil«, fuhr ich fort. »Der Regenmacher. Was weißt du über ihn?«

»Hab' schon länger nichts von ihm gehört. Merkwürdig, daß er wieder in der Stadt ist.«

»Gut möglich. Ich glaube, es hat was mit Maggie Jenn zu tun.«

»Sei vorsichtig, Garrett. Er ist verrückt, absolut verrückt. Man nennt ihn den Regenmacher, weil er so viele weinende Witwen hinterlassen hat. Er war ein ganz Großer im Foltergeschäft.«

»Ganz normal, der typische Verrückte von nebenan. Was hat ihn und Maggie Jenn verbunden?«

»Beschwören kann ich es nicht. Aber nach dem wenigen, was ich gehört habe, könnte er ihr Zuhälter gewesen sein.«

»Ihr Zuhälter?« Ich mußte den Klang ausprobieren. »Ihr Zuhälter.« Zugegeben, das hatte was.

Ich legte ein bißchen Kleingeld vor Lou Latsch auf den Tisch, inclusive Trinkgeld. »Ich muß los, nachdenken.«

Lou Latsch verfiel daraufhin in verschiedene Bemerkungen der gleichen Sorte, die unter meinen Bekannten mittlerweile gang und gäbe waren. Ich beachtete ihn einfach nicht.

Diese letzte Information warf ein völlig neues Licht auf

alles. Es sei denn, ich lag mit meinen Vermutungen vollkommen daneben.

So was kam gelegentlich vor.

27. Kapitel

Aus Erfahrung wird man klug? Wie oft hat man mich schon in den Arsch gekniffen, weil ich nicht clever genug war, mich aus den Gaunereien rauszuhalten? Oft genug, daß ich jetzt wenigstens nicht mehr ohne Selbstverteidigungswerkzeuge herumlief. Oft genug, daß ich höllisch aufpaßte, wenn jemand anfing, mit den Fäusten zu argumentieren.

Trotz einiger Bierchen zuviel entdeckte ich den Hinterhalt in der Macunado. Vor allem deswegen, weil der nächtliche Betrieb auf der Straße fehlte. Die Bewohner meiner schönen Stadt riechen Ärger schon auf tausend Meter Entfernung wie Wild, wenn ein Troll durchs Unterholz ballert.

Vor meinem Haus war es belebt wie in einer verlassenen Ruine. Es war so ruhig, daß ich Schwierigkeiten hatte, die Meuchelmörder ausfindig zu machen.

Schließlich entdeckte ich einen Schatten in einer winzigen Gasse. Von der Stelle, an der ich mich befand, konnte ich mich nicht unbemerkt anschleichen. Also ging ich zurück und nahm den längeren Weg.

Plötzlich fühlte ich mich wie befreit. Die Aussicht, ein paar Schädel zu knacken, versetzte mich in richtige Hochstimmung. Das sah mir gar nicht ähnlich. Anscheinend setzte mir der Fall zu, wenn es denn überhaupt ein Fall war. Davon war ich noch längst nicht überzeugt.

Ich näherte mich dem Kerl von hinten und sang dabei ein Rattenmann-Arbeitslied. Soweit ich weiß, ist es das einzige

Arbeitslied, das sie kennen, weil so wenige von ihnen ihre Jobs behalten ... Durch den falschen Akzent und den falschen, trunkenen Gesang ließ sich der Mann einlullen. Er verfluchte mich, statt sich auf Ärger einzustellen.

Ich stolperte näher und erwischte ihn mit meinem Nußknacker zwischen den Augen. Mit einem erstickten »Umpff!« stolperte er auf wackligen Beinen zurück. Ich schnappte ihn am Hemd, riß ihn auf die Knie, stellte mich hinter ihn und preßte ihm meinen Totschläger an die Gurgel. »Okay, Bruno, wenn ich mich zurücklehne, wirst du merken, wie es ist, gehenkt zu werden.« Ich zog kurz an, um meinen Worten Nachdruck zu verleihen. Und dafür zu sorgen, daß er nicht zuviel Luft bekam. Wenn ich ihm die rationierte, würde er an wenig anderes denken. »Kapiert?«

Er hatte kapiert und knurrte kooperativ. Nachdem ich eine Weile seine Sauerstoffleitung unterbrochen hatte.

»Ausgezeichnet. Jetzt kommt der Teil, in dem du mir erzählst, wer dich geschickt hat, wie viele Kumpel du hast und wo die lauern.«

Das mußte ich dem Kerl lassen, seinen Kumpanen gegenüber blieb er loyal. Von solchen Schlägern findet man nicht viele. Ich mußte ihn fast totschlagen, bevor er endlich nachgab. Und das tat er erst, nachdem ich ihm ins Ohr geflüstert hatte: »Ich habe herausgefunden, daß der beste Bluff ist, gar nicht zu bluffen. Wenn du mir nicht hilfst, muß ich mir leider einen anderen jagen.«

Natürlich bluffte ich.

Er gab Geräusche von sich, aus denen zu entnehmen war, daß ich ihn zur Kooperation überzeugt hatte. Ich lockerte den Stock. »Vielleicht redest du besser, während du ausatmest. Sonst werde ich nervös. Was ihr Jungs neulich abends mit mir veranstaltet habt, hat mich ziemlich verstimmt.«

Bumm! Ich zog ihm eins mit dem Stock über die Rübe, als ich merkte, was er vorhatte. »Also, wer hat dich geschickt?« Dann wendete ich wieder die Würgetaktik an.

»Hackebeil!« stieß er hervor. »Ein Kerl namens Hackebeil!«

»Was für eine Überraschung. Hat er zufällig gesagt, warum?«

Knurren und Japsen. Das bedeutete »nein«. Und außerdem: Wen interessierte das schon? Dieser Hackebeil zahlte in harter Währung.

»Wie viele Kumpane hast du dabei?«

Sieben. Sieben? »Ich fühle mich geschmeichelt. Dieser Hackebeil hält offenbar eine Menge von mir.« Dabei hatte ich schon eine hohe Meinung von mir, die meine Feinde normalerweise nicht teilen.

Der Kerl gab Geräusche von sich, die signalisierten, daß er vollkommen anderer Meinung war. Ich entnahm dem, daß er sich zu schnell erholte, und gab ihm meinen Nußknacker zu schmecken.

Je älter ich werde, desto unleidlicher werde ich.

Wir kauten die Geschichte durch, bis ich wußte, wo sich seine Kumpel versteckten und ich über ihre allgemeine Strategie informiert war. Sie wollten mich zu fassen kriegen und in das Versteck ihres Chefs schleppen. Der nette Hacker Hackebeil, Verkäufer für gebrauchtes Eigentum, wollte mit mir plaudern.

»Ja. Die Vorstellung gefällt mir. Das werden wir auch. Allerdings werden wir uns nicht allzu eng an den ursprünglichen Plan halten.«

Ich gab dem Burschen noch eins über den Schädel, hart genug, damit er sich schlafen legte. Er würde mit Kopfschmerzen aufwachen, die erheblich heftiger sein dürften als die, die seine Bande mir bereitet hatte.

Komisch. Es tat mir nicht mal leid.

Danach ging ich herum und klopfte die Birnen von Jungs weich, bis mich das auch nicht mehr befriedigte. Dabei überlegte ich, was wohl die Hintermänner dazu sagen würden, wenn sich das rumgesprochen hatte. Nach Abzug der üblichen Übertreibungen könnte das ernsthaft den Leuten zu denken geben, die mir ständig in die Quere kamen.

Wahrscheinlich würde es keiner glauben. Alle sind der Meinung, daß ich Morpheus Ahrm für meine Dreckarbeit benutze.

Ich schnappte mir den kleinsten Burschen, der so winzig war, daß er ein Mischling sein mußte, betäubte ihn, warf ihn über die Schulter und marschierte mit ihm zur Freudenhöhle.

Manchmal kommt einem eine helfende Hand gut zustatten.

28. Kapitel

Morpheus zerwuselte dem Kleinen die Haare. »Er ist wütend, Garrett. Den solltest du lieber nicht am Leben lassen.« Wir befanden uns in Morpheus' Büro über der Freudenhöhle. Die Körnerkiller randalierten unten im Gastraum.

»Und das, obwohl er sich in aller Ruhe hätte abregen können. War irgendeiner dieser Kerle mit dir verwandt, Stoppel? Vielleicht dein Liebhaber oder sowas?«

Der Kleine guckte nur böse.

»Er gefällt mir.« Morpheus sah Poller an, der den Kurzen ziemlich unsanft nach irgendwelchen schmerzhaften Wunden absuchte.

»Was?« wollte der Junge wissen.

»Offiziell ist er noch immer unser Gast.«

»Klar. Wenn ich hier mit dem Kerl zusammenhockte, der meine ganze Bande ausgelöscht hat, wäre ich auch ein bißchen mehr als nur beleidigt. Seht euch diesen Idioten an. Er denkt sich schon eine Folter für uns aus, obwohl er selbst bis zu den Haarspitzen in der Scheiße sitzt.«

»Narzisio! Achte auf deine Sprache!«

»Er hat nicht ganz unrecht, Morpheus«, mischte ich mich ein. »Dieser Clown sollte eigentlich mehr Angst haben.«

»Das kommt schon noch, Garrett. Er ist eben nicht von hier.«

Der Meinung schloß ich mich an. »Woher weißt du das?« Ich wollte nur herauskriegen, ob wir beide dasselbe dachten.

»Eben weil er keine Angst hat. Siehst du, langsam dämmert ihm, wer ihn am Arsch hat. Er kriegt Muffensausen. Sie haben ihm nichts gesagt, als sie ihm den Job aufs Auge gedrückt haben. Sie haben ihm nur Gold in die Taschen gesteckt und erzählt, es ginge um einen einfachen Überfall.«

»Vermutlich hast du recht.« Ich versuchte, wild zu lächeln, wie die Jungs auf der Station für gewalttätige Irre, wenn man sie zum Spielen rausläßt.

Morpheus hatte recht. Der Kurze hatte wenigstens von Morpheus Ahrm gehört, wenn auch nicht von mir. Er quiekte vor Angst. Vielleicht lag Winger mit ihrer Einschätzung, was einen üblen Ruf anging, gar nicht so falsch.

»Ich glaube, er hat uns einiges mitzuteilen«, stellte Morpheus fest.

»Aha.« Ich wandte mich an den Kleinen. »Möchtest du gern eine glückliche Nummer Sieben sein, die Sieben, die davonkommt? Oder möchtest du kaltgemacht werden?«

»Die Sieben ist doch eine Glückszahl, oder?«

»Sieh mal einer an. Er hat seinen Humor nicht verloren, Morpheus. Großartig. Na dann, Stoppel, wie lautete der Plan?« Zu Morpheus gewandt sagte ich: »Wäre eine Schande, ihn zu verschwenden.«

Morpheus grinste fies. »Der beste Gedanke, den du seit langem gehabt hast.« Er war bereit, loszulegen. Ich war überrascht, wie schnell er mir seine Hilfe angeboten hatte, und erinnerte mich an die Blicke zwischen ihm und Beißer und Paddel. Hatten die drei noch eine alte Rechnung mit dem Regenmacher offen?

Es bereitet mir immer Sorgen, wenn Morpheus allzu hilfsbereit ist. Meistens endet es damit, daß man mich übers Ohr haut.

»Wieviel willst du ausgeben, Garrett?«

Ich überschlug kurz meine Vereinbarung mit Maggie Jenn und dann meinen Vorschuß. »Nicht sehr viel. Hast du was Bestimmtes im Sinn?«

»Erinnere dich an den Ruf des Regenmachers. Wir könnten einige Spezialisten brauchen, die ihn ruhigstellen, wenn er sich aufregt.«

»Spezialisten?« Das war ein typisches Verkaufsgespräch. »Wen denn?«

»Die Roze-Drillinge.« Natürlich. Wie immer die arbeitslosen Verwandten.

Ich würde sie zwar nicht als Spezialisten bezeichnen, aber sie konnten tatsächlich jeden ruhigstellen. Doris und Marsha Roze waren fünffünfzig groß und konnten ein Mammut mit einem Schlag flachlegen. Sie waren teils Gigant, teils Troll, und die einzige Chance, sie zu besiegen, bestand darin, ihre Entschlossenheit mit einer Brauerei zu ertränken. Sie ließen alles stehen und liegen, wenn sie sich besaufen konnten.

Der dritte Drilling war ein nerviger kleiner Zwerg, der

kaum Morpheus' Größe hatte. Er war nur zu einem gut: Als Dolmetscher für seine Brüder.

»Nein, Morpheus. Das hier ist schon die reinste Freakshow. Ich will nur mit dem Kerl reden und rausfinden, warum er sich mit mir anlegt.«

Morpheus starrte Stoppel an. »Garrett, Garrett, und das gerade in dem Augenblick, als ich dachte, du würdest Vernunft annehmen. Man unterhält sich nicht mit dem Regenmacher. Er versteht nur rohe Gewalt. Entweder kannst du ihn in den Arsch treten, oder er tritt dir in den Arsch. Es sei denn, er hätte sich über Nacht entschieden verändert.«

Ich schnitt eine Grimasse.

»Was?«

»Mein Budget ist ziemlich begrenzt.«

»Erzähl mir mal was Neues.«

»He!«

»Jetzt wirst du wieder knauserig, Garrett. Willst du Geld sparen? Dann nerv den Regenmacher nicht. Verrammel einfach deine Tür und kuschel dich an deine Geldbeutel und bete, daß er keine Möglichkeit findet, dich zu erwischen. Nach heute nacht wird er ernst machen.«

Das war mir klar. Hackebeil benahm sich so, als wäre er von sich vollkommen eingenommen und hätte keine Notbremse. Und alle Gründe, die er brauchte, hatte ich ihm bereits geliefert.

Du bist ein Blödmann, Garrett. Deine Schwierigkeiten brockst du dir immer selbst ein. Du solltest dich ein bißchen mehr darauf konzentrieren, mit den Leuten auszukommen.

»Woher wußte er, daß ich aus dem Aderlaß-Spital ausgebrochen bin?«

Morpheus und Poller merkten auf, als sie eine Geschichte witterten, die sie noch nicht kannten. Ich mußte die peinlichen Einzelheiten rausrücken, bis sie mich endlich in Ruhe ließen. Das war mehr, als ich irgend jemanden wissen lassen wollte. »Wenn ich irgendeine Hänselei auf der Straße höre, weiß ich wenigstens, wen ich dafür verantwortlich machen kann.«

»Ja.« Morpheus grinste mich hinterhältig an. »Winger.« Sein Lächeln wurde teuflisch. Er sah, daß er richtig geraten hatte. Ich hatte nicht daran gedacht, wer die Geschichte schon kannte.

Was Winger wußte, verbreitete sich in einer Nacht wie ein Lauffeuer vom Fluß bis zur Stadtmauer. Sie hing gern mit den Jungs herum, besoff sich und tauschte dann Geschichten aus. Die Story würde zu einem Monster anwachsen, bevor sie damit fertig war.

»Wenn du wirklich denkst, daß wir die Rozes brauchen, dann hol sie eben«, lenkte ich schließlich ein.

»Du hast mich auf eine bessere Idee gebracht.«

»Aha. Und welche?«

»Benutz doch diese Clowns, die du bei dir einquartiert hast. Sollen sie sich doch ihr Futter verdienen. Hast du nicht gesagt, der Lange hätte noch eine Rechnung mit Hakkebeil offen?«

»Gute Idee. Stoppel, in welche Richtung gehen wir?«

Morpheus mischte sich ein. »Denk dran, daß ich tödlicher und wesentlich schneller bin als Hackebeil, wenn du Garrett enttäuschst.«

»Nach Westen.« Die Stimme des Kleinen krächzte vor Angst. Ich konnte es ihm nicht verübeln. Er war wirklich vom Regen in die Traufe gekommen.

»Nach Westen trifft sich gut. Das heißt, wir können auf dem Weg bei mir zu Hause vorbeigehen.«

Ich nahm an, daß sich Stoppels Kumpel bereits verdünnisiert hatten.

Morpheus und seine Leute konnten dieser Idee nichts abgewinnen. Sie sind Gauner, und kein Gauner, der noch bei Verstand ist, begibt sich freiwillig in die Nähe des Toten Mannes, damit der ihre Gedanken lesen kann. Da half es auch nichts, daß ich ihnen versicherte, er schliefe wie ein Toter.

»Er bellt besser, als er beißt«, meinte ich.

»Na klar.« Beißer schnaubte verächtlich. Paddel und Morpheus schlossen sich ihm an. Und Poller reagierte aufs Stichwort und äffte seine älteren Kumpane nach. Ich gab's auf.

29. Kapitel

Ich fand Efeu in dem kleinen Zimmer beim Streit mit Dem Gottverdammten Papagei. Was der Gottverdammte Papagei sagte, hatte wenigstens Hand und Fuß. Der Gestank nach Bier und Brandy war überwältigend. Wer von den beiden mehr getrunken hatte, war schwer zu sagen. Der Gottverdammte Papagei säuft, solange man ihm was hinstellt.

Efeu schien wild entschlossen, mich arm zu saufen, bevor er rausgeworfen wurde. »Du solltest lieber etwas langsamer machen, sonst ist nichts mehr zum Frühstück da«, riet ich ihm.

Efeu war entsetzt. Man konnte sehen, wie er versuchte, ein Feuer unter seinem Denkapparat zu entfachen. Aber ich bezweifelte, daß es dort auch nur sanft glimmen würde. Wenigstens schien ihm aufzugehen, daß meine Alkoholvorräte begrenzt waren.

»Wo ist Schmeichler?« Der Lange war nirgendwo zu sehen. Von oben drang ein merkwürdiges Geräusch, aber das konnte unmöglich von einem Menschen stammen.

Vom Zimmer aus konnte ich einen Blick durch die geöffnete Küchentür werfen. Der Blick veranlaßte mich zu Selbstgesprächen. Freund Schmeichler hatte anscheinend mit meiner Speisekammer dasselbe veranstaltet wie Freund Efeu mit meinem Getränkevorrat.

Soviel also zu guten Taten.

Sie predigen einem von Kindesbeinen an Nächstenliebe. Doch was passiert, wenn man tatsächlich versucht, seinem Nächsten zu helfen? Man bekommt jedesmal einen Tritt in den Allerwertesten. Mit Anlauf.

Woher kriegen die Prediger nur ihre beknackten Ideen? Wie viele Wangen müssen sie hinhalten? Wieso humpeln sie nicht mit bandagierten Ärschen durch die Gegend?

»WO IST SCHMEICHLER?« Ich wiederholte meine Frage eindringlich.

Efeu antwortete mit langsamem Schulterzucken. Er verstand wohl nur meinen Tonfall. Dann begann er Dem Gottverdammten Papagei den orthodoxen, transzendentalen Indizienbeweis zu erklären. Der Gottverdammte Papagei gab dazu einige Bemerkungen von sich, mit denen ich absolut übereinstimmte.

Ich begann die Suche nach Schmeichler. Das Geräusch von oben, das ich als Schnarchen identifizierte, schien einer näheren Untersuchung wert.

Schmeichler lag rücklings ausgebreitet auf Deans Bett. Sein Schnarchen klang wie das Paarungsgegrunze von Donnerechsen. Vor Ehrfurcht blieb ich wie angewurzelt stehen. Das konnte kein Mensch sein. Sein Schnarchen hätte einem Halbgott alle Ehren gemacht. Er gab eine ganze Sinfonie von Schnarchtönen, Brummen, Fauchen, Schnauben,

Schmatzen und Gurgeln von sich. Er konnte offenbar die verschiedensten Schnarchlaute hervorbringen, und das in einem einzigen Atemzug.

Als ich mich wieder rühren konnte, ging ich in mein Zimmer. Ich störe ungern einen Künstler bei der Arbeit. Nachdem ich die Tür geschlossen hatte, trat ich ans Fenster und warf einen prüfenden Blick auf Morpheus und seine Leute sowie den wirklich erstaunlichen Betrieb auf der Macunado. Wohin mochten alle diese Geschöpfe gehen? Was trieb sie zu dieser Stunde hinaus? Brodelte es nur in meinem Viertel? Ich erinnerte mich nicht, schon einmal in einer anderen Gegend soviel Betriebsamkeit gesehen zu haben, auch wenn zur Zeit die ganze Stadt überfüllt zu sein scheint.

Ich konnte jeden einzelnen von Schmeichlers Schnaufern hören. Was bedeutete, daß ich sein Schnarchen glasklar hören würde, solange er in meinem Haus nächtigte.

Das hat man von seinen guten Taten!

Morpheus warf seinen Jungs einen vielsagenden Blick zu und hielt ansonsten die Klappe. Dafür schüttelte er bedeutsam den Kopf. Selbst ich fragte mich mittlerweile, ob sie sich die Geschichten über ihren Dienst als Marines nicht ausgedacht hatten. Vor allem Efeu. Er trug D. G. Papagei auf der Schulter, der seine derbsten Gossensprüche mit Erklärungen wie: »Krah, Alterchen! Wir sind wilde Piraten!« mischte. Das erregte natürlich eine Menge Aufmerksamkeit. Genau das Richtige, wenn man sich an einen Burschen wie den Regenmacher anschleichen will.

Mein Gefangener deutete auf eine Monstrosität aus Ziegel und Stein, von der er behauptete, es sei das Hauptquartier des Regenmachers. »Du hast bekommen, wofür du gezahlt hast, Garrett«, verkündete Ahrm überflüssigerweise.

Sein Blick glitt über Efeu und Schmeichler. »Du wolltest ja für die Roze-Brüder nicht löhnen.«

»Erinnere mich nicht daran.« Schmeichler war zwar wach, aber in seinem Oberstübchen war eindeutig niemand zu Hause. Efeu stritt sich immer noch mit D.G. Papagei. Der gefiederte Teufel glaubte anscheinend, er habe Efeu durchschaut und erging sich erneut in Schilderungen seiner Zeit als Seefahrer.

Morpheus sah sich nach Poller um. Er knackte mit den Fingern, als quälte ihn dieselbe Versuchung wie mich. »Nur zu«, ermunterte ich ihn.

Er runzelte die Stirn. »Das geht nicht. Aber mir fällt schon noch was ein.«

»Im Laufe unserer Beziehung sind mir ein paar Dinge über unseren heißgeliebten Mr. Big klargeworden.« Ich war umsichtiger gewesen als sonst und hatte vorhergesehen, daß D. G. Papagei eine Beule am Hintern werden konnte. Deshalb hatte ich ein kleines Fläschchen Brandy eingesteckt, das Efeu entgangen war.

Morpheus kicherte. Er wußte es also auch. »Wir müssen nur Efeu lange genug ablenken, um den kleinen Drecksack zu betäuben.«

»Er war doch Scout, oder? Dann schick ihn auf Erkundungsgang. Zusammen mit Poller.«

»Du Heimtücker.« Ich warf einen Blick auf Hackebeils Hütte. »Was hat man wohl mit dem Kerl angestellt, der dieses Haus entworfen hat?« Das Gebäude war einmal eine kleine Fabrik gewesen. Und zweifellos hatten dort Blinde gearbeitet. Es war abgrundtief häßlich. Ich war verblüfft, daß sich eine derartige Monstrosität mit einfachen Baumaterialien errichten ließ.

»Vermutlich haben sie ihn auf dem Scheiterhaufen verbrannt, weil sie sich keine Strafe ausdenken konnten, die diesem widerlichen Verbrechen angemessen gewesen wäre.« Ahrm lachte leise. Es amüsierte ihn anscheinend, mir den hochnäsigen Elfen vorzuspielen.

Sein Geschmack in Kunst und Architektur war natürlich nicht menschlich. Soweit ich wußte, war der Irre, der diese Fabrik verbrochen hatte, einer seiner Vorfahren gewesen.

Ich äußerte diese Meinung und fügte hinzu: »Vielleicht steht es auf der elfischen Liste historischer Bauwerke.«

Morpheus runzelte die Stirn. Das fand er nicht amüsant. Er schnappte sich Poller und Efeu und befahl ihnen, den Laden auszukundschaften. »Und laßt diesen Piepmatz hier. Er ist zu blöd, den Schnabel zu halten.«

Die beiden schoben ab. Wir anderen versteckten uns und lauschten den Verwünschungen von Hackebeils Mann, weil wir ihn noch nicht freigelassen hatten. »Ich bin ein vielbeschäftigter Bursche«, erklärte ich. »Ich muß meinen Papagei füttern.« Das Aas schluckte den Brandy. »Ich laß dich frei, sobald ich sicher sein kann, daß du uns nicht reingelegt hast.« Was ich nicht glaubte. Keiner, der einigermaßen bei Verstand war, würde sich so ein häßliches Versteck aussuchen. Und was ich über Hackbeil erfahren hatte, klang, als hätte er ein Ego, dem ein solcher Ort gefallen würde.

Efeu und Poller kamen zurück. »Die Bude ist bewohnt«, erklärte der Junge. »Allerdings habe ich nicht nach Namen gefragt. Die Jungs, die wir sehen konnten, sahen genau wie die Typen aus, die Mr. Garrett so dringend sucht.«

Suchte ich jemanden dringend? Ich suchte niemanden dringend. »Hast du ihm Nachhilfeunterricht gegeben?«

»Er hat's im Blut«, erklärte Morpheus. »Nur an seiner Sprache muß er noch etwas arbeiten.«

»Eindeutig. Der Klugscheißer sollte wissen, wie man vernünftig redet.«

»Kann ich jetzt gehen?« wollte unser Gefangener wissen.

»Was ist denn mit Mr. Big passiert?« wollte Poller wissen. »He! Er ist ja betrunken! Onkel Morpheus, hast du …?«

»Nein, Stoppel«, antwortete ich. »Ich weiß immer noch nicht genau, ob du uns nicht angeschissen hast. Angenommen, du hast uns einfach nur an einen Ort geführt, wo ein paar harte Jungs rumhängen?«

Morpheus gab seinen Senf dazu. »Diese Monstrosität paßt zu einem Hehler. Jede Menge Lagerraum. Vermutlich ein Besitzer, der sich schon seit Jahren nicht mehr hat blicken lassen. Keine Spur zu niemandem, falls jemand danach sucht. Willst du es riskieren?«

Ich dachte über meine Helfer nach. Weder Efeu noch Schmeichler waren sonderlich vertrauenerweckend. »Sieht aus, als wären wir schon mittendrin. Hast du irgendwelche taktischen Vorschläge?«

»Hier scheint es mir ratsam, mit der Tür ins Haus zu fallen.«

»Klugscheißer. Schmeichler, Efeu, los geht's.« Ich trottete auf das Monument der Häßlichkeit zu. Meine merkwürdigen Gehilfen zockelten hinterdrein, verwirrt, aber loyal. Morpheus befahl Beißer, bei mir zu bleiben, nur für den Fall der Fälle. Er selbst kam ebenfalls mit. Folglich schlossen sich uns Poller und Paddel freiwillig an. »Mr. Garrett«, protestierte Morpheus' Neffe. »Sie sollten Mr. Big keinen Alkohol einflößen.«

Davon hatte ich immer geträumt: Eine Festung an der Spitze einer Bande zu stürmen, die aus Elfenkillern, Flüchtlingen aus einer geschlossenen psychiatrischen Anstalt und einem betrunkenen Papagei bestand.

D. G. Papagei murmelte etwas über seine gefährdete Tugend, aber in einem so undeutlichen Trunkenisch, daß selbst ein beschwipster Rattenmann Schwierigkeiten gehabt hätte, ihm zu folgen.

Poller gab nicht auf. »Onkel Morpheus, hast du …?«
»Halt den Schnabel.«

Ich warf einen Blick auf das Dschungelhuhn und grinste wie ein Zwerg, der gerade einen Vertrag über Waffenlieferungen mit der Armee abgeschlossen hat.

30. Kapitel

Die Hütte war wirklich häßlich, aber sie war keine Festung. Wir stießen auf einen unbewachten Seiteneingang. Ich knackte den schlichten Riegel, und drin waren wir. Schade, daß Dean nicht dabei war. Dann hätte er gesehen, was gute Schlösser wert sind.

»Dunkel hier«, sagte Efeu. Was hatte er denn erwartet?

Er klang beunruhigt, als würde jemand nicht fair spielen.

»Hirni hat gute Augen«, brummte Beißer verächtlich. »Der verdammte Regenmacher kann ihn keine Sekunde zum Narren halten.«

»Das reicht«, zischte Morpheus ihn an und sah sich um. Elfen können im Dunkeln fast so gut sehen wie Zwerge.

»Was siehst du?« flüsterte ich. Wir alle sprachen leise. Es schien das Vernünftigste zu sein.

»Was man erwarten kann.«

Was sollte denn diese Antwort? Ich erwartete Dreck und Hausbesetzer und eine Menge Aufregung wegen der Art und Weise unseres Eindringens. Doch wir schienen nur Ratten aufgeschreckt zu haben. Und die waren so selbstbewußt, daß sie sich von dem ganzen Aufruhr nicht weiter stören ließen.

Laut Poller hielten sich die Bewohner auf der anderen Seite des Gebäudes auf. Das stimmte auch. Jedenfalls fast.

Wir schlichen durch einen Flur, der von einem einzigen schlappen Kerzenstummel mehr recht als schlecht beleuchtet wurde. Ich dachte gerade darüber nach, was für ein Geizhals der Regenmacher sein mußte, als ein verpennter Trottel alles ruinierte.

Er kam aus einem Zimmer direkt vor uns und fuhr sich gerade mit den Händen durch sein Haar, das bereits kräftig abgeerntet war. Schlagartig wachte er auf und stieß einen lauten Schrei aus, bevor ich ihn mit meinem zweitbesten Totschläger erwischte. Er schrie noch lauter. Ich mußte viermal zuschlagen, bevor er endlich zu Boden ging.

»Das war's wohl«, knurrte Schmeichler. Ich konnte ihn wegen des Lärms kaum verstehen, den irgendwelche Leute vor uns machten, die ich nicht sehen konnte. Sie wollten wissen, was da los war.

»Vergiß die Meinungsumfrage. Kennst du dieses Haus?«

»Hab' ich noch nie zuvor gesehen.«

»Sagtest du nicht ...?«

»Hier war ich noch nie. Jedenfalls nicht, daß ich wüßte.«

Der Flur führte nach rechts. Ich folgte ihm, und ein Eingeborener kam mir entgegen. Er hatte einen Stock dabei und machte große Augen. Ich auch, aber er war schneller. Er duckte sich unter meinem Hieb weg, gab Fersengeld und brüllte und schrie wie am Spieß.

»Du hättest ruhig ein bißchen fixer reagieren können, Garrett«, beschwerte sich Morpheus. Der Lärm schwoll an, und Morpheus machte sich Sorgen.

Unser Gefangener sprang durch eine Tür. Ich war nur zwei Schritte hinter ihm, aber als ich ankam, war die Tür verschlossen und verriegelt. Ich rammte meine granitharte Schulter dagegen. Sie gab etwa einen tausendstel Zentimeter nach. Die Tür, meine ich.

»Mach du das.« Morpheus deutete auf Schmeichler. »Hör auf zu jaulen, Garrett.«

»Ich habe mir so ziemlich alles bis auf meine Fußknöchel verstaucht.«

Schmeichler trat mit seinen Quadratlatschen mehrmals gegen die Tür, bis er seine wertvolle Schulter einsetzte. Die Tür flog auf wie ein Bühnenrequisit. Man mußte wohl den richtigen Dreh raushaben.

Wir standen im Lagerraum, in dem nur ein paar Lampen spärliches Licht verbreiteten. Der Regenmacher war eindeutig ein Geizkragen. Sah aus, als hätte man den Raum als Schlafunterkunft benutzt. Überall rannten Leute herum wie erschreckte Mäuse und liefen auf andere Ausgänge zu. Nur die Kerle aus dem Flur schienen Kämpfer zu sein.

Merkwürdig.

Mitten im Geheul und Gezeter erblickte ich eine vertraute Fratze. Mein alter Kumpel Fürchtenicht, pardon, Zeck. Zeck machte sich aus dem Staub. Ich verfolgte ihn. Wir hatten was zu besprechen. Meine entzückende Maggie Jenn hatte schon Probleme genug, auch ohne daß ihr Butler mit dem Regenmacher zusammensteckte.

Aber ich fand keine Spur von ihm. Er war verschwunden wie das Gespenst, dem er glich.

Wir durchsuchten die Behausung vergeblich. Keine Spur von Hacker Hackebeil. Und wir erwischten nur vier Figuren: den Kerl aus dem Flur, den ich niedergeschlagen hatte, ein altes Paar, das nicht mehr rechtzeitig in die Stiefel gekommen war, um sich dünne zu machen, und unseren Kumpel Stoppel, der sich zu einem wahren Pechvogel mauserte.

Die Alte war kaum eine Woche jünger als Schönchen. Ihr Ehemann und der Schläger zeigten wenig Neigung zum Reden, aber sie plapperte, als wäre sie voll Worte wie ihr Darm nach einer schweren Mahlzeit voll Faulgas.

»He, Oma! Das reicht jetzt!« Ich kam nicht mehr mit, als sie sich über die Undankbarkeit ihrer Kinder beschwerte, denen sie ihren Hexenschuß verdankte. »Sehr unglücklich, wirklich. Aber mich interessiert, wo Hacker Hackebeil ist.«

»Du solltest vielleicht etwas diplomatischer vorgehen«, schlug Morpheus vor. Als wenn er die Geduld eines Heiligen hätte, wenn er hinter irgendwas her war.

»Ich war die ersten drei Male diplomatisch. Damit ist mein Soll erfüllt. Jetzt bin ich nicht in Stimmung für Diplomatie, sondern mir ist nach Köpfe einschlagen.«

Aber ich wirkte nicht überzeugend genug. Keiner war sonderlich beeindruckt, bis Poller seinen Mund nicht halten konnte und die Bösen Buben spitzkriegten, daß sie sich in den Klauen des berüchtigten Morpheus Ahrm befanden. Im selben Moment erlitten alle, selbst der harte Knochen, einen Anfall von Kooperationsfieber.

Tja, vielleicht hatte Winger ja doch recht.

Jedenfalls hatten wir Glück. Oma Tratschmaul hatte die endgültige Antwort auf Lager, und die lautete: »Er ist eben erst verschwunden, er und seine Jungs. Er hat nicht gesagt, wohin, aber ich nehme an, daß er ein paar Kerle suchen wollte, die er vor langer Zeit losgeschickt hat. Er hat sie bezahlt, und sie haben bisher keine Rückmeldung gegeben.« Sie warf Stoppel einen bösen Blick zu.

Er sah aus wie ein Frosch in der Pfanne. Die Alten begriffen offenbar, durch wen wir den Weg in diesen Palast der Häßlichkeit gefunden hatten. Und seine Besorgnis über die Wut seines Arbeitgebers wuchs.

Morpheus wirbelte herum. »Hackebeil hat dich von außerhalb hergeholt. Macht er das mit vielen Leuten, Stoppel?«

Wenn Blicke töten könnten ... Wir ließen Stoppel kein

Schlupfloch. »Ja«, antwortete er mürrisch. Er dachte, wir hielten unseren Teil der Abmachung nicht ein. Vielleicht hatte er sogar recht. Dumm gelaufen.

»Warum?«

»Vermutlich, weil er hier niemanden finden konnte, der bereit wäre, für ihn zu arbeiten. Vor allem, nachdem man rausgefunden hat, wer er war. Soweit ich gehört hab', hat er sich Feinde gemacht, mit denen sich niemand anlegen wollte.«

Ich warf Morpheus einen Blick zu. Einige Leute verzichteten sicher auch darauf, sich ihn zum Feind zu machen, aber er war nicht berüchtigt genug, daß sein Mißfallen ausgereicht hätte, irgendwelche Diebe davon abzuhalten, für jemanden zu arbeiten, den er nicht ausstehen konnte. Glaubte ich jedenfalls. »Kain.« Es war pure Intuition.

Morpheus nickte. »Er hatte einen kleinen Bruder, der qualvoll umgekommen ist. Kain hockte damals noch unten an der Leiter. Er bekam nicht die Erlaubnis zurückzuschlagen. Aber vergessen hat er es niemals.«

Noch nie hatte Kain eine Schuld ungesühnt gelassen. »Aber ...«

»Wir beide wissen es. Sonst niemand. Außer ...«

Wir wußten beide, daß Kain seit seinem Schlaganfall so ungefährlich wie ein Blumenkohl war. Heutzutage hatte seine Tochter in der Gilde das Sagen. Sie gab nur vor, die Instruktionen von ihrem Vater zu bekommen.

»Beutler und Sattler.« Die beiden wußten es auch.

Morpheus neigte leicht den Kopf zur Seite. »Das könnte einiges erklären.«

Beutler und Sattler waren Kains Chefkiller gewesen, bevor sie sich gegen ihn gekehrt, seinen Schlaganfall verursacht und versucht hatten, den Laden zu übernehmen. Sie verschwanden, nachdem Kains Tochter sie ausgetrickst hatte.

Eigenartigerweise hatte es immer leise Zweifel an Beutler und Sattlers Männlichkeit gegeben, trotz der Tatsache, daß sie zwei menschliche Schnetzelwerke waren.

Ich beschrieb sie. Stoppels Unbehagen verriet, daß er die Jungs getroffen haben mußte. Ich warf Morpheus einen Blick zu. »Noch mehr Komplikationen kann ich eigentlich nicht brauchen.«

Morpheus setzte Stoppel unter Druck, bis der weich wurde. »Hier werdet ihr die Jungs nicht zu sehen kriegen. Hacker ist sehr wachsam zu Hause. Er will nicht, daß sie in seinem öffentlichen Leben auftauchen. Hat sich gedacht, daß sie wie Blitzableiter für richtigen Ärger wirken würden. Also hat er ihnen Jobs in Sudele gegeben.«

Wo sie mit Sicherheit in ihrer Freizeit einen Racheplan gegen mich geschmiedet hatten. »Morpheus, hast du den Eindruck, daß der gute Stoppel uns etwas vorenthält? Er weiß eine Menge über die Belange des Regenmachers.«

»Ist mir auch schon aufgefallen.«

Stoppel protestierte. »Ich hab' nur den Klatsch von seinen Jungs belauscht. Ihr wißt doch, wie das läuft: Man sitzt zusammen, trinkt einen und schlägt die Zeit tot.«

»Klar. Sag mal, Stoppel, wohin gehst du, wenn wir dich freilassen?«

Stoppel warf einen kurzen Blick auf die beiden Alten. Er hatte Angst. Sie dagegen nicht, obwohl die Alte soviel geredet hatte. Ob sie für den Regenmacher etwas Besonderes bedeuteten?

Ich wollte gerade nach Zeck fragen, als Morpheus mich unterbrach. »Wir haben hier genug Zeit vertrödelt, Garrett. Mittlerweile könnte Hilfe unterwegs sein.«

Ja, das war wirklich gut möglich.

31. Kapitel

»Ihr kommt einfach mit und beantwortet noch ein paar Fragen«, erklärte ich Stoppel und dem Rentnerpärchen. »Dann sind wir fertig mit euch.« Ich winkte mit dem Finger. »Da gibt es zum Beispiel einen Burschen namens Zeck ...«

Der Gottverdammte Papagei tat das einzige Nützliche, was er je getan hatte. Er schlug in der Dunkelheit wie wild mit den Flügeln und kreischte: »Rettet mich! O rettet mich, Meister!« Sein Ton ließ vermuten, daß er nicht einfach nur nerven wollte.

Wollte er auch nicht.

Sie waren zu acht. Was eigentlich ein bißchen unfair ihnen gegenüber war, obwohl es alle große, gut trainierte Bösewichter waren. Beißer und Paddel schlugen unsere Gefangenen k. o., stürzten sich dann auf die anderen und fingen an, Knochen zu brechen. Es hatte etwas pervers Faszinierendes, ihnen bei der Arbeit zuzusehen. Ähnlich, wie wenn man einer Schlange zusieht, wie sie eine Kröte verschluckt.

Aber mir blieb nicht viel Zeit für Faszination. Ich steckte bis zum Hosenstall in Krokodilen. Ich hielt sie mir vom Leib, bis Hilfe nahte.

Morpheus und Poller tanzten umher, als führten sie irgendein absurdes Kampfballett auf. D. G. P. flatterte und kreischte. Er veranstaltete mehr Lärm als ein Schwarm Perlhühner. Sein Vokabular erreichte neue Tiefen. Paddel, Beißer, Schmeichler, Efeu und die Hackebeil-Brüder gaben sich redliche Mühe, ihm dabei zu helfen, aber sie konnten ihm nicht viel Neues beibringen.

Vier Brunos machten einen schnellen Abgang.

Es gibt Leute, die behaupten, man könnte niemanden nur mit den Fäusten umlegen. Das mag vielleicht für eine Wirtshausprügelei unter besoffenen Kumpeln zutreffen, nicht aber für die ungebremste Gewalttätigkeit von Profis.

Paddel hatte eine blutige Nase. Poller ließ sich gegen den Musikknochen treten. Er lehnte bleichgesichtig an einer Wand, hielt sich den Ellbogen und fluchte wie ein Rohrspatz. Morpheus warf ihm einen tadelnden Blick zu.

»Legt sie um! Verdammt, legt sie alle um!« Die mädchenhafte Stimme drang durch das Kampfgetümmel. »Hört auf, mit ihnen herumzuspielen und macht sie endlich kalt.«

Ich sah den Schreihals. Es war ein kleiner Typ, der in einer, wie er glaubte, sicheren Entfernung von uns stand. Das sollte Hackebeil sein? Der Regenmacher höchstpersönlich?

Morpheus sah ihn ebenfalls. Hackebeils Brunos kamen anscheinend zu dem Schluß, daß es nicht schlau war, Typen ernsthaft zu verärgern, die mit ihnen so einfach Schlitten fahren konnten. Sie ließen Befehl Befehl sein. Morpheus grinste und stürzte sich auf den Regenmacher.

Ich war auch schon unterwegs.

Der Regenmacher verzichtete auf die Party.

Mein lieber Schwan, konnte der kleine Mistkerl wetzen!

Natürlich ließen unsere Jungs alles stehen und liegen und kamen hinter uns her. Das Ergebnis war klar. Der Regenmacher verschwand in dasselbe Mauseloch, das auch schon Zeck verschluckt hatte. Seine Leute halfen sich gegenseitig auf und rannten zu verschiedenen Ausgängen. Plötzlich standen wir allein in einem leeren Gebäude mit einem hysterischen Papagei. Zu allem Überfluß mußte Morpheus auch noch sagen: »Die Wache ist unterwegs!«

»Könnte sein.« Heutzutage riefen die Leute tatsächlich wieder nach Hilfe von offizieller Seite. Und zwar seit die Ordnungskräfte tatsächlich reagierten.

»Narsisio!« fuhr Morpheus seinen Neffen an. »Schnapp dir diese Mißgeburt und bring sie zum Schweigen!« Aha, jetzt fand er den Papagei auf einmal gar nicht mehr komisch.

Ich vergewisserte mich kurz, daß unsere Leute alle aus eigener Kraft laufen konnten. Es hatte keine größeren Verletzungen gegeben. Alle standen noch auf den Beinen. Es fehlte einfach nur an funktionstüchtiger Gehirnmasse, das war alles.

Schmeichler und Efeu halfen Poller, den Papagei zu bändigen. Mr. Big machte es ihnen leicht. Er flog ungebremst gegen eine Wand und setzte sich selbst außer Gefecht.

Schade, daß er sich nicht das bunte Hälschen brach.

Ich spielte kurz mit dem Gedanken, das nachzuholen und es dem Navigationsfehler des Vogels in die Schuhe zu schieben, aber Poller achtete einfach zu scharf auf das Vieh.

»War der Kleine da Hackebeil?« fragte ich Schmeichler, als wir wieder auf der Straße waren. »Dieser abgebrochene Riese mit der Mädchenstimme?«

Morpheus schien sehr an Schmeichels Antwort interessiert zu sein. Hatte er Hackebeil etwa noch nie zuvor zu Gesicht bekommen?

»Ja, das war er. Dieser Mistkerl. Hätte ich den kleinen Scheißer erwischt, hätte ich ihm die Eier abgerissen. Er hat mich in die Klapsmühle gesteckt. Ich hätte ihn mit bloßen Händen kastriert. Einfach so, ein Ruck und fertig. Ich hätte ihn erledigt.« Aber der Lange zitterte am ganzen Körper, war leichenblaß und schwitzte. Bestimmt würde er sich nicht näher als auf Steinwurfweite an Hacker Hackebeil herantrauen.

Hackebeil mußte ja ein scharfer Hund sein.

Ich sah nach Efeu. Der hatte keine Meinung, sondern war vollkommen mit seinem gefiederten Gefährten beschäftigt.

»Hackebeil wird sich jetzt rar machen«, vermutete Morpheus.

»Meinst du?«

»Jetzt ist es kein Geheimnis mehr, daß er in der Stadt ist, Garrett. Einige Leute, die ihn gar nicht mögen, werden davon erfahren. Und Stoppel wird ihn schon darüber aufklären, wieviel Feinde er hat, sobald er wieder zu ihm stößt.«

»Glaubst du, er wird die Stadt verlassen?«

»Nein. Aber wenn er auch nur für einen Pfifferling Verstand hätte, würde er es tun. Willst du ein Wörtchen mit Winger reden?«

Nicht schwer zu erraten, wer draußen in den Schatten lauerte, als wir hinausstürmten. »Hast du sie gesehen?«

»Allerdings.«

Wir verdrückten uns, bevor die Wache eintraf. Aus sicherer Entfernung musterte ich die Gegend. Keine Spur mehr von meiner langen, blonden Freundin. Vielleicht hatte sie ja ihr Interesse verloren.

»Du mußt mit ihr reden, Garrett.«

»Ich weiß, ich weiß. Sie soll kommen, wenn sie soweit ist.« Warum kümmerte sich Winger nicht um Schatz Blaine?

Morpheus sprach das Thema nicht an, also folgerte ich, daß er den anderen Späher nicht gefunden hatte, den Typen, der mir zu Maggie Jenn gefolgt war.

Das alles verwirrte mich. Nichts ergab Sinn.

Und es sollte nicht besser werden.

»Warte nicht zu lange«, riet mir Morpheus. »Zwei Versuche in einer Nacht bedeuten, daß der Regenmacher es ernst meint.«

»Er ist richtig genervt.« Hackebeils Feindseligkeit war mir schleierhaft. »Na wunderbar. Dieser Gedanke ist genau das richtige Betthupferl.«

Poller kümmerte sich um D. G. Papagei. Er flüsterte dem blöden, besoffenen Bastard Nettigkeiten unter die Federn. Ich versuchte, mich dünn zu machen, bevor es jemandem auffiel. Morpheus grinste gemein und schüttelte den Kopf. »O nein, mein Lieber, so nicht. Narzisio!«

Mein Glück läuft wie immer in seinen eigenen, unverwechselbaren Spuren.

32. Kapitel

Schmeichler überraschte mich. Er war ein passabler Koch, was ich herausfand, als ich zum Frühstück nach unten stapfte, nachdem Efeu mich aus dem Schlaf geholt hatte. Vielleicht hatte Dean ja etwas zurückgelassen, was Efeu aufgeschnappt hatte. Manchmal glaube ich an so was, vor allem morgens.

»Du mußt dich entspannen, Efeu«, knurrte ich, als ich in die Küche schlurfte. »Wir sind nicht mehr im Dienst. Wir müssen nicht vor Anbruch des Mittags aus den Federn springen.«

»Mein Alter hat mir eingeschärft, daß ein Mann nach dem ersten Vogelgezwitscher nicht mehr im Bett liegen soll.«

Ich behielt meine Meinung über diesen perversen Wahn weniger aus Zurückhaltung denn aus Trägheit für mich.

Ein Piepmatz jedenfalls war schon sehr lange wach und trällerte einen Vers nach dem anderen von solchen Standards wie: »Es war eine Dame in TunFaire, die ...« Ob Dean noch irgendwo etwas von dem Rattengift versteckt hatte, das wie Kekse aussah? Die Ratten waren nicht so blöd, es zu fressen, aber dieser Vogel ...

»Du arbeitest an einem Job, was?« Schmeichler wußte immer noch nicht genau, was ich eigentlich tat.

»Der Auftrag«, murmelte Efeu. »Eine der alten eisernen Regeln, Garrett. Selbst ein Hohlkopf sollte es wissen. Man muß den Auftrag erfüllen.«

»Steck dir das militärische Gequatsche vom Auftrag irgendwo hin, Efeu. Also gut. Schon gut.« Es waren alte liebe Gewohnheiten aus der schlechten, alten Zeit. Die Frage war nur: Die richtige Zeit, einen Auftrag zu erfüllen, war abends, nicht mitten am frühen Mittag. Tur mir leid, wenn ich da so meine Prinzipien habe.

Ob die beiden wohl die Veränderungen in TunFaire wahrgenommen hatten? Wahrscheinlich nicht. Keiner von ihnen hatte einen Draht zu der Welt außerhalb seiner eigenen Hirnschale.

Ich gab nach. »Wir könnten uns Kupfer & Feld greifen.«

Im Augenblick war dieser Esoterikladen mein einziger Anhaltspunkt. Eisenfaust war immer noch nicht mit der versprochenen Liste über die Kontakte eingetrudelt.

Schmeichlers Kochkünste hätten Dean gefallen und Morpheus Magenkrämpfe verursacht. Er briet eine halbe Scheibe Schinken, während er kleine Brötchen backte. Er teilte sie, tränkte sie in dem Schinkenfett und bestreute sie mit Zucker. Arme-Leute-Essen, Soldatenfraß. Eine Mahlzeit, die verdammt gut schmeckte, solange sie heiß war.

33. Kapitel

Es hatte die ganze Nacht geregnet. Die Morgenluft war frisch und kühl, und die Straßen waren sauber. Der Himmel war klar, und die Sonne schien. Es war einer dieser Tage, die man zu gern entspannt genoß und an denen man vergaß, daß eine helle Sonne dunkle Schatten wirft.

Glücklicherweise waren selbst die Schatten entspannend. Kein einziger spuckte einen übelwollenden Banditen aus. Die ganze Stadt schien gut gelaunt. Mensch, ich hörte sogar Gesänge aus dem Slum.

Aber es konnte nicht lange gutgehen. Noch vor Sonnenuntergang würden wieder Kehlen durchgeschnitten werden.

Wir merkten, daß man uns folgte. Es handelte sich um den unfähigen Burschen, der mir schon zu Maggie Jenns Hütte nachgeschlichen war, und um einen Kerl mit Ohrring. Vielleicht handelte es sich ja um einen wilden Piraten, aber ich bezweifelte es.

Selbst Efeu fiel der tapsige Trottel auf.

»Laßt sie ruhig hinterherschleichen«, sagte ich den Jungs. »Denen werden noch die Augen übergehen. Was ich vorhabe, ist schrecklich anzusehen. Ganz zu schweigen von den Blasen, die man davon an den Füßen kriegt.«

»Ist wie damals im Corps«, bemerkte Schmeichler.

Efeu schleppte natürlich D. G. Papagei mit. Dieser obszöne Bussard amüsierte sich königlich. »Heilige Scheiße, seht euch diese Melonen an! Oh, oh, oh. Nun seht euch das an. He, Süße, komm her. Ich zeig dir meine Körnersammlung ...« Wir konnten von Glück sagen, daß seine Aussprache so undeutlich war.

Die Straßen waren belebt. Alle wollten sich die Lungen mit regenfrischer Luft füllen, bevor es wieder wie üblich stank. Die Alten und Schwachen würden umfallen. Soviel frische Luft waren sie nicht gewohnt. Sie wirkte bestimmt wie Gift auf sie.

Noch bevor wir die Weststadt erreichten, entdeckte ich einen weiteren Verfolger. Dieser war ein erstklassiger Profi, und ich entdeckte ihn nur zufällig. Sein Pech und mein Glück. Ich kannte ihn nicht, was mir Sorgen machte. Ich hatte angenommen, alle guten Leute zu kennen.

Wir bildeten eine richtige Parade.

34. Kapitel

Kupfer & Feld hatten geöffnet. »Warte draußen«, befahl ich Efeu. »Du stehst Schmiere.« Ich ging hinein, gefolgt von Schmeichler. Ich wünschte, ich wäre so mies, wie ich auszusehen versuchte.

Sowohl Kupfer als auch Feld standen im Laden, aber ansonsten waren weder Angestellte noch Kunden zu sehen. »Meine Güte!« sagte ich leise, erfreut darüber, daß zur Abwechslung mal etwas zu meinen Gunsten lief. »Heiliges Ofenrohr! Noch mehr wilde Piraten!«

Die Kerle musterten uns und begriffen sofort, daß wir nicht zu der Sorte Kunden gehörten, die sie gern sahen. Aber sie verloren nicht ihre guten Manieren. Denn ihnen war ebenfalls sofort klar, daß Schmeichler und ich ihnen um mindestens zweihundert Pfund überlegen waren.

»Wie können wir Ihnen dienlich sein?« fragte der eine. Mit seinem Überbiß und dem obligatorischen Lispeln sah er wie ein großes Eichhörnchen aus. Die kleinen, zierlichen Pfötchen hatte er vor der Brust gefaltet.

»Robin ...!«

»Penny, schweig stille! Sir?«

»Wir suchen jemanden«, erwiderte ich.

»Das tun wir doch alle, oder?« Er grinste breit. Ein komödiantischer Korsar.

Penny fand es komisch und gackerte.

Schmeichler runzelte die Stirn. Garrett runzelte die Stirn. Die Jungs wurden mucksmäuschenstill. Robin blickte an uns vorbei auf die Straße, als hoffte er, dort die Antwort auf sein Dilemma zu finden.

»Ich suche ein Mädchen. Ein ganz besonderes Mädchen. Sie ist achtzehn, hat rotes Haar, ist etwa so groß und hat wahrscheinlich Sommersprossen. Sie sieht so gut aus, daß selbst wilde Piraten einen zweiten Blick auf sie werfen und eine Träne über den Lauf der Dinge vergießen könnten. Vermutlich hört sie entweder auf Justina oder Smaragd Jenn.«

Die beiden glotzten bloß. Mein magischer Brauen-Blick-Trick hatte sie in Kretins verwandelt.

Draußen verklickerte Efeu einer Matrone, daß der Laden geschlossen war, eine kleine Weile jedenfalls. Sie wollte es nicht glauben. Der Gottverdammte Papagei mischte sich ein und machte ihr ein paar zotige Vorschläge.

Ich ging in dem Laden herum und befingerte alles, was teuer aussah. Die Jungs hatten ziemliche Plattfüße und jede Menge bizarres Mobiliar. »Läßt diese Personenbeschreibung bei euch eine Glocke läuten?« Ihrer Reaktion konnte ich nichts entnehmen. Sie waren geübt darin, Neutralität zu wahren, und verrieten nichts.

»Sollte sie denn?« fragte Penny verächtlich. Ich konnte ihn nur durch die Größe seines Schnurrbartes von Robin unterscheiden. Sonst glichen sie sich wie eineiige Zwillinge. Außerdem schienen diese beiden wilden, haarigen Seeräuber auch gleichermaßen selbstverliebt zu sein.

»Das halte ich für sehr wahrscheinlich.« Ich beschrieb die Gegenstände Schwarzer Magie, die ich in Smaragds Zimmer gefunden hatte. Meine Beschreibungen waren fehlerlos. Der Tote Mann hatte mich gut unterrichtet. Es zeigten sich erste Risse in den beiden neutralen Mienen.

Penny wußte mit Sicherheit, wovon ich sprach. Robin hatte sich besser unter Kontrolle.

»Hervorragend. Ihr kennt die Sachen also. Und habt sie auch sehr wahrscheinlich geliefert. Also: an wen?« Ich nahm einen wunderbaren Dolch aus rotem Glas in die Hand. Ein echter Künstler mußte Monate damit verbracht haben, ihn zu schleifen und zu polieren. Es war ein wunderschönes, teuflisches Meisterwerk für zeremonielle Zwecke.

»Ich würde es Ihnen nicht einmal sagen, wenn ... Hören Sie damit auf!«

Der Dolch wäre mir fast aus den Händen geglitten.

»Wie bitte? Wollten Sie sagen: selbst wenn Sie wüßten, wovon ich rede? Aber natürlich werden Sie es mir erzählen, Penny. Sie werden mir alles erzählen. Ich bin kein netter Kerl. Und mein Freund ist nicht mal halb so nett wie ich.« Ich warf den Dolch in die Luft und fing ihn in letzter Sekunde noch auf. Den Jungs lief ein Schauer über den Rücken. Sie konnten die Augen nicht von der Klinge nehmen. Sie mußte ein Vermögen wert sein. »Jungs, ich bin der Freddy aus euren Alpträumen. Die Fratze hinter der Maske. Ich bin derjenige, der einen unbezahlbaren zeremoniellen Glasdolch nimmt, um damit auf einem gehärteten Eichenboden Murmeln zu spielen. Ich bin der Mann, der solange Mammut im Töpferladen spielt, bis ihr bankrott seid. Es sei denn, ihr redet mit mir.«

Ich legte den Dolch beiseite und nahm statt dessen ein Buch in die Hand. Auf den ersten Blick wirkte es alt und gewöhnlich, ohne okkulte Symbole. Nichts Dolles, dachte ich, als die Jungs plötzlich anfingen, Antworten auf Fragen herauszusprudeln, die ich gar nicht gestellt hatte.

Sie faselten von einem Mann, der die Sachen gekauft hätte, die ich beschrieben hatte. Verwirrt musterte ich das Buch genauer. Noch immer fiel mir nichts Besonderes auf.

Warum lockerte es ihre Zunge?

Der Titel hieß: »*Die Wütenden Klingen.*« Was bedeutete, daß es der mittlere Band der halbfiktiven Sagen-Trilogie »*Niemals Werden Raben Gierig*« war. Der erste Band hieß: »*Das Eisen-Spiel*« und der letzte: »*Der Schlachten-Sturm.*« Die Trilogie behandelte die glorifizierte Geschichte einer historischen Figur namens Falk, die sich vor fast einem Jahrtausend ihren Weg durch zwei Kontinente und drei Meere geplündert hatte. Nach heutigen Maßstäben war der Mann ein Schwerverbrecher. Ganz gleich, ob Freund oder Feind, alle bereuten zu guter Letzt, daß sie ihn kannten. Nach den Maßstäben seiner Zeit jedoch war er ein Held gewesen, und zwar ganz einfach deshalb, weil er lange gelebt hatte und wohlhabend geworden war. Selbst heutzutage, so wird gemunkelt, wünschen sich die Kinder in Busivad sehnlichst, wenn sie groß sind, ein zweiter Falk zu werden.

»Ist das vielleicht eine frühe Ausgabe?« Frühe Kopien sind sehr selten.

Die beiden verdoppelten ihre Anstrengungen. Was war denn das? Sie würden sogar einen Mord gestehen, wenn ich es darauf anlegte.

»Moment mal, ich möchte das kurz klären. Ihr behauptet, ein rothaariger Mann mit grauen Strähnen, grünen Augen, Sommersprossen, kleinwüchsig, habe die Sachen erworben? Eindeutig ein Mann?« Ihr Nicken versetzte meiner schon angeschlagenen Theorie endgültig den Todesstoß. Nicht mal diese beiden Galgenstricke würden Maggie Jenn mit einem Kerl verwechseln. »Und er ist etwa vierzig, nicht achtzehn?« Das paßte auf niemanden, der mir bisher unter die Augen gekommen war, außer vielleicht auf den ekligen Zwerg im Lagerhaus. »Und ihr habt nicht die blasseste Ahnung, wer er ist?« Hackebeils Haar-

und Augenfarbe war mir bisher verborgen geblieben. »Ihr wißt nichts über ihn?«

»Nein.«

»Wir wissen gar nichts.«

Sie ließen das Buch nicht aus den Augen, während sie gleichzeitig versuchten, zu tun, als wäre alles ganz locker.

»Er hat wohl bar bezahlt, ja? Er ist hereinspaziert, hat sich umgesehen, sich ausgesucht, was er haben wollte, und mit keinem Wort die überhöhten Preise erwähnt? Und als er gegangen ist, hat er seine Erwerbungen höchstpersönlich geschleppt?«

»Ja.«

»Ein richtiger Bauer.« Lächelnd legte ich das Buch wieder hin. »Seht ihr? Ich kann sehr hilfsbereit sein, wenn ihr wollt. Ihr müßt nur Interesse zeigen.« Die beiden seufzten, als ich von ihrem Schatz zurücktrat. »Ihr erinnert euch nicht zufällig an etwas, was diesen ganzen Mist in einen vernünftigen Zusammenhang stellt?« Irgendwie hatte es auf mich logisch gewirkt, aber was verstand ich schon von diesem Teufelszeug? Am liebsten will ich gar nichts davon wissen.

Ich erntete Kopfschütteln.

»Alles hatte den silbernen Stern mit dem Ziegenkopf darin.«

»Das ist typisches Zeug zur Dämonenanbetung«, erklärte Penny. »Unser Bestand stammt aus einer Massenproduktion, die Zwerge herstellen. Wir kaufen es in großen Mengen. Es ist Schrott mit so gut wie keiner wahren oder okkulten Wirkung. Es ist zwar nicht gefälscht, aber es birgt auch keinerlei Macht in sich.« Er winkte. Ich trat an einen Kasten, der mit Medaillons gefüllt war, wie ich sie in Justinas Suite gefunden hatte.

»Kennen Sie das Mädchen, das ich beschrieben habe?«

Erneutes Kopfschütteln. Verblüffend.

»Und Sie sind sicher, daß Sie auch den Mann nicht kennen, der das Zeug gekauft hat?«

Erneut flogen die Piratenzöpfe.

»Und Sie wissen auch nicht, wo ich den Typ finden könnte?«

Ihnen würde noch schwindlig werden.

»Dann können wir gehen.« Ich winkte Schmeichler zu.

Kupfer & Feld rannten wie von der Tarantel gestochen in ihr Hinterzimmer. Ich konnte mir nicht vorstellen, was sie wohl als nächstes von mir erwarteten. Jedenfalls schien es nichts Angenehmes zu sein. Sie schlugen die Tür zu. Die war solide. Dann hörten wir, wie sie einen schweren Riegel vorschoben. Schmeichler grinste grimmig, während er mir nach draußen folgte.

35. Kapitel

»Wieso hast du sie nicht härter angefaßt?« Schmeichler warf einen Blick hinter sich. »Du hast doch gesehen, wie sie ins Schwitzen gekommen sind, besonders, als du mit dem Buch herumgespielt hast.«

»Manchmal bevorzuge ich den indirekten Zugang. Efeu, warte hier. Pfeif, wenn jemand kommt.« Wir standen an einem kleinen Durchgang, der zu der winzigen Gasse hinter Kupfer & Felds Geschäft führte.

Der Laden hatte auf der Rückseite kein Fenster, was mich nicht überraschte. Selbst in den besten Vierteln der Stadt gibt es wenig Fenster im Erdgeschoß. Man fordert das Schicksal eben so wenig wie möglich heraus.

Aber es gab eine Hintertür. Die nicht viel sicherer war als

ein Fenster. Warum brauchten die Jungs wohl eine Hintertür? Regelten sie so die Kundenbeschwerden?

Diese Tür jedenfalls führte in das Zimmer, in das die beiden Knaben geflohen waren. Und sie war so dünn, daß sie den erstickt geführten Streit kaum dämmte.

»... hättest du nicht daran denken können, statt es so offen rumliegen zu lassen?«

»Ich hab's vergessen. Klar?«

»Du hast es vergessen? Du hast es vergessen! Ich glaub's einfach nicht!«

»Er hat sich nichts dabei gedacht, das hast du doch gesehen. Ihn hat nur interessiert, wo dieses Jenn-Gör geblieben ist.«

»Warum hast du es ihm dann nicht gesagt, damit er verschwindet? Er mußte doch Verdacht schöpfen, so wie du ...«

»Ich habe es ihm nicht erzählt, Liebling, weil ich es nicht weiß. Sie war nicht mehr hier, seit ihre Mutter wieder in der Stadt ist.«

Sieh mal einer an.

»Hör endlich auf, dir über dieses verdammte Buch Gedanken zu machen. Ein Blödmann wie der kann nicht mal seinen eigenen Namen lesen.«

»Garrett ...«, sagte Schmeichler.

Ich winkte ihm zu, damit er den Mund hielt, und lauschte, so angestrengt ich konnte. Ich mußte einige Lücken füllen, um alles zu verstehen.

Jedenfalls würde ich mich noch mal mit den beiden okkulten Korsaren unterhalten.

»Gar-rett!«

»Sekunde!«

»Ihr beiden Kerle seid hoffentlich verkleidete Rattenmüllmänner, denn wenn nicht ...« Die Stimme war mir unbekannt.

»Welchen soll ich mir zuerst zur Brust nehmen, Garrett?«

»... dann werdet ihr in einem Müllwagen abtransportiert.« Der Süßholzraspler war Sprecher einer fünfköpfigen Gruppe in Clownkostümen mit Dreispitzen auf dem Kopf. Vermutlich war es die Uniform der örtlichen Wach- und Schließgesellschaft. Hatte ich nicht erwähnt, wie friedlich und selbstbewußt es in diesem Viertel zugeht? Ich werde alt und langsam. Erst habe ich es vergessen, und dann hab' ich nicht mal aufgepaßt.

Sie waren aus der Richtung gekommen, die Efeu nicht bewachte.

Hinter der Tür war die Unterhaltung versiegt. Logisch.

»Welchen darf ich zuerst?« Schmeichler brannte vor Tatendrang und wäre auch zweifellos mit ihnen fertig geworden. Sie waren nicht besonders groß, und ihre Bäuche quollen ihnen über die Gürtel. Sie hatten kleine, gemeine Schweinsäuglein. Schmeichlers geknurrte Bemerkung veranlaßte ihren Chef, nochmals alles zu überdenken. Seine Miene verriet, daß er Schmeichler zutraute, seinen Worten die Tat folgen zu lassen.

Es schien nicht die beste Gelegenheit für eine Schlägerei zu sein. Ich hatte noch ein Fläschchen von Gottfried Miltens magischem Fluchtlexier übrig. Es war das letzte. Ich pfiff, damit Efeu wußte, daß etwas vorging, und warf dann die verdammte Flasche auf die Steine, den Ordnungshütern vor die Füße.

Ich hatte Glück. Sie zerbrach.

Ein häßlicher dunkler Fleck breitete sich aus, als lebte er. Die Brunos zuckten nicht mal mit der Wimper. Sie begriffen, daß irgendwas passieren sollte, und hatten nicht vor abzuwarten, bis es soweit war.

Ich packte Schmeichlers Arm. »Wird Zeit, zu verduften.«

Eine dünne Nebelspirale erhob sich von den Steinen in die Luft. Immerhin, lieber spät als gar nicht. Dummerweise schlängelte sie sich auf mich zu, den einzigen, der sich bewegt hatte.

»He, Garrett«, murrte Schmeichler. »Muß ich wirklich mitkommen? Kann ich nicht vorher ein oder zwei Jungs fertigmachen?«

»Laß dich nicht aufhalten. Aber du bist auf dich allein gestellt. Ich verzieh' mich.« Die Nebelspirale kam immer näher.

Ich machte mich schnell und energisch vom Acker und schnappte mir Efeu, als ich aus dem Durchgang schoß. Der Gottverdammte Papagei begann vor Entsetzen einen seiner bemerkenswerteren Sermone.

Schmeichler schien eine unverhoffte Eingebung gehabt zu haben, denn er folgte mir vernehmlich auf den Fersen.

36. Kapitel

Die Straßentür von Kupfer & Feld war zu. Das GESCHLOSSEN-Schild stand im Fenster, und die Rollos waren heruntergezogen. Ich hatte das Gefühl, daß die Jungs nicht auf unser Klopfen reagieren würden.

»Wir knöpfen uns die Typen vor, wenn sie glauben, daß wir sie vergessen haben. Jetzt sollten wir uns schleunigst nach einer freundlicheren Gegend umsehen.« Ich konnte jede Menge Clownkostüme sehen. Das war auch nicht so schwer, weil die Straße wie leergefegt war. So läuft es in TunFaire.

Wir liefen so schnell, wie Efeu mit diesem blöden Vogel auf der Schulter mithalten konnte. Die kostümierten Brunos ließen es dabei bewenden, uns aus ihrem Territorium vertrieben zu haben.

»Schmeichler«, fragte ich eine Weile später, »weißt du, warum ich lieber allein arbeite?«

»Hä? Nee. Wieso?«

»Wenn ich allein arbeite, ist niemand da, der meinen Namen vor Leuten nennt, die ihn nicht wissen sollen. Und zwar nicht nur einmal, sondern gleich viermal.«

Er dachte darüber nach und kam schließlich zu dem Schluß, daß ich vielleicht angesäuert war. »Sag mal! Das war wohl ziemlich blöd, was?«

»Ja.« Warum sollte ich auf die Gefühle des Langen Rücksicht nehmen? »Ein derartiger Fehler kann tödlich sein.«

Andererseits hatten die Kostümständer keinen Anlaß, mich zu verfolgen. Sie hatten mich vertrieben, bevor ich meine Taschen mit Kostbarkeiten gefüllt hatte, die ihrer Meinung nach nur sie einkassieren durften. Sie konnten sich gegen die Brust schlagen und der Handelskammer weismachen, daß sie mächtige Jäger und Beschützer waren.

Und ich konnte mir auch nicht vorstellen, daß diese beiden schlappschwänzigen Piraten die Sache weiterverfolgten. Ihnen ging es nur um das Buch. »Halt den Schnabel, du mutierte Taube«, brummte ich zwischendurch.

Das Buch gab mir Rätsel auf. Ich hatte alle drei Bände von »*Niemals Werden Raben Gierig*« gelesen, während ich in der Bibliothek herumlungerte. Die Geschichte schilderte einen Erbstreit zwischen verschiedenen Gruppen von Leuten, die alle irgendwie miteinander verwandt waren. Der Preis war eine nur nominelle Königswürde über einen lokkeren Verbund von Barbarenstämmen. Keine einzige Person aus dieser ganzen Saga hätte man gern zu sich nach Hause eingeladen. Und der Held, dieser Falk, hat in seinem Leben mehr als vierzig Leute umgebracht.

»*Niemals Werden Raben Gierig*« basierte auf tatsächlichen Begebenheiten, die durch mündliche Überlieferung angereichert worden waren, ein paar Jahrhunderte, bevor man sie aufgeschrieben hatte.

Die Geschichte hatte mir wenig Spaß bereitet, unter anderem auch deshalb nicht, weil keine liebenswerten Leute mitspielten. Aber noch mehr, weil der Autor offensichtlich die Verpflichtung verspürt hatte, alle Vorfahren und Sprößlinge der handelnden Personen sowie der Leute aufzuführen, die umgebracht worden waren oder geheiratet hatten. Nach einer Weile wurde es schwierig, alle Thoras, Thoralfs, Thorolfs, Thorolds, Thords, Thordises, Thorids, Thorirs, Thorins, Thorarins, Thorgirs, Thorgyers, Thorgils, Thorbalds, Thorvalds, Thorfinns und Thorsteins auseinanderzuhalten, ganz zu schweigen von den zahlreichen Oddins und Eiriks und Harralds – von denen auch noch jeder seinen Namen nach Lust und Laune ändern konnte.

»Was jetzt?« wollte Schmeichler wissen und riß mich aus meinen Gedanken.

Efeu sah erwartungsvoll über die Schulter zurück. Er schien noch mehr als Schmeicher zu bedauern, daß er eine Schlägerei verpaßt hatte. Aber er brachte trotzdem Den Gottverdammten Papagei jedesmal zum Schweigen, wenn die blöde Henne einen Passanten anpflaumte.

»Ich geh' nach Hause und mach' mir was zu essen. Das passiert jetzt.«

»Was bringt das?«

»Es verhindert, daß ich hungrig werde.« Außerdem ermöglichte es mir, ihn, Efeu und die Parade auszusperren, die uns folgte.

Ich hatte Pläne.

37. Kapitel

Ich ließ Schmeichler und Efeu Essen machen und zog mich in mein Büro zurück, wo ich mit Eleanor plauderte. Doch sie half mir nicht, mich zu entspannen. Meine Ruhelosigkeit wollte nicht weichen. Merkwürdig. Ich ging durch den Flur. Der Tote Mann schien fest zu schlafen, aber ich war trotzdem unsicher. Eine ähnliche Rastlosigkeit hatte ich schon vorher erlebt.

Ich hatte keine Lust, mich mit ihm abzugeben, stopfte das Essen in mich hinein, speiste die Jungs mit einer plausiblen Lüge ab, daß ich noch mal kurz raus müßte, und machte mich auf den Weg. Meine Verfolger konnte ich unter den Massen auf der Straße nicht mehr ausfindig machen. Es war mehr los als gewöhnlich. Überall gab es Flüchtlinge. Infolgedessen stand an jeder Straßenecke ein Schreihals, der predigte, sie alle hinauszuwerfen. Oder Schlimmeres.

Ich spürte eine neue Krise nahen.

Als ich sicher war, sie alle abgehängt zu haben, ging ich in die Oberstadt.

Schnurstracks, als wäre ich hinbestellt worden, marschierte ich zu Maggies Hütte. Ich benutzte den diskreten Klopfer, immer und immer wieder. Aber keiner machte auf.

Überrascht? Nein, nicht wirklich.

Ich musterte die finstere, gesichtslose Fassade. Sie blieb finster und gesichtslos. Und abweisend.

Ich spazierte eine Weile im Viertel herum und wurde nicht angesprochen. Klugerweise blieb ich nicht so lange, daß ich mein Glück strapaziert hätte.

Auf halbem Weg zu Morpheus merkte ich, daß ich wieder einen Schatten hatte. Der unfähige Trampel hing wieder an mir. Na so was. Vielleicht war er doch nicht so schlecht.

Ich betrat die Freudenhöhle. Da saßen meine beiden besten Kumpel, Morpheus Ahrm und Eierkopf Zarth, und machten meiner Lieblingsphantasie schöne Augen. »Schatz! Was macht ein entzückendes Mädchen wie Sie in solch einer Grotte?«

Morpheus warf mir seinen finstersten Blick zu, denjenigen, der nicht für mögliche Opfer reserviert war, sondern für Ignoranten, die glaubten, die Freudenhöhle sei etwas anderes als die Fleischwerdung des epikureischen Paradieses.

Eierkopf grinste. Er ist ein großer, langer Gimpel. Ich liebe ihn wie einen Bruder. Und mir fiel auf, daß ihm ein weiterer Zahn fehlte.

»Ich hab' Sie gesucht«, erklärte Schatz.

»Glauben Sie nichts, was diese Kerle Ihnen erzählt haben. Vor allem Morpheus. Er würde nie die Wahrheit sagen, wenn eine Lüge auch genügt. Fragen Sie seine Frau oder eines seiner siebzehn unehelichen Kinder.«

Morpheus zeigte mir seine spitzigen Zähne. Er wirkte sehr erfreut. Eierkopfs Grinsen wurde breiter. Seine Zähne waren groß und sahen aus wie gelbgrüne Spaten.

Vielleicht sollte ich mal einen Blick auf meine Schuhe werfen, um nachzusehen, in welches Fettnäpfchen ich diesmal getreten war.

Obwohl es unwahrscheinlich war, schienen die Leute diesmal etwas Nettes über mich gesagt zu haben. Ich setzte mich. »Paddel. Ich brauche Apfelsaft! Um meine Zunge abzukühlen.«

Ahrm und Zarth grinsten unentwegt. Poller brachte mir

den Drink mit einer Miene, als hätte er ihn mir am liebsten über den Kopf gegossen. Der Junge konnte seinen Blick nicht von der Ärztin losreißen. An seinem Geschmack gab es nichts auszusetzen. Sie sah klasse aus.

»Sie haben meine Frage nicht beantwortet«, erklärte ich.

»Warum ich hier bin? Mr. Zarth hat vorgeschlagen, daß wir hier etwas essen, bevor wir ins Krankenhaus gehen.«

»Wir? Ins Aderlaß-Spital?« Mr. Zarth haßte das Aderlaß-Spital mit einer blinden Leidenschaft. Mr. Zarth war arm. Mr. Zarth war im Aderlaß-Spital geboren worden und sein ganzes Leben lang auf die medizinische Hilfe dieser Institution angewiesen. Außer während seines Militärdienstes. Dort hatte er erfahren, was richtige medizinische Betreuung ist. Ich konnte mir nicht vorstellen, daß Zarth freiwillig auch nur in die Nähe dieser Anstalt ging.

Viele Leute würden eher alles auf sich nehmen, bevor sie sich freiwillig dem Aderlaß-Spital auslieferten. Die meisten betrachteten es als das Tor zum Tod.

»Ich bin ihr Leibwächter«, erklärte Eierkopf.

»Was? Ich dachte ...«

»Ich habe Ihre Freundin getroffen.« Schatz lächelte. Meine besten Freunde gackerten blöd.

»Meine Freundin? Das frage ich mich allmählich ernsthaft. Sie wollte den Job nicht?«

»Die hat sie zu mir geschickt«, erklärte Zarth.

Das verdiente einige Überlegung.

»Wo sind deine Kumpels, Garrett?« erkundigte sich Morpheus.

»Sie passen zu Hause auf Den Gottverdammten Papagei auf. Hoffentlich rösten sie ihn langsam. Warum?«

»Es kursiert ein Gerücht, daß ihr drei versucht haben sollt, zwei Schnuckelchen in der Weststadt auszurauben.«

Ich runzelte die Stirn. Eigenartig, daß es schon bekannt

war. »Ich habe versucht, eine Spur von Smaragd zu finden. So weit bin ich nicht gegangen.« Ich erzählte die Geschichte.

Morpheus verfiel schon bald in tiefes Grübeln. Er ließ mich zu Ende sprechen, doch als ich fertig war, fragte er: »Bist du sicher, daß es eine alte Kopie von ›Niemals Werden Raben Gierig‹ war?«

»Es war der Band ›Die Wütenden Klingen‹. Enthältst du mir etwa Informationen vor?«

»Kennst du die Geschichte?«

»Ich hab' die Bücher gelesen.«

»Das überrascht mich nicht.« Er grinste, weil er sich an meinen Ärger mit Linda erinnerte. »Da du es gelesen hast, weißt du auch, was am Ende geschieht. Falk ist in den Achtzigern und immer noch rüstig, bis auf seine langsam fortschreitende Erblindung. Allmählich fangen die Frauen an, ihn zu piesacken, vermutlich um sich dafür zu revanchieren, wie mies er sie immer behandelt hat. Er ist genervt, schnappt sich ein paar Sklaven und das Vermögen, das er in den vergangenen siebzig Jahren seiner Karriere zusammengerafft hat und zieht in die Wildnis. Ein paar Tage später kehrt er allein und mit leeren Händen zurück. Er verrät mit keinem Wort, was aus den Sklaven und dem Schatz geworden ist.«

»Und?«

»Und so ist Falks Schatz eines der sagenhaftesten Objekte für Schatzjäger, über das sie reden, wenn sie zusammenkommen. Eine ihrer Legenden behauptet, daß die älteste Ausgabe von ›Niemals Werden Raben Gierig‹ alle nötigen Hinweise enthält, die man braucht, den Schatz zu finden. Vermutlich haben die Kopierer tatsächlich den Schatz gefunden, nachdem sie vielleicht fünf Kopien von jeder Ausgabe hergestellt haben, sich aber gegenseitig umgebracht, bevor sie ihn bergen konnten.« Morpheus umriß kurz eine Geschichte von Gier und Hinterhältigkeit, die Falks würdig gewesen wäre.

Ehrlich gesagt, klang Morpheus' Geschichte nicht die Spur glaubwürdig, und ich hätte sie ignoriert, wenn nicht ... Tja, wenn da nicht das Leuchten in seinen Augen gewesen wäre. Dieses gewisse, vertraute Leuchten. Ich wußte, daß sein Goldrüssel fündig geworden war. Er glaubte. Und spielte mit dem Gedanken, Kupfer & Feld einen Besuch abzustatten, der mit meinem nicht das geringste zu tun hatte.

»Der zweite Band?« fragte ich in der Hoffnung, ihn damit abzukühlen. »Warum denn ausgerechnet der? Falk hat seinen Schatz doch erst am Ende des dritten Bandes vergraben.«

Morpheus zuckte lächelnd mit den Schultern. Der arme, dumme Garrett sah mal wieder den Wald vor lauter Bäumen nicht. Schatz warf uns einen befremdlichen Blick zu. Sie wußte, daß da etwas vorging, hatte aber keine Ahnung, worum es ging. »Du könntest recht haben«, meinte Morpheus schließlich, was er vermutlich sagte, um alle zu verwirren.

Er wußte etwas, das er nicht breittreten wollte. In letzter Zeit benahmen sich alle so. Ich zuckte mit den Schultern. »Ich statte Maggies Hütte einen Besuch ab. Willst du mitkommen?« Darauf würde sein Goldrüssel auch reagieren.

»Warum nicht?«

Eierkopf begriff es auch. Er sah mich zweifelnd an, stellte aber keine Fragen. Es war nicht nötig, Schatz über alles ins Bild zu setzen. Vor allem deshalb nicht, weil sie Freunde bei der Wache hatte.

Sie merkte, daß wir sie ausschlossen. Es gefiel ihr nicht, aber sie ahnte, daß es besser war, wenn sie es nicht erfuhr.

»Kennen Sie Hacker Hackebeil?« fragte ich sie. »Hat er sich jemals im Aderlaß-Spital blicken lassen?«

»Ich habe ihn gesehen. In letzter Zeit häufiger als früher. Er scheint jetzt in der Stadt zu wohnen. Er gehört zum Vorstand. Der Vorstand geht ständig ein und aus. Wir anderen achten nur auf sie, wenn sie anfangen, sich wichtig zu machen.«

»Verstehe. Was macht er da?«

»Das weiß ich nicht. Ich bin nur Stationsärztin. So hoch oben ist mir die Luft zu dünn.«

Morpheus wollte gehen. »Wie sieht er denn jetzt aus? Er hat früher gern mit Verkleidungen gespielt. Nur seine engsten Freunde kennen sein wahres Aussehen.«

»Wie sollte ihm eine Verkleidung nützen?« erwiderte Schatz verblüfft. »Es gibt nicht viele Männer, die so klein sind.«

»Er muß kein Mann sein«, erklärte Morpheus. »Er könnte auch ein Zwerg sein, wenn er wollte.«

»Oder ein Elf?«

»Es hat noch nie einen so häßlichen Elfen gegeben, Garrett!« fuhr Morpheus mich an. »Jedenfalls keinen, der sein Windelalter überlebt hätte.«

Ich dachte an den Prinzen aus dem Warenhaus. Er war feminin, aber nicht häßlich gewesen. Es war einfach ein unglückliches Mädchenschicksal, das im falschen Körper festsaß. »Könnten Sie ihn beschreiben, Schatz? Ich meine, abgesehen von seiner geringen Körpergröße ...«

Sie gab ihr Bestes.

»Das reicht mir. Er ist es, Morpheus.«

Morpheus knurrte ärgerlich. Schatz wirkte wieder überrascht. »Das erkläre ich Ihnen später«, versprach ich ihr. Was für eine Rechnung war da zwischen Morpheus und dem Regenmacher offen?

Morpheus hat eine Menge Fehden am Laufen. Ich halte mich da normalerweise raus, und vermutlich war es ebensogut, daß ich keine Einzelheiten kannte. Ich konnte nur hoffen, daß er es mir erklärte, wenn ich es wissen mußte.

Trotzdem würde ich die Augen offenhalten. In der Vergangenheit hatte er manchmal ein kleines bißchen zu lange gewartet.

»Kommst du oder nicht?« knurrte er.

»Ich melde mich später wieder bei Ihnen«, erklärte ich Schatz.

»Alles leere Versprechungen.«

Eierkopf warf mir einen Blick zu, der sagte, daß er auf sie aufpassen würde. Ich wollte es nicht vorschlagen, weil es eine offene Wunde bei ihm berührte. Früher einmal hatte ich ihn gebeten, eine Frau zu bewachen, und er hatte es nicht geschafft. Sie war ermordet worden. Er hatte eine ganze Legion Gauner umgelegt und war selbst nur knapp am Tod vorbeigeschrammt, aber er sah nur, daß er versagt hatte. Und das konnte man ihm einfach nicht ausreden.

Schatz war so sicher, wie es möglich war.

38. Kapitel

»He, Garrett! Wie wär's, wenn du dein blödes Grinsen und die glasigen Augen so lange beiseite schiebst, bis du mich in deinen Plan eingeweiht hast?«

»Eifersüchtig?« Ich unterdrückte das Grinsen, so gut ich konnte. »Wir werden den sogenannten Ahrm-Plan durchführen.« Wir näherten uns der Oberstadt. Schon bald würden wir auf bewachte Straßen stoßen. Es wurde Zeit, mein Grinsen wegzupacken und aufzuhören, von bemerkenswerten Blondinen zu träumen. Die Schläger dort oben hatten keinerlei Verständnis für selige Außenseiter.

»Den Ahrm-Plan? Darf ich fragen, worum es sich dabei handelt?«

»Du solltest es eigentlich wissen. Immerhin hast du ihn erfunden. Immer druff, und scheiß auf Zeugen – wir fallen mit der Tür ins Haus.«

»Einmal. Einmal, während eines Gewitters und mitten in der Nacht. So was nennt man Übertreibung.«

Ich dachte nicht daran, seine Antwort einer Erwiderung zu würdigen. »Hinter den Villen verläuft eine Gasse. Für Lieferanten und die Rattenmänner von der Müllabfuhr, damit sie den Dreck wegkarren können.«

»Die Müllabfuhr karrt den Dreck weg?«

»Zugegeben, das ist ein neues Konzept. Aber hier funktioniert's. Diese Gasse ist sauberer als die Straße vor den Häusern. So was habe ich noch nie gesehen.«

»Das ist fast unpatriotisch, was?«

»Auf jeden Fall untypisch für karentinische Verhältnisse. Höchst merkwürdig.«

»Eine Verschwörung.«

Er piesackte mich, vermutlich, weil ich so verschwiegen war, was Schatz anging.

»Diese Bemerkung über Frau und Kinder war nicht fair.«

Er warf einen gelassenen Blick über die Schulter zurück.

»Und ob es das war. Du bist nur sauer, weil du nicht zuerst auf den Scherz gekommen bist. Sind sie immer noch hinter uns?«

»Zugegeben. Vielleicht. Sie ist tatsächlich den ein oder anderen Trick wert. Sie sind immer noch da. Eine ganze Bande von möglichen Zeugen. Hier handelt es sich um eine erstklassige Braut, Garrett. Versau es nicht, wie du es bei Tinnie und Maya gemacht hast.« Bevor ich Einwände erheben konnte, fuhr er fort: »Du ziehst sie an, nicht?«

»Was?«

»Du hast es selbst gesagt. Höchst merkwürdig.«

»Dagegen kann ich nichts sagen. Obwohl dies hier nur merkwürdig ist, weil es keinen Sinn macht. Wir haben keine Ritter, die wie Blechbüchsen durch die Luft fliegen, oder Killer, die aufhören, nur weil wir sie umgelegt und verbrannt haben. Ich habe bisher keine Gestaltwandler zu Gesicht bekommen, und niemand beißt keinem in den Hals.«

»Aber irgendwie hat die Geschichte einen okkulten Dreh.«

»Ich glaube, den hat Hackebeil reingebracht. Er hat das Mädchen. Dieser okkulte Müll soll nur Maggie von der Spur ablenken.«

»Wollen wir weitergehen?«

Ich hatte nachgedacht. »Vorerst. Für die hinter uns. Es könnte interessant sein zu sehen, was sie machen, wenn ihnen klar wird, was wir vorhaben.« Wir befanden uns jetzt in der Oberstadt und schritten aus, als wären wir ehrenwerte Burschen. Wenn man sich benimmt, als gehöre man hierher, wer achtet dann noch auf einen? Selbst in der Oberstadt herrscht viel Betrieb. Die örtliche Schutztruppe kann nicht riskieren, jeden zu vertreiben. »Irgendwann werden sich diese Clowns an ihre Ausbildung erinnern und überall Grenzübergänge errichten und Paßkontrollen einführen.«

»Das wird nie passieren«, erwiderte Morpheus verächtlich. Er hielt nicht viel von den Hügel-Brunos. »Die Leute, die hier wohnen, würden diese Unbequemlichkeit niemals dulden.«

»Wahrscheinlich hast du recht.« Das ist das Problem mit der öffentlichen Sicherheit. Sie ist so unbequem.

»Rechnest du damit, daß diese Kerle hinter uns so hinterhältig sind wie du? Das ist fast so schlimm, wie darauf zu zählen, daß alle anderen ehrlich sind.«

»Hinterhältig?« protestierte ich, obwohl ich wußte, was er meinte.

»Du weißt, was ich meine. Einer könnte auch von der Geheimpolizei sein.« Die Geheimpolizei war ein neues Problem für die Unterwelt von TunFaire. Morpheus jedoch, flexibel wie eh und je, schien keine Schwierigkeiten zu haben, sich dem anzupassen.

»Möglich.« Aber ich glaubte es nicht und bezweifelte, daß Morpheus selbst davon ausging. Die Wache war weniger scheu als diese Leute. Sogar Relways Spione benahmen sich nicht so verstohlen.

Morpheus mußte es natürlich aussprechen. »Winger.«

Verdammt. »Ja. Wenn es Gewinn verspricht.« Würde Winger den Mann, der einem Freund für sie am nächsten kam, gegen Geld verraten? Es war unheimlich. Ich konnte diese Frage nicht beantworten.

»Du hast mir einmal einen Rat gegeben: Geh nie mit einer Frau ins Bett, die verrückter ist als du.«

»Und ich hatte recht, oder?«

»Ja, und wie.«

Wir bogen in die Gasse ein, die hinter Maggie Jenns Haus vorbeiführte. Bis jetzt war uns das Glück hold gewesen und hatte uns freie Bahn gewährt. Von einer Patrouille war nicht das geringste zu sehen. Wir waren wie Geister für die Augen der Obrigkeit.

»Sei vorsichtig, was Winger angeht, Garrett. Sie ist verrückter als du.« Er spähte in die unglaublich saubere Gasse. »Wenn auch nicht viel. Es ist nicht abgeschlossen. Jeder könnte hier reinmarschieren.« Er schnaubte verächtlich. Diese Zurschaustellung impertinenten Selbstbewußtseins konnte er kaum glauben. Auch in der Oberstadt stand niemand so weit über den Dingen, daß er immun gewesen wäre. Selbst die großen Hexen und Zauberer, die Sturmwächter und Feuerlords, die Herzöge und Grafen erbeben ließen, wurden beklaut.

»Über Winger mache ich mir später Gedanken. Jetzt sollten wir lieber schnell in die Bude einsteigen, bevor unsere Fans sich blicken lassen. Da rauf.« Ich deutete auf einen Balkon mit schmiedeeisernem Gitter. Er diente als Abwurfstelle für Müll. Die Rattenmänner zogen ihre Müllwagen unter den Balkonen vorbei, und die Hausangestellten warfen den Haushaltsmüll hinunter. Ähnliche Balkone zierten die übrigen ansonsten schmucklosen Steinhäuser in der Gasse.

»Abgesehen von der Sauberkeit, kümmern sie sich nicht viel um ihre Rückseite, was?« fragte Morpheus.

»Willst du sagen, sie hätten hübsche Stuckarbeiten für Leute wie uns anbringen sollen?«

Morpheus schnaubte und machte sich eilig an den Aufstieg. Er fand Lücken für die Hände im Mauerwerk, mit deren Hilfe er sich hinaufzog, auf den Balkon stieg und sich über das Geländer beugte, um mich hochzuziehen. Der Balkon knackte unheilvoll. Ich kraxelte hinauf. Einen Augenblick später waren Morpheus und ich drinnen. Wir spähten durch eine Schießscharte von Fenster hinaus und suchten nach Zeugen. Es dauerte eine Minute, bis unsere Schatten in die Gasse einbogen.

Morpheus kicherte.

Ich seufzte. »Nur Winger.«

»Wo kriegt sie nur diese Klamotten her?«

»Wenn ich das wüßte, würde ich die Näherin erwürgen. Das Zeug verstößt bestimmt gegen göttliche Gebote.«

»Wir sind drinnen. Wonach suchen wir?«

»Keine Ahnung. Nach allem. Seitdem ich dieses angeblich verschwundene Mädchen suche, passieren höchst merkwürdige Dinge. Ich sollte eigentlich nicht bis zu den

Brustwarzen durch perverse Piraten waten. Und ich bin fest davon überzeugt, daß Maggie mich nicht engagiert hat, um Smaragd zu suchen.«

»Wie bitte?«

»Du erinnerst dich doch, daß ich in die Sache verwickelt worden bin, weil Winger wollte, daß ich Maggie beobachte. Sie dachte, Maggie wollte mich benutzen, um jemanden aus dem Weg zu räumen.«

»Und jetzt glaubst du, daß Winger vielleicht recht haben könnte. Und daß die ganze Angelegenheit nur inszeniert worden ist, damit du dich mit dem Regenmacher rumprügelst.«

»Gut möglich. Ich dachte, ich könnte hier vielleicht einen Hinweis finden.«

»Dann sollten wir rumschnüffeln. Bevor Winger dahinterkommt, was passiert und durch die Wand bricht.«

»Absolut richtig. Aber wir sollten uns erst ansehen, wer noch seinen Rüssel in die Gasse steckt.«

Wir ließen die ganze Parade vorbeimarschieren. Morpheus sah sie sich gut an.

»Der da«, sagte ich, »das ist der Profi.«

»Ich seh' ihn. Man kann es riechen. Er spielt in der Oberliga.«

»Wer ist es denn?«

»Das ist das Problem.« Morpheus wirkte beunruhigt. »Ich kenne ihn nicht.«

Auch ich machte mir Sorgen. Ich konnte mir ausrechnen, daß Winger für Winger arbeitete und für jeden, der sie bezahlte. Die wilden Piraten mußten auf Hackebeils Lohnliste stehen. Aber was war mit diesem gerissenen Profi?

Sie schienen nichts voneinander zu wissen.

Aber ihr Herumgeschleiche erregte die Aufmerksamkeit einiger Adleraugen. Schläger der Garde tauchten auf.

Selbst Winger verdünnisierte sich lieber, als sich mit diesen Clowns anzulegen.

»Hör auf rumzugackern, und geh an die Arbeit«, riet mir Morpheus. »Die Jungs mit den Plattnasen werden nicht die ganze Zeit hier rumhängen.«

Gesagt, getan. Wir fingen mit dem Zimmer an, in dem wir uns befanden.

39. Kapitel

Wir flüsterten die ganze Zeit, und ich fragte mich nach kurzer Zeit, warum eigentlich. Weder von Maggie noch von ihren wundersamen Angestellten war auch nur das geringste zu entdecken.

Ich dachte es, doch Morpheus sprach es als erster aus. »Hier lebt niemand, Garrett. Schon seit Jahren nicht mehr.« Alle Zimmer, die ich bei meinem ersten Besuch nicht gesehen hatte, stanken nach Mottenkugeln und wiesen eine dicke Staubschicht auf. Ich hustete mir fast die Seele aus dem Leib.

»Ja. Sie haben es als Requisite benutzt und ein Drama für mich inszeniert.«

»Warum? Gib mal einen Tip ab.«

»Das will ich rausfinden, falls Winger nicht von Anfang an recht hatte.«

Wo wir auch suchten, wir fanden immer wieder weitere staubige Räume mit zugedeckten Möbeln.

»Hier stehen einige nette Antiquitäten herum«, bemerkte Morpheus. Er tat, als wäre es ihm gleichgültig, aber ich spürte seine Enttäuschung. Hier stand nichts Wertvolles herum, was leicht abzutransportieren gewesen wäre. Und er zerbrach sich bestimmt den Kopf, wie er die Möbel unbemerkt hinausbekam.

Immerhin fanden wir bei unserer ausführlichen Suche im Obergeschoß ein Schlafzimmer, das benutzt worden war, und das ich bei meinem Besuch nicht gesehen hatte. »Es ist von einer Frau benutzt worden, die nicht gewohnt ist, selbst sauber zu machen«, stellte Morpheus fest.

Und offenbar hatte auch niemand für sie saubergemacht. Reste alter Mahlzeiten boten geeigneten Nährboden für blaugrüne Pilzteppiche.

»Ich würde tippen, daß dieses Zeug noch aus der Zeit vor deinem Besuch stammt«, meinte Morpheus. »Wir sollten diesen Raum sehr sorgfältig durchsuchen.«

Ich knurrte zustimmend. Was für ein Genie!

»Garrett!« sagte er kaum eine Minute später.

»Hm?«

»Sieh dir das mal an.«

»Das« war ein Schock. Es handelte sich um eine Frauenperücke. Und zwar eine rothaarige Lockenpracht, die so sehr Maggie Jenns Frisur glich, daß ich im selben Moment einem sehr häßlichen Verdacht ins Auge sehen mußte.

»Was ist das?« wollte Morpheus wissen.

»Was?«

»Dieser Lärm. Als wenn dich jemand mit einem heißen Schürhaken kitzelt.«

»Ich habe versucht, mir Maggie Jenn ohne Haar vorzustellen.« Ich hob die Perücke mit spitzen Fingern hoch, als wäre es der Kopf eines schlimmen Feindes.

»Weg damit! Weg damit!«

»Weißt du, was das ist? Ich geb' dir einen Tip. Nimm eine Perücke wie diese hier, schnapp dir den Regenmacher, stopf ihn in besagte Perücke, und du hast eine Doppelgängerin der kleinen Süßen, die mich engagiert hat, ihre Tochter zu finden

– vorausgesetzt, daß du sie noch wie ein Mädchen anziehst. Eine Doppelgängerin für eine Kleine, die mich geradezu mit vorgehaltener Armbrust hierher eingeladen hat ...«

Morpheus grinste, dann kicherte er. Schließlich lachte er laut heraus. »Oh-oh! Das ist die Super-Garrett-Geschichte aller Garrett-Geschichten! Dagegen ist selbst die Garrett-Geschichte mit der alten Oma und der Katze nichts.« Er schnippte mit den Fingern und grinste wieder. »Ich wette, daß Winger es wußte. Darauf würde ich wetten. Zumindest hat sie es vermutet. Vielleicht wollte sie es ja nur herausfinden. Schick einfach Garrett vor, hat sie gedacht. Er steht auf Rothaarige. Und er wird schon funktionieren, wenn man ihm eine in den Schoß fallen läßt.« Jetzt übertrieb er wirklich, der kleine Scheißer. »Oh, Garrett. Sie ist erheblich in meiner Wertschätzung gestiegen. Auf diese Schliche wäre nicht mal ich gekommen.«

»Du neigst einfach dazu, zu kompliziert zu denken«, protestierte ich. »Winger denkt nicht so.« Ich fuhr fort, zu streiten, ohne daß ich genau wußte, mit wem eigentlich. Meine Stimme wurde immer lauter, während ich mir die Myriaden von Horrorerlebnissen vorstellte, die über mich gekommen waren, nur wegen meiner Wertschätzung des anderen Geschlechtes. Und das alles, weil Maggie Jenn, die mich heißgemacht hatte wie einen Wasserkessel, vielleicht eine Perücke getragen hatte.

Ich starrte die Perücke an. Aber mein wilder Blick änderte nichts an den Tatsachen. Sie ähnelte aufs Haar Maggie Jenns Lockenpracht.

»Hast du es endlich kapiert?« fragte Morpheus, als wäre nicht ich als erster auf die Idee gekommen. »Hacker Hackebeil hat eine Perücke aufgesetzt und dich absolut tausendprozentig reingelegt.« Sein anzüglicher Blick trieb mir die Schamröte ins Gesicht.

»Vielleicht. Vielleicht aber auch nicht. Nehmen wir mal an, er hätte es getan. Nur mal so, sagen wir, er war Maggie Jenn, die mich engagiert hat. Ignorieren wir dabei einmal die Tatsache, daß die Dinge dann noch weniger Sinn ergeben als vorher. Hackebeil wird sich kaum selbst einen Dolch an die Kehle setzen. Also, was kommt unter dem Strich dabei raus? Wir müssen in Erfahrung bringen, was mein Arbeitgeber wirklich will, ganz gleich, ob es ein Er oder eine Sie ist.«

»Sei nicht so empfindlich, Garrett.« Er kämpfte immer noch gegen sein Kichern an.

»Die Frage, Morpheus. Die entscheidende Frage. Man hat mir einen Vorschuß gezahlt. Warum?«

»Du kannst ruhig annehmen, daß du tun solltest, wofür du engagiert worden bist. Such das Mädchen. Wenn du über diese ganze Angelegenheit nachdenkst, dann macht es nur Sinn, wenn Maggie Jenn gar nicht Maggie Jenn ist.«

»Hä?«

»Paß auf: Wenn sie der verkleidete Hackebeil war, dann gibt es keine Widersprüche mehr in dem, was die alten Experten dir über diese Frau erzählt haben.«

»Das war mir schon klar, als du mir noch diese alberne Perücke unter die Nase gerieben hast. Die echte Maggie Jenn sitzt vermutlich auf ihrer Insel und hat die Füße hochgelegt. Dabei ahnt sie nicht, daß Hacker Hackebeil ihren Ruf damit ruiniert, daß sich für sie ...«

»Man muß sich fragen, wie oft er damals eigentlich in ihre Rolle geschlüpft ist. Während sie ihre Affäre mit dem Kronprinzen hatte.«

»Nicht in der Nähe des Prinzen, das hätte er nicht gewagt. Der Prinz bevorzugte Mädchen und hatte keine Geduld mit Mädchen, die sich zu lange zierten. Er kannte die echte Maggie Jenn.«

»Aber eine gefälschte Maggie hätte herumlaufen und sich Plätze ansehen können, an denen der Regenmacher interessiert war.«

»Jemand hat mir erzählt, daß Hackebeil ihr Bruder sein könnte. Vielleicht sind sie ja Zwillinge.«

»Er war der Zuhälter seiner Schwester?«

»Wäre es das erste Mal, daß ein Kerl seine Schwester verschachert?«

»Du hast recht. Ich hatte es eine Sekunde lang vergessen. Wunschdenken. Dachte, ich hätte es hinter mir. Ich darf einfach nicht vergessen, was für Schweine Menschen manchmal sein können.«

»Wir haben noch ein paar Zimmer vor uns.« Ich wollte das Thema nicht vertiefen, obwohl Morpheus hätte Maulwurf spielen müssen, um eine noch finsterere Meinung von meiner Spezies als ich zu haben.

Für eine Notlage habe ich immer Verständnis. Not verurteile ich nicht. Ich verachte nur die, die ihre Frauen, Töchter und Schwestern verkaufen, damit sie selbst nicht arbeiten müssen. »Halt es mit mir aus, Morpheus.«

»Das tue ich, Garrett. Und mit deiner Art. Ob du willst oder nicht, ihr seid die Gegenwart und Zukunft dieser Welt. Der Rest muß sich eben seine Nischen suchen, so gut es geht. Ansonsten wird uns die Zeit übergehen.«

»Bravo!« Ich klatschte Beifall. »Du hast die richtige Vision. Du solltest dich in den Stadtrat wählen lassen.«

»Dafür bin ich nicht menschlich genug. Und außerdem hätte ich dafür keine Zeit.«

Ich war einen Augenblick verblüfft. Er hatte meine witzig gemeinte Bemerkung ernst genommen. Interessant. Morpheus Ahrm, Knochenbrecher und Auftragsmörder: ein Stadtrat?

Immerhin könnte das zeigen, in was für einer Zeit wir

lebten. Der Gottverdammte Papagei könnte genausogut regieren wie die verrückten und unfähigen und senilen Vollidioten, die im Moment das Sagen haben.

TunFaire ist eine Menschenstadt im menschlichen Königreich von Karenta. Es gründet sich auf zahlreiche Verträge. Das bedeutet: Menschliches Recht gilt überall, nur nicht wo es durch bestimmte Verträge in gewissen Punkten oder Regionen anders geregelt wird. TunFaire ist außerdem eine »offene Stadt«, das heißt, jede Rasse mit einem Gesellschaftsvertrag kann sich hier frei bewegen und genießt im wesentlichen dieselben Rechte und Privilegien wie alle karentinischen Untertanen. Und theoretisch haben sie auch dieselben Pflichten.

In der Praxis sieht es so aus: Die Rassen kommen und gehen, wie sie wollen, Vertrag oder nicht, und viele Nicht-Menschliche Rassen umgehen ihre Verpflichtungen. Zentauren sind das herausragende Beispiel. Sämtliche Verträge mit den Zentauren wurden null und nichtig, als die Stämme zu Glanz Großmond überliefen. Rechtlich gesehen sind sie jetzt feindliche Fremde. Aber sie überfluten die Stadt und das Königreich, seit Großmonds Republik eingeht. Und nur die Extremisten scheinen sich dagegen zu wehren.

Gastarbeiter und eingemeindete Nicht-Menschen machen etwa die Hälfte der Bevölkerung von TunFaire aus. Jetzt, wo der Krieg langsam zu Ende geht, begreifen immer mehr Leute, daß die Gesellschaft vor einer dramatischen Veränderung steht. Es baut sich ein sehr starkes Ressentiment auf.

Es wird nicht mehr lange dauern, bis die Frage der Nicht-Menschlichen Rassen ein zentraler Punkt in der Politik wird. Das ist sie jetzt schon für Splittergruppen wie »Der RUF«. In der Botschaft des RUFs findet man keine Beschönigung und auch kein langes Gefasel. Ihre Strategie, wenn man sie denn so nennen kann, ist: Tötet alle Nicht-Menschlichen, bis die Überlebenden fliehen.

Hoffentlich führte mich diese Schweinerei hier nicht mitten in dieses Hornissennest radikaler Politik. Götter über und auch unter mir, erspart mir die Verwicklung in eine Politik – ganz gleich welchen Ruchs.

Morpheus und ich suchten weiter. Wir suchten oben und unten, in alle vier Himmelsrichtungen und dann noch dazwischen. Wir widmeten der Suite, die angeblich Justina Jenn gehört hatte, besondere Aufmerksamkeit.

»Hier hat niemand gewohnt, Garrett«, erklärte Morpheus schließlich. »Das war nur Requisite.«

Ich stimmte ihm zu.

»Glaubst du, daß wir noch was finden?« erkundigte ich mich.

»Bezweifle ich. Willst du es im Keller versuchen?«

»Du?«

»Ich erinnere mich an das letzte Mal, als wir in einen Keller eingestiegen sind. Lieber würde ich einkaufen gehen.«

»Kupfer & Feld. Die Hühnerzahn-Händler. Ob sie das Mädchen wirklich kannten?«

»Ein Mädchen«, brummelte ich. In letzter Zeit verschoben sich Identitäten zu häufig.

»Stimmt. Aber es ist ein Anfang. Hast du was dagegen, wenn ich mitkomme? Ich komm' seit einer Weile kaum noch vor die Tür.«

»Aber gern, mit dem größten Vergnügen.« Ich hatte gewußt, daß er mitkommen würde. »Wenn diese Schacherer nicht darüber geredet hätten, könnte ich nicht mal glauben, daß es das Mädchen wirklich gibt.«

»Ein Mädchen. Wie du schon richtig gesagt hast. Was hält uns dann noch auf?«

»Gute Frage.« Wir sahen uns auf der Straße um. Winger

und einer dieser wilden Piraten behielten die Gasse im Auge und taten so, als sähen sie sich gegenseitig nicht.

»Nett zu sehen, wie gut die Leute miteinander auskommen.«

»So läuft die Welt wie geschmiert. Reiß dich von dem Anblick los und kontrollier die Front.«

Die Vorderseite des Hauses war nicht so langweilig, wie sie von der Straße her ausgesehen hatte. Ich spähte hinaus.

Der Profi hatte damit gerechnet, daß wir aus der Haustür spazieren würden, als wohnten wir hier. Was er selbst vermutlich auch getan hätte. Er hatte sich nahezu perfekt in die Schatten zurückgezogen. Aber jemand, der ihn suchte, konnte ihn nicht übersehen.

Hingegen war von dem unfähigen Schrat nichts zu sehen. Merkwürdig.

Morpheus kicherte. »Wie lange werden sie wohl warten, bis sie merken, daß wir nicht mehr drin sind?«

»Wie wollen wir rauskommen?«

»Über die Dächer von TunFaire.«

Ich stimmte in sein Lachen mit ein. »Klingt wie ein interessantes Experiment. Versuchen wir's.«

»Wir könnten ihnen sogar noch die Brunos auf den Hals hetzen, wenn wir weg sind.«

»Nein, nein, das wäre übertrieben. Ich will nicht den Rest meines Lebens in Angst vor Wingers Rache leben müssen.«

»Stimmt auch wieder. Los geht's.«

Wir machten uns auf den Weg. Die Dächer waren alle flach, boten also kein Problem. Der einzige Haken war: Wie sollten wir hinunterkommen?

40. Kapitel

Wir probierten drei Abflußrohre aus, aber keins konnte mein Gewicht tragen. »Hier muß mal dringend was repariert werden«, knurrte ich. »Die Leute sollten etwas mehr Stolz zeigen und ihr Eigentum besser in Ordnung halten.«

»Oder wir sollten Garrett eine Diät verpassen.« Morpheus, das kleine Wiesel, konnte natürlich jedes Abflußrohr hinunterklettern.

Schlimmer war noch, daß wir beim letzten Versuch die Aufmerksamkeit ein paar frühreifer, zynischer Kinder erregt hatten, die zu dem Schluß kamen, daß wir nichts Gutes vorhatten. Und das nur, weil wir ein bißchen auf den Dächern herumliefen. Wir hätten auch Dachdecker auf Arbeitssuche sein können.

Aber jetzt hörte der Spaß auf. Die Patrouille mußte bald da sein.

Morpheus beugte sich über den Rand und probierte ein weiteres Abflußrohr. Eine ganze Bande von Halbstarken beobachtete uns von der Straße aus. Ich schnitt Grimassen, aber sie hatten keine Angst. »Das muß halten«, sagte Morpheus.

Ich schüttelte mich. Nicht, daß ich ihm nicht vertraut hätte. Er hatte recht. Es mußte halten, denn es wirkte solider.

Aber trotzdem ...

»Wir müssen runter, Garrett.«

»Darüber mache ich mir auch keine Sorgen. Was mich beunruhigt, ist, in wie vielen Stücken ich unten ankomme.«

Morpheus stieg über den Rand und überließ mich meinem Schicksal. Ich gab ihm einen Vorsprung und folgte ihm, wobei ich mein Gewicht auf die Haken verteilte. Ich hatte etwa drei Meter geschafft, als ich unter mir wüste elfische Flüche hörte. Eine Sekunde dachte ich, ich wäre ihm auf die Finger getreten.

»Was?« wollte ich wissen.

»Ich häng' fest.«

Ich beugte mich vor, damit ich etwas sehen konnte. Tatsächlich. Sein Hemd war aus der Hose gerutscht und hing an einem Haken fest, der das Abflußrohr hielt. Er versuchte, ein bißchen hochzuklettern, um das Hemd loszubekommen. Aus Gründen, die nur der Gott kennt, der diese Dinge entwirft, machte das die Sache noch schlimmer. Ich hörte, wie der Stoff riß. Morpheus stieß eine neue Reihe von Flüchen aus. Er löste eine Hand vom Rohr und versuchte, das Hemd zu lösen.

Es würde nicht funktionieren. Aber er war in solchen Dingen schrecklich eitel.

Weiter unten kam ein Kind auf die Idee, daß es Spaß machen könnte, uns mit Steinen zu bewerfen. Der erste Wurf traf Morpheus' Knöchel der Hand, mit der er sich festklammerte.

Nur die Tatsache, daß sein Hemd festhing, rettete ihm das Leben.

Die Götter geben, und die Götter nehmen.

Morpheus' Hemd riß ein bißchen weiter.

Und ihm riß der Geduldsfaden. Er erfand neue Flüche.

»Reiß es endlich los!« brüllte ich.

»Es ist ein neues Hemd. Ich habe es heute zum ersten Mal an.« Er kämpfte weiter damit.

Die Steine pflasterten die Wand. Und Lärm von weiter weg kündigte das Nahen der Patrouille an. »Du solltest lieber etwas unternehmen. In ein paar Minuten werden da unten Leute stehen, die etwas anderes als Steine auf dich werfen.«

»Ach ja? Auf mich?«

»Ach ja. Auf dich. Ich werde nämlich über dich rüberklettern und dich hängen lassen.«

Er wollte zurückschießen, aber ein kleiner Stein traf ihn am Hinterkopf.

Eine Klinge blitzte auf, und hübscher Stoff flatterte im Wind. Wie der Blitz war Morpheus am Boden. Die Kinder kreischten auf und verschwanden. Ich holte ihn ein, während er noch überlegte, welchem Kind er nachjagen sollte.

»Los, verschwinden wir!« Die Patrouille war schon verdammt nah, fast in Speerwurfweite.

Morpheus sah aus, als wollte er lieber bleiben und kämpfen. Er wollte unbedingt jemandem wehtun. Er rieb sich den Hinterkopf und überlegte.

»Nun komm endlich!« Ich gab Fersengeld.

Morpheus rang sich schließlich doch dazu durch, es nicht allein mit der ganzen Welt aufzunehmen.

41. Kapitel

Selbst Morpheus kam ins Keuchen, bevor es uns gelang, die Verfolger abzuschütteln. »Es war schon zerrissen«, stieß ich stolpernd hervor. »Und du hast noch ein anderes Hemd, ich hab's gesehen.«

Er antwortete nicht, sondern trauerte um sein Kleidungsstück, obwohl es kaum auffiel, wenn er es in der Hose ließ.

»Diese Jungs waren austrainiert«, krächzte ich. Meine Beine fühlten sich wie Gummi an.

»Gut, daß du damit vor ihnen angefangen hast.« Er keuchte, aber längst nicht so, wie es mir gefallen hätte. Ich weiß nicht, wie er in Form bleibt. Ich habe ihn selten Anstrengenderes tun sehen, als Frauen hinterherzujagen.

Vielleicht hat er einfach bei der Auswahl seiner Vorfahren ein glückliches Händchen gehabt.

»Wie wäre es, wenn wir eine kurze Pause einlegen würden?« Wir konnten uns eine leisten. Und ich brauchte sie. Bevor ich auf dem Zahnfleisch ging.

Wir waren in einem dieser kleinen Sündenpfuhle gelandet, die sich an die Außenbezirke der Oberstadt schmiegten und die vornehmen Reichen bedienen und ausnehmen. Hier würde uns keiner verraten. Die Patrouille war hier nicht gern gesehen.

Morpheus und ich pflanzten unsere Hintern auf die Stufen zu einem Haus in einer Straße, wo es weniger Verkehr gab. Sobald ich wieder genug Luft bekam, fand ich auch meinen Sinn für Humor wieder. Wir malten uns Szenarios aus, in denen Winger typische Wingerdinge tat, um herauszufinden, was wir in Maggies Haus vorhatten, nur mit dem Unterschied, daß ihr mein Pech an den Hacken klebte statt ihrem unverschämten Glück.

Man hätte denken können, wie wären wieder elf gewesen, so kicherten wir.

»Verdammt!« Ich konnte nicht aufhören zu lachen, trotz der schlechten Neuigkeiten, die ich hatte. »Sieh mal, wer da kommt.«

Der trottelige Kerl wäre fast über uns gestolpert, bevor er begriff, daß er uns gefunden hatte. Er machte große Augen, wurde blaß um die Nase und schnappte nach Luft. »Dieser Clown muß verrückt sein.«

»Wollen wir ihn uns schnappen?«

Der Verdacht, daß wir genau das versuchen könnten, kam ihm jedoch zuerst. Er wetzte um eine Ecke, bevor wir uns noch den Staub von den Hosenböden geklopft hatten.

»Mist. Wo isser hin?«

»Genau, wie ich es mir gedacht habe«, meinte Morpheus, der plötzlich ernst war, als er die verlassene Querstraße entlangblickte.

»Erwartet?«

»Er ist ein Geist. Oder ein Produkt deiner Einbildungskraft.«

»Nein, er ist kein Gespenst. Er ist einfach nur ein Glückspilz.«

»Ich habe mal gehört, daß Glück ein psychisches Talent sein soll.«

»Mach mal eine Pause, Morpheus. Wie kann ein zufälliges Ergebnis etwas mit Talent zu tun haben?«

»Wenn Glück wirklich auf Zufall beruht, dann müßte es sich doch irgendwann ausgleichen, oder?«

»Das ist anzunehmen.«

»Also hat man nur ab und zu mal richtig Glück, oder? Es sei denn, man lenkt es irgendwie.«

»Moment mal ...« Wir kamen sehr weit vom Thema ab. Unsere Kabbelei unterhielt uns den ganzen Weg zur Weststadt. Und nur aus Jux und Tollerei legten wir unterwegs zwei Hinterhalte. Unser Schatten entkam beiden durch pures Glück der Dummen. Morpheus grinste.

»Ich schließe mich allmählich deiner Sichtweise an«, räumte ich ein.

»Sagtest du, daß Kupfer & Feld eine sehr dünne Hintertür haben?«

»Sie ist ein Witz. Es sei denn, es handelt sich um eine Falle.«

»Zeig es mir. Wir werden unseren Freunden ein bißchen Angst einjagen.«

Na klar. Morpheus kam natürlich nur wegen des Vergnügens mit.

Kupfer & Feld hatten geöffnet. Wir beobachteten eine Weile, wie Kunden kamen und gingen. »Wir sollten es lieber hinter uns bringen«, sagte ich. »Die Schutzpatrouille hier ist für meinen Geschmack etwas zu ernsthaft.«

Morpheus knurrte. Ich führte ihn zur Hintertür. Er prüfte sie kurz und sagte dann: »Gib mir zehn Minuten.«

»Zehn? Willst du sie in ihre Einzelteile zerlegen?«

»Nein. Eigentlich wollte ich es lautlos machen. Wenn du es schneller haben willst, dann hättest du Eierkopf Zarth mitnehmen sollen. Raffinesse, Garrett. Überraschung. Ich bin nicht wie Thon-Gore, der Zu-Lernen-Unfähige.«

»Stimmt.« Ich ließ den Künstler mit seiner Staffelei allein.

Mein alter Kumpel verfolgte mal wieder seinen ganz persönlichen Plan. Ich hatte einen Verdacht, aber der war mir egal. Ich wollte nur mit dem Job weiterkommen, so wie ich ihn sah.

Hatte ich überhaupt noch einen Auftraggeber? Ich hatte länger nichts von ihm gehört.

Ich wartete in dem Durchgang, während Morpheus tat, was er tun wollte. Dabei ging er absolut lautlos vor. Ich hörte keinen Mucks. Und es tauchte auch kein kostümierter Clown auf, der uns Schwierigkeiten machte. Ich versuchte, selbst in eine Rolle zu schlüpfen.

Es wurde Zeit. Ich ging zur Ladentür und betrat das Geschäft.

42. Kapitel

»Hallöchen.« Ich grinste. Außer mir und den beiden war niemand anwesend. Nachdem ich die Tür abgeschlossen hatte, stellte ich das GESCHLOSSEN-Schild ins Fenster.

»Was machen Sie da?« wollte der eine der beiden kühnen

Piraten wissen. Er gab sich Mühe, hart zu klingen, aber seine Stimme bewegte sich quiekend in den obersten Tonlagen.

Der andere sagte gar nichts. Nachdem er zehn Sekunden lang wie eine Salzsäule dagestanden und mich angestarrt hatte, wie der mythische Vogel die berühmte Schlange, schoß er wie vom Katapult geschleudert ins Hinterzimmer. Einen Augenblick später schrie er, als würde Morpheus ihn mit einer nackten Frau auspeitschen.

Ich kramte meine liebenswürdige Onkel-Sam-Stimme heraus. Wenn man es richtig anstellt, klingt das sehr böse. »Ahoi, Robin.« Ich hatte einen Augenblick gebraucht, bis ich wußte, wer er war. »Wir schauen nur mal kurz rein, weil wir die wahre Geschichte über Smaragd Jenn hören wollen.« Ich lächelte ihn an wie ein Handelsvertreter. Robin schrie auf und beschloß dann, seinem Penny hinterherzulaufen.

Die wilden Seeräuber waren beide größer als Morpheus. Deshalb sahen sie ziemlich albern aus, als sie von jemandem, den man nicht sehen konnte, am Schlafittchen gehalten wurden, während ich das Hinterzimmer betrat. Sie zitterten wie Espenlaub.

Ich schloß die Tür und schob den Riegel vor. Dann lehnte ich mich dagegen. »Also? Wollt ihr zuerst einen Sprecher wählen?« Der Raum war ein heilloses Chaos. Er war sicher sowieso nicht besonders aufgeräumt gewesen, aber jetzt sah es aus, als hätte ihn jemand hastig durchwühlt, vielleicht ein Bücherwurm, der nach einer seltenen Erstausgabe suchte.

»Nun macht schon, Jungs.«

Sie schüttelten die Köpfe.

»Aber, aber. Wir wollen doch nicht dumm sein.«

Morpheus zwang sie auf die Knie. Er zog ein Messer, das so lang war, daß es verboten sein mußte. Und er ließ die Klinge am Wetzstein singen.

»Jungs, ich will Smaragd Jenn. Auch bekannt als Justina Jenn. Ihr werdet mir erzählen, was ihr über sie wißt. Es wird euch besser bekommen. Fangt damit an, wie ihr sie kennengelernt habt.«

Kupfer & Feld jammerten und winselten und versuchten, leidenschaftliche Abschiedsworte auszutauschen. Junge, war ich gut. Was für ein Drama! Morpheus tat das Seine dazu, indem er die Schärfe seiner Klinge an Pennys Schnurrbart ausprobierte. Eine große Locke schwebte zu Boden. Anschließend schärfte er sein Messer wieder am Wetzstein.

»Es muß niemand umkommen«, erklärte ich. »Ich wollte eigentlich nur einen von euch häuten.« Ich schob die Locke mit dem Zeh fort.

»Einwanderer«, meinte Morpheus.

»Wahrscheinlich.« Karentiner kann man nicht so schnell ins Bockshorn jagen, wenn sie ihre fünf Jahre Cantard überlebt haben. Sie hätten uns mehr Arbeit gemacht. »Redet mit mir, Fremde.«

»Es war vor fast einem Jahr.« Robin brach als erster zusammen.

Penny warf mir nur finstere Blicke zu.

»Was war vor fast einem Jahr?«

»Da ist das Mädchen zum ersten Mal in unser Geschäft gekommen. Sie wirkte verloren. Sah aus wie irgendein Teenager.«

»Sie ist einfach nur so vorbeigekommen? Wollte sie eine Tasse Froschfett leihen?«

»Nein. Sie hat sich nur umgesehen. In mehr als einer Hinsicht.«

»Wie?«

»Sie war eine verlorene Seele, ertrank fast in ihrer Verzweiflung und suchte nach einem Strohhalm. Ein junger Mann war bei ihr. Ich glaube, sie nannte ihn Kjufur. Er war blond und hübsch und jung. Das war das einzige Mal, daß er dabei war.«

»Tut mir leid, daß er dir das Herz gebrochen hat. Werd jetzt nur nicht heulsusig.«

Penny gefiel Robins sehnsüchtiger Tonfall auch nicht, aber er konzentrierte sich darauf, das Feuer in seinem Blick am Glimmen zu halten.

»Kjufur?« Ich dehnte das Wort so, wie er es ausgesprochen hatte.

»Quince Quefour?« ließ sich Morpheus vernehmen.

»Quince.« Das gab auch mir Stoff zum Nachdenken. Quincy Quabbel Q. Quefour war so hübsch, daß tausend Schiffe mit wilden Piraten seinetwegen in See gestochen wären. Er war ein kleiner Gauner der kleinsten Sorte und zu blöd, irgendwas auf die Reihe zu kriegen. Er hatte elfisches Blut in den zarten Adern, was ihn jünger aussehen ließ, als er tatsächlich war, und ihn vor der Armee rettete. Eine gefälschte Gespenstergeschichte wäre genau Quefours Fall.

Ich kannte ihn kaum und hatte nicht die geringste Lust, ihn kennenzulernen. Ich beschrieb ihn.

Robin nickte heftig, der kleine Speichellecker. Ob er mir nur erzählte, was ich hören wollte?

»Danke sehr, Robin. Siehst du? Wir kommen doch prima miteinander klar. Was hat Quefour im Schilde geführt?«

Er sah mich verdutzt an. »Er hatte gar nichts vor. Vermutlich hat er nur das Mädchen begleitet. Und an ihr war auch nichts Besonderes.«

Natürlich nicht. Begrabe deine Lust im Herzen. »Erklär mir das bitte.«

»Sie wollte eine einfache Antwort. Sie suchte nach einfachen Antworten.«

»Ich dachte, sie wäre verzweifelt gewesen.«

»So verzweifelt, wie es in ihrem Alter Mode ist. Kinder wollen Ergebnisse ohne viel Aufwand. Sie glauben, daß ihnen magische Antworten zustehen. Daß echte Magie viel Arbeit bedeutet, wollen sie gar nicht hören. Daß Sturmwächter und Feuerlords zwanzig Jahre lang studieren und üben ... Diese Kinder glauben, man bräuchte einfach nur mit dem kleinen Finger zu wackeln ...«

Morpheus' magische Finger zuckten vor und schlugen Robin auf die Hand. Robin hatte angefangen, mit den Fingern zu wackeln, als wollte er etwas demonstrieren. Er hätte uns vielleicht reingelegt, wenn wir nicht im Hinterzimmer eines Ladens gewesen wären, der Hexen und Kriegslords belieferte.

»Halt dich an Smaragd Jenn. Sollte ich Geschmack an ausschweifenden Reden finden, gehe ich vor die Stufen des Höchsten Gerichts.« Dort halten die wundervollsten Spinner Hof. »Smaragd, Robin. Quefour ist nicht wiedergekommen, aber Smaragd. Sprich weiter.«

»Sie brauchen nicht so brutal zu werden. Klunker war eine Ausreißerin. Sie kam vom Land. Das wußten wir, aber bis vor kurzem war das auch alles.«

»Eine Ausreißerin«, wiederholte ich und versuchte, allem, was ich sagte, einen bösen Unterton zu geben. Morpheus rollte mit den Augen. »Und sie war seit einem Jahr ganz allein hier.« Unheimliche Vorstellung. Ein Mädchen kann in einem Jahr auf den Straßen von TunFaire ein ganzes Leben durchmachen. »Vor wem ist sie fortgelaufen?«

»Vor ihrer Mutter.«

Die sich Sorgen gemacht hatte, weil ihr Baby sechs Tage lang verschwunden war. »Weiter.«

»Sie hat keine Einzelheiten erzählt, aber es war offensichtlich, daß diese Frau entsetzlich gewesen sein muß.«

»Hat Smaragd viel Zeit hier verbracht?«

»Sie hat ausgeholfen. Manchmal hat sie dahinten übernachtet.« Er deutete auf eine abgerissene Strohmatratze. Ich entschuldigte mich nicht für das, was ich darüber gedacht hatte. »Sie war wie ein verletztes Vögelchen. Wir haben ihr einen Platz geboten, an dem sie sich sicher fühlen konnte.« War da etwa ein Hauch von Trotz?

Ich konnte mir vorstellen, daß sich das Mädchen bei Penny und Robin sicherer fühlte als auf der Straße. Das Problem war nur: Ich konnte mir die beiden einfach nicht als Menschenfreunde vorstellen. Dafür bin ich schlicht zu zynisch.

Robin verwandelte sich in die reinste Plaudertasche, als er sich entspannte. Ich verbrauchte viel Energie, um ihn wieder auf den Hauptpfad zurückzudirigieren.

»Hast du sie in letzter Zeit gesehen?«

»Nein. Sie hat gehört, daß ihre Mutter in der Stadt ist.«

»Aus diesem Grund würde sie wegbleiben?«

»Sie nahm an, ihre Mutter würde nach ihr suchen. Was sie ja auch tut, richtig? Immerhin sind Sie hier. Sie will nicht gefunden werden. Und Leute, die nicht wissen, wo sie ist, können sie nicht verraten.«

Morpheus und ich sahen uns vielsagend an. »Wovor hat sie denn Angst?«

Robin und Penny stürzten sich ins Blick-Tausch-Geschäft. Eine prosperierende Branche. Nur waren ihre Blicke verwirrt.

»Ihr wißt es also nicht.« Meine Intuition arbeitete auf Hochtouren. »Sie hat euch eine Geschichte erzählt, aber ihr habt sie ihr nicht abgekauft. Glaubt ihr, sie zu kennen? Haltet ihr sie für eines der Mädchen, die euch ausnehmen und es euch dann überlassen, die Wölfe zu füttern?«

»Was?«

»Sie kannte ihre Mutter. Sie wußte, was für Leute ihr hinterhergeschickt werden.«

Noch mehr Blicke. Die wilden Piraten dieser Welt sind paranoid. Unsere Historie belegt, daß sie allen Grund dazu haben, von uns anders Gepolten das Schlimmste zu erwarten.

Penny hatte während des kurzen Austauschs Robin finster angesehen. Jetzt schien er einen plötzlichen Anfall von pessimistischer Vorahnung zu erleiden. »Adolph Sankt Norden«, stieß er unvermittelt hervor.

»Was?« Sag mir, daß ich mich verhört habe.

»Adolph Sankt Norden.«

Ich hatte mich nicht verhört. Aber warum sagte er das? Die Lage war schon verrückt genug. Ich gaukelte Unwissenheit vor. »Was ist das?«

Robin kicherte. »Es ist ein Er. Einer unserer größten Kunden. Ein sehr mächtiger Untergrund-Meister.«

Das waren zwar entmutigende Nachrichten, aber sie mochten nützlich sein, falls ich jemals etwas mit der Verrückten-Fraktion zu tun bekommen sollte.

»Er hat Emmy hier kennengelernt. Und sie in seinen Hexenzirkel eingeladen. Sie ist ein paarmal hingegangen, aber sie mochte weder die Leute dort, noch das, was sie erreichen wollen.«

»Wir dachten, daß sie vielleicht zu ihm geflüchtet ist«, ergänzte Robin.

»Er könnte sie schützen«, pflichtete ich ihnen bei. Morpheus sah mich mißtrauisch an. »Ich habe den Mann kennengelernt«, erklärte ich. »Allerdings wußte ich nicht, daß er auch in Schwarzer Magie dilettiert.« Sankt Norden beschäftigte sich hauptsächlich mit gewalttätigem Rassismus.

Penny und Robin schienen überrascht, als hätten sie von Adolph Sankt Norden nur im Zusammenhang mit Okkultismus gehört. Die Dummerchen. Der Kerl hatte für ihresgleichen einen ganz besonderen Platz in der Mördergrube seines Herzens reserviert.

Morpheus bewegte sich so plötzlich wie ein Blitz und erschreckte uns alle. Er riß die Hintertür auf, trat hinaus und starrte einen Augenblick auf die Straße. Dann schüttelte er den Kopf und schloß die Tür wieder. »Rate mal, wer es ist?«

»Ein Kerl, der über seine eigenen Füße fällt und damit durchkommt.«

»Hundert Punkte. Es wird Zeit zu verschwinden.«

»Ich hab' noch ein paar Fragen.«

»Der Kerl da draußen zieht Gesetzeshüter an wie ein Blitzableiter den Blitz.«

Richtig. Und ich erreichte auch nicht mehr viel. Ich hatte gehofft, über ihre Hilfe für Smaragd an die beiden heranzukommen. Wenigstens bekam ich noch die Namen von drei Leuten aus ihnen heraus, die mit dem Mädchen geredet hatten. Es waren keine richtigen Freunde. Also wohl kaum besonders nützliche Leute. Smaragd hatte anscheinend keine Freunde.

Wir verabschiedeten uns genauso plötzlich, wie wir aufgetaucht waren. Wir waren weg, bevor die beiden Seeräuber es überhaupt merkten. Und Augenblicke später hatten wir auch die Weststadt hinter uns gelassen. Wir waren lange fort, bevor die Jungs in den Clownkostümen auftauchten.

43. Kapitel

Meilen von der Weststadt entfernt, tauchten wir in eine verrauchte Kaschemme ab, die nur von den untersten Schichten besucht wurde. Der Gastraum bestand aus blanken Bohlen und Sägespänen, die Verpflegung aus schlechten Blutwürsten und noch schlimmerem grünem Bier. Auf mich achtete niemand, aber Morpheus erntete einige gedämpft feindselige Blicke. Trotzdem würde ihn niemand erkennen, selbst wenn er ein Jahr hierbliebe. In einer solchen Kneipe erwartet man keinen Morpheus Ahrm.

Morpheus setzte sich mir gegenüber an einen zerkratzten Tischbock und verschränkte die Finger. »Immerhin haben wir ein paar Namen.«

»Fünf. Und keiner ist auch nur einen Heller wert.«

»Auf einen hast du reagiert.«

»Adolph Sankt Norden. Ich weiß nicht, warum mich sein Interesse für Schwarze Magie verblüfft hat. Der Mann denkt wie eine Schlange.«

»Du kennst ihn? Erzähl mir von ihm.«

»Er ist ein Verrückter. Ein rassistischer Spinner. Der RUF. Das Schwert der Aufrechten. Er hätte sich damit nicht lange abgegeben, sondern Smaragd in dem Moment abgeschoben, in dem er von Maggie und dem Regenmacher gehört hätte. Er ist nicht wie wir, weißt du.«

»Das war nicht das, was ich meinte, glaube ich.«

»Er ist Der RUF.«

Es gibt nicht viele Menschen, die von den Umständen dazu gezwungen werden, eine solche Kaschemme als Stammkunden zu besuchen. Diejenigen, auf die das zutraf, waren merkwürdig. Man spitzte die Ohren und lauschte, als ich zum ersten Mal den RUF erwähnte. Beim zweiten Mal sahen uns die Gäste direkt an.

Es war genau der richtige Ort, an dem Der RUF frisches Blut für ein Schwert der Aufrechten hätte finden können. Es war ein Sammelbecken von Verlierern, von denen keiner in seinem Leben je eine Pleite erlebt hätte, die nicht allein auf sein Konto gegangen wäre.

Morpheus schnappte meinen Blick auf. »Verstehe.«

Leiser redete ich weiter. »Er war der Gründungsvater des RUFs. Ich habe ihn auf Weiders Anwesen kennengelernt, als ich dessen Sicherheitsdienst geleitet habe. Weider hat meinen militärischen Hintergrund erwähnt, und Norden hat versucht, mich für sein Schwert der Aufrechten zu verpflichten. Weider fand es witzig, ihn mir auf den Hals zu hetzen.«

Parteipolitik ist normalerweise nicht mein Metier, aber der alte Weider hatte mich freundlich gefragt und zahlt mir schon so lange Vorschuß, daß wir praktisch Geschäftspartner sind. »Fürchte Adolph Sankt Norden. Er ist vollkommen übergeschnappt, aber er weiß genau, was er tut. Zwei Minuten, nachdem er mit seiner Nummer angefangen hatte, hätte ich ihm fast in den Schoß gekotzt.«

»Aber du hast es nicht getan.«

»Natürlich nicht. Wir waren bei Weider, und er war Weiders Gast.« Der Brauereibesitzer hat mir wirklich allerhand zugemutet. »Wie ich kann auch Weider nicht verhindern, daß er mit Verrückten Geschäfte machen muß.«

»Du hast also nicht beim Schwert der Aufrechten unterschrieben?«

»Nun mach aber mal 'nen Punkt. Ich habe geknurrt und genickt und mir den Mann vom Hals geschafft. So wie man es macht, wenn man keine Szene hinlegen will. Warum interessiert dich das so?«

»Weil ich Adolph Sankt Norden ebenfalls kenne. Dieser Mann bedeutet Ärger. Warum hast du nicht unterschrieben? Dann hätte die Vernunft einen Spitzel in der Organisation.«

Ich stotterte herum und warf bedeutungsvolle Blicke auf die aufmerksamen Gäste. Und bestellte noch einen Halben.

Morpheus begriff. »Darüber sollten wir nachdenken. Wir könnten später darüber reden. Ansonsten hast du sicher recht. Er hat vielleicht eine Chance bei einer süßen jungen Braut gesehen, aber er hätte sie keine zehn Sekunden bei sich behalten, nachdem er erfahren hatte, daß sie von einem Skandal befleckt war.«

Ich mußte ihn irgendwie seltsam angesehen haben. »Ich lerne alle möglichen Leute kennen«, fügte er hinzu. Vermutlich hatte er Arbeit für Sankt Norden erledigt. Ich fragte nicht nach.

»Wohin gehst du jetzt, Garrett?«

»Ich hatte vor, Quefour einen Besuch abzustatten. Auch wenn ich nicht davon ausgehe, daß er was weiß.«

»Ich will noch mal zurück in den Laden.«

»Willst du das Buch lesen?«

»Buch?« Er warf mir einen undurchdringlichen Blick zu. »Da gab es kein Buch. Es war schon weg.« Er grinste. Mit seiner Ehrlichkeit würde er mich noch umbringen.

»Das tut mir wirklich leid.« Ich warf ein paar Münzen auf den Tisch. Der Barkeeper sackte sie ein, bevor sie zur Ruhe kamen. »Danke für deine Hilfe.«

»He, es hat Spaß gemacht. Ich bin jederzeit dabei. Einen Tip möchte ich dir aber trotzdem geben.«

»Ich kann es kaum erwarten.«

»Es besteht die Möglichkeit, daß Schwarze Magie mit im Spiel ist. Du solltest Vorsichtsmaßnahmen ergreifen.«

»Ich bin ein ausgewiesenes Genie. Genau dasselbe habe ich eben auch gedacht.« Wirklich. Weil es mir langsam unheimlich wurde, wie es einem unfähigen Gorilla gelingen konnte, sich so einfach an meine Fersen zu heften.

Ich wußte, daß ich ihn sehen würde, sobald wir auf die Straße traten. Und mein Äffchen enttäuschte mich nicht.

44. Kapitel

Schönchens Gasse befand sich wieder da, wo sie hingehörte. Ich überzeugte mich nur im Vorbeigehen davon, weil ich einer Freundin keinen Ärger auf den Hals hetzen wollte. Außerdem wollte ich mich nicht dadurch zum Narren machen, indem ich blind in etwas Unerfreuliches hineinstolperte.

Erst beim zweiten Mal bog ich ein und zwang den unfähigen Kerl dazu, sich in einer Gruppe von Zwergen zu verstecken. Wirklich Sorgen machte mir nur die Vermutung, daß meine anderen Verfolger mir ganz einfach auf den Fersen bleiben konnten, indem sie diesen Gimpel im Auge behielten.

Der Müll war mehr geworden. Nicht nur hier, sondern überall. Das lag in der Natur der Sache.

Im Laden war es ungewöhnlich ruhig, obwohl ich nicht hätte sagen können, woran es lag. Vielleicht daran, daß weder das Atmen von Mäusen noch von Kakerlaken zu hören war.

Schönchens räudige Katze tapste herein und musterte mich mit starrem Blick aus entzündeten Augen. Ich rührte mich nicht, sondern vertrieb mir die Zeit, indem ich auf die Straße hinaussah, während sich meine Augen an die Dunkelheit gewöhnten. Anfassen wollte ich lieber nichts, weil ich keine Lust hatte, mir Schönchens Schutzzauber auf den Hals zu hetzen.

Plötzlich tauchte sie auf. Eben noch war ich in meinem Tagtraum, und schon war ich nicht mehr allein.

Es war unheimlich.

Sie sah mir in die Augen. »Anscheinend hast du doch etwas Verstand entwickelt.«

»Nur ein Idiot würde in so einem Laden rumlaufen und irgendwas anrühren.«

»Das meinte ich nicht, mein Junge. Das hast du schon als Dreikäsehoch gelernt. Ich meine: Du hast begriffen, daß du bis zum Hals drinsteckst.«

Ach ja? Wirklich? Ich nickte. Es gelingt mir einfach nicht, Illusionen zu zerstören.

»Normalerweise pflegen Garrett-Männer immer vorzustürmen, zuversichtlich, daß sie mit allem fertig werden.«

So war ich in gewisser Weise auch. Bis auf die Sache mit der Zuversicht.

»Immerhin erklärt es, wieso du nach Hause zurückgekehrt bist und sie nicht.«

Fasziniert ließ ich sie reden. Geduld ist eine altbewährte Strategie, wenn man nicht weiß, was los ist. Als sie endlich mal Luft holte, packte ich die Gelegenheit beim Schopf. »Kupfer & Feld kannten das Mädchen. Aber es sieht aus, als hätte Hacker Hackebeil diese Spur zur Schwarzen Magie nur vorgetäuscht.« Ich schilderte ihr die Einzelheiten meiner Abenteuer mit derselben Genauigkeit, wie ich sie auch beim Toten Mann hätte walten lassen.

Schönchen ließ mich ungestört zu Ende reden und schwieg eine Weile, nachdem ich verstummt war. »Warum sollte der Regenmacher das Mädchen suchen?« fragte sie schließlich.

»Ich habe nicht die geringste Ahnung. Vielleicht ist ihre Mutter tot, und er braucht Smaragd, um das Anwesen in seinen Besitz zu bringen.«

»Sie ist wertvoll oder gefährlich. Eins von beiden.«

»Oder beides.«

»Du wirst sie finden müssen, damit du rauskriegst, was davon zutrifft. Schaffst du das?«

»Wenn ich Zeit habe.«

»Du hast dir Feinde gemacht. Und jemand hat dich mit einem Suchzauber belegt.«

»Das habe ich befürchtet. Der Bauerntrampel?«

»Er verfolgt dich. Aber er hat dich nicht gezeichnet.«

»Dann bleiben nur Winger oder Maggie.«

»Und diese Jenn scheint der verkleidete Regenmacher zu sein.«

»Der mich zu den Fischen schicken will.«

»Und der sich nicht zu schade wäre, zweitklassige Zauberei zu benutzen, damit er seinen Willen bekommt.«

»Dieser Trottel ist nie und nimmer Hackebeils Mann. Wenn ich lange genug stehenbleibe, damit sich ein Menschenauflauf bildet, treffe ich immer auf einen von Hackebeils Leuten. Für wen also könnte der Bursche arbeiten?«

»Bin ich ein Gedankenleser? Wenn du das willst, geh nach Haus.«

»Warum ist Hackebeil überhaupt hinter mir her? Ich komm einfach nicht dahinter.«

»Im Moment ist das Warum nicht so wichtig. Er ist hinter dir her. Damit solltest du fertig werden.«

Ich bewegte mich kurz. Es war wirklich nur ein kurzer Anfall von Ungeduld. Aber die alte Katze fauchte sofort.

»Geduld, mein Junge. Und Vorsicht. Heutzutage können dich hundert Übel überfallen, bevor du auch nur hundert Meter von diesem Laden entfernt bist.«

»Weiß ich.« Deshalb war ich ja hier.

»Ich werde dich nicht da rausgehen lassen, bis du nicht besser vorbereitet bist.«

Wer war ich, mit ihr zu streiten? »Danke. Ich hatte es – offen gestanden – gehofft.«

»Das weiß ich.«

»Ich werde dir für jede Hilfe ewig dankbar sein.«

»Nun trag nicht gleich mit der Mistgabel auf, Junge. Ich

mach' es nur, damit der Regenmacher zurechtgestutzt wird.«

Sie kannte die Regeln. Laß nie jemanden wissen, wie sehr er dir am Herzen liegt. Tust du es, bist du verwundbar.

Die Katze fauchte wieder.

»Was denn? Ich hab' doch gar nichts gemacht.«

»Achte nicht auf Malkyn. Sie riecht den Ärger, den du hast, und macht sich Sorgen um mich.«

Malkyn. Natürlich. Wie sollte sie auch sonst heißen? »Ich rieche den Ärger selbst. Es ist ein Fluch.«

»Oder eine Berufung.« Sie hob die rechte Augenbraue. Exzellent! Ich hatte gar nicht gewußt, daß sie auch über dieses Talent verfügte.

»Nein. Ich wäre es lieber heute als morgen los. Ich gerate nicht freiwillig in all diese verrückten Geschichten. Viel lieber säße ich zu Hause rum, tränke Bier und ...«

»Du verzapfst deinen Mist bei der falschen Person, Junge. Ich weiß mehr über dich, als du glaubst.«

Jetzt war ich dran, meinen Brauen-Blick-Trick vorzuführen.

»Damit lockst du keinen Hund hinter dem Ofen hervor.« Murmelnd schlurfte sie herum und wühlte in ihren Regalen. Da erst fiel mir auf, daß sie Namen vor sich hin murmelte. »He! Sekunde mal! Was haben sie damit zu tun?«

»Du hättest keine von diesen Dämchen kennengelernt, wenn du brav zu Hause geblieben wärst. Und du wirst keine mehr kennenlernen ...«

»Okay.« Die Wahrheit tut weh. Frauen sind einfach meine große Schwäche. Mit strahlendem Lächeln und verführerischem Zwinkern kann man mich ohne weiteres in jede Gefahr locken.

Schönchen grinste bösartig, holte einige nichtmenschliche Schädel von einem Farn-Regal und sammelte ihre Zutaten aus den übelsten Dingen in ihrem Laden. Ich wollte etwas sagen, kam aber nicht dazu, mehr als nur den Schnabel aufzusperren.

»Gib mir den Stock da, Jüngelchen.«

Ich reichte ihr meinen Nußknacker und öffnete erneut meine Freßluke.

Sie gab mir einfach keine Chance. »Wir haben keine Ahnung, in was du stolpern kannst. Also versehen wir dich mit einem allgemeinen Verteidigungszauber.«

Das klang wie Musik in meinen Ohren. Falls es etwas bedeutete. »Was machst du mit meinem Prügel?«

»Ich werde ihn etwas aufrüsten, Junge. Wenn ich damit fertig bin, kannst du damit alle bekannten Verteidigungszauber durchbrechen. Siehst du das rote Ding da?«

»Sieht aus wie ein getrocknetes Schweineohr, das jemand rot gefärbt hat.«

»Genau das ist es auch. Es sieht aus wie ein Schweineohr, weil jemand es vor langer Zeit einem Schwein abgehackt hat. Nimm es und steck es in deine rechte Brusttasche. Und behalte es dort, bis du mit dem Regenmacher fertig bist.«

»Warum?« Ich kam nicht mehr mit.

»Weil wir davon ausgehen, daß der Regenmacher dich zu gern auslöschen würde, so daß du keinen Grund mehr hast, auszugehen und Frauen zu verführen.«

Autsch! Ich überlegte den Bruchteil einer Sekunde. Dann nahm ich das Ohr und steckte es in die Tasche. »Du bist die Expertin.« Einige Schicksale sind zu schrecklich, als daß ich auch nur daran denken möchte.

»Vergiß es nicht.« Sie baute vier weitere Objekte vor sich auf. Eins war eine kleine Holzdose, aus der wütendes Brummen tönte. Was auch immer darin war, für einen Käfer klang es viel zu groß.

Schönchen bemerkte mein Interesse. »Er ist schlimmer, als er sich anhört.«

»Das wollte ich hören.«

»Er wird dich nicht belästigen, Söhnchen. Sobald ich es ihm sage, ist er dein Freund.«

»He, unbedingt. Ich war schon immer ein großer Käferliebhaber. Wahrscheinlich habe ich da draußen auf den Inseln die meisten seiner Familienangehörigen kennengelernt. Damals stand ich mit den Käfern auf Du und Du.«

»Du hast immer schon dumm dahergequatscht, Junge.«

Was sollte das denn nun wieder heißen?

»Wenn du diesen kleinen Teufel nicht nutzen willst, dann laß es. Er ist eine Art letzte Zuflucht. Wenn dich dein loses Maul in eine Lage gebracht hat, aus der du dich nicht rauswinden kannst, dann klapp einfach den Deckel auf.«

»Ja?« Ich war mehr als skeptisch. Seit meiner Zeit als Marine habe ich mich nicht mehr als Kammerjäger betätigt. »Und dann? Beißt er ein Stück aus mir raus, damit ich die Bösewichter mit meinem Geheul erschrecke?«

»Vielleicht. Vielleicht kommt er auch einfach nur zu mir geflogen und erzählt mir, daß du mal wieder Hilfe brauchst.«

Irgendwie klang es nicht so nützlich, einen Käfer in der Dose als letztes Mittel in einer Zwangslage einzusetzen. Aber Mom Garrett hat ihren Jungs eingeschärft, Leuten wie Schönchen keine Widerworte zu geben. Sie meinte, wir sollten unsere Klappe halten, wenn wir es mit jemandem zu tun hatten, der uns in Krümel verwandeln konnte. Manchmal war Mom ganz schön gerissen. »Hmpf«, sagte ich.

Schönchen glotzte mich an und fuhr dann mit ihren Erklärungen fort. Ich hörte zu und war augenblicklich fasziniert.

Schönchen bot mir ein Ding an, das wie ein Holzstück aussah. Auf einer Seite war es rot, auf der anderen grün gefleckt. »Wenn du dich für diesen Kerl, der hinter dir her ist, unsichtbar machen willst, dann reib mit dem Daumen dreimal über die rote Seite. Eigentlich dürfte es ihn nicht mißtrauisch machen, weil sein Zauber nicht besonders verläßlich ist. Wenn du denkst, es wäre nützlich, wenn er hinter dir hertappt, dann streich dreimal über die grüne Seite.«

»Was? Warum sollte ich wollen, daß er mir folgt?«

»Woher soll ich das wissen?« Sie zuckte mit den Schultern. »Mehr kann ich im Moment wohl nicht für dich tun. Es wird sowieso Zeit, daß du verschwindest, Junge. Ich habe dahinten noch zahlende Kunden sitzen.«

Wo denn? Aber das dachte ich lieber nur.

Die alte Katze sah mich an, als überlegte sie, mir einen Happen aus meiner Wade zu beißen, bevor ich ging. Oder zumindest dachte sie, sie würde es gern, wenn sie noch Zähne gehabt hätte.

Schönchen klopfte mich ab und kontrollierte, ob ich alles genau dort verstaut hatte, wo sie es haben wollte.

Ich hielt mich an ihre Anweisungen. »Was kannst du mir über …?«

»Geh jetzt, Junge. Raus hier. Husch! Verschwinde. Wie soll ich denn arbeiten, wenn ihr Kinder mir den ganzen Tag an der Schürze hängt?«

War sie plötzlich senil geworden? Oder versuchte sie, bei mir auf die Tränendrüse zu drücken?

Ich hütete meine Kindheitserinnerungen, aber für mich war es damals nicht die gute alte Zeit gewesen. Die gute alte Zeit hatte es niemals gegeben. Jetzt haben wir die gute alte Zeit, genau heute.

Und was Besseres werden wir niemals kriegen.

45. Kapitel

Ich erzählte Morpheus, daß ich Quefour treffen wollte, obwohl ich bezweifelte, daß es Sinn machte. Aber wie ein braver Soldat, den an seinem Auftrag festhält, versuchte ich eine halbe Stunde lang, dieses nutzloseste aller Geschöpfe aufzutreiben. Wie ich erfuhr, hatte man ihn zuletzt gesehen, als er mir einem törichten Homosexuellen im Tenderloin herumscharwenzelt hatte. Das war ziemlich blöd. Die Gilde würde ihm das Schwimmen beibringen – mit einem hundert Pfund schweren Felsbrocken als Badekappe.

Das Angenehme als Selbständiger ist, daß man sich seine Arbeitszeit selbst einteilen kann. Wenn es einem paßt, kann man herumlungern, bis der Hunger einen zu Taten treibt.

Ich ging nach Hause und dachte, das Leben konnte gar nicht besser laufen.

Natürlich gab es immer noch die Steigerung, daß Schatz Blaine auf meinen Stufen hockte, als ich nach Hause kam, und dermaßen strahlte, daß alle Männer aus der Nachbarschaft einen Vorwand suchten, aus ihren Löchern zu kommen und zu gaffen.

Sie war allein. Ich trottete los, drängte mich durch die Menschenmenge und spürte die Mißbilligung, die solche Bastionen der Moral wie Mrs. Cardonlos Pension ausstrahlten. Schatz war die einzige Frau, die lächelte, als ich schnaufend vor ihr stehenblieb. »Wo ist Eierkopf?« wollte ich wissen.

»Eierkopf?« Sie wirkte ernstlich verwirrt.

»Sie wissen schon. Eierkopf Zarth. Der große Gimpel mit den riesigen Zähnen. Ihr Leibwächter. Der kleine Felsbrocken überlistet, wenn man ihm eine Stunde Zeit gibt.«

Sie lächelte verbissen. Offenbar war sie nicht in der richtigen Stimmung. »Ich habe ihn entlassen.«

»Und warum haben Sie so was Dämliches getan?« Was bin ich doch für ein Süßholzraspler.

»Ich brauche mir keine Sorgen mehr zu machen. Es scheint so, als hätte die Episode eines Patienten, weil es keinerlei Unterlagen über eine Einweisung gab, mich erledigt. Das Aderlaß-Spital der Kaiserlich Knöpflerschen Wohltätigkeitsstiftung verzichtet ab sofort auf meine Dienste.«

»Also hat man Sie gefeuert. Das tut mir leid.«

»Muß es nicht. Aus Erfahrung wird man klug.«

»Ehm ... wie?« Diese Philosophie hätte auch der Tote Mann äußern können.

»Ich habe festgestellt, daß verbitterte alte Zyniker wie mein Vater recht haben. Keine gute Tat bleibt ungesühnt.«

»Mir gefällt seine Denkweise. Wieso sind Sie hier? Ich meine, ich will mich nicht etwa beschweren. Ich hätte mir keine schönere Überraschung ausmalen können.« Ich hatte Kohldampf. Das konnte ich nicht abstellen, solange ich auf den Stufen meines Heims herumlungerte. Also zog ich den Schlüssel heraus und schob ihn ins Schloß.

»Vermutlich, weil Sie der einzige sind, der weiß, was hier eigentlich vorgeht.«

»Schön wär's!« Die Tür war von innen verriegelt. Ich stieß einen Schrei aus, der mir die Aufmerksamkeit jedes hörenden Wesens innerhalb von zwei Blocks sicherte, und hämmerte wie verrückt gegen die Tür. Keiner reagierte.

»Ist da etwa jemand drin? Mir hat keiner aufgemacht.«

»Hoffentlich sind sie tot. Wenn nicht, bringe ich sie um. Sie saufen mein Bier, fressen meine Vorräte, und jetzt lassen sie mich nicht einmal in mein eigenes Haus. Ich werde sie häuten und mir einen Anzug aus ihrem Fell machen.«

»Was wollen Sie jetzt tun?«

»Wie viele entflohene Patienten sind wieder eingefangen worden?«

»Nur ein paar. Aber die Wärter strengen sich auch nicht besonders an.«

»Ein paar von ihnen sind hier aufgetaucht, und ich habe sie bei mir wohnen lassen.« Der Gottverdammte Papagei veranstaltete da drinnen einen derartigen Zinnober, daß ich ihn durch die Tür hören konnte. Mein Lächeln war so gezwungen, daß man bestimmt meine Gesichtsmuskeln knarren hören konnte. »Wie Sie schon sagten: Keine gute Tat bleibt ungesühnt.«

»Sind sie jetzt hier?«

»Jemand hat die Tür verrammelt. Wenn ich einbrechen muß, werde ich jemanden zu Rattenhäppchen verarbeiten.«

»Übertreiben Sie nicht ein bißchen?«

Natürlich. »Nein!«

Ich erntete eine völlig unerwartete Umarmung. »Anscheinend bin ich nicht die einzige, die einen schlechten Tag hatte.«

»Sobald wir drin sind, schlachten wir einen von diesen Doofmännern und vergleichen unsere schlechten Tage, während wir ihn essen.«

»Seien Sie nicht so grausam. Wer ist es überhaupt?«

»Efeu und Schmeichler.«

»Sind Sie sicher?«

»Jedenfalls benutzen sie diese Namen. So wollen sie genannt werden.« Ich hämmerte gegen die Tür und brüllte weiter. »Sie werden sowieso bald Vergangenheit sein.« Auf der anderen Straßenseite wuchtete sich Mrs. Cardonlos ans Fenster ihrer Pension und warf mir diesen gewissen Blick zu. Ich würde bald die nächste Beschwerde vom Bürgerkomitee kassieren. Wie konnte ich es wagen, auf meiner eigenen Schwelle Lärm zu machen?

Ich warf Mrs. Cardonlos ein Lächeln zu. »Warte nur, bis ich meinen nächsten psychiotischen Killer kriege, Mutter. Ich werde ihm verraten, daß du unbedingt einen richtigen Mann kennenlernen willst.«

»Gibt es nicht einen Geheimgang, um reinzukommen?«

»Sie sind wohl nicht hier in der Gegend aufgewachsen, was? Gäbe es einen Geheimgang, hätten die Ganoven ihn schon längst benutzt, um mir die Bude auszuräumen.«

»Sie erwarten doch wohl nicht, daß ich mich dafür entschuldige, wo ich aufgewachsen bin?«

Vorsichtig, Garrett. »Sie haben sich Ihre Eltern sicher nicht ausgesucht. Achten Sie einfach nicht auf mich. Wenn ich nicht in mein eigenes Haus komme, bin ich schnell gereizt.« Ich widmete mich wieder der Tür.

Die Lady fing langsam an, zu bezweifeln, daß es gut war, bei mir zu bleiben. Ich riß mich besonders zusammen, als Efeu endlich die Tür einen Spalt öffnete, ohne allerdings die Kette loszumachen. Er betrachtete mich.

»Efeu, Herzchen, ich bin's. Das ist mein Haus, und ich würde gern meiner Küche einen Besuch abstatten. Meinst du, daß du ein bißchen in die Hufe kommen könntest?« Ich warf einen kurzen Blick über die Straße. Es sah aus, als wäre jeder, der in letzter Zeit etwas Interesse gezeigt hatte, herausgetreten und schaute zu. Unter den Gaffern stand sogar ein Kerl mit Augenklappe und Ohrring. Ich konnte nicht sehen, ob er ein Holzbein hatte, aber ich wußte, wo er billig einen Papagei erstehen konnte.

Die Tür ging auf. Schmeichler begrüßte mich. »Doc Schätzchen. Garrett. 'tschuldigung. Ich habe in der Küche was saubergemacht. Dachte, Efeu kümmert sich um die Tür.« Efeu war an der Tür zum kleinen Zimmer und blickte mit glasigen Augen hinein. »Anscheinend hat er wieder einen seiner Anfälle.«

»Ich krieg' auch gleich einen.«

»Hattest du einen schlechten Tag?«

»Das trifft grob das Wesentliche.« Aber Schmeichler hörte mir schon nicht mehr zu. Er ging in die Küche.

»Sind diese Männer mit Ihnen geflohen?« wollte Schatz wissen.

»Nicht mit mir. Aber sie waren beide auf meiner Station.«

»Rick Gram kenne ich.« Sie deutete auf Efeu. »Der andere ist mir unbekannt.«

»Schmeichler behauptet, daß er genauso eingeliefert wurde wie ich. Und daß derselbe Kerl ihn reingebracht hat.«

»Hacker Hackebeil?«

»Genau der.«

»Vielleicht. Ich erkenne ihn nicht. Aber auf Ihrer Station waren vierhundert Männer. Und ich war mehr für die weiblichen Insassen zuständig.«

Wir gingen in die Küche. »Es sind keine Vorräte mehr da, Garrett«, verkündete Schmeichler. »Du mußt einkaufen.«

Finster schlang ich einen Arm um Schatz' Schultern und ging mit ihr zur Hintertür. Ich wollte gar nicht zu Hause bleiben. Mit dem Daumen meiner freien Hand rieb ich über die rote Seite meines Holzstückchens. »Ich mach' mich vom Acker, Schmeichler. Wenn noch mal jemand auf die Idee kommen sollte, die Haustür zu verbarrikadieren, reiße ich ihm das Herz raus. Sorg dafür, daß Efeu es begreift.« Intuitiv wußte ich, daß es Efeus Schuld war. Er mochte vielleicht einmal Fernaufklärer gewesen sein, aber jetzt hatte er Bammel vor seinem eigenen Schatten. »Es ist immer noch mein Haus, Schmeichler. Hier läuft es nach meinen Regeln und nach meinem Willen.«

»Bleib cool, Garrett. Ich hab' die Sache unter Kontrolle. Geh du nur mit Doc Schätzchen los und amüsier dich.«

46. Kapitel

»Hoffentlich kampieren heute abend alle Bösewichter der Stadt vor meiner Haustür.« Schatz und ich hatten einen perfekten Abend. Fast perfekt. Ich erlebte nur einen kurzen unschönen Moment in der Kneipe, als ich dort Maya Stumb entdeckte. Früher einmal hatte Maya mehr von mir gehalten als ich selbst.

Sie bemerkte mich nicht. Ich dachte nicht mehr an sie und amüsierte mich prächtig.

Schatz war in Ordnung. Ich konnte mich mit ihr entspannen, erzählte ihr die Geschichten von Garrett, die meine innere Zensur passierten, und sie tat dasselbe mit den Stories von Schätzchen Blaine – auch wenn sie nur wenig über ihre Familie erzählte. Wir vergaßen die Zeit. Und die Zeit vergaß uns. Ein Typ kam zu uns und erklärte verlegen, daß er bald schließen würde. Wir nickten, baten um Verzeihung, bezahlten zuviel und gingen. Wir spazierten die Straße entlang, ohne etwas zu sehen. Die Welt war für uns beide sehr klein geworden. Wir bildeten unser eigenes Universum. Da war es wieder, dieses Gefühl wie damals, als Teenager ...

»Meine Güte, bist du schön ...«, erklärte ich ihr in einem fremden Zimmer. Und das war sie auch, schöner, als ich sie mir vorgestellt hatte.

Ihre Unsicherheit kam durch. »Meine Nase ist krumm«, protestierte sie, »und ein Auge ist höher als das andere, und mein Mund ist krumm, und eine Brust ist größer und sitzt höher als die andere.«

»Du hast auch schlimme Zehen, aber das interessiert mich überhaupt nicht. Hast du gehört, wie ich rumprahle, wie toll ich bin? Sei froh, daß du noch nicht das Ende des Regenbogens gefunden hast.«

»Wir sind zur Zeit alle ziemlich gestreßt, nicht?«

»Absolut.« Niemand fühlte sich nirgendwo so richtig wohl. Die Konflikte stachelten sich gegenseitig an. »Ein Augenblick, der uns kurz von dem Kreislauf der Verzweiflung befreit, ist ein Schatz.«

»War das ein Kompliment? Ich nehme es so.«

Eigentlich war es ein Zitat vom Toten Mann, aber warum sollte ich die Lady unnötig enttäuschen?

Offenbar werde ich alt. Als ich aufwachte, fühlte ich mich schuldig, weil ich nichts Nützliches in Sachen Smaragd Jenn unternommen hatte, eine ungewohnte Empfindung. Ich betrachtete das schlafende Schätzchen, und mir fiel Morpheus' Bemerkung über ihre Klasse ein. Das erinnerte mich an Maya. Ich spürte einen scharfen Stich.

Schatz machte ein Auge auf, ertappte mich, lächelte und streckte sich. Dabei rutschte das Laken von ihrem Körper. Ich schnappte nach Luft, erneut von Staunen übermannt.

Erst eine Stunde später kam ich wieder zur Besinnung und hatte in der ganzen Zeit von meinem »Was wäre wenn« nichts gehört.

»Was hast du vor?« wollte Schatz wissen, nachdem sie alle Einzelheiten des Falles gehört hatte.

»Genau das ist mein Problem. Der gesunde Menschenverstand brüllt mir ins Ohr: Verschwinde! Ich sage mir, daß mich einige Leute benutzt haben und daß ich Geld verdient habe, also: Die Bilanz ist ausgeglichen.«

»Aber ein anderer Teil von dir will wissen, was los ist. Und wieder ein anderer Teil sorgt sich um das Mädchen.«

Ich hütete mich, etwas zuzugeben.

»Waldo hat mir von dem Fall erzählt, bei dem er dir geholfen hatte.«

Natürlich. Es war klar, daß er sich die Chance nicht entgehen ließ, seine große »Es war alles meine Schuld«-Szene hinzulegen. »Waldo?« Duzten sie sich etwa?

»Waldo Zarth.«

»Eierkopf. Manchmal vergesse ich völlig, daß er ja auch einen richtigen Namen hat.«

»Und dein Freund Morpheus hat mir von einem Fall erzählt, in dem eine gewisse Maya und die Schwestern der Verdammnis eine entscheidende Rolle gespielt haben.«

»Ehrlich?« Das überraschte mich.

»Es ist ziemlich offensichtlich, Garrett. Du bist ein Idealist und ein Romantiker. Vielleicht stolperst du über deine Füße, aber du bist einer der letzten wirklich guten Menschen.«

»He! Warte mal! Du treibst mir ja die Schamröte ins Gesicht! Es gibt niemanden, der pragmatischer wäre als der gute alte Garrett.«

»Davon kannst du nicht mal dich selbst überzeugen, harter Mann. Geh, such Smaragd Jenn. Und hilf ihr, wenn es nötig ist. Ich halte mich da raus. Du kannst im Moment keine Ablenkungen gebrauchen.«

»In dem Punkt sind wir uns absolut nicht einig.«

»Kusch, Junge. Wenn du den Fall erledigt hast, schick mir eine Nachricht zum Haus meines Vaters. Ich klopfe schneller an deine Tür, als du sagen kannst: ›Schätzchen ist ein verdorbenes Mädchen.‹«

»Oh-oh.« Nicht schon wieder.

»Was denn?«

»Werd nicht wütend. Aber ich weiß nicht, wer dein Vater ist.«

»Du hast mir nicht nachspioniert?«

»Warum sollte ich?«

»Mein Vater ist Feuerlord Fackler Feuerherz.«

Ach du Heiliger! Ich gab ein Quieken von mir.

»Kennst du ihn?«

Quiek. Normalerweise hühnere ich nicht mit den Töchtern von adligen Zauberern herum, weil ich gern auf die Ehre verzichte, meine Haut als Einband eines Adreßbuchs zu sehen.

»Laß dich davon nicht einschüchtern. Zu Hause ist er nur der gute alte Fackelmann.«

Klar. Darauf habe ich mein Leben lang gewartet: Eine Freundin, deren Alter ein Frontkämpfer ist und will, daß ich ihm auf die Schulter klopfe und ihn Flämmchen nenne.

»Meldest du dich bei mir?«

»Das weißt du ganz genau, du Hexe.« Ich würde nicht widerstehen können.

»Dann mach dich wieder auf deine Suche. Ich finde schon nach Hause.« Sie zog ihr entzückendes Näschen kraus. »Dann wird Paps mir einen Vortrag halten, was meinen Job im Krankenhaus angeht: ›Hab' ich dir doch gesagt.‹ Ich kann ihn schon hören, und ich hasse es, wenn er recht hat. Er liegt nämlich immer richtig damit, daß die Leute grausam und selbstsüchtig und hinterlistig sind.«

Ich holte mir noch einen Abschiedskuß ab und ging nach Hause. Dabei überlegte ich, was einer von Karentas wichtigsten Zauberern hier in TunFaire machte, statt die Aufräumungsarbeiten im Cantard zu überwachen.

47. Kapitel

Ich schlüpfte unbemerkt zur Hintertür hinein. Schmeichler und Efeu waren in der Küche. Der eine war betrunken, und der andere kochte. »Hallo, Garrett«, begrüßte mich Schmeichler. »Der Schrank ist leer.«

»Ich brauch' noch'n Humpen«, artikulierte Efeu undeutlich.

»Sing mir erst ein nettes kleines Liedchen«, knurrte ich. Wenn es ihnen nicht gefiel, sollten sie doch selbst was ändern.

Zu allem Überfluß krakeelte auch noch Der Gottverdammte Papagei herum, daß er vernachlässigt würde. Ob Schmeichler jetzt auch schon Vogelfutter fraß?

Was würde der Tote Mann wohl denken, wenn er inmitten dieses Zoos aufwachte?

»Vermutlich bedeutet das: Ihr müßt weiterziehen und euch nach saftigeren Weidegründen umsehen.«

»Hä?«

»Habt ihr versucht, Arbeit zu finden? Oder eine Behausung? Ich finde, ich habe meinen Teil erledigt.«

»Ehm ...«

»Er hat recht«, erklärte Efeu. Seine Zunge holperte ein bißchen, aber abgesehen davon war er betrunken weit beredter als sein Kumpan im stocknüchternen Zustand. »Wir haben hier nichts zum Haushalt beigetragen. Das liegt zwar möglicherweise daran, daß wir unfähig dazu sind, aber es ist seine Hütte.«

Mist, der Mann schaffte es, mir ein schlechtes Gewissen zu machen, indem er einfach nur die schlichte Wahrheit sagte.

»Ich hab' den blöden Abwasch gemacht, verdammt! Und die Wäsche gewaschen. Die Holzböden geschrubbt, ich hab' sogar Unkrautvernichter auf dieses Ding in der Bibliothek gesprüht, damit die Käfer es nicht auffressen. Also behaupte nicht, ich hätte nichts gemacht, Efeu. Wofür, zum Teufel, hast du diese Mumie da eingelagert, Garrett? Und mußte es ausgerechnet so ein häßlicher Einbrecher sein?«

»Er bietet ein erstklassiges Gesprächsthema. Die Mädchen versichern mir immer wieder, wie süß er ist.«

Aber es nützte nichts. Selbst das weckte ihn nicht.

Schmeichler hörte gar nicht mehr zu. »Und was ist mit dir, Efeu? Was hast du gemacht? Abgesehen davon, soviel von dieser Pferdepisse zu schlucken, daß ich mich frage, wo du das alles läßt. Bist du hungrig, Garrett?«

»Ja.«

»Dann schieb dir den Pfannkuchen zwischen die Zähne. Soße kommt sofort.« Er drehte sich wieder zu Efeu um, doch der war bereits weg, ins kleine Zimmer. Ich aß hastig. Wann sie wohl geheiratet hatten? Schmeichler brüllte durch das ganze Haus.

»Das reicht!« fuhr ich hoch. »War jemand hier?«

»Scheiße, Garrett. Du bist anscheinend der beliebteste Kerl in der Stadt. Irgend jemand klopft immer an deine Tür.«

»Und?«

»Und was? Wenn man sie nicht beachtet, gehen sie wieder.«

»Das war immer meine Philosophie.«

Efeu steckte den Kopf in die Tür. »Da war diese süße Kleine.«

Ich hob meine Braue, aber das waren Perlen vor die Säue.

»Ja, richtig«, meinte Schmeichler. »Efeu hat ihr die Tür aufgemacht. Er hechelt jedem Rock hinterher.«

Efeu zuckte leicht verlegen mit den Schultern.

»Und, was nun, Jungs?«

»Weiß nicht«, erklärte Efeu. »Ich hab' sie nicht verstanden.« Wohl kaum das erste Mal, dachte ich. »Sie erzählte was davon, ob du ihr helfen könntest, ein Buch zu suchen.«

Ein Buch zu suchen? »Linda?«

»Wer?«

»Hat sie dir ihren Namen genannt? Hieß sie Linda?«

Efeu zuckte mit den Schultern.

Keine gute Tat bleibt ungestraft, Garrett. Ich schluckte einen letzten Bissen, kippte einen Becher lauwarmen Tee und ging nach vorn. D. G. Papagei schien zu dieser Stunde weniger unleidlich zu sein.

Alles ist relativ.

Ich spähte durch das Guckloch.

Macunado Street, na gut. Bevölkert von halbintelligenten Lebensformen. Trotzdem brachte es wenig, sie durch ein Guckloch zu betrachten. Ich machte die Tür auf und trat auf die Schwelle.

Ich konnte zwar keinen erkennen, spürte aber die Blicke der Beobachter. Nachdem ich mich auf die Stufen niedergelassen hatte, musterte ich den Gang der Kommerzes. Wie immer wunderte es mich, wieso es alle so eilig hatten. Ich nickte einigen Leuten zu, die ich kannte, meistens Nachbarn. Einige erwiderten den Gruß. Andere hoben ihre Rüssel und wünschten, ich würde in einer großen Rauchwolke verschwinden. Der alte Mr. Stuckle, der bei der Cardonlos logierte, gehörte zu der freundlicheren Fraktion. »Wie geht's, mein Sohn?«

»Hatte ein paar fette Tage, Paps. Und ein paar dürre. Aber jeder neue Tag ist ein Segen.«

»Das kenn' ich doch irgendwoher. Du hast Greta aufgehetzt, das weißt du, hm?«

»Schon wieder? Oder immer noch?«

Er grinste und zeigte mir seine beiden letzten Zahnstummel. »Da sind Sie ja.« Greta Cardonlos lief immer zur anderen Seite über, wenn meine Nachbarn sich aufregten. Wäre sie alt geworden, ohne verbittert zu werden, wenn sie sich in Brittany oder Misty umbenannt hätte?

Wahrscheinlich nicht.

Während ich zusah, wie Stuckle sich dem bebenden

Fleischberg stellte, baute sich eine Göre aus der Nachbarschaft vor mir auf. »Da sind Leute, die Ihr Haus beobachten.«

»Im Ernst?« Becky Frierka schwelgte in der Illusion, an meinen Abenteuern teilhaben zu dürfen. Es machte mir nichts aus, Mädels um mich herum zu haben, aber es war mir schon lieb, wenn sie etwas älter als acht Jahre waren. »Erzähl's mir.« Man weiß nie, woher man etwas Nützliches erfahren kann. Und wenn ich Becky zuhörte, würde sie sich wichtig vorkommen.

An meinen Vater kann ich mich kaum erinnern. Mom zitierte immer eine seiner Philosophien, die lautete, daß man jeden Tag wenigstens eins tun sollte, durch das sich jemand anders gut fühlte. Vermutlich hat sie es erfunden. Leute wie Schönchen haben mir zu verstehen gegeben, daß Mom erfinderisch einige Verschönerungen an der Vergangenheit vorgenommen hatte. Aber es war trotzdem eine gute Idee.

»Danke, Becky. Das ist sehr nützlich.« Ich bot ihr ein paar Heller an. »Und jetzt verschwinde lieber.«

»Du hast diese Dame zum Essen ausgeführt.«

»Was?«

»Gestern abend.«

»Ach ja?«

»Ich will kein Geld. Ich will, daß du mich auch ausführst.«

Ach so. Klar. Wann würde das jemals aufhören? »Woher weißt du, was ich gestern abend getan habe?«

»Ich hab' dich hinten rausschleichen sehen. Und bin dir gefolgt.« Sie grinste verschlagen. »Und weiß, was du getan hast.«

»Bist du eine verkleidete Zwergin? Willst du mich erpressen?«

»Nein. Aber ich könnte dir sagen, wer dir noch gefolgt ist.«

Wow! Davon hatte ich nichts bemerkt. Nicht mal sie war mir aufgefallen. »Ich lausche, Becky.«

»Lädst du mich zum Abendessen ein? Da, wo du die blonde Dame eingeladen hast?«

»Abgemacht.« Kein Problem. Ihre Mutter würde das schon verhindern. »Sobald ich mit diesem Job hier fertig bin. Einverstanden?«

Sie war mißtrauisch, weil ich zu schnell nachgegeben hatte. »Abgemacht«, sagte sie trotzdem. »Und glaub ja nicht, daß du dich da rausschlängeln kannst.«

»Jetzt erzähl mir, wer mir gefolgt ist, Rotzlöffel.«

»Ein Mann. Ein böser Mann. Er war nicht sehr groß. Aber er war trotzdem sehr gewaltig.« Sie breitete die Arme aus. »Und er ging merkwürdig.« Sie machte es mir vor.

»Eisenfaust.« Ich dachte laut. Zwar hatte ich Eisenfausts Gang nicht miterleben dürfen, aber er mußte es sein.

»Eisenfaust?«

»So heißt der Mann. Vermutlich war er es. Hatte er richtig große Hände?«

»Weiß ich nicht.«

Großartig. »Was hat er gemacht?«

»Er ist dir einfach nur überallhin gefolgt. Nach einer Weile ist er weggegangen. Er ist wirklich seltsam, Garrett. Er hat die ganze Zeit mit sich geredet.«

»Wahrscheinlich liegt das daran, daß sonst niemand mit ihm plaudern will.« Ich sah Eierkopf Zarth auf mich zukommen. Mir fiel kein Grund für seinen entschlossenen Schritt ein. »Danke, Becky. Aber jetzt mußt du wirklich verschwinden.«

»Vergiß es nicht. Du hast es versprochen.«

»Wer? Ich? Mach dich jetzt vom Acker.« Hoffentlich vergaß sie es, aber soviel Glück habe ich nie. »Wer ist gestorben?« fragte ich Zarth. Der Klotz atmete nicht mal schwer.

»Hä?«

»Du bist auf mich zugestürmt, als würdest du die schlimmsten schlechten Nachrichten überbringen, die je ein Bote gebracht hat.«

»Wirklich? Dabei habe ich nur an Letitia gedacht.«

»Das ist meine Herzensdame. Du hast sie noch nicht kennengelernt.« Eierkopf hatte immer eine neue Freundin. Er hatte keine sichtbaren Blessuren, also war sie vielleicht netter als die anderen.

»Willst du dir einen Rat in Liebesdingen holen?«

»Von dir?« Sein Ton war nicht besonders freundlich.

»Von Ihro Gnaden da drinnen. Der weltweit besten Koryphäe.« In allem. Laut Selbstauskunft.

»Da wir gerade von ihm sprechen: Hast du ihm die neuesten Nachrichten aus dem Süden gegeben?«

»Ist denn was passiert?« Auf der Straße war die Stimmung nicht so angeheizt, wie sie es wäre, wenn es große Neuigkeiten aus dem Cantard gäbe.

»Es ist noch nicht allgemein bekannt, weil es ein großes militärisches Geheimnis sein soll, aber ich habe es vom Ehemann meiner Schwester, dessen Vetter für den Sturmwächter Brenner Dickschädel arbeitet. Die Erste Kavallerieschwadron hat Glanz Großmonds Hauptquartier überfallen.«

»Unsere Jungs haben sein Versteck schon fünfmal gefunden, du albernes Erdhörnchen.« Eierkopf war ein gutmütiger Bursche und kam nicht so ganz mit der Realität zurecht. Er hatte als einfacher Infanteriesoldat gedient und litt unter der im Heer verbreiteten Illusion, daß die Kavallerie etwas Besonderes sei. Also wirklich! Sie sind nicht mal Marines! Dazu kann man noch die Tatsache rechnen, daß sie blöd genug sind, auf Pferde zu steigen ...!

»Es war das richtige Hauptquartier. In einem alten Vampirnest.«

Etwas an seinem Ton machte mich stutzig. »Sag bloß nicht ...«

»Genau das.«

»Das Leben ist schon merkwürdig.«

Ein früherer Fall hatte mich zurück in das Kriegsgebiet geführt. Im Laufe dieser Ereignisse waren Morpheus und ich und noch einige andere in ein unterirdisches Vampirnest eingedrungen, eine wahre Hochburg des Horrors. Wir hatten Glück gehabt und konnten entkommen. Dann haben wir der Armee Bescheid gesagt, und die Soldaten haben sich ein bißchen Urlaub vom Krieg genommen.

Der Krieg gegen Vampire ging vor.

Das war, kurz bevor Großmond rebellierte.

Einer aus meiner Gruppe war ein Zentaur gewesen. »Gibt es da noch etwas?« Zarth war unruhig. Es mußte noch etwas sein.

»Ja. Der Angriff war eine Riesenüberraschung. Sie wußten kaum, was über sie gekommen ist, da war es auch schon vorbei. Sie konnten nicht mal ihre Unterlagen zerstören.«

Also ging Großmond allmählich das Glück aus.

»Was kommt unter dem Strich dabei heraus?«

»Die Dokumente zeigten, daß er gar nicht mehr im Cantard ist. Unsere Großkopfeten jagen Phantome.«

Manchmal habe ich helle Momente. »Und die einzigen Dokumente, die die Republikaner zerstörten, waren die, aus denen ersichtlich gewesen wäre, wo der Große Boß sich aufhält?«

»Woher weißt du das?«

»Ich kann gut raten.« Das würde den Toten Mann brennend interessieren. Sein Hobby war, Glanz Großmond nachzuspüren und seine Aktionen vorherzusagen.

»Hat man etwas aus den Gefangenen herausgeholt?«
»Sie haben keine Gefangenen gemacht, Garrett.«
»Man macht immer Gefangene.«
»Diesmal nicht. Sie hatten zwar keine Chance, aber sie wollten nicht aufgeben.«

Das konnte ich nicht glauben. Wie fanatisch eine Gruppe auch sein mag: Einer findet sich immer darunter, der nicht sterben will.

»Aber deshalb bin ich nicht gekommen, Garrett.«
»Nein?«
»Winger wollte, daß ich ...«
»Winger? Wo ist dieses übergroße ...?«
»Wenn du mal kurz die Klappe hältst, dann könnte ich dir vielleicht etwas darüber erzählen.«

Das war der beste Rat, den ich je bekommen hatte. Er wiederholte damit Vorschläge meiner Mutter und des Toten Mannes. Man hört schwer, wenn man selber den Mund aufreißt. Also klappte ich meinen zu.

»Winger läßt dir bestellen, daß ihr beide zwar nicht mehr am selben Strang zieht, du aber wissen solltest, daß man diesen Weststadtheinis genau eingeschärft hat, was sie dir erzählen sollten. Du solltest in eine andere Richtung geleitet werden.«

Er sah mich an, als hoffte er, ich würde es erklären.

Ich dachte kurz darüber nach. Robin und Penny hatten Klartext gesprochen. Vielleicht hatten sie ja die eine oder andere Tatsache vergessen, aber sie hatten sich dicht an der Wahrheit gehalten. Warum hatten sie mich auf Adolph Sankt Norden gehetzt? Und warum wollte Winger mich wieder ablenken?

Es stank geradezu danach, als zerrte jemand einen platten Skunk über die Spur. Eine große Blonde mit zuviel Vertrauen in meine Naivität. »Woher soll sie das wissen?«

»Vermutlich von ihrem Freund.«

»Ihrem was? Freund? Seit wann hat sie denn einen?«

Eierkopf zuckte mit den Schultern. »Sie tändelt schon eine Weile mit ihm herum. Aber sie hat keine Verlobung bekanntgegeben. Wahrscheinlich will sie nicht, daß wir es wissen. Wenn du ab und zu aus deiner Höhle rauskommen würdest, wüßtest du es selbst.«

Da hatte er recht. Information war der Lebenssaft meines Berufes, und Verbindungen waren das Skelett. Ich kümmerte mich weder um das eine noch um das andere angemessen. Das hatte ich getan, bevor ich mit dem Toten Mann zusammengezogen war. »Sprich weiter.«

»Sie wollte dich nur warnen. Damit du nicht in etwas Unerwartetes reinrasselst.«

»So ist sie, mein guter Kumpel. Hat immer mein Wohl im Auge. Sie konnte wohl nicht selbst kommen, was?«

Eierkopf grinste. »Vermutlich will sie nicht so nah an dich rankommen, daß du sie in die Finger kriegen kannst.«

»Ach was, sieh mal an.« Ich blickte über meine Schulter. Die Jungs und der Vogel beachteten mich nicht. »Ich werde Morpheus einen Besuch abstatten. Wenn du mitkommen willst, geb' ich dir einen aus.«

48. Kapitel

Morpheus wirkte nicht sehr erfreut, Eierkopf zu sehen. Er warf mir einen finsteren Blick zu. Ich verstand den Grund nicht. Eierkopf war ein guter Kunde.

Trotzdem leistete Ahrm uns Gesellschaft. Und es wurde sofort klar, daß er abgelenkt war. Er hörte nur mit einem Ohr zu und behielt dabei die ganze Zeit die Tür im Auge.

»Ich habe das meiste rausgefunden«, erklärte ich.

»Hm?« Wie schaffte er es, soviel Skepsis in einen einzigen Laut zu legen?

»Als Maggie Jenn die Stadt verlassen hat, war sie so verbittert, daß sie nie zurückkommen wollte. Ihr Liebhaber war ermordet worden, seine Familie hat sie gehaßt, und trotzdem mußte sie alles erdulden, damit sie behalten konnte, was er ihr geschenkt hatte. Sowohl wegen des Kindes als auch um ihrer selbst willen. Ihr alter Kumpel Hacker Hackebeil, der vielleicht auch ihr Bruder sein mochte, hat sich für sie ausgegeben, um die Häuser in der Oberstadt auszukundschaften, die er ausrauben wollte; also hat sie ihn dazu gebracht, sie zu spielen, wenn sie ihre jährliche Aufwartung auf dem Hügel machen mußte. So konnte er TunFaire betreten und verlassen, ohne von Kain Kontamin verspeist zu werden. Dabei hat er Kontakte zur Kaiserfamilie geknüpft, ihr einen Bären aufgebunden und ist so in den Vorstand vom Aderlaß-Spital gekommen. Ich wette, daß er sowohl im Krankenhaus als auch in der Oberstadt gestohlen hat.

Und jetzt müßt ihr euch folgendes vorstellen: Eines Tages kamen Beutler und Sattler mit der Geschichte von Kain und seiner kleinen Tochter an. Hacker hat sich geradezu daraufgestürzt. Auf sowas hatte er immer schon gewartet. Das war seine große Chance, eine ganz große Nummer in der Großen Stadt zu werden. Aber es gab einen wunden Punkt: Smaragd Jenn. Sie wohnte in der Stadt, war eine Ausreißerin. Sie kannte die Wahrheit über Maggie Jenn und Hacker Hackebeil. Und sie würde sie auch erzählen.«

Morpheus und Eierkopf sahen aus, als hätten sie Schwierigkeiten, es zu kapieren. Warum? Es war doch ganz einfach.

»Also hat Hacker versucht, hier eine Organisation aufzuziehen, aber keiner wollte mitmachen, weil sie alle Kains alten Groll fürchteten. Außer Winger. Und selbst die hat angefangen sich zu fragen, was das eigentlich alles sollte. Aber sie witterte die Möglichkeit, viel Geld zu verdienen. Als Hacker erwähnt hat, daß er so unauffällig wie möglich nach dem Mädchen suchen wollte, damit es niemand erfuhr, hat Winger mich ins Spiel gebracht. Sie hat sich wohl ausgemalt, sie könnte mich auf irgendeine Art benutzen. Hacker hat seine Maggie-Jenn-Verkleidung angelegt und mich engagiert. Leider hab' ich es versaut, weil ich verraten habe, daß man mich vor Maggies Besuch gewarnt hat. Er hat sofort den Braten gerochen: Jemand aus seinen eigenen Reihen hatte ihn verpfiffen. Wer, wußte er nicht sofort. Aber er war ein guter Schauspieler und hatte keine Schwierigkeiten, die Rolle mir gegenüber lange genug durchzuhalten und sie in der Residenz zu Ende zu bringen. Sobald ich weg war, ist er in sein Hauptquartier gegangen und hat sich etwas ausgedacht, um mich loszuwerden. Jemand anders würde den Job übernehmen, das Mädchen zu suchen.

Winger hat mitgekriegt, wie er seine Schläger losgeschickt hat. Und sie hat begriffen, daß er auch bald erfahren würde, wer mich auf sein Kommen vorbereitet hatte. Sie hat alles eingesackt, was sie schleppen konnte, und ist gestürmt. Dann hat sie mir bei der Flucht aus dem Aderlaß-Spital geholfen.

Auf die Frage, was wirklich los war, hat sie mir eine doppelte Portion Mist erzählt. Sie hoffte immer noch, den großen Preis zu gewinnen, deshalb hält sie sich jetzt von mir fern.«

Beißer brachte uns Tee, während ich meine Theorien darlegte. Morpheus schenkte ein, nippte daran und schnitt eine Grimasse. Offenbar stammten die Teeblätter nicht von einem Teestrauch. Kein Wunder. Hier wurde nie was Normales serviert.

Ahrm war immer noch abgelenkt. Er hörte zwar zu, aber jedesmal, wenn die Tür aufflog, ging seine Konzentration flöten. Trotzdem hatte er genug mitbekommen. »Deine Hypothese widerspricht zumindest keinen bekannten Tatsachen.«

»Das weiß ich, schließlich hab' ich sie mir ausgedacht. Aber? Ich weiß genau ... du hast ein ›Aber?‹ im Ärmel.«

»Eine ganze Menge davon. Du widersprichst zwar keinen Tatsachen, aber du kannst damit nicht alles erklären, was um dich herum passiert. Und du hast Hackers Motivationen nur sehr spärlich erhellt.«

»Was? Sekunde mal. Das versteh' ich nicht.«

»Würde sich Kains Tochter davor drücken, die Pflichten eines Oberboss' wahrzunehmen?«

»Wohl kaum. Sie ist eiskalt und eisenhart.« Ich hatte genug Beulen und Froststellen, die das bewiesen.

»Eben: Was also Beutler und Sattler auch behaupten mögen: Der Aufenthalt in der Stadt ist ein sehr großes Risiko für Hackebeil. Ich habe den Profi identifiziert, der dich verfolgt. Er heißt Karbunkel. Gottlob Karbunkel. Er ist ein Spezialist, der dich bewachen soll. Dreimal darfst du raten, warum. Nur der erste Versuch zählt.«

Ich nickte. »Mich wundert nur, daß man G. K. erst hier gesehen hat, seit ich meinem Kumpel Morpheus Ahrm gegenüber den Namen Hackebeil erwähnt habe. Anscheinend hat mein sogenannter Kumpel noch eine offene Rechnung mit Hackebeil zu begleichen und läßt mich überwachen, um an den Regenmacher ranzukommen. Kann das sein?«

Morpheus zuckte nur mit den Schultern, was so gut wie ein besiegeltes Geständnis war.

Nicht, daß er es bedauert hätte. Er blickte nie zurück und entschuldigte sich selten. Dafür sah er auch jetzt keinen Grund. »Wie sieht Winger das?«

»Ich weiß es nicht. Und es spielt wohl auch keine große Rolle. Wahrscheinlich weiß sie selbst nicht, was sie tut, sondern will einfach nur die Suppe am Kochen halten, bis sie einen Weg findet, einen Treffer zu landen.«

Morpheus lächelte unmerklich.

»Weißt du etwas, was ich nicht weiß?«

»Nein, du bist mir einen Schritt voraus. Obwohl du dir ziemlich viel Zeit läßt, den entscheidenden Punkt zu begreifen.«

»Ach wirklich? Und welcher wäre das?«

»Winger hat dich von vorn bis hinten belogen. Von Anfang an. Man kann ihr kein Wort glauben. Und alles, was sie sagt, sollte man schlicht überhören.«

»O ja, das weiß ich.«

Ich wußte es jetzt, wo ich genauer hinsah. Vergiß alles, was Winger sagt. Na klar.

49. Kapitel

»Ich habe Paddel überredet, dir einen Gefallen zu tun, Garrett«, erklärte Morpheus. Ich sagte nichts dazu, sondern wartete auf den unvermeidlichen Spruch.

Erneut hielt Morpheus mich zum Narren. Der Spruch kam nicht. »Hm?«

»Ich hatte das Gefühl, daß du nicht bis zu Quefour vordringen würdest.«

»Hat Paddel ihm Angst eingejagt?«

Morpheus nickte.

»Zeitverschwendung?«

»Paddel ist immer noch verschnupft.«

»Was ist dabei herausgekommen?«

»Quefour behauptet, er hätte das Mädchen seit acht Monaten nicht mehr gesehen. Von sich aus. Er hat den Kontakt abgebrochen, weil sie nicht so wollte wie er. Sie scheint ziemlich spröde zu sein.«

»Und natürlich hat Quefour nicht den geringsten Schimmer, wo man sie jetzt finden könnte, richtig?«

»Falsch.«

»Hä?« Ich hatte schon immer eine Neigung für geistreiche Erwiderungen.

»Er hat mir geraten, mich in der Hexengemeinde umzusehen. Das Mädchen sucht anscheinend etwas Bestimmtes. Seiner Meinung nach sollten wir bei den schwärzesten Schwarzen Magiern anfangen. Dorthin wollte sie, als sie sich getrennt haben.« Ahrm lächelte bösartig.

»Willst du damit sagen, Hackebeil hätte sie mit der Wahrheit reingelegt?«

»Vielleicht nur, damit du dich in die richtige Richtung bewegst.« Seine Zähne blitzten. Er mußte etwa zweihundert davon haben. Und es sah aus, als hätte er wieder damit angefangen, sie zu feilen. »Dachte mir schon, daß dich das aufweckt.«

»Wie ein Tritt in den Hintern.« Es wurde immer verwikkelter. Ich machte Anstalten, aufzustehen.

»He!« knurrte Eierkopf. »Du hast mir gesagt ...«

»Fütter dieses Biest, Morpheus. Mit irgendwas Preiswertem. Zum Beispiel Hirsegrütze.«

»Wohin gehst du?«

Ich wollte es ihm sagen, aber da fiel mir auf, daß ich es selbst noch nicht wußte.

»Aha. Warum gehst du nicht einfach nach Hause? Verrammel die Tür, mach's dir gemütlich, lies was, und warte auf Dean. Vergiß Hacker Hackebeil und Smaragd Jenn.«

Ich bedachte ihn mit meinem mißtrauischsten Blick.

»Du hast doch schon eine Vorschuß bekommen, oder? Diese Jenn-Göre scheint sehr gut auf sich selbst aufpassen zu können.«

»Beantworte mir eine Frage, Morpheus. Warum ist sie von zu Hause weggelaufen?« Es könnte wichtig sein, wenn es in diesem Fall überhaupt um ein verschwundenes Kind ging.

»Dafür gibt es genauso viele Gründe wie Ausreißer.«

»Aber die meisten kann man darauf zurückführen, daß die Kinder der elterlichen Kontrolle entkommen wollten. Ich weiß nicht viel über Smaragd. Und ich weiß nicht genug über ihre Mutter. Ihre Beziehung ist mir ein Rätsel.«

»Was habe ich dir eben empfohlen? Stocher weiter nicht darin herum, Garrett. Du hast keinen Grund mehr dafür. Und noch mehr Ärger kannst du nicht brauchen. Laß los. Gib ein bißchen Geld aus und verbring deine Zeit mit Schatz.«

»Was?«

»Die Götter mögen uns behüten«, knurrte Eierkopf. Er ließ die Kelle kurz sinken. »Er hat wieder diesen Blick, nicht?«

»Welchen Blick?«

Die Antwort gab mir Morpheus. »Diesen dummen, eigensinnigen Blick, den du immer dann kriegst, wenn du kurz davor bist, mit beiden Beinen in eine Sache zu springen, ohne daß selbst du einen Grund angeben könntest.«

»Kurz davor? Ich steckte schon seit vier Tagen in der Sache drin.«

»Und jetzt bist du draußen, weil du spitzgekriegt hast, daß es ein Spiel ist, für das du nicht engagiert worden bist. Du bist wie üblich herumgestolpert und hast Geschirr zerdeppert. Jetzt ist es vorbei. Du bist draußen. Und du bist solange in Sicherheit, wie du niemanden wirklich wütend machst. Nimm es als ein Phänomen. Du rennst doch auch nicht wie ein Verrückter durch die Gegend und versuchst rauszufinden, warum es bei den Landungsbrücken drei Tage lang Frösche regnet, oder?«

»Aber ...« Das hier war was anderes.

»Es ist nicht mehr nötig, das Mädchen zu suchen. Nicht um ihretwillen, wenn es das ist, was dich antreibt.«

»Garrett!« Ich sprang auf, weil ich nicht damit gerechnet hatte, daß Eierkopf so laut brüllen würde. Alle im Gastraum starrten ihn an. »Es klingt logisch. Also hör auf ihn. Nichts, was ich bisher von dem Fall gehört habe, deutet darauf hin, daß sich diese Leute wirklich Sorgen um das Mädchen machen.«

»Morpheus klingt immer vernünftig«, gab ich zu.

Ahrm sah mich scharf an. »Aber?«

»Nichts aber. Ich meine es so. Du hast den Punkt getroffen. Es bringt nichts, wenn ich in diesem Fall weitermache.«

Morpheus beäugte mich, als hielte er mich für so verrückt, daß er mich gleich in eine andere nasse Decke wickeln wollte. »Ich meine es wirklich«, beschwere ich mich. »Ich geh' nach Hause, ärgere mich mit Eleanor herum und leg' mich aufs Ohr. Morgen mache ich mich dann daran, meine Gäste rauszuwerfen. Alle. Nur eins beschäftigt mich noch.«

»Und das wäre?« Morpheus war nicht überzeugt. Ich konnte nicht glauben, daß sie annahmen, ich wäre so sehr mit dem Edler-Ritter-Bazillus infiziert.

»Könnte Smaragd ein anderer Hacker Hackebeil in Verkleidung sein? Glaubt ihr, er könnte sich so gut schminken, daß er als Achtzehnjährige durchgeht?«

Morpheus und Eierkopf wollten mich fragen, warum er das überhaupt tun sollte, aber es kam kein Wort über ihre

Lippen. Sie wollten mir nichts zum Fraß vorwerfen, was mich auf die Jagd nach etwas möglicherweise Tödlichem bringen konnte.

»Ich bin einfach nur neugierig. Immerhin hat er den Ruf, ein Meister der Verkleidungen zu sein. Und Lou Latsch hat mir gesagt, er wäre der Meinung, seine Tochter sei tot. Vielleicht ist dieser ganze Plan ja noch viel komplexer, als wir alle gedacht haben. Vielleicht hat Hackebeil in der Oberstadt nicht nur Spuren gelegt. Vielleicht hat er ja eine ganze Rolle erfunden.«

»Du bist verrückt, Garrett«, schnarrte Morpheus.

Eierkopf stimmte ihm zu. »Ja.« Es war ihm so ernst, daß er sogar die Kelle weglegte. »Ich weiß, daß ich nicht so schlau bin wie ihr beide, aber ich weiß, daß man sich in neunhundertneunundneunzig von tausend Fällen an die einfachste Erklärung halten kann. So laufen die wahren Geschichten nun mal.«

Was sollte nur aus der Welt werden, wenn Eierkopf anfing, so klug daherzureden? »Streite ich das ab? Ich stimme euch sogar zu. Manchmal ist so ein Gehirn wie meins ein Fluch. Danke, Morpheus. Für alles. Selbst, wenn du es nicht meinst.« Ich ließ genug Geld da, um auch Eierkopfs Essen zu bezahlen, obwohl ich es auch bis zur Straße geschafft hätte, bevor ihnen aufgefallen wäre, daß die Rechnung noch offen war. Vermutlich hatte Eierkopf es verdient. Er war nicht so vom Glück verfolgt wie ich. Er lebte selten anders als von der Hand in den Mund.

Ich, Garrett, war draußen. Was auch immer es für ein Spiel gewesen sein mochte. Ich würde nach Hause gehen, aufräumen, ein paar Bier trinken, ein Bad nehmen und mir einen Plan machen, der beinhaltete, mich häufig mit Schatz Blaine zu treffen.

Aber ich blieb wachsam, nachdem ich Morpheus' Kneipe verlassen hatte. Als erwartete ich, daß die alte Bande draußen wartete und mich wieder den Freuden des Aderlaß-Spitals ausliefern würde. Ich paßte den ganzen Heimweg über auf.

Das Aderlaß-Spital war sehenswert, so sagte man. Angeblich verschwand es hinter immer größeren Gerüsten.

Meine Aufmerksamkeit war Verschwendung. Keiner hatte was mit mir vor. Ich wurde nicht mal verfolgt. Ich fühlte mich richtig vernachlässigt.

Ich hatte noch nie einen so aufregenden Fall gehabt wie diesen hier, aber einige kleinere Jobs waren ähnlich gelaufen. Normalerweise endeten sie damit, daß ich vergeblich auf mein Honorar wartete. Stolz rief ich mir ins Gedächtnis, daß ich diesmal auf eine Anzahlung bestanden hatte.

Ich würde zwar vom Toten Mann keine Pluspunkte bekommen, aber er mußte wenigstens zugeben, daß ich manchmal auch in der Lage war, mich sachlich zu benehmen, selbst wenn ich einer lüsternen Rothaarigen gegenübersaß.

50. Kapitel

Obwohl ich gut geschlafen hatte, wachte ich auf und war rastlos. Ich schrieb es der Tatsache zu, daß ich vor Mittag aufgestanden war, obwohl mich Efeu diesmal nicht belästigte. Ob sich der Tote Mann gerührt hatte? Ich ging kurz in sein Zimmer, aber dort gab es keinerlei Anzeichen dafür, daß er erwacht war. Was hatte ich erwartet? Ob er nun wach ist oder schläft: Sein Aussehen verändert sich nur über sehr große Zeitspannen.

Schmeichler und Efeu waren ungewöhnlich devot. Sie spürten, daß ich sie rauswerfen wollte. Und ich hatte auch schon eine Vorstellung, wo ich sie unterbringen konnte. Aber die alte Cordonlos glaubte kein Wort von dem, was ich ihr über die beiden an positiven Eigenschaften ins Ohr flüsterte, Miststück!

Also fragte ich nach dem Essen jemanden um Rat, dem ihr Wohlergehen vielleicht etwas mehr am Herzen lag. Immerhin, Lou Latsch hatte eine Idee. Nach kurzer Zeit hatten meine beiden Kriegskameraden vorübergehende Jobs und eine vorübergehende Behausung, und ich hatte, o Wunder!, mein Haus wieder für mich allein. Abgesehen vom Toten Mann und Dem Gottverdammten Papagei natürlich. Dieser verfluchte Vogel hatte sich versteckt, bevor Efeu ihn aufspüren und mitnehmen konnte. Meine großzügige Selbstaufopferung war verschwendet gewesen.

Es würde eine Weile dauern, bis Dean wiederkam. Ich schöpfte Hoffnung. Was war mit Schatz ...?

Ich besprach es mit Eleanor. Sie hatte keine Einwände. Also schrieb ich einen Brief und beauftragte ein Kind aus der Nachbarschaft, ihn Schatz zu bringen. Er bestand aus einem Bonus, weil er sich dem Haus eines Zauberers nähern müßte.

Immer wieder musterte ich die Straße, während ich dem kleinen Söldner seinen Marschbefehl gab. Niemand schien auch nur im Entferntesten an Garretts Haus interessiert zu sein. Selbst meine Nachbarn ignorierten mich. Trotzdem fühlte ich mich unwohl.

Ich stritt mit dem Gottverdammten Papagei, bis das langweilig wurde, und sprach dann mit Eleanor. Ich war einsam. Man hat keinen besonders abwechslungsreichen Bekanntenkreis, wenn dieser aus einem sprechenden Vogel, einem

Gemälde und einem Typ besteht, der nicht nur seit einigen Wochen schläft, sondern auch seit einigen Jahrhunderten tot ist und keinen Fuß vor die Tür gesetzt hat, seit man ihn kennt.

Meine Freunde hatten recht. Was für ein Leben ...

Endlich klopfte jemand. Ich hätte ihn ignoriert, wenn ich nicht auf Nachricht von Schatz gewartet hätte.

Sicherheitshalber sah ich vorher durch das Guckloch.

Es war der Junge. Er hielt einen Brief hoch. Ich öffnete, gab ihm ein Extratrinkgeld, peilte noch mal die Lage und bemerkte noch immer nichts Ungewöhnliches. So mag ich es.

Ich machte es mir hinter meinem Schreibtisch gemütlich, las den Brief und teilte dann Eleanor die Neuigkeiten mit. »Schätzchen sagt, sie will mich abholen. Wie findest du das? Ganz schön keck, das Weibsbild, was?«

Nach einer kurzen Pause fuhr ich fort: »Na gut, sie ist kein Weibsbild, sondern eine Vorreiterin der Neuen Frauen. Es geht übrigens genauso unkonventionell weiter. Sie will mich irgendwo mit hinnehmen, wo es ihr gefällt. Und sie bringt ihren Alten mit.«

Sie ist nur ein Gemälde, rief ich mir ins Gedächtnis. Mein Geplapper war nur Zuneigung. Es bestand leider nicht mehr die Möglichkeit, daß Eleanor mich mit ihrem geisterhaft glockenhellen Lachen erfreuen konnte.

Ich hatte keine große Lust, Schatz' Papa kennenzulernen. Er gehörte zu den zwanzig besonders gemeinen Zauberern auf dieser Seite der Kugel. Hoffentlich war er kein Daddy der altmodischen Art. Mit Fanatikern, die mit Schaum vor dem Mund das Lob der unbefleckten Tugend preisen, komme ich nicht so gut klar.

Hat Eleanor wieder geisterhaft gezwinkert? »Sie sagt, daß er nur ein paar Fragen nach Maggie Jenn und Hacker Hackebeil hat.«

Klar. Das bereitete mir noch mehr Kummer, als wenn sie mir verraten hätte, daß ein wütender Paps mich erwartet.

Aber es hatte keinen Sinn, jetzt einen Aufstand zu machen.

Eleanor bestand darauf, daß dies eine großartige Gelegenheit war, Kontakte zu den Reichen und Mächtigen zu knüpfen. »Na gut, Süße. Du weißt, wie ich Beziehungen zu den Wohlhabenden und Berühmten einstufe: Es ist genau das, was ich nie wollte.«

Ich verließ mein Büro und machte mir mein Mittagessen.

Meine Gäste hatten mir meine Schuhe und einen Krug Wasser übriggelassen. Halbvoll, versteht sich.

51. Kapitel

Der Abend begann mit einer Rückbesinnung auf meine Lebensphilosophie. Erwarte das Schlimmste, und du kannst nicht enttäuscht werden. Schatzis alter Herr war umwerfend. Wäre ihm danach gewesen, hätte er mich platt wie einen Kuhfladen machen und mich über den Fluß werfen können.

Ich war überrascht. Er war kein Zentaurenschreck, sondern sah aus wie ein ganz normaler Bursche um die fünfzig. Sein schwarzes Haar war halb ergraut. Er hatte einen kleinen Bauch und war etwa zehn Zentimeter kleiner als ich. Dafür war er makellos gepflegt und barst geradezu vor Gesundheit. Das waren die deutlichsten Anzeigen der Macht. Aber er war nicht besser gekleidet als ich und hatte die gebräunte und rauhe Haut eines Burschen, der viel Zeil im Freien verbrachte. Und besonders selbstverliebt schien er auch nicht zu sein.

Es stellte sich heraus, daß er einer dieser guten Zuhörer war, die einen dazu bringen, Dinge zu erzählen, von denen man gar nicht wußte, daß man sie wußte. Diese Fähigkeit mußte ihm an der Front gute Dienste geleistet haben. Die besten Anführer waren diejenigen, die gute Ohren hatten.

Er unterbrach mich nur zweimal, mit knallharten Fragen. Noch bevor ich zu Ende gesprochen hatte, verhielt ich mich genauso wie bei meinen Selbstgesprächen mit Eleanor: Ich sprach mehr zu mir selbst, dachte sozusagen laut.

Ich kam zum Schluß der Geschichte. Schatz sah ihren Vater an. Der schwieg. »Wieso interessieren Sie sich dafür?« fragte ich ihn. »Wegen Schätzchen und dem Krankenhaus?« Auch er nannte sie Schätzchen.

»Unser Heim wurde von den Verbrechern ausgeräumt, die während der Affäre zwischen Teodoric und Maggie Jenn ihr Unwesen trieben.«

Mit sanfter Mißbilligung sah ich Schätzchen an. Das hatte sie mit keinem Sterbenswörtchen erwähnt.

»Ein paar Gegenstände konnten sichergestellt werden. Sie deuteten auf Hacker Hackebeil – der spurlos verschwunden war.«

»Und Sie haben ihn nicht mit dem Hackebeil aus dem Krankenhaus in Verbindung gebracht?«

»Ich war nicht hier, als Schätzchen beschlossen hat, für das Wohl der Allgemeinheit zu arbeiten. Außerdem hätte ich auch im Vorstand des Aderlaß-Spitals keinen ordinären Dieb vermutet.«

»Nein? Ich würde ja als erstes ... Autsch!« Ich klappte meinen Mund zu, als Schätzchen mir unter dem Tisch gegen das Schienbein trat.

Die Miene des Feuerlords sagte mir, daß ich ihn nicht zum Narren halten konnte. Er war in Ordnung. Miese Typen sucht man im Schatten. Es sei denn, man ist Zyniker.

»Ich dachte immer, Jenn hätte was damit zu tun, Garrett. Diese Raubzüge sind mit militärischer Präzision durchgeführt worden. Kein Außerstehender konnte den Ablauf des Familienlebens so gut kennen. Aber man darf natürlich die königliche Konkubine nicht des Diebstahls bezichtigen.«

»Verstehe.« Jedenfalls fast. Schätzchen lächelte mich aufmunternd an, mich zu entspannen. Vergeblich. Ich hatte so eine Ahnung, worauf ihr Daddy hinauswollte.

Wie sich herausstellte, lag ich ganz richtig.

»Ich bin nicht weniger rachsüchtig als jeder andere«, erklärte Blaine. »Doch selbst jetzt kann ich Jenn nicht zur Verantwortung ziehen, sosehr die königliche Familie sie auch verabscheut. Sie hütet auch ihre schwarzen Schafe. Aber Hackebeil hat keine Freunde mit Einfluß und keinen Schutzengel. Schätzchen hat gesagt, Sie wüßten, daß wir Oberst Block kennen. Ich habe zwar einige Fäden innerhalb der Wache und auch woanders gezogen, aber es wäre mir lieber, wenn Sie Hackebeil auftreiben könnten. Sollte es nämlich Block gelingen, dann endet das vor Gericht. Ich ziehe es vor, mit Hackebeil persönlich abzurechnen.«

Klatsch! Die Urmutter aller dicken Geldbeutel landete auf dem Tisch. »Hübsche Handarbeit«, bemerkte ich.

Ich erntete ein schwaches Lächeln. »Schätzchen schildert Sie in rotglühendsten Farben, Garrett. Wart Block allerdings vermutet stark, daß Sie noch nicht übers Wasser schreiten können.« Ich warf Schätzchen einen Seitenblick zu. Sie leuchtete entzückend rot. »Aber ich kenne Block, also habe ich um andere Meinungen gebeten.«

Sollte ich beeindruckt sein? Blaine klang etwas geschwollen.

Ich bot dem Feuerlord Gelegenheit, meinen berühmten Brauen-Blick-Trick zu genießen. Es klappte. »Man sagt, Sie wären der Beste Ihres Fachs, aber täten nichts von sich aus.«

Er streichelte den Geldbeutel, als wäre er eine schöne Frau. »Zum Teufel, Mann! Haben Sie nicht auch ein Hühnchen mit Hackebeil zu rupfen? Sie hätten fast den Rest Ihres Lebens auf der Psychiatrischen verbracht.« Er schob den Geldbeutel fünfzehn Zentimeter dichter an mich heran.

Schätzchen lächelte und nickte aufmunternd. Vielleicht konnte ihr Daddy ja übers Wasser laufen.

»Ich habe mit Block gesprochen, Garrett. Hier geht es um mehr als Geld.« Ich erwartete, daß sein lederner Geldbeutel von dem ganzen Streicheln gleich eine Gänsehaut bekam. »Ich gebe Ihnen noch ein Empfehlungsschreiben mit. Nutzen Sie es nach Gutdünken. Darin steht, daß Sie mein Mittelsmann sind und daß das Leben von jedem, der sich Ihnen in den Weg stellt, höchst unerfreulich verlaufen wird. Außerdem hat der gute alte Oberst Ihnen einen Brief ausgestellt, der Sie berechtigt, jederzeit die Hilfe der Wache und anderer Stadtbeamter in Anspruch zu nehmen. Darüber hinaus bekommen Sie einen Kreditbrief, der ausreichen dürfte, sämtliche Auslagen und Spesen zu begleichen.«

Aha? Und in dem Geldbeutel klimperte es, als wäre mehr Gold darin, als ein Troll schleppen konnte.

Schatz' Daddy hatte anscheinend vor, Tacheles zu reden, und wollte nicht enttäuscht nach Hause gehen. In dem Punkt konnte ich nicht gut mit ihm streiten.

Er würde es nicht zulassen.

Er war wie alle aus seiner Schicht, obwohl er offenbar im Gegensatz zu anderen fair zu spielen gedachte.

Schätzchen machte es richtig. Sie hielt ihr entzückendes Mäulchen und grinste, als dürfte sie mitansehen, wie ich ins Paradies geführt wurde. »Ich weiß nicht genau, was Sie wollen.« Reine Zeitschinderei.

»Suchen Sie Hacker Hackebeil für mich. Bringen Sie ihn zu mir oder führen Sie mich zu ihm. Wenn ich ihm von Angesicht zu Angesicht gegenüberstehe, haben Sie ihre Schuldigkeit getan.«

Zögernd, als wäre dieser Geldbeutel ein echter Troll-Schreck, zog ich die dreißig Silbertaler heran. Ich warf einen Blick in den Beutel. Viel Schönschrift mit Tusche, einige offizielle Siegel, mindestens zwei Hände voll Gold und ... ein Wünschelknochen. Ein Wünschelknochen? »Ein Todesknochen?«

»Was? Ach ja, richtig. Sie haben ja auf den Inseln gedient. Wo die Einheimischen ihren eigenen, miesen Voodoo hatten. Karenta und Venageta reagierten darauf, indem sie alle Anwender hinrichteten, derer sie habhaft wurden.«

»Ja«, knurrte ich finster.

»So einer ist es nicht. Dieser hier ist nur ein kleines Zauberamulett. Sollten Sie in ernste Schwierigkeiten kommen, brechen Sie ihn. Alle, die sich auf Sie konzentrieren, werden Sie nicht mehr wahrnehmen. Ein uninteressierter Beobachter wird Sie noch sehen können, aber jeder, der Sie töten will, findet Sie nicht. Schlau, was?«

Vielleicht. Aber ich sagte nichts. Ich behielt für mich, daß Leute wie er so schlau waren, daß sie sich meistens selbst austricksten.

»Na gut, viel ist es nicht.« Er deutete mein Schweigen richtig. »Meine Fähigkeiten liegen eher auf dem Gebiet der Einäscherung ganzer Städte.«

Schätzchen grinste die ganze Zeit weiter, als wollte sie mich hartkochen.

Schließlich verabschiedete sich der Feuerlord. »Ich muß gehen. Man sollte meinen, ich könnte es geruhsam angehen lassen, jetzt, wo wir den Krieg gewonnen haben. Aber ihr beiden könnt mich sowieso nicht brauchen.«

Der Kerl konnte doch nicht echt sein. Ich winkte zum Abschied. Er war mein neuer Boß, ob es mir gefiel oder nicht.

Die Begeisterung hielt nicht so lange an wie sonst.

»Ist das nicht großartig?« fragte Schätzchen. Sie war ja so aufgeregt. Ob man sie mit einem Dämlichkeitszauber belegt hatte?

»Was?«

Ihr Lächeln wich einer verwirrten Miene. »Was ist denn los?«

»Dein Vater.« Ich umklammerte den Geldbeutel.

»Ich verstehe dich nicht.« Sie dachte, ich sollte mich freuen.

»Ich mach' mir Sorgen wegen seiner Pläne.«

»Hat er Anspielungen gemacht? Oder Feuer gespuckt?«

»Nein.« Das konnte ich nicht leugnen. »Was weißt du von diesem großen Einbruch?«

»Nichts. Ich war nicht da.«

»Wie?« Ich griff in die Trickkiste und holte meinen altbekannten Brauen-Blick-Trick heraus. Er treibt die Mädels zum Wahnsinn.

»Ich war in der Schule. Die Jungs sind als Unteroffiziere in den Cantard gegangen.« Sie meinte die aus ihrer Klasse. »Die Debütantinnen haben die Schule zu Ende gemacht.«

»Laß uns nicht streiten.« Vor allem nicht, nachdem ich ein Tête-à-Tête mit ihrem Vater überstanden hatte, der anscheinend nicht mit den üblichen väterlichen Vorurteilen überfrachtet war.

»Daddys Eltern sind Bauern, Liebling. Er tut nicht nur so. Vergiß sein Feuertalent. Er selbst nennt es einen Fluch.« Sie rutschte mit ihrer hinreißenden, kleinen Rückseite immer näher. Anscheinend wollte sie nicht länger über Daddy sprechen.

»Ist es typisch für ihn?« Ich mußte diese Frage einfach stellen.

»Was denn?«

»Würde er jemanden einstellen, der jemand anderes jagt, um so eine alte Schuld begleichen zu können?«

»Vielleicht. Wir sind nun einmal beraubt worden. Ich weiß, daß er nie aufgehört hat, sich darüber zu ärgern. Normalerweise verbrennt er irgendwas, wenn er sich daran erinnert.«

Interessant. Mehr noch: Merkwürdig. Er war mir keine Sekunde lang verhärmt vorgekommen.

»Nun komm schon, Garrett. Vergiß das alles«, ermunterte mich Schätzchen.

»Ja? Meinst du?«

»Ich finde, du solltest darüber nachdenken, was dir Frau Doktor verschreiben will.«

Zeit für meinen Augenbrauen-Trick. »Ich denke an nichts anderes.« Sie wandte einen anderen, weiblichen Trick an, der mich zum Sabbern brachte.

Mit sachlicher, nüchterner Stimme erklärte sie: »Daddy zahlt. Wir können die Sau rauslassen.«

»Oink, oink. Aber nicht hier.«

»Ha! Alles leere Versprechungen. Aber sei vorsichtig. Ich habe heute abend frei.«

Es war die beste Idee, die ich seit langem gehört hatte, aber nur, weil sie eine hinreißende Frau war. Sollte sie doch das letzte Wort haben!

52. Kapitel

Ein paar Stammkunden hoben tatsächlich grüßend die Klauen, als ich in Morpheus' Laden kam. Allerdings färbte dieses Verhalten nicht auf das Management ab. Paddel warf mir einen Blick zu, als versuche er sich krampfhaft zu erinnern, wo er das verdammte Rattengift hingelegt hatte.

Morpheus dagegen hatte beste Laune. Er hüpfte die Treppe hinunter, als mir der bestellte Tee serviert wurde.

»Den Blick kenne ich. Du hast gerade beim Wasserspinnenrennen gewonnen. Oder die Frau von irgend jemandem ist hingefallen, und du hast dich auf sie gestürzt, bevor sie aufstehen konnte.«

Er gewährte mir ein Haifischlächeln. »Ich nehme an, du redest von dir selbst.«

»Was?«

»Man hat dich mit einer hinreißenden Blondine an einem Ort weit oberhalb deiner Spielklasse gesehen.«

»Schuldig. Woher weißt du das?«

»Die Antwort wird dir nicht gefallen.«

»Ach nein? Sag mir ruhig die schlechten Nachrichten. Ich bin schon überfällig.«

»Gestern abend kam spät ein Pärchen herein. Er war Mister Schickimicki, sie war Rose Tate. Sie hatten dich vorher gesehen.«

»Sie hatte bestimmt ihr miesestes Grinsen auf dem Gesicht.« Rose Tate war die Cousine meiner ehemaligen Freundin Tinnie Tate. Und Rose hatte noch eine alte Rechnung mit mir offen.

»Und ob. Du dürftest der Mittelpunkt in einem faszinierenden Mädchengespräch werden.«

»Zweifellos. Aber Tinnie kennt Rose. Hat Rose noch jemand anderen erwähnt, mit dem ich zusammen war?«

»Versuchst du dich rauszuquatschen?«

»Schätzchen hatte ihren Vater mitgebracht.« Ich erzählte die Geschichte und fragte dann: »Hast du den Feuerlord jemals kennengelernt?«

»Nein. Warum?«

»Mir geht das Thema mit den Doppelgängern nicht aus dem Kopf.«

»Glaubst du, daß Schatz dich auch veralbert?«

»Zeit für Paranoia, Morpheus. Ich versteh' meine Welt nicht mehr.«

»Wenn man gut bezahlt wird, ist die Frage nach dem Sinn doch hinfällig, oder?«

»Aber es würde helfen.«

»Du machst dir über den Zufall Sorgen?«

»Wie groß ist die Wahrscheinlichkeit, daß Schatz in einem Institut arbeitet, an dem auch der Mann ist, der ihren Vater beraubt hat?«

»Wie stehen die Chancen, daß du genau da reingeworfen wurdest, wo du sie treffen konntest? Ich würde mal sagen: erheblich schlechter.«

»Wie kommt das?«

»Wo hätte eine Ärztin die besten Chancen, anzufangen? Wo würde die Kaiserfamilie Hackebeil einführen, wenn sie ihn nach TunFaire bringen wollten?«

»Glaubst du, daß es etwas mit ihnen zu tun hat?«

»Ich vermute, daß er sie nur benutzt, damit er ungesehen in die Stadt kommen und sie verlassen kann, ohne von Leuten gesehen zu werden, die er kennt. Du erinnerst dich daran, daß Schatz zuerst nichts von ihm wußte.«

»Und ihr Vater?«

»Da mußt du deine Hausaufgaben machen.«

»Ich habe schon damit angefangen. Seine Bude ist ratzekahl leergeräumt worden. Es war damals einer der ganz großen Brüche. Und er ist erst vorgestern in die Stadt zurückgekommen.«

»Nachdem das hier angefangen hat.«

»Und er war Jahre weg. Er ist nur im Winter ein paar

Tage nach Hause gekommen.« Im Winter herrscht an der Front Flaute.

Morpheus sah mich scharf an und schüttelte den Kopf. »Dein Problem ist der gesunde Menschenverstand, der an dir nagt.«

»Wie?«

»Du kannst die Angelegenheit einfach nicht ruhen lassen. Du mußt unbedingt darin herumstochern. Du bescheißt dich selbst, damit du endlich eine Ausrede findest. Und jetzt, nachdem du es geschafft hast, nervt dich dein gesunder Menschenverstand, wieder anzufangen. Vergiß den Regenmacher, Garrett.«

Ich hob eine Augenbraue fast bis zum Haaransatz. »Ach, wirklich?« Hatte er vielleicht selbst was mit Hackebeil vor?

»Er reitet im Augenblick auf einem Tornado, Garrett. Wenn du zu nah rangehst, wirst du vielleicht von dem Wirbel erfaßt und weggeschleudert.« Er tat, als wollte er mich wegstoßen. »Verschwinde. Ich werde sehen, was ich über den Vater von deinem Schätzchen ausgraben kann.«

53. Kapitel

Es mußte sich um Magie handeln. Ich hatte ein paar Kriegskameraden besucht, die jetzt in der extremsten Menschenrechtsbewegung tätig waren, und kam nach Hause. Meine Hütte war umstellt. Wilde Piraten lehnten an allen verfügbaren Ecken. Der Kerl von der Gilde war auch wieder da und hatte ein paar Freunde mitgebracht. Natürlich durfte Freund Ungeschickt nicht fehlen, und auch er war nicht allein, aber ich konnte nur einen kurzen Blick auf Winger werfen, bevor sie sich in Luft auflöste.

Es waren sogar ein paar neue Gesichter darunter. Wie viele Freunde und Feinde hatte der Regenmacher denn bloß?

Ich hätte die Gemeinde um mich scharen und vorschlagen sollen, einen Pool zu gründen. So hätten sie in Schichtarbeit ihre Mühen reduzieren können, aber ich kam nicht dazu.

Schmeichler und Efeu campierten auf meinen Stufen.

Efeu besaß genug Anstand, daß er errötete. »Wir sind rausgeflogen«, erklärte er. »Ich wollte einem Kerl was erklären und hab' aus Versehen das Kuh-Wort gesagt.«

»Was? Was meinst du mit Kuh-Wort?« Ich musterte Schmeichler. Er sah zum Fürchten aus.

»Du weißt schon. Das, bei dem er immer ausflippt.«

Das Q-Wort. Quaddeldaddel. Klar. »Ich frage das einfach nur aus Neugier: Erinnert er sich an das, was er tut, nachdem er es gehört hat?«

Die Antwort schien Efeus Intellekt zu überfordern. Er zuckte mit den Schultern. Aber ich hatte so eine Ahnung. Vielleicht war das die Erklärung für Schmeichlers Probleme.

Irgendwann, vor ein paar Jahren, hatte jemand seinen Verstand verdreht, und aus ihm eine menschliche Waffe gemacht. Der Auslöser war ein Unsinnswort. Wer und warum spielte jetzt keine Rolle mehr, aber er hatte den Job verpfuscht. Schmeichler war außer Kontrolle. Er war zwar ungerechtfertigterweise ins Aderlaß-Spital geworfen worden, aber trotzdem gehörte er dorthin. Hier würde es immer schlimmer werden, bis ihn jemand umbrachte.

Die Hälfte aller männlichen Bewohner TunFaires gehören irgendwo hinein. Es können nicht viele Gesunde hier herumlaufen, nach dem zu urteilen, was mir so über den Weg stolpert.

Ich ging hinein. Die Jungs folgten mir auf dem Fuß. Efeu ging sofort ins kleine Vogelzimmer. Der Gottverdammte Papagei fing sofort mit seiner Tirade an. Ich blieb stehen und spähte durch das Guckloch. Morpheus mußte überall breitgetreten haben, daß ich wieder an dem Job saß.

Es war nur interessant zu beobachten, daß die Männer des Regenmachers genauso schnell auf ihrem Posten waren wie die seiner Feinde. Vielleicht arbeiteten ja sogar einige dieser Kerls für Schatzis Daddy.

Es standen so viele Typen herum, daß sie sich unmöglich übersehen konnten. Das schuf einige Möglichkeiten.

Wenn ich für die Gilde arbeitete und annehmen mußte, daß neben mir einer an der Wand lehnte, der für den Regenmacher spitzelte, würde ich ihn mir greifen und Garrett Garrett sein lassen. Waren die Jungs so faul, daß sie mich die ganze Arbeit tun lassen wollten? Nein. Sie mußten doch von meinem mangelnden Ehrgeiz wissen.

Schmeichler hatte anscheinend vergessen, wo es zur Küche ging. Er trottete hinter Efeu her. Während die Jungs ihre Bekanntschaft mit D. G. Papagei erneuerten, fegte ich schnell in die Küche und brachte meine mageren Vorräte in Sicherheit.

Irgendein blöder Trottel hämmerte in diesem Augenblick an die Tür. Das Klopfen war so anders, daß ich es fast überhört hätte.

Doch Der Gottverdammte Papagei häufte falsches Lob auf die Linie der Garretts. »Dreh dem Dschungelhuhn die Luft ab. Dann verkauf ich seine Federn.« Ich warf einen Blick durch das Guckloch.

Wo trieben sie bloß diese Kerle auf? Diese Heinis hatte ihre fünf Jahre damit verbracht, mit Papieren zu rascheln. Es war einer von den Hirnis, die jeder achte Soldat liebend gern in Pisse ertränken würde, wenn er jemals die Chance dazu hatte ... seltsam. Normalerweise traut sich diese Sorte selten in meine Gegend.

Die Macunado Street ist zwar nicht der Slum, aber auch bekommen Silberlöffel selten die Chance, anzulaufen.

Vielleicht hatten sie ja was mit den Blaines zu schaffen.

Ich öffnete die Tür.

Niete.

Vielleicht hatte ich ja den siebten Sinn. Jedenfalls hatte ich meinen Totschläger fest in der Hand, was sich als nützlich erwies. Denn aus dem Schatten neben meiner Tür tauchten plötzlich zwei Figuren von der Statur Eierkopf Zarths auf und versuchten, mich einfach zu überrennen.

Erstaunt taumelte ich zurück und hob mein Stöckchen. Der Kerl direkt neben mir sprang mich an. Ich wich mit einem eleganten Schritt zur Seite und zog ihm den Stock über den Schädel. Diese Clowns mußten aus einem anderen Universum kommen. Niemand greift mich zu Hause an.

Der Tote Mann kann solche Störungen des häuslichen Friedens nicht ausstehen.

Jedenfalls normalerweise nicht. Wenn ich nicht alle Hände und Füße voll zu tun gehabt hätte, wäre ich zu ihm gegangen und hätte mich erkundigt, was ihn eigentlich abhielt. Er zuckte nicht mal mit dem kleinsten mentalen Muskel.

Der erste Bursche legte sich schlafen. Sein Bruder im Geiste sondierte die Lage und entschloß sich zu einem weniger überstürzten Vorgehen. Er war fast schon unanständig zuversichtlich. Er hatte zwei äußerst beherzte Handelsvertreter zur Seite, die mir in die Flanke pieksen konnten.

Schmeichler steckte den Kopf aus dem Vogelzimmer. Er sah zwar nicht aus, als wäre er eine große Hilfe, aber er stand im Rücken der Leutchen. »He, Schmeichler«, gurrte ich. »Quaddeldaddel. Quaddel daddel du.«

Meine Aussprache war gut genug.

Die Hilfeschreie waren erstorben, und ich hörte auch kein Knarren und Splittern von Möbeln mehr. Behutsam, um ja keinen Lärm zu machen, pulte ich den Tisch von der Küchentür ab und spähte in den Flur.

Efeu hatte Schmeichler gegen die Wand gesetzt und drohte mit dem Finger unter seinem Kinn. Der Gottverdammte Papagei hockte dem kleinen Kerl auf der Schulter und flötete ein Lied. So weit ich sehen konnte, atmeten die meisten Eindringlinge noch.

Ich trat in den Flur.

»Warum mußtest du das tun?« jammerte Efeu.

»Weil diese Kerle an mir rumoperieren wollten, ohne vorher die Einwilligung des Patienten einzuholen.« Der Bursche, den ich schon vorher niedergestreckt hatte, wirkte wie durch den Wolf gedreht. Anscheinend hatte Schmeichler einige seiner verrückten Tanzschritte geübt. »Wird er wieder gesund?«

»Ja. Aber nicht dank deiner Hilfe.«

»Wir wollen doch nicht streiten. Wir haben hier Kriegsgefangene. Klaro? Ein Verhör liegt an.« Ich öffnete die Tür zum Zimmer des Toten Mannes, als fiele es mir leichter zu glauben, wenn ich mit eigenen Augen sah, warum er die ganze Show verpennte! Ich sah natürlich genau das, was ich verdiente: Den fetten Leichnam eines Toten Loghyrs auf einem staubigen Stuhl.

Meine Kumpel brauchten nur einen kleinen Anstoß. Als ich mit der Untersuchung meines ehemaligen Partners fertig war, lagen die Eindringlinge fertig gebunden da, wie Schweinchen vor dem Barbecue. Die Aktion belebte Schmeichler sichtlich.

»Habt ihr Jungs jemals ein Verhör durchgeführt?«

Efeu nickte zögerlich. Schmeichler guckte einfach nur blöd. Darin war er echt gut. Ein richtiges Naturtalent.

»Ich mach' das so: Ich erschrecke sie, ohne ihnen weh zu tun. Wenn es geht. Wir haben hier vier Gefangene. Einer von ihnen sollte ein Weichei sein, richtig?«

Ich erntete verständnislose Blicke.

»Wir werden versuchen rauszukriegen, wer uns erzählen will, was wir wissen wollen, ohne daß wir sie vorher zu Brei schlagen müssen.«

»Kannst du so was?«

Warum wollte ich bloß immer nett sein? Selbst die guten Jungs verstanden es nicht.

Ich führte meine beiden Quälgeister in die Küche, wo wir uns ein karges Mahl zusammenbruzzelten, während wir darauf warteten, daß die Kerle aufwachten.

Sie kamen einer nach dem anderen zu sich. Und keinen schien seine Lage besonders zu freuen.

54. Kapitel

Ich trat in den Flur, eine Tasse Tee in der Hand, flankiert von meinen Gefährten und dem Papagei, der fluchte, als hätte er es erfunden. »Also gut, Jungs, spielen wir. Die Gewinner dürfen nach Hause gehen und alle Zehen und Finger mitnehmen.« Wenn sie nicht genug wußten, daß sie Angst vor dem Toten Mann hatten, dann hatten sie auch keine Ahnung, daß ich selten meine wilden Drohungen wahr mache.

Schmeichler hatte so seine eigenen Vorstellungen von einem Verhör. Er brach einem der Burschen den Arm. Einfach so, ohne großes Trara, ganz sachlich und ohne jedes Gefühl. Als sein Opfer aufhörte zu schreien, fuhr ich fort. »Hauptsächlich möchte ich wissen, wer ihr seid. Und warum ihr hier reingeschneit seid natürlich.«

Der Typ, der aussah wie ein Handlungsreisender mit zwei gesunden Armen meldete sich freiwillig zu Wort. »Wir sollten Sie abschrecken. Und Sie warnen.«

»Na, also, es geht doch. Und jetzt weiht mich ein. Wovor abschrecken? Und warnen? Warum? Wer sagt das?«

Er sah mich an, als wäre ich geistig zurückgeblieben. Vielleicht hatte er ja recht. »Ich habe keine Ahnung.«

»Sie sollen das lassen, was Sie da tun ...«

»Wollen wir nicht etwas präziser werden?«

Damit holte ich keinen Hund hinter dem Ofen hervor. »Herr der Finsternis!« knurrte ich und machte eine Handbewegung. Schmeichler trat vor.

»Halt! Halt! Halt! Halt! Mr. Ingwer hat uns aufgetragen, Sie davon zu überzeugen, daß Sie keine weitere Zeit damit verschwenden sollten, nach Miss Jenn zu suchen.«

»Sehr schön. Nur leider kenne ich keinen Ingwer. Wer, zum Teufel, ist das?«

Der Kerl glotzte mich ungläubig an. Was bedeutete, er hatte genug Hirn, um sich einige Fragen zu stellen, wenn er einem Kerl eins auf den Deckel geben wollte, der von dem Burschen, der veranlaßt hatte, daß er eins auf den Deckel bekam, noch nie was gehört hatte. Wir waren ziemlich verblüfft, wir beide. Aber Schmeichler war ja da, er würde mir helfen, Licht in das Dunkel zu bringen. Schmeichler grummelte, und Schmeichler schnitt Grimassen. Schmeichler richtete sich drohend auf. »Er liebt es, Leuten weh zu tun«, erklärte ich. »Wenn ihr nicht alle in Stückchen nach Hause fließen wollt, dann flüstert mir lieber was ins Ohr. Und verscheißert mich nicht. Womit bin ich diesem dämlichen Ingwer auf die Eier getreten?«

»Sie haben versucht, Miss Jenn zu finden.«

Miss Jenn, hm? »Ich brauche Einzelheiten. Ich bin süchtig nach Einzelheiten.«

Der Handlungsreisende plapperte, als hätte er oralen Durchfall. Ich hockte mich neben ihn und fischte mir die Rosinen raus.

Er behauptete, daß ein Kerl namens Elias Ingwer, ein enger Kamerad von Adolph Sankt Norden, von der Idee wenig begeistert war, daß ich vielleicht Smaragd Jenn finden könnte. Also hatte er ein paar Pappkameraden gebeten, mich abzuschrecken. Seine Kumpel hatten keine Ahnung, warum es Ingwer so wichtig war, ob jemand Smaragd fand oder nicht.

Ich warf eine Frage ein, wann immer er Luft holte. Er beantwortete alles. Anscheinend konnte er sein Mundwerk jetzt nicht mehr abstellen. Allmählich begriff ich, daß ich keineswegs Adolph Sankt Norden in die Quere gekommen war. Dahinter steckte allein Ingwer. Gut. Ich habe keine Lust, dieser wildgewordenen Randerscheinung aufzufallen.

»Ich weiß, daß ich euch damit das Herz breche, Jungs, aber dieses Kind interessiert mich den Furz nicht. In dem Fall ermittle ich nicht mehr. Im Augenblick jage ich einen Kerl namens Hacker Hackebeil. Wenn ihr mir da draußen helft, sehe ich gnädig darüber hinweg, daß ihr meinen Flur dreckig gemacht habt. Ich werde nicht mal Mr. Ingwers Arm brechen.«

Ich erntete eine Garbe verständnisloser Blicke. Keiner dieser Typen hatte jemals was von Hacker Hackebeil gehört.

»Gut. Aus rein persönlicher Neugier, weil all das hier passiert ist, würde ich gern einmal mit Smaragd Jenn plaudern. Richtet es ihr aus. Ich möchte ihr ein paar Fragen zu ihrer Mutter und Hackebeil stellen.« Ich machte eine Handbewegung, und sowohl Efeu als auch Schmeichler verstanden mich ohne schriftliche Anleitung. Efeu riß die Tür auf, und Schmeichler trieb die Herde hinaus. Der Gottverdammte Papagei mischte sich ein und stachelte sie noch ein bißchen an.

»He! Hat einer von euch Verwendung für ein sprechendes Hühnchen?«

Manchmal nehmen die Leute sich einfach keine Zeit. Die Kerle verschwanden, ohne mir zu antworten und sich umzusehen.

Dabei sollte man doch annehmen, daß ein sprechender Vogel ein lohnender Preis ist, es sei denn, man verbringt genug Zeit in seiner Nähe, so daß man es besser weiß. Ich sah den Beobachtungsposten beim Beobachten der Flucht von vier bestürzten Aktivisten der Menschen-Rechts-Bewegung zu. Ihr Abgang erregte nicht viel Aufsehen.

Vielleicht konnte ich ja einen dieser wilden Piraten in die Finger bekommen. Wenn er redete, könnte ich vielleicht dem Feuerlord geben, was er wollte. Und zwar schnell. Möglicherweise. Hackebeil war sein Leben lang auf der Flucht gewesen. Er würde bestimmt nicht jetzt damit anfangen, es jemandem einfach zu machen.

Ich ging in die Küche und bereitete mir ein Sandwich zu. Anschließend sah ich nach dem Toten Mann. Der hielt sich immer noch aus allem raus. Zurück zum Guckloch. Der Abend dämmerte. Was keinen großen Unterschied machte. Die Straße war so bevölkert wie zuvor. Meine Fans machten Überstunden.

Ich musterte ein paar ohrringbestückte Engelchen ... und hatte eine mächtig gute Idee.

Jetzt wußte ich, wo ich Hacker Hackebeil finden konnte. Er hatte seine Piraten nicht von außerhalb rangeholt. Er war immer noch in der Nähe und verhöhnte alle, die ihn aufspüren wollten. Für ihn war es ein Spiel. Ein mörderisches Spiel. Wenn er Angst hatte, es zu verlieren, hörte er auf und rannte weg.

Ich winkte Efeu und Schmeichler heran. »Ich gebe zu, daß ich euch loswerden wollte. Es hat nicht geklappt, aber dieses Mißgeschick trägt jetzt Früchte.« Der Gottverdammte Papagei wollte nicht allein bleiben. Er holte zu einer wilden Fluchtirade aus. Ich trat ins Licht, damit er mich sah, und blickte ihn böse an. Er hielt einen Augenblick den Schnabel, als er die Situation überdachte. »Ich brauche euch, um die Festung zu halten.«

Efeu glotzte nur. Schmeichler sagte: »Hä?«

Großartig. »Ich gehe hinten raus.« Ich sprach langsam und deutlich. »Ihr übernehmt die Verantwortung. Wenn jemand klopft, beachtet ihn nicht und erzählt ihm nichts.« Ich unterstrich diese Worte mit meinem finstersten Blick und sah kurz zur Tür des Toten Mannes. Der Alte Knochen war allmählich überfällig.

Vielleicht war ich ja zu abhängig von ihm geworden. Ich erinnerte mich, daß man sich im wahren Leben nur auf sich selbst verlassen konnte, nur auf sich selbst und auf niemanden sonst.

»Gut, Garrett.« Efeus Stimme wirkte schwach. Starb er etwa?

Es konnte schlimmer sein. Jedenfalls behauptet das der Tote Mann immer. Ich kann mir nicht vorstellen, wie.

Ich schlich mich hinten raus.

55. Kapitel

»Was soll'n der Scheiß?« knurrte Beißer griesgrämig. »Muß ich dich jetzt dreimal am Tach ertragen?«

»Sonn dich im Spiegel, Mann. Morpheus ist im Moment mein absoluter Liebling. Ist er da oben und zeigt irgendeiner verheirateten Dame die Tücken und Finessen des Kreuzstichs? Ich hätte vielleicht was für ihn, was ihn interessieren könnte.«

»Ah ja? Und was?« Beißer konnte ich nichts vormachen.

»Wo er vielleicht einen vergrabenen Schatz finden kann.«

Beißer bewegte behende den Hintern.

Wir gingen uns alle schon so lange auf den Nerv, daß wir wußten, wann das Gekeife etwas zu bedeuten hatte und wann es nur Machogehabe war. Beißer dachte sich, daß ich etwas hatte, und preßte das Sprechrohr an seinen Mund. Ich hörte nicht, was er sagte, aber nach kaum drei Minuten kam Morpheus die Treppe herunter. Eine Frau von erstaunlicher Schönheit spähte kurz herab, als müßte sie unbedingt sehen, welch unwahrscheinliches Ereignis Morpheus Ahrm von ihr ablenken konnte. Nach allem, was ich von ihr sah, war das eine wirklich bedenkenswerte Frage.

»Tut mir leid.« Die Frau zog sich zurück, aber meine Vorstellungskraft ging mit ihr. Ich haßte Morpheus dafür, daß er zuerst auf sie gestoßen war. Wie machte er das bloß? »Wer war das?«

Er schnaubte verächtlich. »Wisch dir den Geifer vom Kinn. Sonst könnte dich noch jemand mit einem wildgewordenen Werwolf verwechseln.«

»Wer ist sie?«

»O nein. Ich habe mich bei Schatz wie ein Gentleman benommen. Ich habe schweigend gelitten, während du Tinnie verschlissen hast. Ich habe mich nicht mal auf sie gestürzt, nachdem das in die Hose gegangen ist, weil ihr euch ja vielleicht wieder vertragt. Also vergiß meine kleine Julie, ja?«

»Ich geb' dir eine halbe Minute.«

»Sehr großzügig, Garrett. Wieso kommst du eigentlich her und vermiest mir mein Leben?« Eigenartigerweise wirkte er besorgt. Er wirkte, als wollte er jemanden verprügeln, weil er diese Schönheit dem Mob ausgeliefert hatte. Dann musterte er mich, als erwartete er wirklich, etwas von dem verbuddelten Schatz zu hören.

»Vor einer Weile hatte ich den Eindruck, daß du gern mal direkt mit dem Regenmacher reden wolltest.«

Er sah zur Treppe. Die großartige, entzückende Julie bekam jedes Wort mit, obwohl sie nicht zu sehen war. »Erzähl.«

Ich kannte Morpheus' Prioritäten. Er fand eine Julie selten interessanter als eine Möglichkeit, Rache zu nehmen. »Ich glaube, ich weiß, wo wir ihn finden können.«

Morpheus warf einen letzten, sehnsüchtigen Blick zur Treppe. »Wie hast du das geschafft? Bist du verrückt geworden? Oder übergeschnappt? Oder ist der Tote Mann aufgewacht?«

»Durch die Kraft meines Verstandes, mein Lieber. Reine Ratio.«

Morpheus spendierte mir einen seiner ganz besonderen Blicke, nur um mir zu zeigen, daß ich nicht mal einem Stein vormachen könnte, ich wäre lernfähig. »Ich beiße an, Garrett. Wo?«

»In der Oberstadt. In Maggie Jenns Palast.«

Er tat, als müßte er lange nachdenken, bevor sich sein Elfenmund zu einem unangenehmen Lächeln verzog. »Ich will verdammt sein, wenn du da nicht zufällig drauf gekommen bist. Ich hätte selbst darauf kommen müssen. Los geht's.«

»Was? Ich? Nein. Ich habe meinen Teil erfüllt. Nimm deine Leute mit. Beißer und Paddel brauchen ein bißchen Bewegung. Ich bleib' hier und halte die Festung.«

»Ha. Wie aus Ha-Ha, Garrett. Sehr, sehr komisch.«

»Einige Leute haben einen merkwürdigen Humor.«

»Redest du von mir? Ich hab' dir immerhin den Papagei geschenkt, oder nicht?«

»Genau das meine ich.«

»Was soll ich machen? Die Leute zeigen heute einfach keine Dankbarkeit mehr. Also gut. Statten wir dem Burschen einen Besuch ab.«

Ich schnitt eine Grimasse. Hinter Morpheus' Rücken natürlich. Es hatte keinen Sinn, ihm zu verraten, wer wen manipulierte. Noch nicht.

56. Kapitel

Ich fragte mich, ob da nicht ein Alarm ausgegeben worden war mit meinem Namen drauf. Wir hatten dreimal versucht, unbemerkt in die Oberstadt zu gelangen, und dreimal stießen wir auf Patrouillen. Das war unfaßbares Pech.

»Sei nicht so fröhlich!« fuhr Morpheus mich an.

Ich wollte etwas erwidern.

»Und verschon mich mit dem Gekläffe, daß du niemals enttäuscht werden kannst, wenn du nur mit dem Schlimmsten rechnest.«

»Du hast wirklich großartige Laune, ja?« Ich dachte einen Moment nach. »Wir kennen uns einfach zu lange, ist dir das klar?«

»Das kannst du laut sagen.«

»Gut. Wir haben uns kennengelernt ...«

»Und du wirst jeden Tag, den ich dich kenne, immer mehr zu einem Klugscheißer. Der Garrett, den ich einmal kannte ...« Damit verlor er sich in die Gefilde der Wirklichkeitsüberarbeitung. Wir leben in verschiedenen Welten. Er hat alles anders in Erinnerung als ich. Vielleicht ist es kulturell bedingt.

Die alte Arbeitsethik zahlte sich aus. Beim vierten Versuch kamen wir endlich durch. Als wir uns endlich unserem Ziel näherten, knurrte ich: »Ich hatte schon befürchtet, mein Zauberamulett wirkt umgekehrt.«

»Dein was?«

»Ich ... ich habe so ein Amulett. Jemand hat mich mit einem Fluch belegt. Ich kann sie in die Irre leiten.«

»Ach ja?« Morpheus musterte mich mißtrauisch.

Ich erzählte ihm nicht alles. Und er verschweigt mir manches. Man teilt eben nicht alles, ob man nun befreundet ist oder nicht.

Als wir uns der düsteren Häuserschlucht der Hohen Straße näherten, wurden wir vorsichtiger. Ich wurde nervös, als hätte ich eine Vorahnung. »Irgendwie habe ich ein merkwürdiges Gefühl«, erklärte Morpheus im selben Moment.

»Es ist ruhig. Aber hier oben ist es immer ruhig. Die Leute mögen es so.«

»Also spürst du es auch.«

»Ich spüre irgendwas.«

Aber wir sahen niemanden und konnten auch nicht das kleinste Anzeichen von einer Patrouille hören oder riechen.

Wir näherten uns dem Jenn-Anwesen durch die Gasse und schlenderten daran vorbei. Wir taten, als wären wir Scouts der Rattenmüllmänner, die gleich den Müll abholten.

Jemand war über die Balkons eingestiegen. Ein sehr unvorsichtiger Jemand. Es mußte ein sehr frischer Einbruch gewesen sein, weil es keine Anzeichen dafür gab, daß die Patrouille Gegenmaßnahmen ergriffen hatte.

»Ich muß da rein«, sagte ich zu Morpheus.

Ahrm widersprach nicht, aber er war nicht gerade begeistert von der Vorstellung. »Die Dachluke ist nicht verriegelt, falls niemand sich darum gekümmert haben sollte, wie wir vorher rausgekommen sind.«

Wir hatten sie unverschlossen gelassen, weil man den Haken von außen nicht vorlegen konnte. »Genau darauf freue ich mich schon den ganzen Tag. Auf Dächern rumzuklettern.«

»Du bist derjenige, der es nicht sein lassen kann.«

»Der Feuerlord bezahlt mich sehr gut dafür.«

»Einverstanden. Laß uns nicht streiten.« Morpheus sah sich um. Ich auch. Es schien, als wären wir in einer Geisterstadt. Abgesehen von den Häusern gab es keine Anzeichen auf menschliches Leben.

»Unheimlich«, sagte ich leise, während Morpheus wie ein spitzohriger Affe ein Abflußrohr hinaufkletterte. Ich zerrte mich hinter ihm hoch und stöhnte, als er mir half, mich auf das Dach zu rollen. »Ich dachte, ich wäre besser in Form.« Ich schnaufte und keuchte.

»Wenn du Bierkrüge stemmst, trainiert das deine Beinmuskeln nicht mal annähernd genug. Komm schon.«

Bierkrüge stemmen? Und ich war ein Klugscheißer? Ha!

Bevor ich Morpheus folgte, warf ich noch einen Blick hinunter in die Gasse. Dabei erspähte ich auf einem Balkon ein Hausmädchen, das uns mit offenem Mund hinterherstarrte. Sie mußte herausgekommen sein, während wir hochkletterten. »Es gibt Ärger«, sagte ich zu Morpheus. »Eine Zeugin.«

»Dann sei leise. Wenn sie nicht sieht, wohin wir gehen, bleibt uns genug Zeit.«

Zeit wofür? Mich befielen ziemliche heftige Zweifel an der Klugheit meines Vorgehens.

Als wir uns der Dachluke näherten, bemerkte ich, daß auch Morpheus nicht sehr zuversichtlich wirkte. Aber er war teilweise ein Dunkler Elf. Wegen einer Vorahnung würde er nicht aufgeben.

57. Kapitel

Wir lauschten angestrengt, konnten jedoch auf der anderen Seite der Luke nichts hören. Mürrisch öffnete ich sie einen Spalt. Morpheus lauschte mit seinen besseren Ohren und spähte mit seinen besseren Augen in die Finsternis. Er schnüffelte und runzelte leicht die Stirn.

»Was?«

»Weiß nicht.«

»Jemand da?«

»Das nicht. Mach auf. Wir müssen uns beeilen.«

Ich hob die Luke an. Noch war es leise auf der Straße, aber ich bezweifelte, daß dieser Zustand lange anhielt. Sonnenlicht flutete ins Treppenhaus, und weder Ganoven noch Monster warfen sich uns entgegen.

Morpheus stieg schnell hinunter. Ich folgte ihm weniger eilig, weil es wieder stockfinster war, seit ich die Klappe geschlossen hatte. Ohne Zwischenfall gelangten wir ins oberste Stockwerk. Morpheus schnüffelte weiter, und ich folgte seinem Beispiel. Dabei bekam ich reichlich Staub in die Nase, so daß ich gegen ein Niesen ankämpfen mußte. Aber da ... da war etwas ...

Von unten drang ein Schrei zu uns herauf, ein stöhnendes Jammern, das wie der letzte Schrei einer verlorenen Seele klang. »Geister«, sagte ich.

»Nein.«

Natürlich nicht. Er hatte recht. Jemand wurde übel zugerichtet. Ich hätte einen Geist vorgezogen.

Wir wurden noch vorsichtiger.

Überzeugt davon, daß der Boden unbewacht war, stiegen wir ein Stockwerk hinunter. »Wir kommen zu langsam voran«, murmelte ich.

Morpheus stimmte mir zu. »Aber was sollen wir tun?«

Wir hörten diesen Schrei in verzweifelter Todesangst noch zweimal.

Wir konnten noch eins tun, bevor der Schlägertrupp ankam: Verschwinden.

Im nächsten Stockwerk fanden wir Spuren von Menschen. Morpheus und ich stritten schweigend über deren Zahl. Es mußten mindestens ein halbes Dutzend sein und wahrscheinlich noch die ganze Bande Knilche aus diesem häßlichen Lagerhaus.

Noch ein Schrei. Oben von der Treppe aus, die in den ersten Stock führte, konnten wir gedämpfte Stimmen streiten hören. Morpheus hielt drei Finger hoch, dann vier. Ich nickte. Es waren vier, plus demjenigen, der gequält wurde.

Mir fiel wieder ein, daß der Regenmacher den Ruf hatte, ein Folterknecht zu sein.

Dieser Gestank in der Luft war zwar stark, aber noch nicht deutlich genug, daß ich ihn hätte identifizieren können.

Morpheus zögerte. Ich wollte nicht einmal ein Flüstern riskieren, vertraute also seinen Instinkten. Als er endlich weiter hinunterging, brach unten metallischer Lärm los. Überraschung!

Drei sehr große, männliche Gestalten fegten mit gezogenen Schwertern durch unser Blickfeld und stürmten hastig die Treppe hinunter ins Erdgeschoß. Leute von der Patrouille. Vermutlich waren sie über die Balkontür eingestiegen. Sie hatten es eilig, weil einer über seinen Schnürsenkel gestolpert war und alle verraten hatte.

»Versteck dich!« zischte mir Morpheus zu und deutete mit dem Daumen nach oben. Ich nickte. Es war sehr wahrscheinlich, daß jüngere und beweglichere Menschen denselben Weg wählen würden wie wir.

Unser Timing war spitzenmäßig. Kaum hatten wir uns unter die Decken verkrochen, die über herumstehenden Antiquitäten hingen, als über uns Stiefel dröhnten. Ich hatte Angst, daß ich vielleicht niesen mußte. Dann machte ich mir Sorgen über Fußabdrücke im Staub. Ich wußte nicht mehr, ob genug andere Abdrücke zu sehen waren, damit unsere Spuren dazwischen verborgen blieben.

Unten brach die Hölle los. Es klang wie eine große Schlacht. Metall schlug gegen Metall, Leute brüllten und schrien, Möbelstücke zersplitterten. Vermutlich war die Patrouille auch ins Erdgeschoß eingedrungen.

Das Getöse drang die Treppe hoch. Die Abteilung vom Dach stürzte sich mit ins Getümmel. Das Gebrüll und die Flüche waren ohrenbetäubend, aber ich hielt mir trotzdem die Nase zu. Bei meinem Glück würden diese Kerle selbst mein kleinstes Niesen hören.

Es wurde richtig lebhaft. Eine Weile dachte ich schon, daß die Jungs von der Patrouille trotz ihrer guten Ausgangslage verlieren würden. Es fehlte ihnen an Motivation. Immerhin hatten sie sich nicht dazu verpflichtet, sich für den Schutz von fremdem Eigentum abschlachten zu lassen.

Und es bestand kein Zweifel daran, daß da unten Leute starben.

Die Kerle auf der Treppe starteten einen verzweifelten Gegenangriff.

Danach dauerte der Kampf nur noch Minuten. Bald verlagerte er sich aus dem Haus auf die Straße. Die Patrouille brüllte wütend, während sie diejenigen verfolgten, die stiften gegangen waren.

Jemand zog an dem Laken, das mich verhüllte. Ich faßte meinen Totschläger fester, bereit, einen mächtigen doppelhändigen Hieb zu landen. »Laß uns verschwinden«, flüsterte Morpheus. »Bevor sie zurückkommen und alles durchsuchen.«

Er hatte natürlich recht. Sie würden zurückkommen. Aber im Augenblick waren wir unsichtbar. Wenn man davon ausging, daß die Patrouille glaubte, daß die Leute da unten die gewesen waren, die man gesehen hatte.

Die Stille währte nicht lange. Ich nahm ein Stöhnen wahr, gefolgt von etwas, was ich seit Jahren nicht mehr gehört hatte ... dem Röcheln eines Mannes mit durchbohrter Lunge, der verzweifelt nach Luft rang.

Morpheus und ich rannten hinunter, jederzeit darauf gefaßt, zu fliehen. Am Fuß der Treppe zum ersten Stock stießen wir auf einige Leichen. Keiner der vier würde je wieder Krawall machen.

In der Luft hing ein Geruch, den ich kannte ... jetzt war er frisch und kräftig.

Blut.

Drei der Gefallenen trugen die groben Uniformen der Patrouille. Der vierte hatte sie getötet.

»Erkennst du den Kerl?« fragte ich Morpheus. Er kannte die Schläger bestimmt besser als ich. Und ich hatte Hammerhand-Nick erkannt, ein mittlerer Angestellter der Gilde.

»Ja.« Ahrm wirkte noch beunruhigter.

»Ich gehe runter«, erklärte ich. Nicht, daß ich mich darum gerissen hätte.

Ich zwang mich dazu, weiterzugehen, weil ich es genau wissen wollte.

Der Gestank des Todes wurde immer stärker.

Drei weitere Patrouillenangehörige lagen tot auf dem Boden des Erdgeschosses an der Treppe. Überall lagen blutige Klingen herum. Und ich fand noch einen von der Gilde, der ebenfalls fast tot war. Ich winkte Morpheus heran. »Gericht Lungsmark?«

Morpheus nickte. »Dahinten liegt Wenden Tobar.«

Noch mehr Gildekiller. Lungsmark stöhnte. Ich trat zur Seite. Er mußte mich nicht unbedingt zu Gesicht bekommen, falls er seine Augen noch einmal öffnete. »Sie ist eher dahintergekommen als ich.«

»Vielleicht.« Ahrm schlich in den nächsten Raum, aus dem die Geräusche des Mannes mit den Atemproblemen drangen. »Vielleicht hatte sie auch Hilfe.«

»Wie?«

»Bei mir sitzen eine Menge gespitzter Ohren herum. G...« Er unterbrach sich gerade noch, bevor er meinen Namen sprach, als ihm dämmerte, daß dies hier nicht der beste Ort dafür war. »Wenn jemand es jemandem erzählt hat, und dieser jemand schnell reagiert ...«

Vielleicht, aber ich schüttelte den Kopf. Es war zwar wahrscheinlich, daß die Gilde die Möglichkeit hatte, die Patrouillen dazu zu bringen, ihnen einen Gefallen zu tun, aber ... Sie ...«

Morpheus brachte mich mit einer Geste zum Schweigen.

Nein. Die Patrouille würde sich nicht mit der Gilde einlassen ... es sei denn, sie wüßten gar nicht, daß es die Gilde war.

Jetzt, als ich darüber nachdachte, fiel mir das einzig Logische ein: Wahrscheinlich hatte sich die Gilde selbst so einen wilden Piraten von seinem Baum vor meinem Haus gepflückt.

Morpheus machte erneut eine Handbewegung und

schlüpfte durch die Tür. Ich ging auf der anderen Seite in die Hocke.

Wir fanden den Kerl mit dem Atemproblem. Es war Wolf Kernbeißer, angehender Knochenbrecher. »Es scheint, als hätten hier Beförderungsmöglichkeiten gewinkt«, stellte ich fest.

Morpheus runzelte die Stirn. Er war in einer weit unangenehmeren Lage als ich. Außerdem lag die Frage im Raum herum, warum sich Kontamins Geschäftspartner in ein tödliches Gefecht ganz oben in der Oberstadt gestürzt hatten. Das war nicht ihre gewohnte Politik.

Im nächsten Zimmer stießen wir auf die Reste der Hauptschlacht. Die Gildegrößen waren anscheinend aus einem entlegeneren Raum gekommen und mindestens einer der Patrouillenbrunos hatte eine Armbrust dabei gehabt. Ich zählte acht Leichen. Vier von der Gilde. Einige Möbelstücke waren ebenfalls zerhackt worden. Und überall klebte Blut.

Mir gefielen die Folgerungen nicht. Die Dinge waren erheblich außer Kontrolle geraten.

Wir betraten das Eßzimmer, in dem ich mit Maggie Jenn gespeist hatte. Jetzt verstand ich, warum die Gildeheinis nicht hatten aufgeben wollen.

Der Gestank des Todes lag schwer in der Luft. Auf den meisten Stühlen rund um den großen Tisch waren Tote oder Sterbende festgebunden. Ich erkannte die beiden Alten vom Festessen. Zeck, die Frau, die Maggie und mich bedient hatte, Laura und die anderen, die ich auf der Straße gesehen hatte. Keiner von ihnen atmete noch besonders kräftig.

»Sie haben sich tatsächlich hier versteckt.«

»Es gab zwei Gefechte«, stellte Morpheus fest. »Belinda Kontamin hat das erste gewonnen.«

Insgesamt vierzehn Leute waren an die Stühle gefesselt. Zeck und Eisenfaust waren unter den Atmenden. Abgesehen von einigen Kerlen, die anscheinend getötet wurden, als die Gildeheinis eindrangen, waren alle gefoltert worden. Und keiner der Überlebenden war bei Bewußtsein.

»Siehst du irgendwo den Regenmacher?« wollte Morpheus wissen. »Ich jedenfalls nicht, und von Maggie Jenn ist auch keine Spur zu entdecken.«

»Er ist dafür berühmt, nicht da zu sein, wenn die Scheiße hochkocht.« Ich untersuchte noch einmal Eisenfaust. Er war noch der Gesündeste unter den Überlebenden.

»Ja, das ist er. Was machst du da?«

»Ich schneide den Burschen los. Manchmal mache ich Dinge, weil ich das Gefühl habe, daß sie richtig sind.«

»Glaubst du, daß du hier noch was Nützliches finden kannst?«

»Wahrscheinlich nicht.« Mir fiel auf, daß wir nicht mehr »wir« waren. »Es wäre wohl eine gute Idee, sich zu verabschieden.« Bald durften wir die blutrünstigen Patrouillenbrunos hier erwarten und die Wache gleich auf deren Fuß.

Ein blutiges Messer lag am Boden. Wahrscheinlich war es ein Folterinstrument. Ich hob es auf und legte es vor Eisenfaust hin. »Los, laß uns verduften.«

58. Kapitel

»Rühr dich nicht vom Fleck, du Schleimbeutel!«

Wie bitte?

Ich war von Natur aus ein Rebell. Ich rührte mich nicht nur, sondern ich sah nicht mal nach, ob ich vielleicht zahlenmäßig unterlegen war.

Morpheus war auch ein kleiner Wilder. Außerdem stand er da, wo das Großmaul ihn nicht sehen konnte.

Ich tauchte weg, rollte mich ab, sprang auf die Füße und außer Sicht. Dann stürmte ich vor. Morpheus griff von der anderen Seite der Tür an und schrie los.

Ein einziger Gorilla hatte gedacht, er konnte mich bluffen. Aber er schaffte es nicht.

Morpheus schlug und trat ihn etwa neunzehnmal. Ich zog ihm meinen magischen, unzerbrechlichen Kartoffelstampfer über die Rübe. Der Junge ging zu Boden, und seine Miene sagte deutlich, wie unfair er das fand. Der arme Kleine. Ich wußte, was er meinte. Gerade, wenn man glaubt, man hat alles gewuppt, kommt irgend so ein Blödian mit einem längeren Knüppel.

Morpheus und ich fanden leider keine Zeit, uns zu gratulieren. Noch mehr Patrouillenbrunos tauchten auf. Einer stellte die für die intellektuelle Fähigkeit ihrer Unterspezies typische Frage: »Was geht hier vor?«

Bumm, Bumm, Bumm, Bumm!

Mir war nicht entgangen, daß wirkliche Helden eigentlich mit einem Schwert herumfuchteln, während ich mit einem verzauberten Eichenstöckchen hantieren mußte.

Morpheus schrie und brüllte und verteilte die Brunos in alle vier Ecken. Er amüsierte sich prächtig. Wenn er genügend motiviert war, konnte er einen ganz schönen Zahn zulegen.

Wir brachen durch, liefen nach oben und verschmähten den Vordereingang. Dort hatten sich alle Patrouillenheinis aus der ganzen Oberstadt versammelt, weil sie bei der großen Sause mitmachen wollten. Die bestand darin, Leichen zu zählen, Ganoven zu verfluchen und Gefangene zu mißhandeln.

Normalerweise pflegte mein Glück sich in solchen Momenten zu verabschieden. Diesmal jedoch hatte ich Dusel, hauptsächlich, weil die Patrouillenheinis so einen Lärm machten. Deshalb hörten sie nicht, wie Morpheus und ich flüchteten.

»Erst zum Balkon«, schlug Morpheus vor. »Schnell.«

Ich erwartete keine leichte Flucht. Jeder mit auch nur fünf Hellern Verstand hätte eine Wache an jedem möglichen Ausgang postiert.

Aber man kann nie wissen, was passiert, wenn man es mit TunFaires Schlägertrupps zu tun bekommt. Die meisten denken nicht weiter als bis zum nächsten Arm, den sie umdrehen wollen. Sie sind zwar auf ihrem Spezialgebiet effektiv und technisch hervorragend, aber ihre Schwäche liegt im Bereich der Planung und Entscheidung.

Im ersten Stock hatte es in der Nähe der Balkontür eine heftige Auseinandersetzung gegeben. Überall stießen wir auf Blut und Leichen. Blutige Spuren auf dem Boden legten die Vermutung nahe, daß einige Leichen aus einem Raum gezerrt worden waren, der bei meinem Besuch bei Maggie Jenn als Rumpelkammer benutzt wurde. Ich hatte das Gefühl, daß die Eindringlinge aus der Gilde hier das erste Mal auf ernsten Widerstand stießen. Warum wohl? Der Raum war für ein Gefecht denkbar ungeeignet.

Ich nahm mir die Zeit, genauer hinzusehen.

Was war das?

Sekunden später rief Morpheus leise vom Balkonzimmer aus: »Was machst du da? Beweg dich! Im Augenblick ist niemand auf der Straße.«

Ich löste den Blick von dem Pergament. Es war eins von mehreren Blättern aus einem Buch, das offenbar während des Kampfes beschädigt worden war. Der Rest des Buches war weg. Die losen Seiten waren vielleicht bei einer hastigen Flucht verlorengegangen.

»Ich lass' dich hier hängen!« zischte Morpheus drohend.

Ich faltete das Pergament und schob es in mein Hemd. Es war wohl besser, zu verschwinden und Morpheus' Verdacht nicht zu erregen. Immerhin kannte ich die Geschichte schon. Ich hatte das ganze Buch gelesen, nicht nur eine Seite.

Ich kam auf dem Balkon an und sah gerade noch, wie Morpheus sich bereits auf die Gasse hinunterließ. Ein kurzer Blick nach rechts und links: Niemand in Sicht, der Ärger machen konnte. Ich landete neben Ahrm. »Wir sollten uns besser trennen.«

Er musterte mich prüfend, weil er davon überzeugt ist, daß es ihm immer, wenn ich weiß, was ich will, zu seinem Nachteil gereicht. Wie er darauf kommt, ist mir schleierhaft. »Tu mir einen großen Gefallen. In ein paar Stunden werde ich diesen tapsigen Trottel durch dein Viertel führen. Hilf mir, ihn zu schnappen.«

»Warum?«

»Ich will mit Winger sprechen. Er wird wissen, wo sie wohnt.«

Erneut musterte er mich voller Mißtrauen. »Sei vorsichtig. Im Augenblick dürften sie hier oben ziemlich empfindlich sein. Sie werden alles plattmachen, was sich bewegt.«

Ich nickte, machte mir aber weniger Sorgen um mich als um ihn.

59. Kapitel

Ich hatte ziemlich miese Laune und schlug nicht gerade einen Purzelbaum vor Freude, als Oberst Block seine Clowns zurückpfiff. »Entspannen Sie sich, Garrett. Es ist alles in Ordnung.«

»Wieso lassen Sie diese Idioten auf die Straße, wenn sie nicht mal einen Passierschein erkennen, den ihr heißgeliebter Häuptling ausgestellt hat?« Warum sollte ich Angst haben, aus der Oberstadt zu kommen? Ich hatte einen Haufen Passierscheine von einem ganzen Regiment Oberbonzen.

»Kerle, die lesen und schreiben können, entscheiden sich gewöhnlich nicht für eine Karriere bei den Gesetzeshütern. Und Sie müssen zugeben, daß Sie keine besonders plausiblen Gründe anführen konnten, warum Sie hier aufgegriffen wurden.«

»Wo ich aufgegriffen wurde? Ich war …«

»Dann eben aufgehalten.«

»Und mit viel zuviel Begeisterung. Ich habe versucht zu kooperieren. Sie wollten mich nicht mal ausreden lassen.«

»Ich schon.«

»Hä?«

»Ich lasse Sie erklären. Nach Herzenslust.«

Was für ein Klugscheißer. Garrett, sei vorsichtig, sagte ich mir. Ganz ruhig. »Ich hab' nur versucht zu tun, was der Feuerlord von mir erwartet. Mir ist das Gerücht zu Ohren gekommen, daß der Regenmacher sich hier in der Oberstadt versteckt hält.«

Block sah mich aufmunternd an. Versuch's noch mal, hieß das. Ihn konnte ich nicht reinlegen. Seine Agenten hätten ihm solche Gerüchte mit Sicherheit zugetragen. »Was ist in dem Haus geschehen, Garrett?«

»Sie bringen mich in eine Klemme, Hauptmann.«

»Ich bin Oberst, Garrett. Wie Sie sehr wohl wissen. Und Sie haben recht. Ich habe Sie am Arsch. Wenn ich wollte, könnte ich Sie ins Al-Khar stecken, damit man Sie dort verhört. Dort kann man ohne weiteres verschwinden, wie im Aderlaß-Spital.«

Das Al-Khar ist TunFaires Gefängnis. »Warum sollten Sie das tun?«

»Hauptsächlich deshalb, weil ich mich nicht gern verscheißern lasse. Ich habe eine Augenzeugin, die gesehen hat, wie zwei Männer ein Abflußrohr hinaufgeklettert sind. Einer war gekleidet wie Sie.«

»Aber nicht mit so vielen Rissen und Kratzern, wette ich. Zweifellos war es ein kühner Jugendlicher, der so getan hat, als wollte er ein paar Schnallen waschen. Ein verblüffender Zufall.«

»Die Zeugin hat die Patrouille gerufen. Die Männer haben sich das Haus angesehen und bemerkt, daß es Spuren von mehrfachem gewaltsamen Zugang aufwies. Drinnen stießen sie auf Leichen und kampfbereite Männer. Ich will Sie nicht beschuldigen, die Gesetze ein wenig ... strapaziert zu haben, Garrett. Wie käme ich dazu? So einer sind Sie ja nicht. Aber wenn ich etwas auf billige Weissager geben würde, könnte ich Sie bestimmt in diesem Haus wiederfinden. Hm?«

Ich gab nichts zu.

»Geben Sie mir einen Tip, Garrett. Wer sind diese Leute?«

Ich konnte keinen sichtbaren Vorteil darin sehen, den Mund zu halten und mir noch weiter das offizielle Wohlwollen zu verscherzen. »Einige waren die Leute von Regenmacher.«

»Nun, war das so schwer?«

Natürlich. Typen wie ich sollen nicht mit Leuten wie ihm zusammenarbeiten, vor allem dann nicht, wenn es einem Kopfschmerzen ersparen würde. In meinem Job muß man stur wie ein Troll sein. Allerdings hilft es meistens auch, sich dumm zu stellen. »Die anderen gehörten der Gilde an. Ich habe gehört, daß Hackebeil vor langer Zeit etwas mit dem Tod von Kains Bruder zu tun hatte.« Zweifellos waren das für Block keine großen Neuigkeiten.

»Verstehe. Und Kain zahlt seine Schulden.«

»Immer.«

Block war hinter der Festung seines Schreibtisches sitzen geblieben. Jetzt nahm er ein gefaltetes Dokument mit einem schweren Siegel auf und tippte damit gegen die Schreibtischoberfläche. »Wie schlimm ist es, Garrett? Sieht es nach einem Bandenkrieg aus?« Das würde in seiner Personalakte nicht sonderlich gut wirken.

»Wohl kaum. Sie kennen Kains Ruf. Hackebeil müßte sich seine Schläger aus anderen Städten holen. Nach diesem Fiasko dürfte er überhaupt keine Freunde mehr haben. Selbst seine liebste Freundin wird wohl fragen: ›Hacker wer?‹«

Block tippte weiter unrhythmisch mit dem Dokument gegen das Holz. Es sah von Minute zu Minute zerknitterter aus. »Es interessieren sich sehr viele Leute für Hacker Hackebeil.« Er wedelte mit dem Papier. »Einschließlich meiner Person.« Er schien erst jetzt zu bemerken, was er da in der Hand hielt. »Das hier kam gerade eben an. Ein Hacker Hackebeil soll gefaßt und vor das Ehrengericht des Einberufungsamtes gestellt werden. Es gibt keine Unterlagen darüber, daß er bisher seiner obligatorischen Dienstpflicht nachgekommen wäre.« Man mußte ihn gehört haben, um zu begreifen, wie verächtlich und sarkastisch Blocks Tonfall war.

Ich knurrte zustimmend. Hatte ich nicht selbst angenommen, daß Hackebeil ein Drückeberger war?

»Ich werde mir sicher nicht den Arsch aufreißen, um Drückeberger aufzutreiben. Verschwinden Sie, Garrett.«

Ich klopfte mir meine Taschen ab. Ich hatte alles wiederbekommen, was mir gehörte. Blocks Mannschaft war beinah ehrlich. Gerade wollte ich seinem Wunsch nachkommen, da ...

»Warten Sie!«

Mist! Ich hatte gewußt, daß er seine Meinung ändern würde. »Was noch?«

»Treffen Sie sich immer noch mit Belinde Kontamin?«

Er wußte eindeutig zuviel über mich. »Nein.«

»Zu schade. Ich dachte, Sie könnten ihr vorschlagen, ihr Paps möge sich doch bitte daran erinnern, daß die Oberstadt die Verbotene Zone ist.«

»Oh.« Es war ein ziemlich deutlicher Hinweis, daß er es ausgerichtet sehen wollte. »Das dürfte sich wohl von selber erledigt haben.« Weil keiner von Belindas Schlägern, die blöd genug gewesen waren, sich da oben einzumischen, noch unter uns weilte.

Ich machte mich vom Acker.

60. Kapitel

Es war ein langer, harter Tag gewesen. Dabei hatte er gerade erst angefangen. Mir tat alles weh. Und man sah mir sehr deutlich an, daß ich in ein einseitiges Gefecht mit eifrigen Hütern der öffentlichen Sicherheit geraten war, als ich mich durch die Hintertür in die Königliche Bibliothek schlich. Was übrigens längst nicht so schwierig war, wie man annehmen könnte.

Der alte Grau Jacke sollte eigentlich diese Tür abgeschlossen haben. Doch dann konnten sich seine Kriegskameraden nicht mit ihrem Nachschub an flüssigen Erfrischungsmitteln reinschleichen. Grau Jacke war der einzige Sicherheitsbeamte, über den die Bibliothek verfügte. Er kam zwar mit seinem Holzbein nicht so recht voran, aber er hatte das Herz auf dem rechten Fleck. Linda hatte die üble Angewohnheit zu sagen, daß er so war wie ich, nur doppelt so alt.

Jacke schlief. Und wenn schon. In der Bibliothek gab es nicht viel, was ein gewöhnlicher Dieb stehlen würde.

Lautlos schlich ich an dem schnarchenden alten Ziegenbock vorbei. Ich hatte ihn selten etwas anderes tun sehen. Es war kaum zu glauben, daß er den Job auf Lebenszeit bekam, weil er sein Bein verloren hatte und einer der größten Helden der Königlichen Marines geworden war. Manchmal ist es besser, wenn Legenden sterben.

Ich suchte Linda. Hoffentlich erschreckte ich nicht zu viele ihrer Mitarbeiter, wenn ich sie fand. Denen konnte man schnell einen Schreck einjagen.

Sie fand mich.

Ich spähte gerade um die Ecke eines Regals, Magazin, wie man sie lieber nannte, als sie mich von hinten ansprach. »Was, zum Teufel, machst du hier?«

Ich holte tief Luft, sah nach, ob ich noch mit beiden Füßen auf dem Boden stand und drehte mich um. »Ich bin auch begeistert, dich zu sehen. Du bist so entzückend wie immer.«

Sie musterte mich von oben bis unten. Ihre süße Oberlippe verzog sich mißbilligend. »Bleib, wo du bist. Und beantworte meine Frage.«

Dazu kam ich nicht, denn sie sprach einfach weiter. »Du solltest wirklich mehr auf dein Äußeres achten. Eine gepflegte Erscheinung ist wichtig. Nun komm schon. Was machst du hier?«

Ich setzte noch einmal an.

»Du bringst mich wirklich in große Schwierigkeiten ...«

Ich legte ihr einfach die Hand auf den Mund. Sie zappelte

ein bißchen, was keineswegs unangenehm war. »Ich will mit dir über das Buch reden, das jemand aus der Bibliothek gestohlen hat. War es zufällig die Erstausgabe von *Die Wütenden Klingen*?

Sie schaffte es, mit dem Zappeln aufzuhören, und lauschte. Sie schüttelte den Kopf.

Diese Reaktion verwirrte mich. »Mist. Ich dachte wirklich, ich hätte den Fall geknackt!« Ich ließ sie los.

»Es war eine Erstausgabe von *Das Eisen-Spiel*. Die Bibliothek besitzt es seit frühen kaiserlichen Zeiten.« Sie fing an davon zu plaudern, wie ein früher Kaiser versucht hatte, eine Gesamtausgabe des Originals zusammenzutragen, weil er den sagenhaften Schatz des alten Falk finden wollte. Angeblich wußte kein Außenstehender, daß dieses Buch existierte.

»Ha! Also hatte ich recht! Zwar das falsche Buch, aber die richtige Idee!« Ich zog das Pergament aus meinem Wams, das ich von Maggie Jenns Haus hatte mitgehen lassen – es war eine einzelne Seite aus dem *Schlachten-Sturm*, Ausgabe ungewiß, aber die Leute, die versucht hatten, es zu beschützen, waren von Leuten umgebracht worden, die es überhaupt nicht interessiere. Die Intensität dieser Erfahrung hatte den Ton für die folgenden Feindseligkeiten festgelegt.

»Was ist mit den *Wütenden Klingen*?« wollte Linda wissen. »Davon hatten wir nie eine Erstausgabe.«

»Ich habe davon neulich erst eine Ausgabe gesehen. Und zwar an einem Ort, an den sie nicht gehörte. Aber das ist mir erst heute klargeworden. Dann dachte ich, ich könnte deine Probleme lösen.«

Langsam begann ich, mir Ärger zu machen. Linda wollte nicht ruhig stehenbleiben, und ich war abgelenkt. Sie war zu nah und zu warm und fing an zu schnurren, als gefiele es ihr wirklich, daß ich an sie dachte.

»Komm einfach her, Jacke! Ich zeig' es dir. Du wirst es mir nicht glauben, aber ich kann es dir beweisen!«

Eine knurrige Stimme antwortete. »Ich würde dir nicht mal glauben, wenn du mir erzählst, daß der Himmel oben ist, Weib.«

»Du bist eingeschlafen. Lüg du nur weiter, aber wir alle wissen, daß du auf deinem Posten einschläfst und einen Außenstehenden hereingelassen hast. Du bist einfach zu alt.«

Ich haßte die Stimme der Frau beinah so sehr wie die Des Gottverdammten Papageis, obwohl ich sie erst selten gehört hatte. Doch diese paar Male waren schon ein paarmal zuviel. Sie klang wie Nägel, die über eine Schiefertafel kratzen, näselnd und immer vorwurfsvoll.

»Wo wir gerade von alt reden, du bist schon seit drei Jahren tot, aber zu blöd, es zu merken. Aber du mußt immer noch den Leuten das Leben schwermachen.« Grau Jacke kümmerte es nicht, ob er ihr zu nahe trat. Außerdem war es unwahrscheinlich, weil sie fast ganz taub war.

»Du hast fest geschlafen, als ich gekommen bin.«

»Ich hab' nur meine Augen ausgeruht, du dämliche Schreckschraube.« Bumm. Grau Jacke brach zusammen. Seine Finger funktionierten nicht mehr richtig, und wenn er sich zu sehr beeilen mußte, dann gelang es ihm manchmal nicht, sein Holzbein richtig festzubinden.

Ich küßte Linda Luther auf die Stirn. »Ich sollte lieber verduften.«

»Bis später.« Sie zwinkerte hinreißend. Ich hatte schon immer eine Schwäche für Frauen, die zwinkern. »Versprochen«, hauchte sie mir ins Ohr und kümmerte sich dann um Grau Jacke. Sie ignorierte die alte Frau, der das ziemlich egal war. Sie hatte keine Schwierigkeiten, beide Seiten in dem Wortwechsel zu übernehmen.

Ich huschte schnell davon. Der Alte hatte mich nicht bemerkt, also fing er an, über frustrierte alte Jungfern zu schimpfen, die hinter jedem Regal einen Mann lauern sehen.

61. Kapitel

Es war ein langer, anstrengender Tag gewesen, und er war immer noch nicht zu Ende. Mir taten Stellen am Körper weh, die manche Leute gar nicht kennen. Ich war zuviel gelaufen und zu oft verprügelt worden. Verdammt, es war fast wie damals, als der Tote Mann dafür sorgte, daß ich keine Ruhe bekam.

Diesen einen Besuch noch, sagte ich mir, dann machst du Feierabend. Ich stöhnte, als mir meine Verabredung mit Morpheus einfiel.

Nicht auch noch Winger. Warum nur hatte ich das getan?

Aber ich war ein braver Soldat und marschierte weiter.

Welcher Blödmann sich wohl diese Metapher ausgedacht hatte. Ich kannte keinen Soldaten, der einen einzigen Muskel bewegte, es sei denn, es wäre seine letzte Chance gewesen.

Lange bevor ich den Laden von Kupfer & Feld erreichte, konnte ich den Ärger schon riechen. In dem Viertel herrschte diese Stille, die sich immer einstellt, wenn etwas unvorstellbar Schreckliches passiert ist.

Der Augenblick ging wieder vorbei. Die Geister versammelten sich bereits, als ich vor dem Geschäft ankam und angesichts dieser blutigen Verwüstung heftig nach Luft rang.

Ein Blick genügte. Jeder, der einigermaßen bei Verstand

ist, hätte sich rumgedreht, einen Fuß vor den anderen gesetzt und diesen Vorgang so schnell und so lange wie möglich wiederholt. Und zwar in Richtung Süden. Aber ich mußte vorher kurz einen Blick in den Laden werfen.

Oberst Block verscheuchte seine Helfershelfer mit einer kurzen Handbewegung aus seinem Büro. »Entspannen Sie sich, Garrett. Es ist alles geklärt.«

»Anscheinend gibt es hier ein Echo.« Ganz zu schweigen davon, daß es viel zu hell war. Das Licht fiel durch einen offenen Fensterflügel hinein. Für jeden vernünftigen Menschen war es viel zu früh, um schon herumzurennen. Anscheinend war Block nicht vernünftig. Und ehrlich gesagt kam ich mir auch nicht sehr vernünftig vor. »Wir sollten mit dieser Art Verabredung aufhören.«

»Es war nicht meine Idee, Garrett. Waren Sie mit Ihrer Unterbringung zufrieden?«

Ich hatte eine viel zu kurze Nacht auf einem Strohlager in einer stinkenden Zelle im Al-Khar verbracht, weil sie mich als möglichen Zeugen verhaftet hatten. »Die Fliegen und Läuse und Wanzen haben meinen Besuch genossen.« Sie sollten sich wie zu Hause fühlen. Block war ein Drecksschwein.

»Erzählen Sie mir, Garrett, warum meine Männer Sie mitten in einem weiteren Massaker aufgegriffen haben.«

»Jemand hat um Hilfe gerufen, und Ihre Leute sind tatsächlich gekommen. Ich bin verblüfft.« Die alte Wache wäre in die entgegengesetzte Richtung gelaufen, nur um sicherzugehen, daß niemand verletzt wurde, der es nicht verdient hatte. »Sagten Sie nicht, alles wäre geklärt?«

»Damit meine ich, daß nicht Sie irgend jemanden zu einer kalten Platte verarbeitet haben. Die Zeugen haben ausgesagt, Sie wären aufgelaufen, nachdem das Schreien aufgehört hatte. Ich will wissen, warum das passiert ist. Und wieso Sie da waren.«

»Hacker Hackebeil«

»Ist das alles?« Er wartete darauf, daß ich mehr sagte. Da konnte er lange warten. »Ich sehe da keine Verbindung. Vielleicht klären Sie mich auf. Es sieht übrigens so aus, als hätte ein wirklich ziemlich widerlicher Schwarzer Magier dieses Schlachtfest veranstaltet.«

Ich nickte, glaubte es aber nicht. »Deshalb wirkt das alles so sinnlos.« Jemand ließ es nur so aussehen, als wäre ein Schwarzer Magier der Mörder. Ich hätte darauf gewettet, daß Penny und Robin ihren Untergang der Vermittlung eines gewissen Hackebeils verdankten. Der wollte so erneut mit dem Finger auf Adolph Sankt Norden zeigen. Dabei fiel mir ein, daß Smaragd Jenn in den Fingern von Sankt Norden war und Hackebeil sie loseisen wollte.

»Warum nur gewinne ich den Eindruck, daß Sie viel zu kooperativ sind, Garrett?«

»Was? Was wollen Sie denn jetzt schon wieder? Wenn ich Ihre Fragen beantworte, regen Sie sich auf. Wenn nicht, regen Sie sich auch auf. Wenn ich Aufregungen brauche, kann ich zu Hause bleiben und mich mit dem Toten Mann streiten.«

»Sie beantworten zwar die Fragen, aber ich habe den Verdacht, daß Sie mir nicht erzählen, was ich wissen möchte.«

Ich holte tief Luft. Wir steuerten auf eine dieser halsstarrigen Auseinandersetzungen zu, die für Männer unserer jeweiligen Berufe so befriedigend sind. Ich atmete aus ...

Ein häßlicher, kleiner Mischling stürmte herein. Er sah mich finster an, als hätte ich nicht das Recht, in Blocks Büro herumzulungern. Ich nickte ihm zu. »Relway.« Er reagierte nicht.

»Es ist soweit«, sagte er zu Block.

»Verdammt.« Block verlor schlagartig alles Interesse an einem so kleinen Fisch wie mir. Anscheinend mußte es woanders fettere Opfer geben. Trotzdem warf er mir einen Blick zu. »Der RUF.« Er folgte seinem Geheimdienstchef, der schon wieder weg war. »Verschwinden Sie hier. Und versuchen Sie, weiteren Leichen aus dem Weg zu gehen.«

Guter Rat. Vielleicht war er doch kein Vollidiot.

Was bedeutete das mit dem RUF?

Es dauerte nicht lange, bis ich es erfuhr. Ich trat auf die Straße. Links von mir stieg eine Rauchsäule in den Himmel auf. Es schien ziemlich nah zu sein. Ich schnappte Gesprächsfetzen der Leute auf, die über die Straße hetzten.

Eine kleine Rauferei hatte sich in einen ernsthaften Rassenkrawall verwandelt. Menschen kämpften gegen Zentauren. Anscheinend war die Angelegenheit erst aus dem Ruder gelaufen, als jemand vom RUF eine flammende Hetzrede gehalten hatte. Daraufhin begannen die Leute, die Häuser der Zentaureneinwanderer anzuzünden. Andere Rassen wurden mit in die Geschichte hineingezogen. Es gab einen tödlichen Guerillakrieg vor den Gerüsten des Aderlaß-Spitals. Die Reparatur des Krankenhauses würde einen empfindlichen Rückschlag erleiden.

Der Wahnsinn hatte begonnen. Hoffentlich konnten Block und Relway ihn eindämmen. Wenigstens diesmal.

Es würde andere Gelegenheiten geben. Und sie würden schlimmer werden, bevor es besser wurde.

Die Leute würden sich sehr schnell polarisieren.

Vorsichtig ging ich hinaus und gab mir Mühe, für jeden sichtbar zu bleiben, der mich vielleicht mit einem Verfolgungsbann belegt hatte.

62. Kapitel

Schmeichler und Efeu stürzten sich auf mich, nachdem sie mich hereingelassen hatten. »Jungs! JUNGS! Wenn ich den Mist hören will, kann ich auch gleich heiraten! Ich brauch' was zu essen, ich brauch' Schlaf, ich brauch' ein Bad, und ich will, daß ihr diesem großkotzigen Flamingo den Schnabel stopft, damit ich mich ausruhen kann, ohne mich so aufzuregen, daß ich jemanden umbringen muß.« Der Vogel hatte sich anscheinend seine Energie für meine Heimkehr aufgespart.

Ich holte Geld aus dem Zimmer des Toten Mannes und musterte ihn mißtrauisch, bevor ich das Zimmer verließ. Hatte ich da etwa einen Augenblick unterdrückte Belustigung gespürt?

Ich schickte Schmeichler zum Einkaufen und befahl Efeu, mir drei Stunden Zeit zu lassen. Wenn er mich weckte, sollten das Essen und ein Bad bereit sein. Dann schleppte ich mich nach oben und fiel in mein Bett. Der Tote Mann konnte das Ungeziefer später entsorgen. Ich lag da, warf mich unruhig hin und her und hörte Dem Gottverdammten Papagei einen halben Satz lang zu. Danach war es Zeit, aufzustehen.

Efeu machte seinen Job, als wäre es sein Lebensinhalt. Ich stand rechtzeitig auf und schrubbte mich in der Vierzig-Liter-Kupferwanne sauber. Unten wartete ein reichhaltiges Frühstück auf mich. Efeu war so besoffen wie ein Skunk, und Der Gottverdammte Papagei thronte auf seiner Schulter. Der Vogel schwieg. Er brauchte seine ganze Konzentration, damit er nicht runterfiel. Er stank noch schlimmer als Efeu. Vielleicht hatte Schmeichler ihm ja seine eigene Flasche gegeben. Der gute alte Schmeichler. Er kümmerte sich um alle.

Ich stopfte mich voll. »Eigentlich wollte ich euch heute rauswerfen, Jungs«, erklärte ich den beiden, »aber ich habe leider keine Zeit dafür. Ihr beide hattet einen schönen Nachmittag. Ich will, daß ihr losgeht und euch eine neue Unterkunft und einen Job sucht. Ich kann mich nicht ewig um euch kümmern.«

Schmeichler nickte.

»Da sind Briefe für Sie gekommen«, erklärte Efeu.

»Briefe?«

»Wir haben niemanden reingelassen«, erklärte Schmeichler. »Hauptsächlich deshalb, weil du nicht da warst. Deshalb haben einige Leute dir Briefe geschrieben. Sie liegen auf deinem Schreibtisch.«

Es waren drei Briefe. Von zweien konnte ich nicht sagen, woher sie kamen. Auf dem anderen war Morpheus' Klaue zu erkennen. Er wollte wissen, wo, zum Teufel, ich gestern abend gewesen sei. Er konnte nicht seine wertvolle Zeit mit meinen Spielchen verplempern, wenn ich gar nicht auftauchte.

Jetzt würde er schon wissen, warum ich nicht gekommen war. Er und seine Schläger fanden das wahrscheinlich komisch.

Ich öffnete den nächsten Brief, der von Maggie Jenn stammte. Sie wollte mich treffen. Ach was. »Schmeichler! Erinnerst du dich, wer den hier gebracht hat?«

Der Lange beugte sich durch die Tür. »Der kam von einer Dame. Ein süßes kleines Ding mit roten Haaren.«

Was für eine Überraschung. Ganz schön kühn, das Weib! O nein! Was war, wenn es die echte Maggie Jenn war, die sich aus ihrem Versteck auf der Insel getraut hatte?

Nein, das konnte nicht sein! Weil ich es nicht wollte.

»Der, den du geöffnet hast, stammt von deinem Freund mit den spitzen Ohren.«

»Morpheus Ahrm, ich weiß.« Ich nahm den letzten in die Hand. »Und der?«

»Kommt von einem der Burschen, die hier waren, als ich meinen letzten Anfall hatte.«

»Einer der Verrückten vom RUF?«

»Es war einer von den Kerlen, die versucht haben, dich rumzuschubsen.«

Das ergab keinen Sinn. Wahrscheinlich mußte ich den Brief aufmachen, wenn ich es genau wissen wollte.

Er kam von Smaragd Jenn. Sie wollte mit mir reden und sich mit mir auf einem bestimmten Gut südlich von TunFaire treffen. Zwar kannte ich das Anwesen nicht, wohl aber die Gegend. Dort hatte ich Eleanor kennengelernt. Die Leute dort ähnelten denen aus der Oberstadt – nur waren sie reaktionärer. Ihr Reichtum bestand aus Landbesitz, weniger aus Schätzen oder Macht. Es war schwer, sich eine selbstgefälligere, intolerantere Bande vorzustellen.

Der Treffpunkt, den Smaragd vorschlug, lag außerdem nicht allzuweit von Adolph Sankt Nordens Residenz entfernt.

Interessant.

»Wie steht's um dein Gedächtnis, Schmeichler?«

»Heute funktioniert es bestens, Garrett.«

Er klang zwar nicht gut, aber ich mußte ihm glauben. »Du mußt für mich rüber zu Morpheus gehen. Sag ihm, daß ich komme und er bitte das machen soll, worüber wir gestern abend gesprochen haben. Schaffst du das?«

Er dachte darüber nach. »Das schaffe ich. Alles klar. Sofort?«

»Das wäre kein schlechter Zeitpunkt.«

»Da draußen geht es ganz schön rauh zur Sache, Garrett. Die legen sich gegenseitig auf der Straße um.«

»Nimm Efeu mit, wenn du dich dann besser fühlst.«

»Ich hab' eigentlich an dich gedacht.«

»Ich geh' das Risiko ein.« Klugscheißer! Hatte ich irgendwo ein Schild auf dem Rücken, auf dem stand: Garretts Selbstbewußtsein. Treten Sie zu?

Ich verfolgte Feldmarschall Schmeichlers Abgang von meiner Türschwelle aus und sah mich dabei unauffällig um. »Ich weiß genau, wie sich ein Pferdeapfel anfühlt«, erklärte ich Efeu, der in der Tür stand und diese Anspielung nicht begriff. »Man ist von Schmeißfliegen umschwärmt. Kapiert?«

Alle meine Fans hatten Posten bezogen. Bis auf die wilden Piraten. Hacker Hackebeils Freunde waren anscheinend dünn gesät.

Tja, wie ich vorhergesagt hatte.

Ich zuckte mit den Schultern, ging wieder rein und schrieb eine Nachricht für Maggie Jenn. Efeu konnte sie dem Heini geben, der meine Antwort abholte.

63. Kapitel

»Du wirst allmählich berechenbar«, sagte ich Ahrm, als ich mich neben ihn auf genau die Stufen setzte, auf denen ich ihn erwartet hatte.

»Ich? Ich bin nur hier, weil ich wußte, daß du mich hier suchst. Ich wollte dir die Zeit ersparen, lange nach mir zu suchen.«

Ich mußte wirklich irgendwo ein für mich unsichtbares Schild an mir haben. Absolut. »Können wir ihn hops nehmen?«

»Das haben wir schon. Keiner hat soviel Glück, einer

Falle zu entkommen, die ich gestellt habe.« Er sah nach links, wo in der Ferne Rauch zum Himmel stieg. »Schön ruhig heute.« Es hätte mehr los sein sollen.

Überall hätte es belebter sein müssen. Schmeichler hatte recht. Sie legten sich gegenseitig um, obwohl es längst nicht so schlimm war, wie es hätte sein können. Blocks Schwergewichte waren unterwegs. Und sie hatten die Unterstützung der Armeegarnison, die jede Lust auf Chaos eindämmte.

Dadurch wurde jede Chance, daß es richtig losging, im Keim erstickt.

Und außerdem munkelte man, daß es Adolph Sankt Norden gar nicht in den Kram paßte. Angeblich war es nicht der richtige Moment. Die Hauptleute vieler genauso verrückter Splittergruppen stimmten ihm zu. Sie forderten jetzt Zurückhaltung und versprachen dafür die richtige Aktion später.

»Wir leben in einer sehr interessanten Zeit«, erklärte ich Morpheus.

»Irgendwas ist immer los«, gab der zurück. Als machte er sich keine Sorgen. »Sieh mal, da haben wir ja unseren Gast.«

Der Tolpatsch roch den Braten und bewegte sich vorsichtig. Leider war sein Geruchssinn nicht fein genug entwickelt. Als er endlich Lunte roch, war es zu spät.

»Komm her.« Morpheus winkte ihn zu uns.

Der Kerl sah sich um. Er bewegte sich, als wäre er der Überzeugung, daß sein Glück ihn nicht im Stich ließ. Er steckte zwar bis zum Hals in der Scheiße, aber er war sicher, daß er jederzeit herauskam. Na gut, vielleicht war er diesmal reingefallen. Er konnte immer noch wegfliegen. Eine richtige Pusteblume, unser Tölpel.

Morpheus Freunde, Angestellte und Verwandte zogen

den Ring enger. Das Glück ging unserem Mann aus, und auch die Schwerkraft kehrte sich nicht um.

Ich befingerte meinen Holzprügel, während Morpheus zusah, wie der Bursche mit seiner Enttäuschung rang.

»Komm einen Schritt näher, Meister.«

Das tat er, aber er sah sich dabei nervös nach seinem Glück um.

»Ich will eigentlich nichts von dir«, meinte ich. »Aber leider weiß ich nicht, wo Winger steckt.« Ich hatte es auch nicht versucht rauszufinden.

»Was? Wer? Wo?«

»Deine Freundin. Die große doofe Blonde ohne einen Funken Menschenverstand. Sie hat immer einen Hintergedanken und sagt nie die Wahrheit, wenn's auch eine Lüge tut. Genau die.«

»Teilweise paßt das auf jeden in dieser Angelegenheit«, stellte Morpheus fest. »Selbst in der Oberstadt machen sie aus der Wahrheit Quecksilber.«

»Aus der Unwahrheit auch.«

»Quecksilberne Lügen. Das gefällt mir.«

»Tödliche, quecksilberne Lügen.« Ich bemerkte Freund Gottlob Karbunkel. »Sieh mal, wer dem Schlachtfest bei Maggie Jenn entkommen ist.«

Unser Gasttölpel sah uns an, als wären wir verrückt. Winger hatte anscheinend meinen Besuch im Aderlaß-Spital erwähnt. Gottlob Karbunkel bemerkte er nicht. »Ich weiß nicht, welche Geschichte Winger dir erzählt hat. Sie hat immer eine andere auf Lager. Ich kann mich nicht erinnern, wann sie mal die Wahrheit gesagt hätte, wenn damit nichts zu gewinnen war.«

Unser Mann antwortete, aber sein Talent, seine Gedanken zu verbergen, war genauso schlecht ausgeprägt wie seine Gabe, jemanden unbemerkt zu verfolgen.

Er war unfähig, aber loyal. Er hielt den Mund. »Ich will sie hauptsächlich aufspüren, weil ich ihr Freund bin.« Gestern abend war das noch anders gewesen. Ein paar Stunden hatten meine Perspektive geändert. »Ich glaube nicht, daß sie mir noch etwas erzählen kann, was ich nicht schon wüßte. Im Gegenteil weiß ich vermutlich ein paar Dinge, von denen sie keine Ahnung hat. Dinge, die sie umbringen können. Vielleicht sofort, nachdem du kaltgemacht worden bist.«

Ich brachte ihn nicht nur dazu nachzudenken, sondern er hörte mir auch aufmerksam zu.

Anscheinend hatte er nicht vor, aus Liebe zu sterben. Es gibt eben keine romantischen Männer mehr. Irgendwas lief da zwischen ihm und Winger, und er wußte sehr genau, was das wert war.

Trotzdem sagte er kein Wort.

»Sie wird diese Bücher nicht bekommen. Niemals. Aller Mut und alles Glück, das du aufbringen kannst, wird das nicht schaffen.«

Der Mann war stumm wie ein Fisch. Morpheus auch, obwohl er aussah, als hätte er gern mehr gehört. Seinetwegen sprach ich weiter. »Wenn du hinter diese Nebelwand blickst, wirst du sehen, daß Winger und Hackebeil hinter einer Erstausgabe von *Niemals Werden Raben Gierig* her sind. Winger unterliegt der Wahnvorstellung, daß sie sie dem Regenmacher abluchsen könnte.« Und sie glaubte verrückterweise auch, sie wäre in der Lage, die Hinweise darin zu entschlüsseln, wenn sie die Bücher erst hatte.

Der Frau mangelt es jedenfalls nicht an Selbstbewußtsein.

»Das Problem ist nur, daß sie im falschen Heustapel wühlt. Der Regenmacher hat die Erstausgaben nicht. Er hätte sie sich alle schnappen können, aber er hat nicht aufgepaßt, so daß sogar das eine, welches sich in seinem Besitz befand, verschwunden ist.«

Morpheus grinste mich dämonisch an. »Irgendwie beschleicht mich das Gefühl, als müßtest du das alles mal in Ruhe erklären. Und wieso glaube ich, daß dies in aller Ruhe in der Freudenhöhle passieren sollte?«

»Sag Winger«, fuhr ich unseren Gefangenen wütend an, »daß sie nur ihre Zeit verschwendet. Hackebeil verfügt nur über zwei Bücher. Los, verschwinde.«

Verwirrt verzog er sich. Wahrscheinlich dachte er, er hätte soeben eine weitere Facette seines Glücks erlebt.

»Was sollte das?« wollte Morpheus wissen. »Ich habe eine Riesenoperation angeleiert, und du stopfst diesen Kerl mit irgendwelchem rätselhaften Zeug voll und läßt ihn dann laufen?«

»Willst du jemanden zum Narren halten? Du weißt, daß diese Schweinerei etwas mit Falks Schatz zu tun haben muß.«

»Vielleicht. Irgendwie schon. Ich hatte kurzes Interesse, als ich dachte, du wärst da in der Weststadt über irgendwas gestolpert.«

»Was du mir erzählt hast, war der Schlüssel zu der ganzen Sache.« Ich übertrieb ein bißchen. Das war keine Lüge. Nicht direkt. Nicht ganz.

Die Wahrheit war: Ich klopfte mal wieder auf den Busch und spielte mit den bisher bekannten Informationen. Jetzt war ich zwar dahintergekommen, aber wie Morpheus schon richtig sagte: Zuvor hatte ich falsch gelegen. »Richte Winger aus, was ich gesagt habe!« schrie ich dem Kerl hinterher und drehte mich dann zu Morpheus um. »Sie wird mich ignorieren und etwas Dummes tun, aber so habe ich wenigstens ein reines Gewissen.«

64. Kapitel

Ich erwartete mehr Ärger, weil ich Wingers Freund laufengelassen hatte. Aber nach der einen schnippischen Bemerkung lehnte Morpheus sich zurück und dachte offenbar nicht mehr an ihn.

Ich begann nachzubohren.

»Vergiß es, Garrett. Ich hatte mal eine Ahnung, aber ich habe meine Meinung geändert.«

Ich belohnte ihn mit dem Urvater aller Brauen-Blick-Tricks.

»Gestern abend war Julie nicht da, um mich abzulenken. Ich habe über die Falk-Saga nachgedacht. Weißt du, was mir eingefallen ist? Nirgendwo steht, daß der Blödmann wirklich reich war ... jedenfalls nach unseren Maßstäben.«

Ich genehmigte mir eine selbstzufriedene Grimasse. Mein guter Kumpel bestätigte mir, daß ich die ganzen kleinen Hinweise richtig zusammengesetzt hatte. »Hast du dich nie gefragt, wie Falk diese Sklaven ermordet hat? Wenn er so blind und schwach war, daß er sie brauchte, um den Schatz zu schleppen, wie konnte er dann schnell genug sein, um sie alle umzulegen?«

Offenbar hatte Morpheus sich das nicht gefragt. »Manchmal gefällt es mir nicht, wie du denkst, Garrett.«

»Ich will dir was erzählen, was du vielleicht noch nicht weißt.« Ich wußte es erst, seit Linda es mir verraten hatte, damals, als ich die Saga las. »Die meisten Sagen wurden auf Betreiben der Kerle geschrieben, die darin die Helden sind. Das *Raben*-Epos hat der Enkel von Falks Schwester geschrieben, zum Teil mit Unterstützung des alten Mannes selbst. Und sie haben lange vor den spottenden Frauen, dem Schatz und den ermordeten Sklaven damit angefangen.«

»Ich hoffe zuversichtlich, daß du irgendwann zum Punkt kommst.«

»Du wirst es gleich begreifen. Es sei denn, du bist langsamer, als du tust. Sagen wir mal, ein Kerl bezahlt dafür, daß man sein Loblied schreibt. Er wird nicht nur entscheiden, was er drin haben will und was besonders herausgestellt wird. Er wird auch bestimmen, was rausfällt oder verschwiegen wird.«

»Du meinst zum Beispiel, daß Falk nicht sehr erfolgreich und auch kein sonderlich guter Schwertkämpfer war? Daß er vielleicht nur ein mittelmäßig begabter Zauberer war?«

»Treffer! Er wurde von anderen der Zauberei beschuldigt, aber ganz offensichtlich war es nichts sehr Bedeutendes und auch nicht besonders gut ausgebildet. Er hätte es nicht verschwiegen, wenn er im Besitz eines Diploms gewesen wäre, das ihn als einen besonders bösartigen Burschen ausgewiesen hätte. Aber er hatte etwas, was ihm half, alle Engpässe zu überwinden.«

»Dann werden Flüche auf diesem Schatz liegen.«
»So wird es normalerweise gemacht.«
»Es werden böse Geister herumlungern.«
»Wofür sind Morde sonst gut?«

Falks Sorte ist nicht ungewöhnlich. Normalerweise versuchen sie, ihre angeborene Fähigkeit schnell zu Gold zu machen. Den Lauf des Schicksals zu manipulieren ist ein beliebtes Spielchen. Man sieht es an all den Krüppeln, die herumhumpeln, wenn sie es vergeblich versucht haben.

»Wenn du mich fragst, kann es kein besonderer Schatz sein, selbst wenn er noch nicht gefunden wurde. Sie haben damals den Wohlstand ganz anders beurteilt.«

»Allerdings. Da fällt mir noch was ein.« Er verstummte.
»Und?« fuhr ich ihn an.
»Ich wollte nur rauskriegen, ob du die üble Angewohn-

heit deines Partners angenommen hast, Gedanken zu lesen. Oder ob du nur aufgrund der allgemein zugänglichen Beweise argumentiert hast.«

»Ich doch nicht.«

»Silber, Garrett. Silber. Du hast es selbst gesagt. Sie haben den Wohlstand früher anders definiert. Silber war damals nicht viel wert.«

Das war jetzt anders. Obwohl der Krieg beendet schien und sich die Silberminen fest in der Hand von Karenta befanden, war die Silberknappheit bedenklich. Das Verschwinden der Silbermünzen drohte den Handel zum Erliegen zu bringen.

Silber dient hauptsächlich den Zwecken machtvoller Zauberei. In letzter Zeit wurde es genauso hoch gehandelt wie Gold. Die Königliche Münze versucht mutig weiter, eine alternative Währung zu produzieren. Einiges davon ist ganz schön sperrig.

Silber. Die Gelegenheit, einen alten Schatz von diesem Edelmetall zu heben, würde selbst aus einem Lamm einen gierigen Wolf machen.

»Zum Teufel, Harrald.« Ich fluchte und benutzte dabei einen der Lieblingsflüche meiner Großmutter. »Vielleicht bist du eben auf den Kern der Sache gestoßen.« Das könnte sogar erklären, warum sich so ein Großmaul wie Adolph Sankt Norden für die Tochter der berüchtigten Maggie Jenn interessiert. Und es erklärt, warum dieser ganze Wahnsinn erst in unserer Zeit ausbrach.

Die Silberknappheit war nicht auf die Schnelle zu lindern. Vielleicht nie, wenn die falschen Leute die Kontrolle über die Silberminen bekamen.

»Aber was mache ich damit?« sagte ich leise.

Morpheus sah mich finster an. »Wie bitte?«

»Ich glaube, du hast recht. Es interessieren sich deshalb

so viele Leute für Falks Schatz, weil der Edelmetallmarkt so durcheinander ist. Es suchen Leute danach, die sich normalerweise niemals darum gekümmert hätten. Zum Beispiel vermutlich sogar der Papa von meiner Süßen.«

»Endlich kommt die Erklärung.« Er verblüffte mich, als er eine Braue hob.

Ich schnappte nach Luft. »Du hast geübt.«

»Fast pausenlos. Was ist nun mit Schätzchens Vater?«

»Nenn es Intuition, aber ich verwette deine Besitzurkunde der Freudenhöhle, daß die Sache, die er wirklich ungern an den Regenmacher und Maggie verlieren würde, eine Erstausgabe von *Niemals Werden Raben Gierig* ist. Die Smaragd gestohlen hat, als sie von zu Hause weglief. Die sie Kupfer und Feld gab, damit sie sie aufbewahren. Möglicherweise haben sie sie auch auf anderem Weg in ihren Besitz gebracht. Wegen dieses Buches wurde ich angestellt. Deshalb wurde Smaragd mit diesem Schwarze-Magie-Zeugs in Verbindung gebracht. Hackebeil wußte, wo sie war. Er konnte sie nicht wiederholen. Also hat er einfach einen Mann in die Schlacht geworfen, um sich mit den Blödmännern der Menschenrechtsbewegung zu prügeln und sie vielleicht freizubekommen.«

Ich plapperte weiter, bis ich endlich Morpheus' überlegenes Lächeln bemerkte. Er starrte zum Firmament hinauf und hörte mir nur halb zu. »Was?«

»Es ist richtig. Das ist eine andere Erklärung. Fällt dir eigentlich auf, wie deine Theorien zusammenbrechen?«

»Niemand hat etwas von Exklusivität gesagt. Die Beteiligten werden von vielen geheimen Motiven getrieben. Du hilfst mir zum Beispiel nicht aus denselben Motiven, aus denen ich Schätzchens Vater helfe.«

»Dem würde ich nicht widersprechen, obwohl ich es liebend gern würde. Hast du dich entschieden?«

»Hä?«

»Was du jetzt tun willst.«

»Ich werde zu diesem Treffen gehen und mir anhören, was Smaragd zu sagen hat.«

»Du hast wirklich mehr Mut als Verstand, Garrett. Du springst mit beiden Füßen in den Unrat.«

Ich lachte. Der professionelle Killer konnte das Wort nicht aussprechen, das selbst miesen, kleinen Sechsjährigen leicht von den Lippen kam. »Mit offenen Augen.«

»Du wingerst mich, hm?«

»Wie?«

»Du hast einen Hintergedanken.«

»Ich bin nicht so paranoid wie du. Und ich weiß, wie ich mit diesen Leuten reden muß. Man schmeichelt ihrem Ego und läßt sie in dem Glauben, daß man ihre spinnerten Ideen toll findet. Dann benehmen sie sich, als hätten sie ein Mitglied des Königshauses zu Besuch.«

Ahrm schien nicht dieser Ansicht zu sein, aber er stritt sich nicht. »Vielleicht solltest du Eierkopf mitnehmen?«

65. Kapitel

Ich nahm Eierkopf nicht mit. Hilfe war überflüssig. Schließlich wollte ich mich ja nur mit einem Teenager unterhalten.

Ich ging allein, weil ich mir weismachte, daß Adolph Sankt Norden ein Typ von altem Schrot und Korn war und fair spielte.

Natürlich machte ich mich zum Narren. Die Gier, Smaragd zu treffen, führte mich keineswegs zu Adolph Sankt Norden. Der Besitz gehörte dem Kerl, der die Schläger geschickt hatte, um mich zu rösten. Das hätte ich leicht herausfinden können, wenn ich meine Hausaufgaben gemacht hätte, bevor ich losmarschierte. Ein Elias Ingwer besaß den Horst. Elias Ingwer hielt Adolph Sankt Norden für einen Sesselpuper, der auf Samtpfötchen um diese Menschenrechtsgeschichte herumschlich. Elias wollte endlich handeln.

Ich hatte nicht zugehört, als Schmeichler mir erzählte, wer Smaragds Einladung gebracht hatte.

Es war nicht weiter schwierig, auf das Grundstück zu gelangen. Aber ein Schwätzchen mit Smaragd zu halten war etwas problematischer.

Ich Blödmann. Ich dachte, sie führten mich zu ihr, ließen mich sie mitnehmen und würden die ganze Sache vergessen. Ich hatte keine Ahnung, wie sehr sie schon die Kontrolle verloren hatten.

Aber ich kam bald dahinter.

Die Jungs, die mich durch das Haupttor anlächelten, verloren schlagartig ihren Humor, als das Tor hinter mir zufiel. Ihre Blicke wurden gemein und hinterhältig. Sie grinsten immer noch, aber die einzige Pointe, die sie im Sinn hatten, war eine schlagende Pointe. Etwa in Höhe der Niere.

Die Kerle, die meine Wohnung verwüstet hatten, schlenderten aus den Büschen. Es sah nicht aus, als hätten sich ihre Manieren gebessert.

Sie machten mich so nervös, daß ich zuerst zuschlug. Ich war geschützt durch den Zauber, der mich für alle unsichtbar machte, die mir Böses wollten. Junge, das war nett. Sie sprangen und schlugen um sich und fluchten und verfehlten mich wie eine Bande von Betrunkenen. Mein magischer Knüppel bekam eine Menge Arbeit. Ich verteilte überall leblose Leiber. Ingwers Gärtner würden in nächster Zeit eine Menge Naturdünger einsammeln können.

Ich verblüffte mich selbst. Aber wir sind immer zu erstaunlichen Höchstleistungen fähig, wenn wir nur ordentlich motiviert sind.

Ingwers Residenz war vom Tor aus nicht zu sehen. Ich ging auf eine Odyssee über den riesigen, gepflegten Rasen und schlängelte mich zwischen zu Skulpturen geschnittenen Bäumen und Sträuchern hindurch. In einem Labyrinth aus Hecken hätte ich mich beinah verirrt. Ich ging fasziniert durch einen riesigen Blumengarten und kam zu dem Schluß, daß die Hälfte der Bewohner des Slums – allesamt Menschen – ihr Auskommen damit gefunden hätten, dieses Grundstück zu bewirtschaften.

Der Ingwer-Besitz war groß genug, einen revolutionären Zorn in einem Stein zu wecken. Irgend etwas daran strahlte Verachtung für jede Rasse aus.

Ich ging nicht einfach zur Tür und setzte mich der Gnade eines weiteren Fürchtenicht aus. Nachdem ich das Herrenhaus erspäht hatte, besann ich mich auf meine alten Kundschafterfähigkeiten. Ich duckte mich, sprang, schlich und trippelte auf Zehenspitzen zur Rückseite des Hauses. Dort gab es viele Leute, von denen mich eine Menge sahen, aber sie waren geduckte Typen, die verschlissene Venageta-Uniformen trugen. Und sie waren mit so sinnvollen Aufgaben beschäftigt wie zum Beispiel, den Rasen mit einer Nagelschere zu trimmen. Sie taten, als wären sie blind. Ich erwiderte diesen Gefallen und tat, als sähe ich nicht, wie sie gedemütigt wurden.

Ich hätte nie gedacht, daß Kriegsgefangene zu so etwas erniedrigt werden konnten. Damit will ich nicht sagen, daß ich Mitgefühl für die Venageti hatte. Wenn man von Leuten durch die Sümpfe gejagt wird, wenn sie versuchen, einen zu töten, einen dazu zwingen, Schlangen und Käfer zu essen, um am Leben zu bleiben, dann hat man wenig Sympathie für diese Leute übrig, wenn man sie später trifft. Aber an dieser Situation stimmte etwas grundsätzlich nicht. Der Kern war, daß Ingwer meiner Meinung nach nicht zwischen besiegten Feinden und den »niederen Klassen« der Karentiner unterscheiden würde.

Elias mußte einen gemütlichen Schreibtischplatz weit ab vom Kampfgetümmel erwischt haben, als er seinem Königreich diente. Die meisten Angehörigen der herrschenden Klasse kommen auf die Schlachtfelder und stellen fest, daß sie bluten, wenn sie in Stücke gehackt werden. »Scharfer Stahl kennt keinen Dünkel«, sagte mein alter Sergeant immer und grinste dabei über beide Bakken.

Ich fand eine Hintertür, die unverschlossen und unbewacht war. Warum sollte man sich die Mühe machen? Wer würde schon in ein Kuckucksnest einbrechen? Wer würde es wagen, Elias Ingwer zu verärgern?

Der Name sagte mir da noch nichts.

Ich habe nichts gegen stinkreiche Leute. Ich selbst würde auch irgendwann einmal gern da landen, meinen kleinen Hundert-Zimmer-Schuppen auf einem fünfhundert Hektar Grundstück stehen haben, ausgestattet mit heißen und kalten Rothaarigen und vielleicht einer Direktleitung zur Weider-Brauerei. Aber ich erwarte, daß alle das erreichen, wie ich es würde: Indem sie sich den Arsch aufreißen und nicht einfach nur einen Vorfahr unter die Erde legen und dann ihre Nasen in den Himmel recken.

Ich weiß, es ist eine ziemlich einfache Weltsicht. Ich bin auch ein einfacher Kerl. Ich arbeite so schwer wie nötig, kümmere mich um meine Freunde, und tu' hier und da mal was Gutes. Und ich versuche, niemandem überflüssigerweise auf die Zehen zu treten.

Das Haus war ein Heim des Schmerzes. Man konnte sich dieses Gefühls nicht erwehren, sobald man eintrat.

Leid und Schmerz waren sein Gerippe. Das Haus paßte zu seinen Bewohnern wie die zu ihm.

Man findet manchmal solche Häuser, alte Anwesen, die von ihren eigenen Seelen bewohnt werden, gut oder schlecht, glücklich oder traurig.

In diesem Haus herrschte unangenehmes Schweigen.

Es hätte seinen eigenen Herzschlag haben müssen, wie etwas Lebendiges, hätte Kommen und Gehen widerhallen lassen müssen, quietschen und knarren sollen, und in der Ferne hätten Türen zufallen müssen. Aber es gab keine Geräusche. Das Haus wirkte so verlassen wie ein abgelegter Schuh – oder wie Maggie Jenns Hütte in der Oberstadt.

Es war unheimlich!

Ich fing an, eine Falle zu vermuten. Diese Kerle am Tor schienen immerhin auf mich gewartet zu haben. Eine Minute spielten sie auf Zeit, während einer zum Haus rannte, um sich die Erlaubnis zu holen, und dann stürzten sie sich alle auf mich.

Hatte ich an ihnen vorbeikommen sollen? Sollte ich hier hereinmarschieren? Was erwartete mich …?

Ich grinste.

Eierkopf sagt, ich denke zuviel. Eierkopf hat recht. Wenn man sich verpflichtet hat, dann vergißt man besser das »Was wäre wenn« und die Seelenbeschau, erledigt seinen Job und verschwindet.

Vorsichtig ging ich durch die Stille und grinste wieder. Wenn ich jemals meine Jobs benennen müßte, würde dieser hier der »Fall des Einbrechers, der ein guter Junge war« heißen. Ich schlich mich in jedes Haus ein, auf das ich stieß.

Nicht, daß ich es freiwillig getan hätte. Die Leute ließen mir keine andere Wahl.

66. Kapitel

Ich hatte nicht die Kraft, meinen Blick auf den Besitzer der Stimme zu richten, die mit mir sprach. »Sie sind ein sehr umsichtier Mann, Mr. Garrett. Und verblüffend kompetent im Umgang mit dem Schlagstock.« Der Sprecher hatte die näselnde Stimme eines alten Aristokraten, Sprößling einer Linie, die genauso bemoost sein mußte wie das Kaiserreich.

Ich war kaum in der Lage, mich zu fragen, was passiert war. In einem Moment versuchte ich noch, eine gute Begründung für meine Gewohnheit, einzubrechen zu erfinden, und im nächsten war ich in einem kalten, roten, hallenden Raum an einen Stuhl gefesselt und lahm wie ein nasses Handtuch. Und trotz aller Mühe wußte ich nicht, was zwischendurch passiert war.

»Passen Sie auf, Mr. Garrett. Otto!«

Jemand griff unsanft in mein Haar. Der hilfsbereite Otto riß meinen Kopf zurück, damit ich mit offenem Mund den Kerl anglotzen konnte, der am längeren Hebel und auf einer Art Thron saß. Er war nicht mehr als eine schreckliche Silhouette vor tiefrotem Hintergrund.

Ich war zu benommen, um Angst zu haben. Aber ich strengte mich an, meinen Kopf wieder unter Kontrolle zu bekommen, damit sich das änderte. Ich erkannte meine Umgebung aus Flüstereien von noch weniger vernünftigen Bekannten, die mit Dem RUF zu tun hatten. Dies hier war die Hauptkammer des Heiligen Vehn, des Ehrengerichtes des RUFs. Da ich kein aktives Mitglied war, stand ich wohl vor Gericht, weil ich ein Verräter an meiner Rasse war. Nur ...

Nach allem, was ich gehört hatte, gab es drei Richter. Das Gespenst auf dem hohen Sitz hätte sich gut als Fleischbelag in einem Kretinsandwich gemacht.

Ich konzentrierte mich auf meine Zunge. »Was, zum Teufel, geht hier vor?« Ich weiß nicht, warum ich mir nach den ersten Worten noch Mühe gegeben hatte. Sie kamen in einer Sprache heraus, die ich nicht verstand. Aber ich bin ja Optimist und gab nicht auf. »Ich bin nur hier, um Smaragd Jenn zu sprechen.« Hatte man mir während meiner Ohnmacht die Zunge eines Zwerges angenäht?

»Es dauert eine Weile, bis der Zauber nachläßt, Lord«, sagte jemand hinter mir.

Kann eine Silhouette finster dreinblicken? Dieser hier konnte es. »Dessen bin ich mir bewußt. Otho?« Otho? Wie Otto, nur falsch ausgesprochen?

Ich sackte zusammen. Ein herzhafter Ruck an meinem Kopf half mir, die Silhouette im Auge zu behalten. Jemand schlug mir abwechselnd auf beide Wangen. Das half auch.

Um Himmels willen. Ein zweiter Kerl trat vor mich, um dem ersten zu helfen. Er war eine genaue Kopie. Eineiige Zwillingsschläger? Nein, das war doch zu bizarr. Es wurde Zeit aufzuwachen.

Ich wachte auf, stellte aber nur fest, daß die Zwillinge gemeinsam mein Gesicht bearbeiteten. Ich sprach nicht mehr zwergisch, sondern gab meine Meinung in nur noch leicht verwischtem Karentinisch zum Besten. Und mein Verstand eilte meiner Zunge weit voraus. »Ist Ihnen klar, mit wem Sie es zu tun haben?« wollte die Silhouette wissen. Der Kerl klang echt meschugge.

»Wenn ich das wüßte, dann könnte ich etwas Genaueres über gewisse Körperteile und die Möglichkeiten ihrer Verwendung sagen.«

»Beherrschen Sie Ihre Vulgarität, Mr. Garrett. Sie sind in mein Haus eingebrochen.«

»Ich wurde eingeladen. Und wollte mich mit Smaragd Jenn treffen.«

»Ich fürchte, das wird nicht gehen.«

»Ist sie nicht da? Dann verabschiede ich mich wohl besser.«

Ingwer lachte. Er mußte in der Knallkopf-Ganoven-Schule erstklassige Noten gehabt haben, weil er das Geräusch aus der Magengrube produzierte. Es klang böse und vielversprechend. »Unsinn, Mr. Garrett. Wirklich.« Er lachte noch einmal und genausogut wie beim ersten Mal. »Wo sind die Bücher?«

»Hä?«

»Wo sind die Bücher?«

Oh-oh. »Von welchen Büchern reden Sie?« Ich hätte nie gedacht, daß mich mal jemand fragen würde.

»Halten Sie mich für naiv, Mr. Garrett?«

»Ich halte Sie für einen praktizierenden Spinner.« Kawumm! Mitten auf die Schnauze. Schätzchen würde ohne Kuß leben müssen, wenn wir uns das nächste Mal begegneten. Ich nehme an, daß Otto oder Otho nicht mit mir übereinstimmten.

Außerdem hielt ich Ingwer für einen verdammten Narren. Er machte denselben Fehler, den die Schläger des Regenmachers gemacht hatten, als sie mir nicht die Taschen geleert hatten. Seine Jungs waren Idioten, weil sie nicht nachgesehen hatten. Ingwer hätte nicht riskiert, sich die Finger schmutzig zu machen, wenn er mich anfaßte.

Ich hatte meine Ausrüstung dabei.

Jetzt mußte ich nur noch rankommen. Das war kein Problem. Sobald ich die zwei Meilen Taue abgewickelt hatte, mit denen ich eingewickelt war.

»Wo sind die Bücher?«

»Geben Sie mir einen Tip, Bonzo. Wovon reden Sie, verdammt?«

»Otto.«

Kawumm.

Als die Umgebung verschwamm, hatte ich eine Idee. Es war nicht unbedingt die beste Idee, die ich je gehabt hatte. Sie würde weh tun.

Es war ein typischer Garrett-Plan.

»Die Bücher, Mr. Garrett. Die unveränderten Erstausgaben von *Nie Werden Raben Gierig*. WO SIND SIE?«

»Ach so, diese Bücher. Sagen Sie das doch gleich. Ich hab' keinen blassen Schimmer.« Konnte er hinter der Hinrichtung von Penny und Robin stecken?

»Ich glaube Ihnen nicht.«

»Wollen Sie mir weismachen, daß ein stinkreicher Armleuchter wie Sie Leute aufmischt und umlegt und alte Bücher klaut, in denen es um einen lächerlichen Schatz wie den von Falk geht?«

»Die alten Aufzeichnungen sagen, daß dieser Schatz ausschließlich aus Silber besteht, Mr. Garrett. Um sein Ziel zu erreichen, braucht der RUF dieses Silber.«

Mir verschwamm alles vor den Augen, als ich über den Grund seines Interesses nachdachte. Er wollte der Oberbeknackte dieses Schwarzen Haufens werden.

Silber war die Essenz der Zauberei. Hinter dem RUF lauerte Schwarze Magie. Vielleicht hielt der Mangel an Silber den RUF mehr zurück als Vernunft, Menschlichkeit oder gewöhnlicher Anstand. Vielleicht gehörte demjenigen, der das Silber anschleppte, der RUF. Und vielleicht gehörte dem Führer des RUFs bald das Königreich, wenn die Spinner mit ihrer rassistischen Revolution anfingen.

»Hat Ihnen Adolph Sankt Norden erzählt, wo Sie es finden können?«

Elias Ingwer sagte einen Augenblick lang nichts, was meine Vermutung bestätigte. Immer noch schweigend, stieg er von seinem Thron. Er ging jedoch nicht direkt auf mich zu, und als er in besseres Licht trat, wußte ich auch, warum. Er war vermutlich schon dabeigewesen, als Falk mit seinen Sklaven losging.

In seiner linken Schläfe pochte eine Ader. »Passen Sie auf, daß Sie nicht der Schlag trifft, Alterchen«, riet ich ihm.

Von wegen Schlag! Er wurde richtig wütend. Er machte eine Handbewegung, die bedeutete: »Schlagt Garrett so lange ins Gesicht, bis ihr ihn umgedreht habt«, denn die Zwillinge machten sich jetzt wirklich an die Arbeit.

Es fühlte sich wundervoll an, als sie endlich eine kleine Pause einlegten. Ich konnte mein Blut ausspucken und ein bißchen Luft schnappen.

»Wo sind die fehlenden Seiten, Mr. Garrett?« Ingwer schrie förmlich.

67. Kapitel

Sicher, es war nicht unbedingt die beste Idee, die ich je hatte, und sie tat tatsächlich weh. Schließlich fand ich, daß ich ihr lange genug gefolgt war. »Hemd. Tasche.« Ich gurgelte. »Schachtel. Schlüssel. Haus.«

Ingwer stand unmittelbar vor mir und brachte mich mit ekligem Atem zum Verstummen, der durch seine verrotteten Zähne kam. Er war so gierig, daß er nicht mal auf die Geschichte wartete, die ich eingeübt hatte. Er klopfte mein Hemd ab, fand die Schachtel, wie ich es wollte, und schlurfte eilig auf sein Töpfchen, oder wie er seinen Hochsitz nannte.

Meine Ohren klingelten wie Kirchenglocken, aber ich hörte das Brummen, als das, was in der Schachtel war, aufwachte. Die Zwillinge hörten es auch. »Bitte seid vorsichtig, Lord!« rief einer. »Da stimmt was nicht ...«

Hastig öffnete Ingwer die Schachtel. Ich wußte es, weil er schrie.

Hätte man mir nicht so weh getan, hätte ich vielleicht Mitleid empfunden, so viel Todesangst lag in seinen schrecklichen Schreien.

Einer der Zwillinge drückte mir die Kehle zu. »Sorg lieber dafür, daß es aufhört ...« Er schrie selbst wie am Spieß, bevor er seine Drohung aussprechen konnte. Das regte seinen andersrum ausgesprochenen Bruder mächtig auf. Der wollte mich erdrosseln, doch als er nach mir langte, sah er mich überrascht an und fing selbst an zu schreien.

Ich konnte nicht sehen, was sie angefallen hatte. Sie hatten mich bis zum Kinn eingewickelt. Ich wußte nur, daß das Gebrüll Leute von irgendwoher angezogen hatte, denn ich hörte Stimmen von Menschen, die herumliefen und sich erkundigten, was los sei. Dann fingen einige von denen ebenfalls an zu schreien. Ihr Gebrüll entfernte sich und wurde schwächer.

Die Umstände waren, wie sie waren. Ich konnte nicht viel mehr tun als dasitzen und meinen nächsten Schachzug planen. Trotz meiner unangenehmen Lage schlief ich etwas. Ich bin zu hart, um ohnmächtig zu werden. Vermutlich dauerte das Nickerchen ziemlich lange, obwohl in solchen Augenblicken mehr Zeit zu vergehen scheint, als tatsächlich verstreicht. Jedenfalls vergingen draußen in der wirklichen Welt kaum mehr als ein paar Monate.

Meine größte Sorge war, daß der Killerkäfer zurückkommen konnte. Doch als ich wach wurde, stellte ich fest, daß ich ganz andere Sorgen hatte.

»Diesmal hast du dich wirklich tief in die Scheiße geritten, Garrett.« Winger strich um mich herum, während ihr Freund in sicherer Entfernung zusah. Mein Fehler. Ich hatte es ihm mit Schönchens Holzstück möglich gemacht, mir zu folgen. Dafür hatte ich meine Gründe. Nur leider machten sie jetzt wenig Sinn.

Winger schien nicht geringste Lust zu haben, mich zu befreien, also tat ich, als wäre ich nicht so wach, wie ich tatsächlich war. Otto und Ohto hatten dafür gesorgt, daß ich ziemlich fertig aussah. Und ich stieß einen Seufzer aus, der wenig schauspielerisches Talent erforderte.

»Glaubst du, daß er ihnen was gesteckt hat?« fragte der Trampel.

»Was denn? Er weiß doch nichts.«

Der Junge knurrte, klang aber nicht sehr überzeugt. Aber er war mir ja auch näher gewesen als Winger.

Die packte mein Haar und hob meinen Kopf. »Hallo, einer zu Hause, Garrett? Wo sind die anderen? Wohin hast du sie geschickt?«

»Elschen, das ist die falsche Frage«, unterbrach sie ihr Freund. Er hatte den Richter auf seinem Thron entdeckt. »Frag ihn lieber, was er mit ihnen gemacht hat.«

Winger sah selbst nach, was von Elias Ingwer übrig war. »Was macht so was?« Sie sah mich nervös an.

»Ich glaube nicht, daß ich es wirklich wissen will.« Ihr Freund besaß anscheinend doch einen Funken Verstand. »Da drüben liegen noch mehr. Vier oder fünf. Und alle sehen gleich aus.«

»Was hast du gemacht, Garrett?« Winger wirkte tatsächlich besorgt. Als hätte sie Angst, daß ich es vielleicht noch einmal machen würde. Vielleicht wurde sie ja alt.

Mir fiel auf, daß niemand versuchte, mich loszubinden. »Haben sie die drei Bücher, Garrett? Oder nur das eine, das dieses Mädchen gestohlen hat?«

Ob ich sie wohl nah genug an mich heranlocken konnte, daß es mir gelang, sie zu beißen?

»Else!«

Ich konnte mich nicht umdrehen, aber ich hörte, wie sie in den Raum kamen. Mindestens vier Männer. Vielleicht sogar mehr. Winger schien zu erstarren und war ratlos, was sie jetzt tun sollte. Warum wohl?

»Heilige Glocken! Seht euch diese Titten an!«

Der Gottverdammte Papagei! Was wollte der denn hier?

Schmeichler bewegte sich durch mein Blickfeld. Aus mir unbegreiflichen Gründen hielt er ein militärisches Grabwerkzeug in der Hand und schwang es gegen Winger. Er sagte kein Wort.

Als nächstes hob Morpheus meinen Kopf an und sah in meine Augen, soweit sie in meinem geschwollenen Gesicht zu erkennen waren. »Er lebt. Bindet ihn los.« Eine Sekunde später arbeiteten Efeu und Schmeichler an den Seilen. Sie schienen es nicht eilig zu haben. »Eierkopf, deck die Tür. Beißer, du nimmst die da hinten. Sieht aus, als wären sie da lang geflohen.« Er hob wieder meinen Kopf. »Was ist passiert?«

»Waf ageg'n, ven ir daf Feil fneller lofmacht?« Mist, ich redete schon wieder fließend zwergisch. Das lag an meinem geschwollenen Gesicht und an meiner dicken Zunge. Doch diesmal wußte ich wenigstens, was ich sagen wollte.

Der Gottverdammte Papagei besaß auf jeden Fall den Geschmack eines Hafenarbeiters, was Frauen anging. Und er hatte nicht vor, das Winger zu ersparen.

Die und ihr Süßer saßen da und versuchten, so zu tun, als wären sie unsichtbar.

Efeu und Poller fummelten mit dem Seil herum, und ich versuchte ihnen zu sagen, daß sie doch vielleicht nicht so rücksichtsvoll mit diesem Tau sein sollten. Warum zerhackten sie es nicht einfach? Sie verstanden mich natürlich nicht, sondern mühten sich weiter ab, bis Morpheus sie anfuhr: »Wir brauchen nicht so vorsichtig mit fremdem

Eigentum umzugehen, Narzisio. Der Besitzer liegt hier und ist durchlöchert wie ein Käse. Und ein Staatsanwalt wird uns kaum wegen eines beschädigten Seiles aufknüpfen.«

Eierkopf warf Winger einen finsteren Blick zu. Poller und Efeu versuchten, mich aufzurichten. Morpheus tat, als wäre mein Wohlergehen das einzige, was ihn interessierte. Schmeichler ging herum und schwang die Schaufel. Beißer musterte seinen Schmerbauch und überlegte vielleicht, ob er eine Landkarte darauf malen sollte.

Irgendwo schrie jemand vor Schmerz. Es war jemand draußen vor der Kammer, aber er war nicht wirklich weit weg. Dann schrie noch jemand. Dann hörten wir ein wildes Brummen. Mein Haustierchen kam zurück.

Der blöde Schmeichler lachte glucksend, als sähe er nun endlich die Chance, sein Comeback als Killer einzuläuten, worauf er vierzehn Jahre lang gewartet hatte. »Geh lieber zu Seite, Kumpel«, riet er Beißer. »Es sei denn, du willst, daß es direkt durch dich hindurchfliegt.«

Beißer warf einen Blick auf die Leichen, entschied sich für Diskretion und trat rasch zur Seite.

Einen Moment später kam etwas so schnell durch die Tür, daß man es kaum sehen konnte, und steuerte direkt auf mich zu.

Schmeichler hob seine Schaufel und trat ihm in den Weg, wobei er die Schaufel mit ausgestreckten Händen schwang und alle Kraft in diesen Schlag legte.

Bäng! Homerun.

Er ließ die Schaufel mit dem Blatt zu Boden sinken und reinigte sie mit der Schuhsohle. Dabei grinste er über das ganze Gesicht. »So wird man mit diesen kleinen Killern fertig. Sie sind verdammt schnell und noch gemeiner. Aber man kann mit ihnen fertig werden, wenn man sie nicht aus den Augen läßt. Anscheinend hat keiner von euch so einen schon mal gesehen.«

»Kannst du gehen?« wollte Morpheus wissen und überließ Schmeichlers Schilderung erstklassiger Schläge den anderen.

Ich versuchte, den Langen zu fragen, wo er schon auf diesen teuflischen Käfer gestoßen war, aber es kam nur zwergisch heraus. Morpheus dachte, ich redete mit ihm. »Gut«, sagte er. »Du bist härter, als gut für dich ist. Laß uns hier verschwinden.«

Gute Idee. Nachdem wir dafür gesorgt hatten, daß nichts hierblieb, was uns belasten könnte. Obwohl ich es unwahrscheinlich fand, daß man uns nicht erwischen würde. Es gab noch lebende Leute im Haus, und die Schläger draußen konnten auch gezwungen werden, zu verraten, was sie gesehen hatten.

Winger und ihr Kerl versuchten, sich in die Büsche zu schlagen, aber wie uns D. G. Papagei lautstark erinnerte: Winger im Profil ist schwer zu übersehen.

»Wir können dich auch hier lassen«, schlug Morpheus vor. »Es gibt genug Taue.« Er deutete auf den Haufen Hanf, den ich hinterlassen hatte.

»Nein, vielen Dank, danke nein.« Winger wollte nicht bleiben. Es war sehr wahrscheinlich, daß sich das Wetter bald verschlechterte. Der RUF würde erfahren, daß Ingwer zu einem Sieb verarbeitet worden war. Und sie wollten bestimmt Blutrache.

Es war meine Schuld, das gebe ich zu. Hätte ich meine Füße schneller bewegt, hätten wir das Spiel nicht ganz ausreizen müssen.

68. Kapitel

Wir schafften es nicht einmal, die Kammer zu verlassen. Ich bemühte mich, so gut meine Füße mich trugen, aber wir kamen nicht weit.

Plötzlich heulte Morpheus auf. Wir anderen erstarrten vor Schreck. Noch ein Käfer? Wie konnte das sein? Ahrm sprang hoch und trat zu. Als er in der Luft war, stürmte ein Typ in die Kammer und bot sein Kinn als Ziel für Morpheus' Fuß. Der Mann brach wie vom Blitz getroffen zusammen. Aber eine ganze Meute von Brunos stürmte über ihn hinweg. Er würde überall Beulen haben, und seine Knochen waren sicherlich zu Mehl gemahlen, wenn er überhaupt wieder zu sich kam.

Außer mir mischten sich alle in den Kampf. Efeu und Poller stellten mich an einer Wand ab und stürzten sich ins Getümmel. Ich stand da und konzentrierte mich darauf, nicht hinzufallen, so daß ich wenig Aufmerksamkeit für meine Kumpel übrig hatte. Ich versuchte zwar, etwas Nützliches aus meinen Taschen zu fischen, aber die Anstrengung war zu groß.

Ich wußte nicht mal, wer die Leute waren, bis Eisenfaust mitten in der zweiten Welle auftauchte. Bis dahin war es schon zu weit gegangen, als daß man die Angelegenheit noch gütlich hätte regeln können. Überall waren Tote und Verletzte zu beklagen, meist auf seiten der Leute des Regenmachers. Aber auch der arme Efeu hatte eine falsche Bewegung gemacht und sich fünfundvierzigmal in den Rücken stechen lassen. Der Gottverdammte Papagei riß dem Verantwortlichen die Kopfhaut herunter. Es war ein Rattenmann, der so bekifft war, daß er mit dem Stechen nicht mal aufhörte, um sich den Vogel vom Kopf zu wischen.

Schmeichler hob Eisenfaust an und warf ihn etwa vierzig Meter durch die Luft. Dann stürzte er sich auf den Regenmacher, der gerade in den Raum gekommen war. Er sah, daß Eierkopf schon auf ihn zurannte, und konzentrierte sich darauf, ihm auszuweichen. Dann sah Hackebeil auch Schmeichler kommen. Er schrie auf und duckte sich unter den beiden großen Männern hindurch. Wie hatte er es nur geschafft, so viele Idioten zu finden, die für ihn arbeiteten, wo doch jeder in TunFaire seinen Kopf wollte? Vielleicht hatte er ja wieder seinen Fummel angezogen und wiegte sie in dem Glauben, daß sie für eine Frau arbeiteten.

Seine Schläger jedenfalls waren ziemlich fassungslos, als sie meine Freunde erkannten.

Schmeichler war jedoch viel zu versessen darauf, Hackebeil Efeus und sein Leid heimzuzahlen. Er schlug die Leute rechts und links in Stücke, während er hinter dem Regenmacher herstürmte. Aber er holte ihn nie ganz ein und achtete auch nicht auf das, was hinter seinem Rücken vor sich ging. Ich wollte schreien, aber meine Röhre war außer Funktion. Im selben Moment, in dem Schmeichler die Tunte erwischte, rammte ihm jemand einen Dolch in die Wirbelsäule. Ich hätte um ihn geweint, wenn ich es gekonnt hätte. Statt dessen sparte ich meine Luft für einen letzten Gruß auf: »Quaddel daddel. Quaddeldaddeldu.«

Schmeichler mochte ja tot sein, aber das konnte ihn nicht bremsen. Wer ihm in die Finger fiel, hatte wenig Vergnügen an dieser Erfahrung. Morpheus trug einen gebrochenen Arm davon, obwohl er nichts weiter getan hatte, als sich in Sicherheit zu bringen. Nicht schnell genug.

Ich versuchte, zu einer Tür zu schleichen, aber meine Füße spielten einfach nicht mit. Ingwers Schläger mußten mehr gemacht haben, als mich nur windelweich zu prügeln. Mich beschlich die böse Ahnung, daß ich diesmal nicht so einfach davonkommen würde wie im Aderlaß-Spital, obwohl Schmeichler die zaghafte Bande demolierte, die Karbunkel angeschleppt hatte. Anscheinend versammelten sich heute alle, die mich je beschattet hatten, im Horst. Und vermutlich glaubten alle, ich hätte mir die geheimnisvolle Trilogie unter den Nagel gerissen.

Als Schmeichler schließlich zusammenbrach, stach einer der Schläger vom Regenmacher Wingers Liebhaber nieder. Daraufhin sah sie rot und sprang ein paar Jungs an, die versucht hatten wegzuschleichen. Sie schafften es nicht.

Ich sah mich um. Offenbar waren Winger und Hacker Hackebeil die einzigen unverletzten Mitspieler. Eierkopf lehnte sich an eine Wand. Er war blaß um die Nase. Beißer lag am Boden, aber ich konnte nicht feststellen, wie schwer verletzt er war. Poller, auf dessen Rücken sich D. G. Papagei festgekrallt hatte und wie ein Rohrspatz fluchte, kroch auf Händen und Füßen herum und versuchte vergeblich, sich aufzurichten. Morpheus sorgte trotz seiner Verletzungen dafür, daß keiner von Hackebeils Schlägern ihm jemals wieder an die Wäsche gehen konnte.

Mir kam die ganze Geschichte wie ein völlig sinnloses Blutvergießen vor. Keiner hatte etwas gewonnen, aber viele hatten alles verloren.

Ich war stolz auf mich. Mit Hilfe meines Kumpels, der Wand, schaffte ich einen Frühstart zur Tür.

Diese Anstrengung beanspruchte alle Konzentration, so daß ich dem Kampfverlauf nicht mehr hatte folgen können.

Es war nicht gut gelaufen. Der Boden war mit bösen Buben übersät, und die Guten waren verschwunden. Außer man zählte Den Gottverdammten Papagei mit, der herumflatterte und den schleimigen Teil seines Vokabulars übte. Ich hätte gern nach Morpheus oder Winger oder irgendwem sonst gerufen, aber leider war mein Sprachrohr verstopft.

Hackebeil stand immer noch. Genau wie Eisenfaust. Letzterer aber hauptsächlich deshalb, weil er genauso breit wie hoch war und immer wieder auf die Füße kullerte, wenn ihn jemand umhaute. Schmeichler hatte schon die richtige Idee gehabt: Klatscht ihn einfach an die Wand.

Wo waren meine Kumpels?

Machten sie die Kumpel von jemand anderem fertig?

Ich wollte mich gerade weitertasten, als Hackebeil und Eisenfaust auf mich zukamen. Im selben Augenblick stürmte eine neue Mannschaft in die Arena des Schwachsinns.

Ich erkannte einen. Belindas Fachmann Gottlob Karbunkel. Vermutlich waren seine Begleiter ebenfalls Schläger der Gilde.

Jetzt wußte ich auch, warum sich meine Freunde in Luft aufgelöst hatten.

Karbunkel und seine Kompagnons hatten blutunterlaufene Augen. Sie dürsteten nach Rache für die Ereignisse im Jenn-Haus. Wenn sich jemand mit den Kerls von der Gilde anlegte, mußte irgendwer bezahlen. Ganz gleich, wer.

Eisenfaust packte mich am Hemd, klemmte sich Hackebeil unter den anderen Arm und zerrte uns auf eine Tür zu. Ich weiß nicht, was in ihm vorging, aber vermutlich war er etwas gestreßt. Er schüttelte Hackebeil durch, hielt mich eine Sekunde ruhig fest, stieß dann hervor: »Gleiches Recht für alle, Bursche!« und schüttelte mich ebenfalls durch.

Anschließend segelten wir durch die Tür. Es war ein blödsinniges Loch hinter den Thrönchen der verrückten Richter des RUFs und hatte keinen Ausgang.

Eisenfaust verhandelte ziemlich lautstark mit den Abgesandten der Gilde. Schließlich verstummte die Debatte, und es wurde vollkommen still im Universum. Es sei denn, man zählt Den Gottverdammten Papagei mit, der nicht mal die Luft anhalten würde, wenn man ihn ertränkte.

Die anderen hatten ihn einfach zurückgelassen. Gar keine schlechte Idee.

Aber doch recht unwahrscheinlich. Bei meinem sprichwörtlichen Glück. Vermutlich hatten die Götter mich in diese Lage gebracht, damit ich den sprechenden Staubwedel nicht loswurde.

Es war sehr eng in dem Schrank. Er war nicht für zwei Leute ausgelegt. Schon gar nicht zwei von der Sorte, wie wir es waren.

Eisenfaust hatte mich so dicht neben Hackebeil abgelegt, daß ich ihn erwürgen konnte, was ich eine Zeitlang gern getan hätte. Aber mir fehlte leider die Kraft dazu.

Das Gezänk zwischen dem Papagei und der Vernunft ging weiter, als ich hervorstieß: »Nimm deine Pfoten weg!« Wäre jemand mit guten Ohren in der Nähe herumgeschlichen, hätte er es vielleicht hören und unter Umständen sogar verstehen können. Meine Aussprache besserte sich. »Ich spiele dein Spielchen nicht mit.«

Hackebeil kicherte.

Und ich wurde so rot, daß es bestimmt in der Dunkelheit geleuchtet hat. Hackebeils Bewegungen hatten gar nichts mit mir zu tun. Der Kerl machte zwar manchmal Dummheiten, aber nur ein völliger Kretin würde jemanden anmachen, während blutgierige Halsabschneider überall herumschlichen, um ihn zu kleinen, mundgerechten Heuschreckenhäppchen zu verarbeiten.

»Garrett, du bist wirklich ein Wunder.« Das war die Stimme von Maggie Jenn, glühend wie ein Feuerhaken. »Vielleicht werde ich dich doch anfassen. Wenn wir hier rauskommen.«

»Verzieh dich!« fauchte ich.

Er ließ mich los, aber seine Maggie Stimme kicherte anzüglich. Ein böser, böser Bursche. Einen Augenblick später wurde er wieder vollkommen sachlich. »Bist du wieder bei Kräften?«

»Sie müssen mir was gegeben haben. Ich dürfte für einige Zeit zu nichts nütze sein.«

»Wir müssen hier irgendwo raus. Und ich hab' nicht mal eine Nagelfeile dabei.«

»Fui«, sagte ich, zwergisch für »Scheiße!« Hier rauszukommen war ein vorrangiges Ziel. Raus aus dem Schrank – vor allem aus diesem Schrank – raus aus dem Horst, vielleicht sogar für eine Weile raus aus dieser Provinz, dies alles waren sehr attraktive Ziele. Die Schweinerei hier war schon zu weit fortgeschritten, um sie noch vertuschen zu können.

Die Schranktür wurde aufgerissen.

Licht fiel herein. Es hätte mich fast geblendet, so daß ich kaum den Umriß von einer kleinen, ungeduldigen Person erkennen konnte. Der Gottverdammte Papagei flatterte fluchend vorbei.

69. Kapitel

»Raus hier!« fuhr mich jemand barsch an. Ich erschauerte und erkannte dann die Stimme.

»Daumen Schrauber?«

»Ja.« Der kleine Mischlingsgeheimdienstmann war immer barsch und ungeduldig. »Bewegen Sie sich!«

»Ich habe mich schon gefragt, ob Sie oder die Männer des Feuerlords zuerst ankommen würden.«

»Feuerherz' Mann war zuerst hier: Sie! Und ich hab' Sie in einem Schrank mit einer Tussi gefunden, und zwar schon wieder an einem Ort, wo man die Leichen mit Großraumkarren wegschaffen muß.«

Schraubers Männer halfen uns aus dem Verschlag. Um die Tussi kümmerten sie sich besonders liebevoll.

Ich unterdrückte meine Überraschung. Dieser Hackebeil war wirklich ein Meister der Verkleidung. Hier war der Beweis. Dieses Herumgezappel im Schrank hatte dazu gedient, seine Kleidung zu ordnen und sich eine schwarze Perücke aufzusetzen. Er sah aus wie der Traum eines jeden Mannes.

»Ich wäre nicht hier, wenn ich nicht hinter dem Besitzer dieser Hütte hergewesen wäre. Block kriecht diesem Schwarzkittel ja in den Arsch, aber ich ...« Er hielt inne, bevor er eine halbe Stunde lang mit seinem Lieblingsthema verbrachte.

»Schwarzkittel. Den Namen hab' ich seit meiner Kindheit nicht mehr gehört.«

»Ich bin eben altmodisch. Und jetzt erzählen Sie mir Ihre Geschichte, Garrett.«

»Das Mädchen, nach dem ich suche, sollte hier sein. Ich habe einen Brief bekommen, der angeblich von ihr war. Es war eine Einladung zum Plaudern. Als ich antrabte, haben mich ein paar Schläger überwältigt und unter Drogen gesetzt. Ich bin hier aufgewacht, und war an einen Stuhl gefesselt. Sie haben mir Fragen gestellt, die keinen Sinn ergaben. Dann kam eine Bande von Leuten reingestürmt, und es gab einen Kampf. Jemand hat mich losgebunden, wahrscheinlich, weil er mich für einen ihrer Leute gehalten hat. Und ich bin in Deckung gegangen, weil ich nicht in der Lage war, mich zu verteidigen.«

Er schien weit weniger von meiner Geschichte überzeugt zu sein als ich. Wieso eigentlich? Er interessierte sich weder für Hackebeil, noch stellte er mir Fragen über meine Geschäftspartner, die vielleicht jemand umherschleichen sah.

»Warum ist Elias Ingwer so interessant?« wollte ich wissen.

»Er ist ein verrückter Schwarzkittel, neben dem der Rest vom RUF aussieht wie ein *Kaffee*kränzchen. Er steckt hinter den Aufständen. Welche Art von Magie benutzt er?«
»Magie?«
»Irgendwas hat eine Menge Leichen produziert. Sie wurden durchlöchert wie Siebe. Keine bekannte Waffe schafft so was.«
»Es hatte auch keine besonderen Vorlieben, Leutnant«, stellte einer von Schraubers Männern fest. Schrauber knurrte.
»Ich hab' es nicht genau gesehen«, erklärte ich, »aber ich glaube, es war ein Riesenkäfer. Irgendeiner hat ihn mit einer Schaufel unschädlich gemacht.« Besagter Einer und sein fragliches Werkzeug lagen nicht allzuweit entfernt. Schrauber betrachtete ihn einen Moment mit finsterer Miene.
»Haben Sie bekommen, was Sie hier suchten?« fragte er.
»Nein! Ich hab' sie nicht mal gesehen. Ich wurde direkt in diesen Raum geschleppt. Wo sie jetzt sein könnte, weiß ich nicht.«
Erneut zeigte Schraubers Miene, wie wenig er von meiner Geschichte hielt. Die Leute glauben einem einfach nicht mehr aufs Wort. »Ach, wirklich? Ich werde reichlich damit zu tun haben, aus der Schweinerei hier schlau zu werden. Ich möchte später mit Ihnen sprechen. In der Zwischenzeit sollten Sie vielleicht dem Feuerlord Bericht erstatten. Ich glaube, ihm gefällt das Blutvergießen nicht, das Ihnen auf dem Fuß folgt.«
»Ich kann also gehen?«
»Nur nicht so weit weg, daß ich Sie nicht finde.«
»Wie kommen Sie darauf?« Ich versuchte, mich an alte Kriegskameraden zu erinnern, die außer Landes lebten und mich vielleicht verstecken würden.
»Garrett.«

Ich blieb in der Tür stehen. »Ja?«

»Es ist eine sehr ungewöhnliche Mischung von Leichen. Wissen Sie zufällig, wer sie hierhergebracht hat?« Sein Ton und seine Miene verrieten, daß seine Gedanken eine ganz andere Richtung verfolgten als meine.

»Nicht wirklich. Nicht, daß ich wüßte.«

»Waren zufällig Zentauren dabei? Oder jemand mit einem ungewöhnlichen Akzent?«

»Hä?« Er schwebte wirklich in anderen Gefilden.

»Haben Sie jemanden gesehen, der vielleicht ein Flüchtling aus dem Cantard gewesen sein könnte?«

»Nicht daß ich wüßte. Warum? Was steckt dahinter?«

»Es gibt Grund zu der Annahme, daß die Flüchtlinge ihre eigene Schutztruppe organisiert haben. Die von flüchtigen Offizieren Großmonds angeführt werden.«

»Oh.« Das wäre doch wirklich das Sahnehäubchen. TunFaire versteckt die Überlebenden von Glanz Großmonds Leuten. Und dann ... »Sehr interessante Vorstellung.« Schrauber würde diese Idee aufgeben, sobald er einige Leichen identifiziert hatte.

Ich ging weiter und sorgte dafür, daß ich meine Begleiterin fest im Griff hatte. Dabei achtete ich sehr genau auf ihre freie Hand, damit sie nicht plötzlich in ihre Bluse griff und ein Stück Stahl herausholte.

Hackebeil hatte immer einen Trumpf in der Bluse.

70. Kapitel

Daumen Schrauber mußte die ganze Kavalleriebrigade der Geheimpolizei alarmiert haben. Vor der Residenz standen bestimmt zehntausend Pferde, jedenfalls kam es mir so vor. Alle hörten sofort auf, den Rasen in Stücke zu reißen, und sahen boshaft in meine Richtung. Ich humpelte zwischen den Polizeikarren hindurch und machte mich aus dem Staub, bevor sie sich organisieren konnten.

Sie sind nicht so helle. Wenn man schnell ist, kann man sie überrumpeln.

Ein Kerl war an mir vorbeigekommen, während ich Ingwers Kellertreppe hochgekrochen war. Anscheinend hatte er Befehle gegeben, mich laufenzulassen, denn kaum jemand achtete auf mich. Nur ein paar Bekannte nickten mir zu.

Hackebeil hielt den Mund, bis niemand mehr in der Nähe war, der hätte zuhören können. »Das war nett von dir, Garrett. Du hättest mich ausliefern können.«

»Das hab' ich nicht deinetwegen getan.«

»Das konnte ich mir auch nicht vorstellen, aber ich wollte nur sichergehen.« Er unternahm einen schwachen Fluchtversuch. Man konnte fast hören, wie er seine Möglichkeiten abwägte.

Ich sah zurück. Die Pferde ließen mich gehen, diesmal jedenfalls. Sie wirkten nervös und abgelenkt. Eigenartig, wenn man bedenkt, daß dies eine Riesenchance war, mich wirklich fertigzumachen.

Hackebeil spürte mein Unbehagen. »Was ist?«

»Irgendwas ist hier merkwürdig.«

»Das ist dir jetzt erst aufgefallen?« Maggies Stimme.

»Abgesehen von deiner Merkwürdigkeit. Schwing die Hufe etwas behender.« Ich witterte Politik. Schrauber war in der Nähe. Schraubers Welt unterschied nicht die guten von den schlechten Jungs. Hier wurden einem nicht die Köpfe aus Geldgier eingeschlagen, sondern weil jemand die Macht hatte, die Leute tun zu lassen, was man ihnen sagte, und nicht, was sie wollten.

Ich paßte nicht auf. Hackebeil versuchte erneut, meinen Arm aus dem Schultergelenk zu reißen und hatte diesmal fast Erfolg. Jedenfalls kam er frei. Ich machte mich an die Verfolgung, war aber zu schwach. Das Tor kam in Sicht. Der kleine Gauner legte einen Zahn zu, als er hindurchlief. Ich hielt einigermaßen mit. Schließlich hatte ich mehr Kondition, weil ich das Laufen gewohnt war.

Ich bog in die Straße ein und siehe da: Dort war mein alter Kumpel Hacker Hackebeil und vertrödelte seine Zeit damit, ein Tänzchen mit Morpheus, Beißer und Poller zu tanzen, die versuchten, ihn zu umringen. Beißer und Pollers miese Laune stand meiner in nichts nach. Morpheus dagegen grinste wie ein Dorftrottel, der ein nicht allzuschlaues Schwein totschlagen will.

Dieses Schwein jedoch schlug ihn auf den verletzten Arm. Morpheus schrie auf, und Hackebeil schoß an ihnen vorbei in die Freiheit.

»Hallo«, sagte ich und schnaufte.

Morpheus erwiderte einige nicht sehr freundliche Dinge. Das überraschte mich. Wenn er wollte, konnte er fließend schmutzig reden. »Dein Glück bei den Mädchen wird auch nicht besser«, sagte er dann. »Selbst diese Kleine ist dir abgehauen!«

»Wetten, daß ich ihn bis zur Stadt eingeholt hätte? Ich war ganz dicht dran.« Jetzt allerdings bestand keine Hoffnung mehr, Hacker Hackebeil einzuholen.

»Natürlich.«

»Wo ist Mr. Big, Mr. Garrett?« stieß Poller hervor. Das Kind machte eine Show daraus, seine Schmerzen zu ignorieren.

»He, Grund zum Feiern!« Ich warf einen Blick auf das Tor. »Mit etwas Glück dürfte Schraubers Geduld, sich das

Großmaul anzuhören, erschöpft sein. Vermutlich hat er ihm den Kopf abgerissen.«

Der Blick des Jungen war mörderisch.

»Wird's denn gehen?« fragte ich Morpheus.

»Wenn ich darauf verzichte, Rad zu schlagen. Hör mal, da kommt jemand.«

Wie sich herausstellte, war es eine ganze Menge Jemands.

Wir verzogen uns in den Wald gegenüber vom Horst, bevor ein weiterer Trupp Wachen ankam. Ihre Pferde benahmen sich merkwürdig. »Die sehen aus wie richtige Kavallerie«, flüsterte Morpheus.

Fand ich auch. »Schrauber zieht wirklich eine mächtige Schau ab.« Vielleicht stimmte da doch etwas nicht mit seiner Paranoia.

»Wir sollten lieber verduften«, schlug Beißer vor. »Bevor es so viele sind, daß wir uns nicht mehr rühren können.«

Gute Idee.

»Noch nicht«, widersprach Morpheus.

»Wieso willst du noch hierbleiben?« fragte Beißer verblüfft.

Gute Frage. Wir hatten hier nichts mehr zu gewinnen.

»Ich warte auf Zarth.«

»Ist er in Ordnung?« wollte ich wissen.

»Jedenfalls war er es.«

»Wie lange willst du ...«

»Das wirst du rechtzeitig erfahren, Beißer. Garrett ...?«

Ich hatte zu zittern angefangen. Jetzt setzte mein Denkvermögen wieder ein, und mich überfiel das Bewußtsein an das, was ich durchgemacht hatte. Und das Wissen, daß zwei geistig behinderte Burschen auf der Strecke geblieben waren ... »Was?«

»Du bist der Gesündeste von uns. Such nach Eierkopf.«

Ich seufzte. Am liebsten wäre ich nach Hause gegangen, hätte mich ins Bett gelegt und eine Woche geschlafen, bis der Schmerz und das schlechte Gewissen aufgehört hätten. Dann würde ich diesem Leben ein Ende bereiten, zu Weider gehen und ihm sagen, daß ich willens wäre, den Vollzeitjob als Sicherheitschef zu übernehmen. In der Brauerei betäubten sie einen nicht mit Drogen, foltern einen nicht und bringen auch nicht die Freunde um. Außerdem stand immer ein kühles Bierchen in Reichweite.

Ich suchte mir ein ruhiges Plätzchen unter einem Baum und beobachtete das Tor.

Kaum hatte ich eine Sekunde Posten bezogen, als das Summen von Fliegen und ein merkwürdiger Geruch meine Aufmerksamkeit erregten. Siehe da. Frische Pferdeäpfel. Und Roßhaare am Stamm eines Baumes. Ich sah mich um. Die Blätter auf dem Boden waren zerwühlt, und ich fand einen Hufabdruck, der kleiner war als der von einem Reitpferd. Diesen Abdruck erkannte jeder, der im Cantard gedient hatte.

Es war ein Zentaurenhuf.

Der Abdruck war nicht deutlich genug, um erkennen zu können, von welchem Stamm, aber das spielte keine Rolle. Eine Rolle spielte allerdings, daß ein Zentaur das Tor des Besitzes von genau dieser Stelle aus beobachtet hatte, und zwar bis eben gerade.

Die häßlichen Hintergedanken wurden mit jeder Minute übermächtiger. Ich wollte weg hier. Nichts von dem ganzen Zeug hatte etwas mit mir und meinen Schwierigkeiten zu tun.

71. Kapitel

Dieser Hurensohn von Eierkopf! Er dachte gar nicht daran, das Tor zu benutzen, obwohl niemand es bewachte. Er kletterte weiter unten über die Mauer. Ich merkte es, als ein dicker Ast sich plötzlich bis auf den Boden bog. Er federte hoch, als Eierkopf ihn losließ.

Zarth trug jemanden über der Schulter.

Wie bringt der Kerl so was bloß zustande? Er ist übermenschlich. Ich humpelte ihm entgegen. »Wen hast du denn da?« Als hätte ich sie nicht auf den ersten Blick erkannt.

Ihre Mutter hatte mir verraten, daß sie ihr wie aus dem Gesicht geschnitten ist, nur ohne die Verschleißerscheinungen. Mein lieber Schwan, Maggie Jenn muß die Jungs früher zum Wahnsinn getrieben haben. Das Kind machte deutlich, warum sich Theo damals in einen liebeskranken Tölpel verwandelt hatte.

»Ich hab' sie erwischt, als sie sich rausschleichen wollte. Irgendwie fand ich es nicht richtig, daß wir uns so viel Mühe gemacht hatten und so viele Leute verletzt worden sind und du dann nicht mal einen kleinen Blick auf das werfen kannst, was diese ganze Angelegenheit überhaupt ins Rollen gebracht hat.«

Sein Hemd bewegte sich heftig, und irgendwas gab ein widerliches Geräusch von sich. Mich beschlich ein übles Gefühl.

Eierkopf verstärkte es sofort: »Ach ja, ich hab' deinen Vogel mitgebracht und ihn in mein Hemd gestopft, weil er den Schnabel nicht halten wollte.«

Drohend schüttelte ich eine Faust gen Himmel.

Der Wind in den Blättern der Bäume klang wie himmlisches Gelächter.

»Willst du den Vogel oder das Mädchen?« fragte Eierkopf.

»Sieht aus, als hätte ich den Vogel schon.«

»Ich meine tragen.« Aber er hatte mich verstanden. »Das Gör wollte absolut nicht mitkommen.«

»Nein. Aber du verstehst es, Frauen zu überreden.«

Sie hatte bisher nichts gesagt und tat es auch jetzt nicht. Sie warf mir nur einen Blick zu, der sagen sollte: Sei froh, daß ich nicht machen kann, was ich denke.

»Gib mir den gefiederten Staubwedel. Was Größeres schaffe ich nicht.«

»Wie du willst.« Eierkopf hatte das Mädchen geschultert wie einen Sack Mehl. »Willst du laufen? Oder muß ich dich weiter tragen?«

Sie antwortete nicht, und Eierkopf zuckte mit den Schultern. Er merkte ihr Gewicht kaum.

Die anderen tauchten auf, angelockt von unseren Stimmen. Poller umarmte sein Vögelchen. Morpheus hatte sich grobe Schienen angelegt. Ich deutete auf den Vogel. »Mein guter Kumpel hat mir einen großen Gefallen getan.«

Morpheus versuchte zu lachen, aber der Schmerz verhinderte es. »Schaffst du es?« fragte ich.

»Ich werde wohl eine Woche lang nicht mit Bällen jonglieren können.«

»Die arme Julie.«

»Wir denken uns was anderes aus.« Er zeigte einen Anflug seines anzüglichen Grinsens. »Laß uns abdampfen, bevor Schrauber auffällt, daß wir ihn reingelegt haben und er Erklärungen verlangt.«

»Was ist mit Winger passiert? Hat jemand sie gesehen?«

Keiner wußte was. »Sie ist bestimmt davongekommen«, vermutete Morpheus. »Sie hat ihre eigenen Schutzengel.«

»Wenn Schrauber sich auf ihre Spur setzt, wird sie die auch

dringend brauchen.« Ich ging so schnell, wie ich konnte, verletzt und beladen wie ich war. Der Gottverdammte Papagei machte die ganze Welt für die Demütigungen verantwortlich, die er erduldet hatte. Selbst Poller riß der Geduldsfaden.

»Wenigstens schiebt er dir nicht mehr für alles die Schuld in die Schuhe, Garrett«, stellte Beißer verächtlich fest.

Morpheus warf dem Dschungelhuhn einen Blick zu, als wollte er der vegetarischen Ernährung abschwören. »Danke, Eierkopf. Ich habe ihn ja Schrauber dagelassen. Sie sind geradezu füreinander gemacht.«

Niemand lachte. Miesepeter.

»War das der Regenmacher, den du da gejagt hast?« wollte Eierkopf wissen. Er spuckte ein paar Grashalme aus, auf denen er herumgekaut hatte. Smaragds Gewicht machte ihm immer noch nichts aus.

»Ja.«

»Dieser Winzling? He!« Das Mädchen zappelte wieder. »Hör auf damit.« Er schlug ihr auf den Hintern, daß es klatschte. »Ich dachte immer, der Regenmacher müßte drei Meter groß sein.«

»Mit Hufen und Hörnern, ja, ich weiß. Ich war auch enttäuscht.«

Morpheus kicherte. »Er bestimmt auch.« Ich warf ihm einen fiesen Blick zu. Er hört nie auf, ob es nun weh tut oder nicht.

72. Kapitel

Ich verlor die Wahlen. Mein Haus wurde als Hauptquartier der Menschen-Reparatur-Partei auserkoren. Morpheus deutete an, er wollte auf keinen Fall, daß etwas über seine

Verletzung nach außen drang. Die Wölfe sollten kein Blut wittern, bevor er bereit war.

Das kaufte ich ihm nicht ab. Schließlich hatte er jede Menge Feinde.

Ich hatte Mühe, mich einzuleben. Mein Haus erinnerte mich zu sehr an Schmeichler und Efeu.

»Es war nicht richtig«, erzählte ich Eleanor. »Sie haben es nicht verdient.« Ich hörte ihr einen Augenblick zu. Meine Küche war zur Intensivstation zweckentfremdet worden. Eierkopf hatte einen abgewrackten Doktor engagiert, der sich für einen mürrischen Großstadtindianer hielt. Außerdem stank er nach Alkohol und war schon seit Wochen nicht mehr mit Seife und Rasiermesser in Berührung gekommen. Also war er vermutlich qualifiziert.

»Ja, ich weiß«, erklärte ich Eleanor. »Das Leben macht einfach keinen Sinn, es ist nicht fair, und es bittet die Götter nie um Gerechtigkeit. Aber mögen muß ich es trotzdem nicht. Hast du eine Ahnung, was ich mit dem Mädchen anstellen soll?«

Smaragd hatten wir in Deans Zimmer eingesperrt. Bis jetzt hatte sie kein einziges Wörtchen gesagt. Und sie wollte mir nicht glauben, daß ich nicht mehr auf der Lohnliste ihrer Mutter stand.

Vielleicht hätte es sie auch nicht gestört, wenn ich gelogen hätte. Manchmal erwischt man Leute, mit denen man nie warm wird.

Eleanor hatte keine Vorschläge zu machen. »Ich würde sie ja freilassen, wenn da draußen nicht Leute wären, die sich sofort auf sie stürzen.« Eleanor konnte das verstehen. »Wo wir gerade davon reden: Wie lange wird es wohl dauern, bis Winger mit einer abenteuerlichen Geschichte auftaucht?«

Darauf freute ich mich schon.

Morpheus heulte auf, und es gab einen Krach. Ich kam in

die Küche, als Ahrm Blutvergießen androhte. »Nicht in meiner Küche!« brüllte ich und warf kurz einen Blick in das Zimmer des Toten Mannes.

Eine Assel krabbelte über seine Wange und versteckte sich hinter seinem Riechorgan. Wenn Dean nicht bald nach Hause kam, würde ich den Loghyr selbst desinfizieren müssen. Vielleicht stellte ich ihm ein paar Blumen hin. Er mochte Blumen.

Der Gottverdammte Papagei schrie noch lauter als Morpheus. »Du verdienst nicht mal deinen Unterhalt«, flüsterte ich dem Toten Mann zu.

In der Küche sah es furchtbar aus. Überall Gejammer und Klagen. Immerhin war der Doktor fertig und hielt sich eine Weinflasche an den Hals. Er brauchte einen Viertelliter, um seinen Gaumen zu reinigen. Ich schnitt eine Grimasse. Den Fusel, den er sich da reinpfiff, hätten nicht mal Rattenmänner angerührt. »Kommt ihr alle durch?«

»Ja, aber es ist nicht das Verdienst von diesem Schlachter«, knurrte Morpheus.

»Hast du je gesehen, daß er sich benimmt wie ein Baby?« wollte Eierkopf wissen.

»Du übergroßer ... Wenn Verstand ein Feuer wäre, könntest du nicht mal eine Kerze anmachen.« Er sprang auf einen Stuhl und drosch Phrasen wie ein Prediger beim Gottesdienst.

»Hat der Doktor ihm was gegeben?« fragte ich Beißer.

Der zuckte nur mit den Schultern. »Komm schon, Boß. Gönn dem Arzt 'ne Pause. Er hat deinen Arm wieder hingekriegt, und er hat nicht viel Übung gehabt, seit sie ihn im Aderlaß-Spital gefeuert haben.«

Kein Wunder, daß er soff wie ein Loch. Er war selbst Abschaum ... Ich sah Eierkopf an. Der Doktor war anscheinend ein Verwandter seiner neuen Freundin.

Morpheus zahlte säuerlich – aber schweigend – das Honorar. Poller wirkte nicht viel glücklicher. Es war wohl besser, den alten Knaben rauszuschaffen, solange Ahrm noch großzügig war. Ich hakte den Quacksalber unter und zerrte ihn zur Tür.

»Sind Sie wirklich aus dem Aderlaß-Spital rausgeflogen?« Man konnte sich das nur schwer vorstellen, und doch hatte ich in diesen paar Tagen schon zwei solcher Fälle kennengelernt.

»Ich trinke ein wenig, Sohn.«

»Nein, wirklich?«

»Als ich noch jünger war, hat es meine Hände ruhig gehalten, wenn ich im Cantard Arme und Beine amputieren mußte. Es ist schon eine Ewigkeit her. Aber jetzt funktioniert es nicht mehr. Es tötet kaum noch den Schmerz.«

Er trat nach draußen, hüllte sich in den letzten Rest seiner Würde und ging hinunter auf die Straße. Er stolperte und stürzte die letzten beiden Stufen hinab. Mrs. Cardonlos stand auf ihrer Schwelle, glotzte und nickte zu sich selbst. Ich warf ihr eine Kußhand zu und musterte die Straße.

Es war schwer zu sagen, aber ich glaubte ein paar Burschen zu erkennen, die nicht hierher gehörten.

Schon wieder? Oder immer noch? Ich warf Mrs. Cardonlos noch einen Blick zu. Daß sie grade jetzt draußen stand, konnte auch bedeuten: Sie sammelte Beweise, daß Garrett eine Gefahr für das ganze Viertel war.

Nachdenklich schloß ich die Tür.

Ich hatte eine Idee.

Und ging in die Küche. »Eierkopf, machst du eine Besorgung für mich?« Ich zeigte ihm ein paar Kupfermünzen.

»Du hast mich überredet, Süßholzraspler. Worum geht's?«

»Eine Minute. Ich schreibe kurz einen Brief.«

73. Kapitel

Wenigstens war es jetzt leise im Haus. Die Meute war weg. Der Gottverdammte Papagei hatte einen vollen Kropf und schlief. Ich saß in meinem Büro und genoß mit Eleanor die Stille.

Natürlich klopfte in dem Augenblick jemand an die Tür.

»Meine Antwort von Schätzchen.« Oder Winger, wenn sie gerade kreativ war.

Hoffentlich hatte sie eine Blockade.

Ich spähte durch das Guckloch.

Recht gehabt. Es war Mr. Waldo Zarth, der Briefträger.

Ich warf einen Blick in das Zimmer des Toten Mannes. Das Ungeziefer huschte erschrocken in Deckung. »Ich gehe aus. Und sie ist die schönste Blondine, die du je gesehen hast. Warte nicht auf mich.«

Er wünschte mir nicht mal Glück.

Ich verließ das Haus, ohne auch nur im entferntesten an die Rothaarige zu denken, die oben eingeschlossen war.

Es war der beste Tisch der Freudenhöhle, aber für mich blieb es trotzdem die Freudenhöhle. Wenn man mit einem Weltklassezauberer Geschäfte macht, fühlt man sich vielleicht etwas entspannter auf heimischem Terrain.

Morpheus und seine Jungs wußten, daß ihr Laden aufgewertet wurde, und benahmen sich tadellos. Paddel hatte sogar ein frisches Hemd angezogen.

Der Feuerlord hatte sich in legere Kleidung geworfen. Ausgezeichnet. Ich wollte nicht, daß zufällige Bekannte wegen meines Kontaktes zu ihm nervös wurden.

Er sah aus wie ein ganz normaler Hafenarbeiter.

Da sich Schätzchen im Gegensatz dazu aufgerüscht hatte, achtete kaum jemand auf ihn. Selbst ich hatte Schwierigkeiten, mich zu konzentrieren. »Wie bitte?«

»Ich sagte, das dient nur meinen eigenen Interessen.«

Jetzt fiel es mir wieder ein. Ich hatte mich bedankt, weil er keine große Schau aus seinem Auftritt gemacht hatte. »Oh.«

»Ob Sie es glauben oder nicht: Es gibt Leute, die mir etwas antun würden, wenn sie mich außerhalb meines gewohnten Terrains fänden.«

»Wirklich?« Mein Blick glitt wieder zu Schatz zurück. Die Frau war superklasse angezogen, und sie hatte sich auch noch mit einem mörderischen Lächeln bewaffnet.

»Schwer zu glauben, nicht? Ein großer, alter Teddybär wie ich.« Er drehte sich zu Morpheus um. »Ich bin heute abend nicht besonders hungrig. Ich nehme ein halbes Pfund rohes Roastbeef, Lammfilet und Schwein. Keine Früchte und kein Gemüse.«

Morpheus wurde blasser als ein siecher Vampir. Er nickte kurz, einmal. Es mußte ein Muskelzucken nach Eintritt des Todes sein. Seine Augen glühten wie die Öfen der Hölle. Ich verzichtete darauf, Öl aufs Feuer zu gießen.

Ich bestellte die wohlschmeckenden Spezialitäten des Hauses. Schatz folgte meinem Beispiel.

Morpheus stampfte in die Küche, zerrte Paddel hinterher und murmelte erstickt Befehle. Ich fragte mich, welches benachbarte Etablissement wohl Feuerherz' Bestellung ausführen durfte.

Ich mußte gegen ein Kichern ankämpfen, während ich den alten Fackler auf den letzten Stand der Dinge brachte.

»Sie haben ihn entkommen lassen?«

»Von lassen kann da keine Rede sein. Er ist einfach getürmt. Wenn Sie wollen, bringe ich Sie nach dem Abendessen zu ihm.«

Der gute alte Fackelmann hob seine Brauen. Aber dann löcherte er mich wegen dieses Zentaurenabdrucks vor dem Horst. Sein inniges Interesse bestätigte mein Verdacht. Er war aus ganz bestimmten Gründen früher aus dem Cantard heimgekehrt.

Nach kurzer Zeit führte ich ihn wieder auf das Thema Regenmacher zurück. Stirnrunzelnd sagte er: »Ich habe Verständnis, wenn jemand einen Fehler macht, Garrett. Das kann Ihnen jeder bestätigen. Aber Sie sollten es nicht über Gebühr strapazieren.«

»Gut zu hören. Weil ich nämlich die Schnauze von der ganzen Scheiße voll habe. Ich hab' einen zuviel auf den Deckel gekriegt, und zwar für nichts.«

Morpheus kam gerade noch rechtzeitig aus der Küche, daß er meine letzte Bemerkung hören konnte. Er hob eine Braue. Mist! Gab es denn kein Urheberrecht auf so was?

»Ich schließe den Fall ab, sobald wir gegessen haben.«

Morpheus unterdrückte seine Überraschung, aber Schätzchen und ihr Paps waren nicht so reaktionsschnell. »Was?« platzte es aus beiden heraus.

»Wir essen, ich bringe Sie zu Hackebeil, und dann ist mein Fall erledigt. Sie können die Angelegenheit zu Ende bringen. Ich gehe nach Hause.«

Feuerherz stand langsam auf. Er war bereit.

Morpheus schlich im Krebsgang auf die Küche zu.

Schätzchen lächelte, als hätte sie ihr Hirn bei Paddel in Verwahrung gegeben, weil der es bestimmt nicht klauen würde. Sie gab mir zu denken. Wenn ihr Paps in der Nähe war, spielte sie das süße blonde Doofchen.

»Setzen Sie sich«, sagte ich. »Morpheus hat sich wegen Ihrer Bestellung eine Menge Mühe gegeben. Und Hackebeil wird da sein, wenn wir kommen.« Das Essen stand noch nicht auf dem Tisch.

Morpheus hätte sich davon überzeugen können, wie weit es war, aber darauf hätte ich nicht mal eine tote Fliege gesetzt.

Wenigstens war er leicht zu durchschauen.

Nach den Ereignissen im Horst hatte ich keine Tricks mehr im Ärmel. Was ich nicht benutzt hatte, war verschollen oder mir gestohlen worden. Vielleicht wäre es schlau gewesen, vor dem Essen bei Schönchen vorbeizugehen.

Dafür war es jetzt zu spät.

Das Essen kam. Neidisch schielte ich auf Feuerherz' Teller, während ich mein Grünzeug runterwürgte. Es war eine Art Grassoufflé, das ich schon mal probiert hatte. Immerhin brachte es einen nicht zum Kotzen ... Aber in dem hier hatte jemand Peperoni versteckt.

Morpheus sah so unschuldig aus, daß ich ihn am liebsten erwürgt hätte. Leider brauchte ich ihn noch.

»Es gibt keine Möglichkeit mehr, Ihr Buch zurückzubekommen. Es ist schon lange verschwunden«, erzählte ich dem alten Fackelmann.

Der Bursche konnte einiges wegstecken. Er gab nur einen knappen Laut der Überraschung von sich. »Ach ja?«

»Soweit ich das sagen kann, hat Maggie Jenns Tochter es Hackebeil vor einem Jahr gestohlen, es nach TunFaire geschleppt, den falschen Leuten gezeigt und an die Menschenrechts-Dummköpfe verloren.« Bis dahin stimmte die Geschichte.

Der Feuerlord lächelte gezwungen. »Ich habe ohnehin bezweifelt, daß ich es wiedersehen würde. Vor allem nach dem ganzen Blutvergießen, das ihm folgte.«

»Ich wollte nur, daß Sie es wissen.«

»Könnten Sie es wiederbeschaffen?«

»Ich will den Job nicht. Zu viele Leute sind bereit, andere deswegen umzulegen.«

Es gefiel Feuerherz nicht, was er hörte. Das war nicht der gute alte Onkel Flamme, der mich da mit bösem Blick ansah, während er überlegte, welches Spiel ich spielte.

Und er kam zu dem Schluß, daß ich viel zu faul war, um mir das Buch selbst unter den Nagel zu reißen.

Der Feuerlord aß wie ein Straßenpinscher, der versuchte, sich den Bauch vollzuschlagen, bevor die großen Hunde kamen. Ich pickte meine Hirse etwas langsamer und sah dabei hauptsächlich Schatz an, die im gleichen Tempo aß, meinen Blick erwiderte und ihre anzüglichen Absichten nur unvollkommen kaschierte.

74. Kapitel

Nach ein paar Metern verlangsamte ich meine Schritte. Es hätten mehr Menschen auf der Straße sein müssen. Anscheinend war irgend etwas aus der Freudenhöhle nach draußen gedrungen.

Falls der Feuerlord es bemerkte, ließ er es sich jedenfalls nicht anmerken. Vielleicht fiel es ihm ja auch nicht auf. Er war ewig im Cantard gewesen und hatte keine Ahnung, wie es auf den Straßen zuging.

Aber Schätzchen fühlte sich unbehaglich. Sie erkannte Gestank, wenn sie welchen roch. Das blonde Doofchen verschwand sang- und klanglos.

Nach meinen letzten Erfahrungen hielt ich es für keineswegs übertrieben, bis zur äußersten Nervenanspannung wachsam zu sein. Natürlich passierte nichts. Außer ...

Ein leichtes Pfeifen durchschnitt die Luft. Ich wappnete mich gegen das Auftauchen eines gefiederten Dämons, Ausgeburt einer von TunFaires tausend Sekten.

Mit den Geschöpfen aus dem Reich der Mystik kann man ja noch klarkommen. Die Ausgeburten der Realität sind manchmal viel grausamer.

Der Gottverdammte Papagei landete auf meiner Schulter. Ich schlug nach ihm. »Dieser blöde Dean! Kommt mitten in der Nacht nach Hause und läßt das Monster fliegen.« Wie hatte der gefiederte Blödmann mich bloß gefunden?

Der Vogel hielt die Klappe, während er auf Schätzchens Schulter flatterte. Das war unnatürlich.

»Was ist los, Vogel? Schätzchen, er wird dich bestimmt vollkleckern.« Das Abenteuer lief keineswegs so, wie ich es mir vorgestellt hatte.

Ich versuchte nicht lange, alle zu verwirren, sondern schlug den direkten Weg ein. Auf halber Strecke flötete Schatz: »Das Aderlaß-Spital?«

Für Morpheus, der hier irgendwo im Dunkeln lauern mußte, antwortete ich: »Wo sonst? Er hat keine anderen Verstecke mehr. Und hier kennen sie sein wahres Ich nicht.«

Hoffentlich nicht. Ich mißtraute meiner Intuition.

Und auch meiner Vernunft. Warum stürzte ich mich an der Seite eines Zauberers in Gefahr? Wieso traute ich Feuerherz? Seine Art war berüchtigt für ihre Heimtücke. Und meine einzige Lebensversicherung war ein Dunkler Elf mit gebrochenen Flügeln, dem möglicherweise mein Wohlergehen schnuppe war, sobald er den Regenmacher im Visier hatte.

Die Leute sagen immer, ich denke zuviel. Zweifellos ... Warum, um alles in der Welt, ging ich bloß davon aus, daß Hackebeil nach seinem letzten Mißgeschick in TunFaire bleiben würde? Und warum sollte er sich ausgerechnet im Aderlaß-Spital verstecken?

Ich war ziemlich am Ende mit den Nerven, als ich mich in die Aufnahme des Aderlaß-Spitals schob. Aber ich gewann meine Selbstsicherheit bald wieder.

Nach zwei Metern entdeckte ich die weibliche Hälfte des alten Pärchens, das ich in dem häßlichen Warenhaus gefangengehalten hatte. Auch sie sah mich und rannte, so schnell ihre Füße schlurfen konnten, auf das Treppenhaus zu, durch das ich vor ein paar Tagen geflohen war.

Ich gewann das Rennen. »Hallöchen.«

Feuerherz trat neben mich. »Kennen Sie die?«

Ich gab ihm einen kurzen Bericht.

Der Feuerlord betrachtete seine Umgebung. Unsere Ankunft war nicht unbemerkt geblieben. Die Angestellten scharten sich zusammen, und ich erkannte einige bekannte, unfreundlich dreinblickende Visagen. »Diese Jungs verstehen einfach keinen Spaß, Flamme.« Er hörte eine geraffte Geschichte meiner Einkerkerung. Und die Kittelträger glaubten irrtümlicherweise, daß es Zeit für die Revanche war.

Der Feuerlord tat etwas, was die Leute in der Nähe seiner Sorte so unbehaglich macht. Dazu gehörte Murmeln und Fingerwackeln und eine plötzliche Finsternis wie im Herzen eines Anwalts. Einen Augenblick später flammten überall Feuersäulen auf. Jede bestand aus einem Angestellten, der hitzig dagegen protestierte. Einer watschelte unglücklicherweise auf uns zu. Feuerherz ließ ihn verstummen, damit wir seine Schreie nicht hören mußten, aber der Kerl gab nicht auf. Er wurde zu einer menschlichen Fackel, die unseren Aufstieg beleuchtete.

Schätzchen war nicht geschockt. Anscheinend hatte Paps sie früh aufgeklärt.

Die alte Frau lief weg und versuchte, uns abzuhängen. Sie hatte wenig Erfolg. Wir kamen an der Station vorbei, wo ich gewütet hatte. Sie hatten gerade erst mit den Reparaturen angefangen. Im Vorbeigehen vergoß ich eine Träne für Schmeichler und Efeu.

Plötzlich schlug die alte Frau wie verrückt um sich, als wollte sie uns damit aufhalten. Sie bot einen schrecklichen Anblick, beleuchtet vom brennenden Mann. Sie war entsetzt und ebenso entschlossen. Tod flammte in ihrem Blick auf. Sie war wie eine Bache zwischen Wurf und Jäger ...

Bingo! Jetzt endlich erkannte ich sie, als sie direkt vor mir stand und ihre Augen glühten. Wenn man ein paar Dekaden Schmerz und Armut abzog, bekam man eine weitere Maggie Jenn.

Maggie hatte nichts vom Schicksal ihrer Mutter erzählt.

75. Kapitel

Das oberste Stockwerk im Aderlaß-Spital war für diejenigen reserviert, die mit der Armut nichts weiter zu tun hatten, als daß sie milde Gaben unter den Leuten verteilten. Vermutlich rümpften sie über die Einrichtung die Nase, während sie gleichzeitig über das Schicksal von Menschen wie Waldo Zarth entschieden.

Hier oben brauchten wir die lebende Fackel nicht. Flamme ließ sie erlöschen. Der Mann brach zu einem Haufen verbranntem Fleisch und verkohlten Knochen zusammen. Feuerherz ignorierte die alte Frau. Ich versuchte, sie zu verscheuchen. Aber sie wollte nicht gehen.

Schätzchen war zwar nicht durchgedreht, aber den Kontakt zur Wirklichkeit schien sie doch verloren zu haben. Während meiner kurzen Anfälle von Vernunft fragte ich mich, ob sie wirklich das richtige Mädchen für mich war. Ihre Pluspunkte fielen sehr deutlich ins Auge, aber irgendwas fehlte. Wenn der gute alte Papa Flamme in der Nähe zündelte, verwandelte sie sich in einen Zombie.

Der grüngelbrot gefiederte Staubwedel auf ihrer Schulter verriet leider auch nichts von ihrem Charakter.

Merkwürdig.

Aber es kam noch seltsamer.

Als erstes rematerialisierte sich Fürchtenichts. Verzeihung, ich meine Zeck. Vielleicht kam er frisch aus dem Grab. Meiner Meinung nach war er in der Oberstadt mausetot gewesen. Aber da stand er vor mir, hager und weißhaarig, und versuchte, ein großes, schwarzes Schwert zu heben, das viel zu schwer für ihn war. Flamme machte ein paar schlimme Zeichen, und die Waffe richtete sich gegen Zeck. Der alte Knochen kam nicht mal dazu, aufzuschreien.

Dann stürzte Eisenfaust aus den Schatten. Diese menschliche Straßenwalze stand mächtig unter Dampf. Und war offenbar immun gegen jedes Desaster. Ich war froh, daß Flackermann zwischen uns stand.

Feuerherz war jedoch auf einen Eisenfaust nicht vorbereitet. Eisenfaust hätte ihn fast zu Kleinholz verarbeitet, bevor er ein Hexenfeuer zusammenbraute. Eisenfaust schmolz blind und brennend. Feuerherz schleppte einen Fuß nach und konnte seinen linken Arm nicht mehr bewegen.

Schätzchen blieb völlig ungerührt. Sie bummelte neben uns her, hinreißend, hohl und handlich. Ihre Benommenheit machte mir immer mehr Kummer.

Das Schweigen Des Gottverdammten Papageis half auch nicht gerade.

Dann stießen wir auf einen schlaftrunkenen Hacker Hackebeil, der versuchte, sich zusammenzureißen. Wir waren etwa sieben Meter von ihm entfernt. Flamme brannte lichterloh. Er schnarrte, fluchte, zog ein Messer und stürmte vor. Hackebeil rollte aus seiner Koje und schüttelte die Überraschung ab. Er zog zwei Messer. Zum Glück war er keiner dieser seltsamen Götter von den weit entfernten Inseln mit mehreren Armen. Das hätte ein lebendes Schnetzelwerk aus ihm gemacht. Er warf ein Messer, das Feuerherz an der rechten Schulter traf.

Der Treffer war nicht besonders schlimm, aber er setzte Feuerherz' intakten Arm außer Betrieb. Zauberer sind nicht sehr gut, wenn sie nicht mit ihren Armen fuchteln können.

Ich näherte mich Hackebeil. Er hatte noch ein Messer. Er ging wie ein geübter Messerkämpfer in die Hocke und wich seitlich aus. Seine Augen waren wie Schlitze und blickten tödlich. Angst schien er nicht zu haben.

Schätzchen sagte etwas. »Kümmer dich um deinen Vater!« befahl ich ihr. »Nachdem du die Tür abgeschlossen hast.« Das Aderlaß-Spital wimmelte nur so von Typen, die mir meine saubere Flucht mißgönnten.

Feuerherz schüttelte Schätzchen ab. Ruhig erklärte er dem Regenmacher, wie er dessen schleimscheißigen Körper an die Ratten zu verfüttern gedachte. Feuerherz war stinksauer wegen dieses fast schon verjährten Einbruchs.

Hackebeil zielte mit dem Messer abwechselnd auf ihn und mich. Dabei wich er an eine Außenwand zurück. Sein Zögern schien ihn in eine Ecke zu treiben.

Ich begriff es viel zu spät.

Feuerherz versuchte, Hackebeils Konzentration auf mich zu lenken, während er einen tödlichen Zauber spann.

Hackebeil sprang mich an. Ich stolperte zurück. Der Regenmacher wirbelte herum und warf sein Messer. Es landete in Feuerherz' Kehle.

Ich erstarrte. Schatz schrie. Hackebeil kicherte, wirbelte herum und sprang aus einem Fenster. Schatz packte mich mit einer Hand und ihren Vater mit der anderen und zerrte an mir, als könnte ich etwas tun.

Durch und durch Gentleman, griff ich ihr ins blonde Haar und schälte sie von mir ab. »Du bist die Ärztin«, sagte ich. »Jetzt kannst du anwenden, was du gelernt hast.«

Ich warf der alten Frau einen wütenden Blick zu und ließ sie entkommen. Klar, jetzt hatte sie es eilig zu fliehen. Ich machte mich an die Verfolgung von Hackebeil.

Ich bin nicht besonders scharf auf hohe Höhen, schon gar nicht, wenn man Gefahr läuft herunterzufallen. Ich blieb stehen und sah mir das Gerüst unter mir an.

Verächtliches Lachen elektrisierte mich. Ich ließ mich die zweieinhalb Meter bis zu dem obersten Brett hinunterfallen. Ich schaffte es, mich festzuhalten, so daß ich nicht die zwanzig Meter auf die Pflastersteine hinabstürzte, wo dunkle Schatten hin und her liefen. Ich war viel zu hoch oben, um jemanden erkennen zu können. Außerdem bemühte ich mich auch nicht sonderlich.

Der Gottverdammte Papagei flatterte um mich herum und segelte durch das Gerüst. Er flog Zickzack wie eine Fledermaus und schrie einmal wütend auf, als er an Hackebeil vorbeisegelte. Der Regenmacher fluchte. Leise.

Ich konzentrierte mich darauf, keinen unerwarteten Abflug zu machen. Ich klammerte mich bei meinem vorsichtigen Abstieg an allem möglichen fest und suchte mit den Füßen ebenfalls überall Halt. So stürmte ich behutsam auf die Quelle des kreischenden Lärms zu.

Hackebeil fluchte schon wieder. Ihn erwartete eine düstere Zukunft. Und eine Menge Ärger.

Ich blickte auch kurz auf die Straße. Da unten warteten Leute, die nur zu gern ein Wörtchen mit dem Regenmacher gewechselt hätten. Unter vier Augen. Offenbar hatten sie in der Freudenhöhle doch das eine oder andere aufgeschnappt.

Statt weiter abzusteigen, floh Hackebeil um das Aderlaß-Spital herum. Durch ein offenes Fenster erspähte ich einige

Haudegen der Gilde, die über die Korridore schlichen. Belinda hatte anscheinend eine Mannschaft in Bereitschaft gehalten.

Mir war nur Morpheus' Beziehung zu diesen Leuten rätselhaft. Er ist kein Zunftmitglied. Aber er tut ihnen mehr Gefallen, als gut ist.

Der Gottverdammte Papagei kreischte Neuigkeiten über Hackebeils Fortschritte heraus. Dieser Vogel gab mir auch Rätsel auf. Dieses Verhalten entsprach gar nicht seinem Charakter. Normalerweise hätte er mich reinrasseln lassen müssen.

Die Schläger weiter unten konnten uns nicht sehen und versuchten, dem Vogel zu folgen.

Dieser mißratene Schmalspuradler vermasselte natürlich den entscheidenden Auftritt. Hackebeil lauerte mir auf, und Piepmatz ließ mich ungewarnt in den Hinterhalt laufen.

Ich war doppelt so schwer und zweimal so stark wie Hackebeil. Das ersparte mir einen Sturzflug über drei Stockwerke mit anschließender Bodenberührung. Hackebeil warf sich auf mich. Ich hielt mich an einer Gerüststange fest und fing den Aufprall ab. Dann versuchte ich mich auf ihn zu stürzen, weil ich schon mal dabei war, aber daraus wurde nichts.

Er prallte von mir ab, knallte gegen einen Pfeiler, prallte davon zurück gegen das Mauerwerk des Aderlaß-Spitals, stieß ein klagendes und wütendes Wimmern aus und stürzte in den Spalt zwischen Gerüst und Gebäude. Er schrammte und knallte und eckte während des Sturzes an, verzichtete aber darauf, alles zu kommentieren.

Ich folgte etwas bedächtiger. Der Gottverdammte Papagei flatterte um mich herum, hielt aber wenigstens den Schnabel. Ich erreichte Hacker.

Es war ihm gelungen, seinen Fall zu bremsen und sich auf die Bohlen zu ziehen, vielleicht drei Meter über dem Boden. Anscheinend war er nicht in sonderlich guter Verfassung. Aber er biß die Zähne zusammen.

Seine Wut war verraucht, aber ich näherte mich ihm trotzdem vorsichtig. Bei einem Burschen mit dem Ruf des Regenmachers ist man selbst nach dessen Tod gut beraten, wenn man aufpaßt.

76. Kapitel

Ich kniete mich neben ihn. Eine Hand tastete nach meiner. Bestürzt zuckte ich zurück. Die Hand war warm und weich.

»Wir hätten ... etwas Besonderes zusammen ... erleben können. Aber du bist ... einfach zu blöd, Garrett. Und ... zu stur.«

Ich weiß nicht, ob ich stur bin, aber ich bin gut darin, blöd zu sein. Ich begriff es nicht sofort.

Hackebeil wurde schnell schwächer. Eine lange, quälende Krankheit wäre gerechter gewesen, nicht dieses sachte Dahintreiben ins Vergessen.

Krampfhaft hielt er meine Hände fest. Ich versuchte nicht sonderlich entschlossen, sie wegzuziehen. Ich empfand genug Mitleid, um mir vorstellen zu können, was in Hackebeil vorging. Obwohl er gebrochen war, zog er mich immer dichter an sich heran, noch dichter ...

Es dämmerte mir langsam, allmählich, eher beiläufig, ohne daß es einen großen Schock ausgelöst hatte. Dieses Geschöpf, das sich verzweifelt an einen letzten menschlichen Kontakt klammerte, war ganz und gar nicht männlich.

Ich hielt sie fest. »Ja, Liebling«, flüsterte ich, als sie ihre Bemerkung wiederholte, daß wir beide etwas Bemerkenswertes zusammen hätten erleben können.

Ich hatte von Anfang an danebengelegen. Aber es war ganz TunFaire nicht anders gegangen. Damals und heute, von hohem oder niedrigem Rang, wir alle hatten nur das gesehen, wozu die Gesellschaft uns konditioniert hatte. Und in ihrem Wahn hatte sie diese Blindheit noch verstärkt.

Es hatte niemals einen widerlichen, kleinen Gauner namens Hacker Hackebeil gegeben. Nie. In keiner Sekunde.

Mir lief eine Träne über die Wange.

Man mußte weinen, wenn man auch nur ein bißchen menschliches Mitgefühl besaß, wenn man die Hölle erkannte, die es nötig machte, einen Hacker Hackebeil zu erschaffen.

Man konnte um den Schmerz des Kindes weinen, auch wenn man wußte, daß man das Monster zerstören mußte, das es erschaffen hatte.

77. Kapitel

Ich verlor Schätzchen dort im Aderlaß-Spital. Ich weiß nicht, warum. Vielleicht gab sie mir instinktiv die Schuld an dem, was ihrem Vater zugestoßen war.

Ihre medizinischen Fähigkeiten hatten nicht genügt.

Aus welchem Grund auch immer hatte die Magie in dieser Nacht versagt.

Es war nicht eine meiner besten Nächte. Ich vergeudete den Rest davon mit Erklärungen. Anscheinend wollte jeder die Geschichte hören, der jemals von mir oder Hacker Hakkebeil gehört hatte. Ich war fast erleichtert, als Daumen Schrauber wie aus der Kälte auftauchte.

Dieser Schrauber war ein Zauberer. Die Leute verschwanden mir nichts dir nichts.

»Jetzt ist alles geklärt, Garrett«, sagte Oberst Block. Ich besuchte ihn schon wieder. Nachdem man mir weitere zehn Stunden in einer stinkigen Zelle gewährt hatte, die ich außerdem auch noch mit Dem Gottverdammten Papagei hatte teilen müssen. »Diesmal gab es nicht annähernd so viele Leichen.« Erwartungsvoll sah er mich an.

Ich versuchte, ihn nicht zu enttäuschen, hielt die Geschichte aber kurz und bündig und verschwand. Er hatte sowieso nicht viel Interesse gezeigt. Er fragte nicht mal genauer nach den Ereignissen im Horst. Anscheinend wurde er völlig von den Rassenunruhen in Beschlag genommen.

Ich ging nach Hause. Den Vogel des Untergangs konnte ich nicht dalassen. Aus unerfindlichem Grund hatte der gefiederte Staubwedel nicht viel zu sagen. Selbst im Knast hatte er die meiste Zeit den Schnabel gehalten.

Vielleicht war er ja krank. Ob er eine tödliche Vogelseuche hatte?

Soviel Glück hatte ich bestimmt nicht.

Dean reagierte nicht, als ich an meine Tür klopfte. Wütend benutzte ich den Schlüssel, stürmte hinein und machte ein Heidenspektakel, bis ich feststellte, daß der alte Knacker gar nicht zurückgekommen war. Es gab kein Lebenszeichen von ihm.

Wie war dann der Vogel entkommen?

Und noch ein Rätsel. Warum hatte Smaragd meine ausgedehnte Abwesenheit nicht ausgenutzt? Sie hatte ganz offensichtlich mehrmals der Küche einen Besuch abgestattet und hielt sichtlich weder etwas von der Ordnung noch von der Sauberkeit dort. Aber sie hatte nicht versucht, auszubrechen.

Merkwürdig.

Noch merkwürdiger war, daß D. G. Papagei ohne einen Mucks in seinen Käfig ging. Das war nicht nur merkwürdig. Es war verdächtig.

»Justina? Ich muß mit Ihnen reden.« Es würde nicht leicht werden.

Sie saß auf Deans Bett und sah mich ohne jede Gefühlsregung, dafür jedoch mit einem – wie es mir schien – höchst wissenden Blick an.

Der beste Weg war sicher, ehrlich und direkt zu sein. Ich sagte es ihr.

Ihr Blick änderte sich kein bißchen. Sie war offenbar nicht im geringsten überrascht.

Aber sie hatte ihre Mutter geliebt, obwohl sie die Wahrheit über Maggie Jenn und Hacker Hackebeil kannte. Sie brach zusammen.

Ich hielt sie fest, während ihr die Tränen über die Wangen liefen. Das akzeptierte sie, aber kein Stück mehr. Sie sagte kein Wort, selbst als ich sie zur Tür führte und ihr sagte, daß sie frei wäre.

»Wie ihre dumme Mutter«, murmelte ich leise und ein bißchen verärgert, als ich zusah, wie sie in der Menge untertauchte. »Und auch sie war verdammt hübsch.«

Der Fall gefiel mir jedenfalls absolut nicht. Ich hasse unglückliche Schlüsse, selbst wenn das Leben meistens so endet. Und ich war nicht mal sicher, daß alles geregelt oder beendet war.

78. Kapitel

Ich schloß mich ein. Ich ging nicht an die Tür. Ich warf nur einen Blick durch das Guckloch, wenn irgendein Soziopath mal wieder die Widerstandsfähigkeit seiner Knöchel testen wollte. Ich stritt mit Dem Gottverdammten Papagei. Der Kampfhahn war zahmer als sonst und brachte mich immer weniger auf die Palme.

Verdächtig, sehr verdächtig.

Im Angesicht der Verzweiflung war ich immer schon kühn, also schickte ich einen Brief in die Oberstadt. Ich wurde nicht mal einer Antwort gewürdigt.

Dabei hatte ich gerade beschlossen, daß Schätzchen genau die Richtige für mich war. Tja, man lernt nie aus.

Ich befragte Eleanor. »Sie weiß nicht, was ihr entgeht.« Wie das den Schmerz linderte.

Ich hätte schwören können, daß Eleanor verächtlich schnaubte. Ich konnte sie fast flüstern hören. »Vielleicht doch.«

Offenbar fand Eleanor, daß es Zeit wurde aufzuhören, bockig zu sein und mich bei Tinnie Tate für etwas zu entschuldigen, von dem ich nicht wußte, was es war.

»Ich könnte auch Maya suchen. Sie sah neulich gut aus. Und sie weiß, was sie will.« Eleanors Lächeln wurde zu einem dämonischen Grinsen.

Nur einmal unterbrach ich meine Gewohnheit und erlaubte einem besonderen Besucher hereinzukommen. Man konnte dem Oberboß nicht gut etwas abschlagen. Belinda Kontamin verbrachte eine rätselhafte halbe Stunde an meinem Küchentisch. Ich widersprach ihr nicht, als sie vermutete, daß ich mit Hilfe Morpheus Ahrm den Sturz von Hakker Hackebeil für sie ganz allein bewerkstelligt hatte.

Dieses Mädchen hat Knochen aus Eis. Wahrscheinlich war es eine gute Idee von ihr, daß wir »nur Freunde bleiben« sollten. Alles andere konnte schnell tödlich enden.

Belinda drückte ihre Dankbarkeit auf die einzige Weise aus, die sie beherrschte und die ihr Daddy ihr beigebracht hatte. Sie gab mir einen – kleinen – Sack mit Gold. Ich brachte ihn schnell in die Obhut des Toten Mannes.

Wenigstens war der Regenmacher-Fall sehr gewinnbringend.

Die Tage verstrichen. Ich schlich mich hinaus, machte ein paar kleine Besorgungen und entdeckte dabei, daß ich immer noch beobachtet wurde. Becky Fierka war anscheinend entschlossen, das Dinner zu bekommen. Und offenbar hinderte ihre Mutter sie keineswegs daran, sich mit älteren Männern zu verabreden.

Meistens war ich mit dem Vogel und Eleanor allein und las. Dabei runzelte ich die Stirn, was mir ständige Kopfschmerzen einzubringen drohte. Ich glaubte langsam, daß Dean nicht mehr nach Hause kam und Winger tatsächlich Verstand genug hatte, mir vom Hals zu bleiben.

»Es wird verdammt ruhig«, erklärte ich Eleanor. »Wie in diesen Stücken, in denen so ein Blödmann sagt: ›Es ist viel zu ruhig ...‹«

Jemand klopfte.

Ich sehnte mich nach einem Gespräch und rannte zur Tür. Selbst ein Abend mit Becky klang verheißungsvoll.

Ich spähte durch den Gucker. »Ja!« Das Leben war wunderbar. Ich riß die Tür auf. »Linda Luther! Du süßes Ding. Gerade habe ich an dich gedacht.«

Sie lächelte unsicher.

Ich grinste. »Ich hab' was für dich.«

»Das glaube ich gern.«

»Du bist viel zu jung und viel zu schön, um zynisch zu sein.«

»Wessen Schuld ist das?«

»Meine bestimmt nicht. Komm rein. Ich habe eine Geschichte für dich.«

Linda kam herein, sorgte aber dafür, daß ich ihre zynische Miene sah. Und das, nachdem sie den ganzen Weg gekommen war, um mich zu besuchen.

Der Gottverdammte Papagei pfiff. »He, Baby, zeig, was du hast.«

»Schnabel, Katzenfutter.« Ich machte die Tür zu. »Bist du an einem neuen Haustier interessiert?« Ich wußte zufällig, daß sie eine Katze hatte.

»Wenn ich eins will, suche ich mir einen Seemann.«

»Marines sind viel interessanter.« Ich ging mit ihr in die Küche, weil es dort sauber war. Das Leben war so langsam. Ich schenkte Linda einen Brandy ein, an dem sie nuckelte, während ich ihr die Geschichte vom Regenmacher erzählte.

Einer von Lindas weniger augenfälligen Reizen ist ihre Fähigkeit zuzuhören. Sie unterbricht einen nicht und paßt auf. Sie gab keinen Kommentar von sich, bis ich eine Pause machte, um mir ein frisches Bier zu zapfen und ihr einen Tropfen Brandy einzuschenken. Dann aber kam sie sofort zum Punkt. »Was hast du vorgefunden, als du zurückgekommen bist?«

»Trümmer. Die Wache hatte den Horst auseinandergenommen. Sie haben eine Botschaft zum RUF geschickt. Die meisten Venageti waren noch da. Sie wußten nicht, wohin sie wollten. Solche Kerle können sich gegenseitig ganz schöne Kopfschmerzen machen. Komm in mein Büro.«

Sie sah mich verwirrt an, als hätte sie nicht erwartet, ausgerechnet in mein Büro gelockt zu werden. Sie streckte sich wie eine Katze, als sie aufstand. Wow!

Ich kontrollierte meinen Atem. »Setz dich hin.« Ich drückte mich in meinen Stuhl, griff unter den Schreibtisch und zog eines dieser Meisterwerke hervor, die mir Sorgenfalten bereitet hatten. »Sieh es dir an.«

»O Garrett!« Sie quietschte vor Freude und sprang auf und ab. »Du hast es gefunden!« Sie schoß um den Schreibtisch und flog auf meinen Schoß. »Mein großer, wunderbarer Held!«

Worüber soll ich mich beschweren? Dafür hatte ich einen blöden Vogel im Zimmer nebenan. Er benahm sich, als würde er ermordet. Ich grinste und gab mich Lindas Aufregung hin.

Als sie eine Pause einlegte, um Luft zu holen, bückte ich mich und zog die zweite Ausgabe aus dem Versteck. »Offenbar hat niemand überlebt, der wußte, wo die Bücher im Horst versteckt waren. Und keiner der Interessenten hat daran gedacht nachzusehen.«

»Das ist eine echte Originalausgabe! Ich habe nie zuvor die *Wütenden Klingen* gesehen! Wo haben sie die wohl gefunden?«

»Es ist das Buch, das Smaragd ihrer Mutter gestohlen hat, die es wiederum Feuerlord Feuerherz entwendet hatte. Wem er es weggenommen hat, weiß ich nicht. Kupfer und Feld haben es Smaragd irgendwie entrissen, aber sie hat sich darüber bei ihren Kumpanen vom RUF beschwert. Keine gute Idee, aber wie viele verwöhnte Kinder ihres Alters sind schon vernünftig?«

Linda machte es sich bequem und schlug das Buch auf.

»Ich wünschte, du würdest mich so zärtlich behandeln«, beschwerte ich mich.

»O nein. Ich werde gar nicht zärtlich sein.« Sie schnurrte und blätterte eine Seite um.

Ich zog das dritte Buch der Trilogie heraus.

»Der *Schlachtensturm!* Garrett! Seit dreihundert Jahren hatte niemand eine komplette Ausgabe davon.« Sie ließ die *Wütenden Schwerter* auf ihren Schoß und griff nach dem *Schlachtensturm*. Selbstzufrieden lehnte ich mich zurück.

Ich war so entspannt, daß ich fast eingedöst wäre, während Linda über ihren Schätzen seufzte.

Ein wütender Schrei riß mich aus der Träumerei, gerade, als ich müßig danebenstand, während meine alte Freundin Winger ihre wohlverdiente Strafe bekam. »Was?« Ich Dummkopf. Eine Sekunde dachte ich, sie wäre auf das Geheimnis von Falks Schatz gestoßen.

»Das ist eine Fälschung, Garrett, sieh dir diese Seite an! Da ist ein Wasserzeichen, das erst zweihundert Jahre nach der Niederschrift von Falks Saga eingeführt wurde.« Sie war völlig am Boden zerstört.

»Eben hast du noch einen Meter über dem Boden geschwebt, als du dachtest, nur dein *Eisen Spiel*-Buch wiedergefunden zu haben. Jetzt hast du zwei Originale und eine Kopie …«

»Hm! Du hast recht. Aber es macht mich wirklich wütend. Es ist nicht alles eine Fälschung. Ein Teil ist Original. Siehst du, was sie gemacht haben? Sie haben einige Seiten herausgetrennt und durch Fälschungen ersetzt.«

Das erregte mein Interesse schon eher. Ich beugte mich vor. Sie untersuchte das Buch, das ich bei Kupfer & Feld gesehen hatte. Es war nicht – wie ich dachte – der *Schlachtensturm*. »Das ist Smaragds Buch. Weißt du, wann diese Änderung gemacht worden ist?

»Das Papier ist alt. Aber nicht so alt, wie es sein sollte. Und wenn man die Tinte ganz genau untersucht, sieht man, daß sie längst nicht so verblaßt ist, wie sie es sein sollte.«

»Achte nicht auf das Papier, Liebling. Wenn ich altes Papier will, stehle ich irgendwo ein Buch und schabe ein paar

Seiten ab.« Das machen Meisterfälscher, wenn ein Dokument alt aussehen soll.

»Oh, du hast recht.« Sie untersuchte das Buch genauer. »Ich glaube, es ist gerade erst gemacht worden. Jemand hat es auseinandergenommen und dann mit den neuen Seiten wieder gebunden. Aber sie konnten nicht die Originalbindung nachmachen. Das sieht wie der normale Bindfaden aus, den wir in der Bibliothek benutzen.« Sie nahm die beiden anderen Bücher. »Mist. Dieser *Schlachtensturm* ist nicht mal eine Erstausgabe. Trotzdem ist es ein frühes Exemplar. Vielleicht hat ein Student der Weisdal-Illumination sie angefertigt. Und sieh mal! Jemand hat auch an dem *Eisen Spiel* herumgepfuscht. Die ganze Signatur ist neu. Sie werden mich aufknüpfen, Garrett. Das Buch war in Ordnung, bevor es gestohlen wurde.«

Interessant. Anscheinend war Smaragd Jenn genauso gerissen und hinterhältig wie ihre Mutter. »Aber du hast doch eine Kopie. Oder nicht? Willst du sie nicht wegpacken, für alle Fälle?«

»Vielleicht«, erwiderte Linda finster.

»Natürlich machst du das. Es könnte vielleicht sehr interessant sein, die Texte zu vergleichen.«

Im selben Augenblick bekam Der Gottverdammte Papagei einen Anfall. Es klang, als lachte er.

Linda preßte ein Buch mit einer Hand an ihre Brust und stürzte den Brandy hinunter. »Du mußt mich zur Bibliothek begleiten.«

»Jetzt sofort?« Junge, hör auf zu meckern.

»Es ist niemand da.« Sie nahm einen Schlüssel aus der Rocktasche. »Sie sind alle übers Wochenende weg.«

Meine ritterliche Gesinnung gewann sofort die Oberhand. »Natürlich komme ich mit. Schließlich haben sich wegen dieser Bücher schon Menschen umgebracht.«

Ich schloß ab und trat auf die Straße. Ich winkte Mrs. Cardonlos zu. Sie hob so schnell die Nase, daß sie sich den Hals verrenkte. Dann streckte ich die Zunge aus. In Richtung meines eigenen Hauses.

Ich war sicher, daß diese Geste nicht vergeudet war.

79. Kapitel

Zwei Tage verstrichen. Ich war vollkommen in Gedanken, als ich nach Hause kam. Und ich hatte nur einen einzigen nicht sentimentalen Gedanken auf dem Heimweg. War ich der einzige Blödmann gewesen, der nicht gewußt hatte, daß man an den Büchern herumgepfuscht hatte? Erklärte das, warum niemand zum Horst zurückgerannt war, nachdem die Wache abgezogen war?

Meine Haustür ging auf, als ich nach meinem Schlüssel suchte. Ein alter Typ, der fast so beeindruckend aussah wie Efeu, sah mich an. »Wurde auch Zeit, daß Sie auftauchen. Sie haben dieses Haus in Schutt und Asche gelegt. Die Schränke sind leer. Sie haben mir nicht mal einen Heller dagelassen, mit dem ich einkaufen gehen konnte.«

Hinter ihm machte sich Der Gottverdammte Papagei ans Werk.

»Ich wußte, daß mein Glück nicht andauern würde.«
»Was?«
»Du bist nicht verlorengegangen.« Dean schien gealtert zu sein. Das mußte die Anstrengung bewirkt haben, zu verhindern, daß dem jungen Paar die Wirklichkeit zu Bewußtsein kam. »Du weißt doch, wo das Geld ist.«

Aber er kam dem Toten Mann nicht gern zu nah, deshalb hatte er auf Vorwurf geschaltet und versucht, mich reinzulegen. Aber das gab er nicht zu. »Und Sie haben erlaubt, daß jemand mein Bett benutzt.«

»Einige Jemands. Und es war gut, daß du dir mit deiner Rückkehr Zeit gelassen hast. Dein Herz hätte den letzten Aufstand hier nicht mitgemacht. Läßt du mich jetzt ins Haus? Es ist noch zu früh, hier draußen zu schlafen.« Ich hatte vor, einige Stunden in meinem eigenen Bett zu verbringen. Ich mußte die Bibliothek zu dieser unseligen Stunde verlassen, in der nur Leute wie Dean wach sind.

»Mr. Zarth ist da.«

»Eierkopf? Jetzt?« Zarth verhält sich flexibler als ich, aber auch er hat keine besondere Lust, mitten in der Nacht aufzustehen.

»Er ist gerade erst aufgestanden. Weil ich Sie auch in Kürze erwartete, habe ich ihn mit einer Tasse Tee in die Küche gesetzt.« Ganz zu schweigen von den mageren Vorräten, die ich gerade erst angelegt hatte, wie ich feststellen mußte, als ich hereinkam.

Eierkopf läßt sich selten von einer höflichen Ablehnung an einer Mahlzeit hindern.

Ich setzte mich, und Dean schenkte mir Tee ein. »Was gibt's?« fragte ich Zarth.

»Eine Nachricht von Winger.«

»Wirklich?«

»Sie braucht Hilfe.« Er hatte Schwierigkeiten, ernst zu bleiben.

»Dem kann ich kaum widersprechen. Was für ein Problem hat sie denn? Und warum sollte mich das für fünf Pfennig interessieren?«

Zarth kicherte. »Ihr Problem ist, daß sie jemanden sucht, der sie gegen Kaution aus dem Al-Khar herausholt. Anscheinend hat sie in einem bestimmten Landhaus herumgeschnüffelt und konnte die Wache nicht davon überzeugen, daß sie dort lebte. Sie haben sogar nach einer großen Blondine gesucht, die ihnen vielleicht erzählen kann, was passiert ist.«

»Wunderbar. Aber wie hast du es rausgekriegt? Du klingst wie Oberst Block.«

»Block hat sich an Morpheus gewendet, weil er dich hier nicht auftreiben konnte.«

»Was will er von mir?« Ich konnte es mir denken. Ein paar kleine Fragen über die Ereignisse im Horst.

»Er sagte, Winger hätte dich als ihren nächsten Verwandten angegeben, als sie gefragt wurde, wer benachrichtigt werden sollte, daß sie einsitzt. Damit die Person eine Kaution stellen oder Bestechungsgeld für den Wachtposten oder was auch immer besorgen kann.«

»Verstehe.« Das glaubte ich.

»Außerdem bin ich hingegangen und hab' sie mir angesehen. Sie hat sich schon mit einem Wichser angelegt, der dachte, er könnte ein paar Gefallen von ihr einheimsen. Sie hat ihm den Arm gebrochen.«

»Wirft man ihr etwas vor?«

Zarth schüttelte den Kopf. »Schrauber versucht einfach nur, sie über die Vorkommnisse auszuquetschen. Aber du kennst ja Winger. Sie kann ziemlich stur sein.«

»Ich kenne Winger. Sie hat Glück, daß Schrauber im Moment gute Laune hat. Es läuft gut für ihn.« Schlechtes Wetter und scharfes Durchgreifen der Wache sowie der Geheimpolizei hatten die Unruhen eingedämmt.

Es würden weitere folgen. Es waren keine guten Nachrichten aus dem Cantard gekommen.

»Ja, das hab' ich ihr auch gesagt. Wahrscheinlich wird er sie nicht mal besonders übel zurichten.«

»Dann laß sie doch verrotten. Nein, warte. Hier. Überbring eine Nachricht für mich. Bitte Block, daß er mich benachrichtigt, bevor er sie laufen läßt.«

»Du bist heimtückisch, Garrett.«

»Das kommt von der Gesellschaft, in der ich mich befinde. Ich lerne von einer Koryphäe der Hinterlist.« Ich deutete mit dem Daumen auf das Zimmer des Toten Mannes.

80. Kapitel

Ich schloß hinter Zarth die Tür, verriegelte sie und ging zum Zimmer des Toten Mannes. Ich sah hinein. Er sah aus wie immer: groß und häßlich. »Ich habe es ganz gut hingekriegt für einen Kerl, dessen Partner so stinkefaul ist ...«

Ich habe sehr genau aufgepaßt. Du warst weniger gefährdet, als du es dir vorstellst. Er denkt seine Gedanken direkt in den Köpfen der Leute.

»Vielleicht, nachdem du mir den Vogel auf den Hals gehetzt hast. Aber da hatte ich den schwierigsten Teil schon hinter mir.«

Du weißt doch, daß Winger von Anfang an wußte, daß die Jenn-Frau und Hackebeil ein und dieselbe Person waren.

»Natürlich. Und sie wußte auch, daß du schliefst, sonst wäre sie nie hergekommen und hätte ihren Köder ausgeworfen. Sie hat immer noch einen Hintergedanken. Sie glaubt, daß Smaragd allen voraus war, vermutlich sogar, seit sie das Haus verlassen hat.«

Allerdings. Die Weibchen deiner Rasse können selbst den raffiniertesten Mann hereinlegen.

»Wenn sie es darauf anlegen. Die Belindas und Maggies und Smaragds sind allerdings nicht so weit verbreitet. Glücklicherweise.«

Es liegt mir fern, auf deine Bereitwilligkeit anzuspielen, dich solchen Frauen zu unterwerfen.

»Ja. Aber nicht fern genug.« Im anderen Zimmer begann der Papagei zu predigen, was der Tote Mann mit einem seiner anderen Gehirne dachte. »Ich werde mir wegen dieses Vogels was überlegen müssen.«

Jemand klopfte. *Du hast wieder Gelegenheit, dein Wort zu halten.*

Es war Becky Frierka. Und ihre Mutter, natürlich.

»Warum sollte ich der einzige ehrliche Kerl im ganzen Viertel sein?«

Als ich zur Tür ging, funkte mir der Tote Mann: *Die Suche nach dem Schatz des Falk ist vergeblich. Die Höhle lag an einem Hang, von dem aus man den Pjesemberdal Fjord überblicken konnte. Dieser ganze Berghang ist während eines Erdbebens drei Jahrhunderte vor meinem Mißgeschick ins Meer gerutscht.*

»Wirklich?« Wenn jemand es wußte, dann er. »Vielleicht wäre es ganz passend gewesen, das vorher zu erfahren. Wenn du schon so genau aufpaßt.«

Jeder Abenteurer, der die Saga entziffern kann, hat zu guter Letzt die Wahrheit entdeckt. Aber es wurde immer so viel Blut vergossen, daß sich niemand traute, die Welt zu warnen. Er begleitete die letzte Bemerkung mit seiner Belustigung über menschliche Marotten. Aber etwas anderes sickerte auch durch. Er machte sich Sorgen um das politische Klima. Ihm lag ein tolerantes TunFaire am Herzen.

Die Einzelheiten, die er meinem Gedächtnis entnehmen konnte, beruhigten ihn nicht gerade.

Ich pflanzte mein jungenhaftes Grinsen ins Gesicht und ging an die Arbeit. Es war nicht einfach zu lächeln. Beckys Mutter hat keinen Ehemann. Und sie sucht sehr aktiv nach geeigneten Kandidaten.

Es hätte keinen besonderen Moment für meinen Papagei geben können, auszuflippen, für meinen Haushälter, seine

Gemeinheit zu zeigen und für meinen Partner, einfach nur er selbst zu sein. Natürlich dachte keiner daran, zu kooperieren.

Jedenfalls versuchte ich mutig, richtig zu handeln. Becky bekam ihre Verabredung, und zwar streng nach Vorschrift.

81. Kapitel

Lou Latsch war bei mir und versuchte mir zum Gefallen, wild auszusehen, genau wie Eierkopf und Winger, die wir aus dem Gefängnis geholt hatten. In den zwei Wochen hatte sie nichts gelernt, deshalb hatte ich meine Freunde um Hilfe gebeten. Ich brauchte Hilfe, um Winger in die Richtung umzudrehen, die ich wollte.

Ein paar Wochen machen in der Pufferzone eine Menge aus. Morpheus' Kneipe hatte einen neuen Namen: Palmenhain. Dürre Palmen in Töpfen standen davor und welkten bereits in TunFaires dicker Luft. Straßenlampen waren installiert worden. Elfenmischlinge in Kostümen wie Venageti-Oberste standen trotz der frühen Stunde bereit, um Pferde und Kutschen wegzukarren.

»Ich fühle mich hier nicht mehr wohl«, meinte Lou Latsch.

»Das ist genau der Punkt«, erklärte Zarth. »Ahrm hat plötzlich der Ehrgeiz gepackt. Hier passen wir nicht mehr her.«

Ich sah Winger an. Sie schmollte immer noch und enthielt sich einer Meinung.

Das Innere der Freudenhöhle war renoviert worden und täuschte jetzt eine tropische Hütte vor ... wie sie sich ein Schwachkopf vorstellte. Ich war auf den Inseln gewesen. Es klappte nicht. Morpheus scheuchte uns nach oben, damit wir keine Gäste erschreckten. Wenn denn welche kamen.

»Es gibt nicht genug Ungeziefer, Kumpel«, sagte ich ihm.

»Was? Ungeziefer?«

»Tropische Kneipen wimmeln vor Ungeziefer. Die sind so groß, daß du mit ihnen um die Krümel kämpfen mußt. Fliegen und Moskitos, und zwar viele.«

»Man kann es mit der Atmosphäre auch übertreiben, Garrett.«

»Käfer lassen sich in der Oberstadt nicht gut verkaufen«, mutmaßte Eierkopf.

Ahrm runzelte die Stirn. Unsere Gegenwart war ihm unangenehm. Ich hasse es, wenn sich Leute in der sozialen Hackordnung nach oben strampeln. Sie treten notgedrungen nach unten. »Was willst du?« fragte er.

»Ich will diese Regenmacher-Sache abschließen. Winger ist aus dem Gefängnis entlassen worden, wie du wohl bemerkt hast. Und die Bücher der Trilogie sind aufgetaucht, nur hat jemand an ihnen herumgepfuscht. Was niemandem gut bekommen wird.« Ich unterrichtete ihn darüber, was der Tote Mann mir gesagt hatte. Meine vier Freunde würden mit Sicherheit diese Neuigkeiten schnell verbreiten. Und die Leute würden endlich aufhören, mir zu folgen.

Ich begann schon wieder, Verfolger anzulocken. Vermutlich hatten die Venageti im Horst meinen Besuch jemandem verraten, der sich dafür interessierte.

»Hast du das Mädchen gesehen?« fragte Morpheus bekümmert.

»Smaragd ist spurlos verschwunden. Vermutlich auf Schatzsuche.« Ich hatte nicht versucht, sie zu finden.

»Das war alles?« Er wirkte verwirrt, weil er meinen Hintergedanken nicht sofort begriff.

Ich klärte ihn nicht auf. »Das ist alles.«

»Dann muß ich dich bitten, dich zu beeilen. Ich muß eine Menge Dinge erledigen, bevor ich heute abend wieder eröffne. Aber eins noch, bevor du gehst. Einen Gefallen, den ich dringend brauche.«

»Du willst doch wohl nicht anfangen, wie diese wilden Piraten zu reden, oder?«

Er tat, als hätte ich ihn verletzt. »Freunde sind im Palmenhain immer willkommen. Aber wir müssen ein kultiviertes Image erfüllen. Wenn du dich vielleicht ein bißchen passender kleiden ...?«

Ich konnte nicht antworten, weil Winger mir zuvorkam. »Habt ihr schon mal so eine Scheiße gehört? Könnt ihr glauben, was dieser schleimige Schmierlappen da erzählt? Du winziger Bastardzwerg, ich weiß genau, wer du bist.«

Die Lady drückt sich gern auf ihre eigene, unverwechselbare Weise aus.

Winger und ich kamen zu einer Übereinkunft, jedenfalls mehr oder weniger. Lou Latsch und Zarth zogen ab. Ich schlenderte nach Hause. Winger trottete hinterher. Sie schien keine Distanz mehr zwischen uns legen zu wollen. »Garrett, stimmt es, was du über Falks Schatz gesagt hast?«

»Absolut. Der Tote Mann hat es behauptet.«

Sie wollte mir nicht glauben, wußte aber, daß sie keine Wahl hatte. Ich war einfach zu geradeheraus. »Ist dieses Ding wieder wach?«

»Und Dean ist auch zu Hause. Ich werde wieder in meinem eigenen Heim zum Laufburschen degradiert.«

Sie schnippte mit den Fingern. »Was soll's. Es war eine lange Trockenzeit.«

Ich schüttelte den Kopf. So hatte alles angefangen. »Du überraschst mich immer wieder, Winger.«

»Hä?« Sie packte meinen Arm und zog mich zur Seite, als ein Schwarm Feen brummend wie ärgerliche Hornissen eine Bande von jungen Zentaurenkindern jagte, die beim Stehlen erwischt worden waren. Ich bemerkte, daß einer von Schraubers Spionen der Aktion folgte.

»Als du mir das letzte Mal erzählt hast, habe ich festgestellt, daß du einen Freund hattest, den du allen verschwiegen hast. Und daß er mir folgte, als hätte er mich an der Leine.«

Sie log nicht direkt. »Bohnenstange? Ich würde ihn nicht direkt einen Freund nennen ...«

»Nein, mehr ein Gimpel, der dachte, er wäre einer. Und hat dafür mit dem Leben bezahlt.«

»He! Steig nur nicht aufs hohe Roß. Ich hab' dich schon mit der Hose in den Kniekehlen gesehen!«

»Ich will dich nur daran erinnern, daß auch Leute, an denen dir was gelegen hat, zu Schaden gekommen sind, Winger. Lügen können töten. Wenn du deine Freunde und Liebhaber belügen mußt, um zu erreichen, was du vorhast, dann solltest du lieber mal kurz innehalten und darüber nachdenken, wohin die Straße führt, der du folgst.«

»Schieb es dir in den Hintern, Garrett. Ich muß mit mir leben, nicht du.« Was einer Entschuldigung oder dem Eingeständnis eines Irrtums so nah kam, wie es bei Winger nur möglich war.

»Als du hergekommen bist und mich reingeritten hast, wußtest du, daß Maggie Jenn der Regenmacher war. Du hast dir ausgedacht, daß du Profit herausschlagen könntest, weil du die einzige außerhalb ihrer Familie warst, die es wußte. Das werde ich dir nie vergessen.«

Winger entschuldigt sich nie auf eine übliche Art. »Ich hab's durch puren Zufall rausgekriegt. Reines Glück. Und abgesehen von ihrer Tochter wußte es keiner so genau. Ihre alte Dame und Eisenfaust und ein paar andere auch hatten vielleicht die Fakten vor der Nase, aber sie wollten es nicht glauben ... Ach, was soll's? Die Sache ist vorbei, erledigt. Wir müssen weitermachen. Der ganze Mist, der jetzt in der Stadt umgeht, diese Rassenscheiße, wird viele Möglichkeiten bieten. Aber das werde ich später erkunden. Warum kommst du nicht mit zu mir?«

Das war eine Versuchung, und sei es auch nur, um herauszufinden, wo sie wohnte. Aber trotzdem schüttelte ich den Kopf. »Diesmal nicht, Winger.« Der Tote Mann wollte, daß ich ihn über Glanz Großmond auf den neuesten Stand brachte, über die Ereignisse im Cantard und über die letzten Neuigkeiten im allgemeinen. Und zwar schnell. Ich wußte es, weil er mir Den Gottverdammten Papagei hinterhergeschickt hatte, der mir alles erzählte, was meinem toten Hausgenossen durch seine drei Hirne ging.

Meine schlimmsten Alpträume waren wahr geworden. Ich konnte ihm nicht mal entkommen, wenn ich gar nicht in seiner Nähe war.

Außerdem wollte ich Eleanor wegen eines möglichen Berufswechsels konsultieren. Ich hatte ein paar Ideen. Auslöser war das Entsetzen, das mich jedesmal überfiel, wenn ich daran dachte, wie ich im Kuckucksnest des Aderlaß-Spitals gefangen gewesen war.

Hätte ich die ganze Sache richtig geplant, wäre ich reich geboren worden und hätte das sorglose Leben eines nichtsnutzigen Playboys geführt.

Und sicher wäre es auch besser, dieses Leben irgendwo anders als ausgerechnet in TunFaire zu führen.

Aber trotzdem: Das Leben ist nicht ganz so furchtbar, solange es noch irgendwo jemand gibt, der versteht, ein gutes Bier zu brauen.